AS AVENTURAS DE
ROBINSON CRUSOÉ

DANIEL DEFOE

AS AVENTURAS DE ROBINSON CRUSOÉ

Versão Integral

Tradução de ALBINO POLI JR.

Texto de acordo com a nova ortografia

Também disponível na Coleção L&PM POCKET (1997)

Título original: *Robinson Crusoe*

Tradução: Albino Poli Jr.
Capa: Ivan Pinheiro Machado. *Ilustração:* Gilmar Fraga
Revisão: Grázia Pinheiro Machado, Flávio Dotti Cesa, Renato Deitos e Fernanda Lisbôa

CIP-Brasil. Catalogação na publicação
Sindicato Nacional dos Editores de Livros, RJ.

D36a

Defoe, Daniel, 1660-1731
As aventuras de Robinson Crusoé: versão integral / Daniel Defoe; tradução Albino Poli Jr. – Porto Alegre [RS]: L&PM, 2021.
304 p. ; 21 cm.

Tradução de: *Robinson Crusoe*
ISBN 978-65-5666-151-3

1. Ficção inglesa. I. Poli Jr., Albino. II. Título.

21-70019   CDD: 823
              CDU: 82-3(410.1)

Meri Gleice Rodrigues de Souza - Bibliotecária - CRB-7/6439

Primeira edição: 1719
© da tradução, L&PM Editores, 1997

Todos os direitos desta edição reservados a L&PM Editores
Rua Comendador Coruja, 314, loja 9 – Floresta – 90.220-180
Porto Alegre – RS – Brasil / Fone: 51.3225.5777

Pedidos & Depto. Comercial: vendas@lpm.com.br
Fale conosco: info@lpm.com.br
www.lpm.com.br

Impresso no Brasil
Outono de 2021

A VIDA E AS ESTRANHAS E SURPREENDENTES AVENTURAS DE ROBINSON CRUSOÉ, MARINHEIRO, DE YORK, QUE VIVEU VINTE E OITO ANOS SOLITÁRIO, NUMA ILHA DESERTA, NA COSTA DA AMÉRICA, PRÓXIMA À FOZ DO GRANDE RIO ORENOCO, APÓS TER SIDO LANÇADO À PRAIA EM RAZÃO DE UM NAUFRÁGIO, NO QUAL PERECERAM TODOS OS HOMENS, EXCETO ELE. COM UM RELATO A RESPEITO DO MODO IGUALMENTE SINGULAR COMO, AFINAL, ELE FOI SALVO POR PIRATAS. ESCRITO POR ELE PRÓPRIO.*

---

* Texto original que consta da folha de rosto da primeira edição (1719).

Prefácio

Se alguma vez a história das aventuras de um homem pelo mundo mereceu vir a público e, uma vez publicada, mostrou-se digna de aprovação, o editor acredita ser o caso deste relato.

Os prodígios da vida desse homem superam (pensa o editor) tudo de que se tem conhecimento; raramente a vida de um único ser humano se revelaria capaz de tamanha diversidade.

A história é contada com modéstia, com seriedade e com a aplicação religiosa usual que os homens judiciosos sempre dedicam aos eventos, ou seja, para instruir os outros mediante o exemplo e para justificar e honrar a sabedoria da Providência em toda variedade de circunstâncias, aconteçam como acontecerem.

O editor acredita que se trata de uma história verídica; não existe nela qualquer aparência de ficção. Julga, no entanto, pois todas essas coisas são controversas, que o livro será útil tanto para divertir como para instruir o leitor. Assim, sem mais cumprimentos ao mundo, acredita estar prestando um grande serviço com a publicação.

Nasci no ano de 1632, na cidade de York, de boa família, apesar de estrangeira, pois meu pai era um forasteiro de Bremen que se estabelecera primeiramente em Hull. Ali se tornou próspero comerciante e, mais tarde, após abandonar os negócios, passou a viver em York, onde casou com minha mãe, cujos parentes se chamavam Robinson, uma excelente família daquela região. Por esse motivo fui chamado Robinson Kreutznauer; mas em virtude da habitual adulteração das palavras na Inglaterra, somos agora conhecidos e até nós mesmos nos chamamos por Crusoé, assim escrevemos nosso nome e assim meus companheiros sempre me chamaram.

Tive dois irmãos mais velhos, um dos quais foi tenente-coronel de um regimento inglês de infantaria em Flandres, outrora comandado pelo famoso Coronel Lockhart, e morreu na batalha perto de Dunquerque contra os espanhóis. O que foi feito de meu segundo irmão eu nunca soube, da mesma forma que meu pai e minha mãe jamais souberam o que me aconteceu.

Sendo eu o terceiro filho da família e não tendo aprendido qualquer ofício, muito cedo minha mente começou a povoar-se com devaneios. Meu pai, que já estava muito idoso, transmitiu-me os melhores ensinamentos que uma educação familiar e uma escola pública de interior permitiam e encaminhou-me para o Direito. Mas nada me satisfaria a não ser ir para o mar, e essa inclinação impeliu-me tão fortemente contra a vontade e até contra as ordens de meu pai, contra todas as súplicas e persuasões de minha mãe e de outros amigos, que parecia haver algo de fatal nesse desígnio da natureza que conduzia diretamente à vida de infortúnios e misérias que estava para me acontecer.

Meu pai, homem sério e sensato, deu-me sábios e admiráveis conselhos contra o que previa ser meu desígnio. Chamou-me certa manhã a seu aposento, onde estava confinado pela gota, e discutiu calorosamente o assunto comigo. Perguntou-me que razões, além da mera inclinação à vagabundagem, tinha eu para abandonar a casa paterna e minha terra natal, onde poderia-me tornar conhecido, tendo perspectiva de construir fortuna com empenho e dedicação, desfrutando uma vida de conforto e bem-estar. Disse-me que era próprio de homens em situações desesperadoras, de um lado, ou que aspirassem a destinos superiores, de outro, que partissem em busca de aventuras, a fim de prosperarem por iniciativa própria e tornarem-se famosos com empreendimentos extraordinários; que essas coisas estavam ou muito acima ou muito abaixo de mim; que a minha era a situação intermediária, também conhecida como posição superior para os humildes, a qual, em virtude de uma longa experiência, ele concluíra ser a melhor situação do mundo – a mais adequada à felicidade humana, já que não está exposta às misérias e dificuldades, às labutas e aos sofrimentos da parte mecânica da humanidade, nem se encontra embaraçada pelo orgulho, luxo, ambição e inveja da parte alta. Disse-me que eu poderia julgar da felicidade dessa posição por meio de uma única coisa, ou seja, que essa era a posição na vida que todos invejavam, que até reis frequentemente se queixavam das infelizes consequências de terem nascido para grandes realizações e desejavam estar situados entre esses dois extremos, a miséria e a grandeza; que o sábio testemunhara ser essa a medida exata da verdadeira felicidade, quando pedia que não lhe dessem pobreza nem riquezas.

Ordenou-me que observasse, e eu haveria sempre de verificar, que as calamidades da vida eram repartidas entre as partes alta e baixa da humanidade, que a situação intermediária sofria menos desastres e não estava exposta a tantas vicissitudes quanto as outras. Tampouco estava sujeita a tamanhas inquietudes e perturbações, fosse do corpo ou do espírito, como as que afligem aqueles que, em razão de uma vida corrompida por vícios, luxos e extravagâncias, de um lado, ou por causa do trabalho duro, da falta dos meios necessários e da alimentação pobre ou insuficiente, de outro, atraem sobre si próprios muitos transtornos como consequência natural de seu modo de vida. Assegurou que a situação intermediária se adaptava na medida certa a todas as virtudes e todo tipo de satisfação; que a paz e a fartura eram servas de uma fortuna mediana; que a temperança, a moderação, a tranquilidade, a saúde, o convívio social, todas as diversões agradáveis e todos os prazeres desejáveis eram benesses que advinham da situação intermediária na vida; que assim os homens passavam silenciosa e suavemente pelo mundo e dele saíam com conforto, sem se deixarem enredar pelo trabalho das mãos ou da mente, sem se venderem a uma vida de escravidão em troca do pão de cada dia, ou se atormentarem com circunstâncias desconcertantes, que roubam a paz à alma e o descanso ao corpo, sem se enfurecerem com a paixão da inveja ou com a secreta e abrasadora luxúria da ambição por grandes realizações. Ao contrário, deslizavam calmamente pelo mundo em circunstâncias fáceis e saboreavam com sabedoria as delícias de viver sem amargura, desfrutando a própria felicidade e aprendendo pela experiência cotidiana a conhecê-lo de modo mais sensato.

Dito isso, insistiu veementemente, e da maneira mais afetuosa, para que eu não me comportasse como um inexperiente, não me precipitasse em desgraças que a natureza e a posição social em que nascera pareciam-me haver poupado; que eu não precisava lutar por meu sustento; que ele cuidaria bem de mim e não mediria esforços para conduzir-me auspiciosamente à situação na vida que acabara de me recomendar; que se eu não me sentia à vontade e feliz no mundo era por culpa exclusivamente minha ou do destino, e que ele não teria nada por que se responsabilizar, pois cumpriria o dever ao advertir-me contra atitudes que ele sabia que me seriam prejudiciais. Em suma, assim como faria muitas coisas boas para mim caso eu permanecesse em casa e me estabelecesse conforme sua orientação, também não iria contribuir para meus infortúnios encorajando-me a partir. Disse-me ainda que eu tinha como exemplo meu irmão mais velho, com quem usara os mesmos e veementes argumentos para dissuadi-lo de ir à guerra dos Países Baixos, sem conseguir convencê-lo, pois seus impulsos juvenis incitaram-no a alistar-se no exército, onde foi morto. Embora dissesse que não cessaria de rezar por mim, atrevia-se, no entanto, a dizer-me que, se eu realmente cometesse esse desatino, Deus não me abençoaria, e no futuro eu teria tempo suficiente para refletir sobre como negligenciara seu conselho, num momento em que talvez já não houvesse ninguém para ajudar-me em minha recuperação.

Observei, nessa última parte do discurso de meu pai – que era verdadeiramente profético, embora eu ache que ele próprio não o soubesse –, as lágrimas rolarem copiosamente em seu rosto, sobretudo quando falou de meu irmão que morrera. Ao dizer que eu teria tempo para me arrepender, e ninguém para me ajudar, ficou tão emocionado que interrompeu o discurso, dizendo que seu coração estava tão pesado que não poderia me dizer mais nada.

Fiquei sinceramente tocado com suas palavras, e de fato, quem reagiria de outra forma? Resolvi não mais pensar em partir, mas ficar em casa e estabelecer-me conforme o desejo de meu pai. Mas, ah!, em poucos dias tudo isso se desvaneceu, e para evitar outras insistências de meu pai algumas semanas depois decidi fugir logo de casa. Contudo, não agi tão impetuosamente como exigia o calor de minha resolução, mas abordei minha mãe num momento em que a considerei um pouco mais receptiva que de costume e disse-lhe que minha mente estava de tal forma tomada pela ideia de ver o mundo que eu jamais me fixaria em qualquer outra coisa com determinação suficiente para levá-la a cabo, e que meu pai faria melhor dando-me seu consentimento do que me forçando a partir sem ele. Falei-lhe que já estava com dezoito anos, que era tarde demais para começar uma carreira como aprendiz de um ofício ou funcionário num escritório de advocacia, e que estava certo de que, se assim o fizesse, jamais cumpriria o aprendizado: com certeza fugiria do mestre antes de aprender a profissão e iria para o mar. Se ela falasse com meu pai para deixar-me ao menos fazer uma só viagem que fosse, caso não gostasse e retornasse para casa, eu não tornaria a partir e prometeria perseverar duplamente na recuperação do tempo perdido.

Isso deixou minha mãe profundamente encolerizada. Disse-me que seria inútil falar com meu pai qualquer coisa sobre esse assunto; que ela sabia muito bem quais eram minhas intenções para consentir com algo tão prejudicial, e que se admirava de como podia eu pensar em alguma coisa dessa natureza depois da conversa que tivera com ele e das expressões bondosas e meigas que, ela sabia, meu pai usara comigo. Em resumo, se eu estava disposto a me arruinar não haveria ajuda para mim: poderia estar certo que jamais teria o consentimento deles. De sua parte, ela não contribuiria para minha destruição, e eu jamais poderia dizer que minha mãe estava disposta a concordar comigo quando meu pai não estava.

Embora minha mãe se recusasse a levar o assunto a meu pai, ainda assim, como eu soube depois, ela lhe relatou toda a conversa, e meu pai, após manifestar grande preocupação, disse-lhe com um suspiro: "Esse rapaz poderia ser feliz se ficasse em casa, mas se partir será o mais desgraçado entre os miseráveis que jamais nasceram: não posso de forma alguma dar o meu consentimento".

Foi só quase um ano depois que fugi, embora nesse meio tempo continuasse obstinadamente surdo a todas as propostas de estabelecer-me nos negócios e discutisse amiúde com meu pai e minha mãe, pois eles se mostravam muito determinados contra minhas inclinações. Mas um dia, estando em Hull – onde eu fora casualmente, e sem qualquer intenção de fugir nessa ocasião –, como dizia, uma vez lá, estando um de meus companheiros prestes a zarpar para Londres no navio de seu pai e insistindo para que eu fosse com eles com a costumeira sedução dos marinheiros, ou seja, garantindo que minha passagem não custaria nada, não mais consultei pai e mãe, nem sequer lhes mandei avisar. Deixando que soubessem de mim como quisesse o acaso, sem pedir a bênção de Deus ou de meu pai, sem qualquer consideração das circunstâncias ou consequências, e em má hora, Deus o sabe, a 1º de setembro de 1651, subi a bordo de um navio com destino a Londres. Acredito que jamais os infortúnios de um jovem aventureiro começaram mais cedo, ou se prolongaram tanto como os meus. Mal o navio deixara o Humber, o vento começou a soprar e as ondas cresceram assustadoramente; como eu jamais estivera no mar, fiquei indescritivelmente enjoado e em pânico. Comecei então a refletir com seriedade sobre o que fizera, sobre quão justamente estava sendo surpreendido pelo juízo do Céu, pela forma perversa como fugira da casa de meu pai e abandonara meu dever. Todos os bons conselhos recebidos, as lágrimas de meu pai e as súplicas de minha mãe retornaram vividamente ao meu espírito, e minha consciência, que ainda não fora reduzida ao grau de insensibilidade que atingira desde então, censurou-me por desprezar o conselho e transgredir o dever para com Deus e com meu pai.

Tudo isso enquanto a tempestade recrudescia, e o mar, no qual eu nunca estivera antes, subia muito alto, embora sequer se comparasse com o que vi muitas vezes mais tarde. Não, nem com o que vi poucos dias depois, mas naquele momento foi o bastante para impressionar-me, eu que não passava de um jovem marinheiro e jamais soubera coisa alguma a esse respeito. Temia que cada onda fosse nos engolir, e sempre que o navio caía, como eu pensava, no abismo cavado pelas ondas, achava que não viríamos mais à tona. Em meio a essa agonia fiz muitas juras e promessas: se Deus houvesse por bem poupar-me a vida nessa única viagem, se um dia eu tornasse a pôr o pé em terra firme enquanto vivesse, iria diretamente para a casa de meu pai e jamais me precipitaria de novo em desgraças como essas. Agora eu enxergava claramente o acerto de suas observações acerca da situação intermediária na vida, como ele vivera todos os seus dias com tanto sossego, tanto conforto e jamais fora exposto a tempestades no mar ou dificuldades em terra; e resolvi que, como um verdadeiro pródigo arrependido, retornaria à casa paterna.

Estes sábios e sóbrios pensamentos prolongaram-se durante todo o tempo que durou a tempestade, na verdade, um pouco mais, mas no dia seguinte o vento amainara, o mar estava mais calmo, e comecei a habituar-me com ele. No entanto, eu estava muito abatido em razão de tudo que me acontecera no dia anterior e também ainda um pouco indisposto. Mas ao fim da tarde o tempo clareou, quase não havia mais vento, e seguiu-se um lindo e agradável entardecer. O sol se pôs perfeitamente claro e assim se ergueu na manhã seguinte. Havendo pouco ou nenhum vento, o mar tranquilo e o sol luzindo acima dele, o panorama pareceu-me o mais encantador que já me fora dado vislumbrar.

Eu dormira bem à noite e agora já não estava enjoado, ao contrário: cheio de ânimo, olhava maravilhado para o mar, tão encrespado e terrível no dia anterior e capaz de mostrar-se tão plácido e agradável pouco tempo depois. Então, temendo que perseverasse nos meus bons propósitos, meu companheiro – que na verdade me instigara a partir – aproximou-se de mim.

– Então, Bob – diz ele, apertando meu ombro –, como é que você está se sentindo? Garanto que ficou assustado com aquele vento que bateu na noite passada, não?

– Você chama aquilo de vento? – disse eu. – Foi uma tempestade terrível.

– Tempestade, não seja bobo – retruca ele –, você chama aquilo de tempestade? Ora, aquilo não foi nada. Basta termos um bom barco e espaço de manobra e nem ligamos para um ventinho desses, mas você é marinheiro de primeira viagem, Bob. Venha, vamos fazer um ponche e esquecer tudo. Veja só que tempo lindo está fazendo agora!

Para abreviar esta parte lamentável da minha história, seguimos o velho costume dos marinheiros, o ponche foi preparado, embriagaram-me com ele, e naquela única noite de inquietude afoguei todo meu arrependimento, todas as reflexões sobre minha conduta passada e todas as resoluções para o futuro. Em suma, à medida que a superfície do mar retornava à suavidade e instaurava a calma com o amainar da tempestade, assim também, deixando de lado a precipitação de meus pensamentos, esquecidos os temores e apreensões de ser tragado pelo oceano, e restabelecido o curso de meus antigos desejos, esqueci por completo as juras e promessas feitas na hora da aflição. Na verdade, encontrei alguns intervalos para reflexão, e sem dúvida os pensamentos sérios tentaram, de certo modo, retornar algumas vezes, mas eu os afastei e recobrei ânimo novo, como quem sai de uma doença. Entregando-me à bebida e à camaradagem, logo aprendi a lidar com esses acessos, pois era assim que os chamava, e dentro de cinco ou seis dias conquistei uma vitória tão completa sobre minha consciência quanto poderia desejar qualquer jovem que decidisse não ser perturbado por ela. Mas eu ainda haveria de passar por outra prova; e a Providência, como geralmente faz em casos assim, resolveu deixar-me inteiramente sem desculpa. Pois se eu não considerasse o que acontecera como uma salvação, a próxima vez seria tal que mesmo o pior e mais empedernido miserável dentre nós se veria obrigado a reconhecer tanto o perigo quanto a misericórdia que lhe eram oferecidos.

No sexto dia de navegação, entramos na enseada de Yarmouth; como o vento fora contrário e o tempo estivera calmo, fizéramos pouco progresso desde a tempestade. Fomos obrigados a deitar âncora e aí permanecemos, pois o vento se manteve contrário, ou seja, de sudoeste, durante sete ou oito dias, fazendo com que muitos barcos vindos de Newcastle entrassem no mesmo ancoradouro, como em um porto comum onde os navios poderiam esperar por um vento para subir o rio.

Não deveríamos, porém, ter permanecido ancorados ali tanto tempo, e sim subido o rio com a maré. Mas o vento estava demasiado forte, e, quatro ou cinco dias mais tarde, soprou com muita violência. No entanto, como a enseada era considerada um bom porto, assim como seu ancoradouro, e como nossos aparelhos de fundear eram muito fortes, os homens continuaram despreocupados e nem um pouco apreensivos, passando o tempo inteiro entre repouso e diversões, segundo os costumes do mar. Mas, na manhã do oitavo dia, o vento começou a soprar com mais força, e todos os homens tiveram que trabalhar para arriar os mastaréus da gávea e deixar tudo bem preso e seguro, de modo que o navio pudesse vencer as ondas com a maior firmeza possível. Ao meio-dia o mar tornou-se realmente muito encrespado e o barco começou a mergulhar o castelo de proa nas ondas que o inundavam completamente. Numa ou duas ocasiões pensamos que a âncora se soltara e o Capitão mandou, então, lançar a âncora de salvação, de modo que passamos a flutuar com duas âncoras à frente e os cabos totalmente arriados.

A essa altura a tempestade já era realmente terrível, e comecei a ver terror e espanto até mesmo no rosto dos próprios homens do mar. O Capitão, embora atento aos trabalhos de preservação do navio, ao passar por mim quando entrava e saía da cabine, murmurou diversas vezes: "Senhor, tende piedade de nós, estamos perdidos, vamos todos nos desgraçar". Durante essa confusão inicial eu estava atônito, paralisado em meu beliche, que era no alojamento de proa, e não posso descrever meu estado de espírito. Mal pude retomar a primeira penitência que ostensivamente desprezara, e em relação à qual me tornara insensível: acreditara ter deixado para trás o amargor da morte e que, dessa vez, como da primeira, também nada aconteceria. Mas quando o próprio Capitão passou por mim, como acabo de dizer, falando que estávamos perdidos, fiquei terrivelmente apavorado. Levantei-me, saí da cabine e olhei para fora. Jamais vira cena tão desoladora: montanhas de água erguiam-se e quebravam-se sobre nós a cada três ou quatro minutos. Ao conseguir olhar em torno, só pude vislumbrar desgraças. Vimos dois navios próximos a nós, pesadamente carregados, cujos mastros se quebraram e caíram no mar; e nossos homens gritaram que um navio a cerca de uma milha adiante havia afundado. Dois outros barcos, arrancados das âncoras, foram largados à deriva fora da enseada, mar adentro, sem um único mastro em pé. Os barcos leves safavam-se melhor, já que não eram tão castigados pelo mar, mas dois ou três desgarrados passaram perto de nós, afastando-se apenas com a vela de espicha aberta ao vento.

Ao se aproximar o entardecer, o imediato e o contramestre imploraram ao Capitão que os deixasse cortar o mastro de proa, o que ele muito relutava em fazer; mas como o contramestre argumentasse que se não o fizesse o navio afundaria, o Capitão consentiu. Quando cortaram o mastro de proa, o mastro grande ficou tão frouxo e fez o barco jogar tanto que também fomos obrigados a cortá-lo, deixando o tombadilho nu.

Qualquer pessoa pode avaliar em que condições estava eu em meio a tudo isso, já que não passava de um jovem marinheiro e só de leve presenciara antes horror comparável. Mas se posso expressar dessa distância os pensamentos que então tive, recordo que sentia dez vezes mais medo por ter abandonado minhas convicções anteriores, trocando-as pelas que perversamente assumira, do que diante da própria morte. Isso, somado ao terror da tempestade, lançou-me num estado tal que não tenho palavras para descrever. No entanto, o pior ainda estava por vir. A tempestade perseverou com tamanha fúria que os próprios lobos do mar reconheceram jamais terem visto algo semelhante. Tínhamos um bom navio, mas estava muito carregado e afundava tanto nas ondas que vez por outra os marinheiros chegavam a berrar que iria a pique. Num certo sentido, foi um alívio não saber o que queriam dizer com "ir a pique", até que perguntei. Todavia, era tão violenta a tempestade que presenciei algo extremamente incomum: o Capitão, o contramestre e alguns outros, mais sensatos que os restantes, entregues às orações, à espera do momento em que o barco fosse ao fundo. Durante a noite, e em meio a todas as nossas demais desgraças, um dos homens que propositadamente descera para inspecionar o casco gritou que estávamos fazendo água; um outro disse que havia quase um metro e meio de água no porão. Todos os homens foram então chamados para a bomba. Ao ouvir essa palavra, meu coração pareceu parar dentro do peito, e caí de costas ao lado do beliche onde estava sentado, dentro do alojamento. Contudo, os homens ergueram-me e disseram que eu, até então incapaz de fazer coisa alguma, podia bombear tão bem quanto qualquer outro. Diante disso, recuperei o ânimo, fui para a bomba e trabalhei com empenho. Nesse momento, ao ver alguns navios carvoeiros pequenos que, incapazes de enfrentar a tempestade, eram obrigados a soltar as amarras e fazer ao largo, sem se aproximarem de nós, o Capitão mandou disparar um canhão em sinal de perigo. Eu, que não tinha noção alguma do que isso significava, fiquei surpreso a ponto de pensar que o navio estivesse rachando, ou que alguma outra coisa igualmente terrível estivesse acontecendo. Numa palavra, meu susto foi tão grande que desmaiei. Como isso aconteceu numa hora em que todos só pensavam em salvar a própria pele, ninguém se preocupou comigo, nem com o que seria de mim; ao contrário, outro homem adiantou-se para a bomba, empurrou-me para o lado com o pé e deixou-me ali deitado, pensando que eu estivesse morto. Muito tempo se passou antes que eu recobrasse a consciência.

Seguimos trabalhando, mas com a água subindo no porão era visível que o navio iria afundar, embora a tempestade começasse a amainar um pouco. Todavia, como não seria possível que ele se mantivesse à tona até conseguirmos chegar a um porto, o Capitão continuou disparando tiros de socorro, e um navio pequeno, que aguentara a tempestade bem à nossa frente, aventurou-se a despachar um bote para nos ajudar. Enfrentou os maiores riscos para se aproximar do navio, mas era impossível que subíssemos a bordo ou que eles se aproximassem do nosso costado, até que, afinal, com os homens remando vigorosamente e arriscando as próprias vidas para nos salvar, os nossos lhes jogaram um cabo com uma boia por sobre a amurada da popa e o deixaram correr muito. Depois de muito trabalho e risco, conseguiram pegá-lo; então nós os puxamos até ficarem bem juntos à popa e descemos todos para o bote. Era inútil para eles e para nós, uma vez no bote, tentar atingir o carvoeiro, e concordamos todos em deixar o bote à deriva e apenas direcioná-lo para a praia tanto quanto fosse possível; nosso Capitão prometeu--lhes que, se o bote se arrebentasse na praia, ele o deixaria como novo. Assim, um pouco remando, um pouco à deriva, rumamos para o norte, avançando obliquamente em direção à praia até quase o cabo Winterton.

Fazia pouco mais de um quarto de hora que deixáramos o navio quando o vimos afundar, e então, pela primeira vez, entendi o que significava ir a pique. Devo confessar que mal fui capaz de erguer os olhos quando os marujos me disseram que ele estava naufragando e, desde aquele momento – pois na verdade mais fora eu posto no bote do que entrara nele – meu coração ficara como que paralisado dentro de mim, em parte pelo medo, em parte pelo horror de imaginar e pensar no que ainda me reservava o futuro.

Enquanto estávamos nessa situação, com os homens debruçados sobre os remos tentando aproximar o bote da praia, sempre que subíamos as ondas podíamos enxergar a costa, onde uma grande quantidade de pessoas corria para nos socorrer quando lá chegássemos. Mas nosso progresso era lento em direção à praia, e não conseguimos alcançá-la antes de ultrapassarmos o farol de Winterton, onde uma ponta de terra quebrava para oeste em direção a Cromer, aparando um pouco a violência do vento. Por aí entramos e, apesar de toda a dificuldade, chegamos sãos e salvos à praia. Em seguida caminhamos para Yarmouth, onde, como homens desventurados que éramos, fomos tratados com grande humanidade, tanto pelas autoridades da vila, que nos encaminharam a bons alojamentos, quanto pelos negociantes e armadores, e recebemos dinheiro suficiente para nos sustentar até Londres ou de volta a Hull, como desejássemos.

Se eu então houvesse tido a sensatez de retornar a Hull e ir para casa, teria sido feliz, e meu pai, um emblema da parábola do Salvador, teria até abatido um novilho gordo para mim, pois ao saber que o navio em que partira havia naufragado na enseada de Yarmouth, levou muito tempo para receber qualquer garantia de que eu não me afogara.

Mas agora meu destino nefasto já me impelia com uma obstinação a que nada seria capaz de resistir. Embora muitas vezes ouvisse clara e distintamente os apelos de minha razão e de meu juízo mais sereno para que voltasse para casa, ainda assim não achava forças para fazê-lo. Não sei que nome dar a isso, nem insistirei na existência de uma imperiosa lei secreta que nos compele a proceder como instrumentos de nossa própria destruição, ainda que ela esteja diante de nós e para ela nos precipitemos de olhos abertos. Com certeza, nada a não ser a presença imposta de alguma desgraça inevitável, da qual me era impossível escapar, poderia ter-me lançado contra os raciocínios sensatos e argumentos que eram frutos de minhas reflexões mais íntimas, e contra dois ensinamentos tão evidentes como os que adquirira em minha primeira experiência.

Meu companheiro, que antes me ajudara a enrijecer-me, e que era filho do Capitão, agora estava mais desencorajado do que eu.

A primeira vez que falou comigo depois de chegarmos a Yarmouth – o que não foi antes de dois ou três dias, pois na cidade ficamos separados por vários quarteirões –, como dizia, a primeira vez que me viu, sua voz parecia alterada; mostrando-se muito abatido e sacudindo a cabeça, perguntou-me como estava e foi contando ao pai quem eu era e como havia feito essa viagem apenas como experiência, para travessias mais longas. O pai voltou-se para mim com um tom grave e preocupado:

– Jovem – disse ele –, nunca mais você deve embarcar, considere isso como um sinal claro e nítido de que a vida do mar não é seu destino.

– Ora, senhor – respondi. – O senhor não tornará a embarcar?

– Isto é diferente – disse ele. – O mar é minha profissão e, portanto, meu dever; mas o senhor, como fez essa viagem por experiência, pode perceber que prova o Céu já lhe deu do que o espera caso continue insistindo; talvez tudo isso nos tenha acontecido por sua causa, como Jonas no navio de Tarshish. Diga-me – continuou ele –, quem é o senhor? E por que razão resolveu ir para o mar?

Contei-lhe, então, um pouco da minha história, ao fim da qual ele irrompeu numa fúria invulgar.

– Que fiz eu – disse ele – para um desventurado miserável desses vir parar em meu navio? Eu não poria de novo o pé num mesmo barco que você nem por mil libras!

Mais tarde, entretanto, falou seriamente comigo e exortou-me a voltar para o meu pai, a não forçar a Providência e arruinar-me, pois era visível a mão divina contra mim.

– E, jovem – disse ele –, pode ter certeza, se não recuar, aonde quer que vá, não encontrará nada além de desgraças e decepções, até que se cumpram as palavras de seu pai.

Separamo-nos pouco depois, pois mal lhe respondi, não o vi mais, e aonde foi, ignoro. Quanto a mim, tendo algum dinheiro no bolso, viajei para Londres por terra; e lá, bem como durante o percurso, travei muitas lutas interiores: que rumo daria a minha vida, devia ir para casa ou para o mar?

Quanto a voltar para casa, a vergonha se opunha aos melhores impulsos que cruzavam meus pensamentos. Imediatamente ocorreu-me como ririam de mim meus vizinhos, e que vergonha sentiria ao ver, não só meu pai e minha mãe, como também todos os demais. Desde então observo com frequência o quão incoerente e irracional é o temperamento humano, especialmente dos jovens, para com a razão, que deveria guiá-los em tais casos, ou seja, os jovens não se envergonham de pecar e, no entanto, têm vergonha de arrepender-se; não vergonha da ação pela qual mereceriam justamente ser tachados de tolos, mas vergonha da volta, que só poderia fazer com que fossem estimados como sábios.

Contudo, estando minha vida nessas circunstâncias, permaneci algum tempo indeciso a respeito de que medidas tomar e sobre o rumo que daria a minha vida. A irresistível relutância em ir para casa persistia, enquanto se desvanecia a lembrança do desastre em que eu caíra; também debilitava-se o fraco impulso do meu desejo de volta, até que, afinal, abandonei completamente esses pensamentos e passei a procurar outra viagem.

A influência desastrosa, que me levou primeiro a sair da casa paterna e que me precipitava em direção à ideia desvairada de fazer fortuna, impregnava-me o espírito tão poderosamente com essas fantasias a ponto de fazer-me surdo a todo bom conselho, às súplicas e até às ordens de meu pai. Essa mesma influência, fosse ela o que fosse, pôs diante de mim o mais desventurado dos empreendimentos: subi a bordo de um navio com destino às costas da África ou, como dizem vulgarmente nossos marujos, rumo à Guiné. Foi muita infelicidade minha nunca ter, em todas essas aventuras, embarcado como marinheiro, pois se assim o fizesse, embora realmente pudesse ter trabalhado um pouco mais duro que o normal, teria ao menos aprendido o ofício de responder pelo mastro de proa e, no devido tempo, teria me qualificado como piloto ou imediato, quem sabe capitão. Mas como era meu destino escolher sempre o pior, assim procedi também nessa ocasião. Com dinheiro no bolso e boas roupas no corpo, sempre subia a bordo na condição de cavalheiro, de modo que não tinha qualquer ocupação no barco, nem aprendia nenhuma.

Tive, antes de tudo, sorte de encontrar muito boa companhia em Londres, o que nem sempre ocorre a jovens imprudentes e desorientados como então eu era. Geralmente o diabo não esquece de lhes armar bem cedo uma cilada, mas não foi assim comigo. Travei conhecimento primeiro com o capitão de um navio que estivera na costa da Guiné e que, tendo obtido excelente resultado lá, decidira empreender nova viagem. Interessando-se pela minha conversação, que não era de todo desagradável nessa época, e ouvindo-me declarar que tinha intenção de ver o mundo, disse-me que se viajasse com ele não teria despesa alguma; seria seu companheiro de mesa e seu camarada, e se pudesse carregar algo comigo, teria sobre essa mercadoria todas as vantagens que o comércio permitisse e talvez recebesse algum patrocínio.

Aceitei a oferta e, colocando-me em termos de estrita amizade com esse capitão, que era um homem honesto e franco, viajei com ele, levando comigo um pequeno carregamento, que aumentei consideravelmente graças à desinteressada honestidade do meu amigo Capitão, pois carreguei cerca de quinze quilos em bugigangas e quinquilharias que ele me aconselhou a comprar. Eu conseguira reunir esses quinze quilos com a ajuda de alguns parentes com os quais me correspondia e que, acredito, fizeram meu pai, ou pelo menos minha mãe, contribuir até esse ponto para minha aventura.

Essa foi a única viagem, dentre todas as minhas aventuras, na qual posso dizer que obtive êxito, o que devo à retidão e honestidade do meu amigo Capitão, de quem adquiri também um razoável conhecimento de matemática e das regras de navegação, aprendi a manter um registro do curso do navio, fazer observações astronômicas e, em suma, entender algumas coisas com as quais um marinheiro deve se familiarizar, pois assim como o Capitão se deleitava apresentando-me a essas coisas, eu me deliciava em aprendê-las. Numa palavra, essa viagem fez de mim tanto um mercador como um marujo, pois trouxe para casa cerca de dois quilos de ouro em pó, que me renderam em Londres, quando retornei, quase trezentas libras, e isso me encheu daquelas ideias ambiciosas que logo completariam minha ruína.

No entanto, até nessa viagem tive dissabores. Por exemplo, constantemente passava mal, tomado por violentas calenturas devido ao calor excessivo: a maior parte de nossos negócios se fazia na costa, entre os 15 graus de latitude norte e a própria linha do Equador. Para grande infelicidade minha, meu amigo faleceu logo após nossa chegada, e resolvi fazer de novo a mesma rota; embarquei no mesmo navio com aquele que na viagem anterior era seu imediato, mas que agora estava no comando da embarcação. Essa foi a expedição mais infeliz já empreendida por um homem, pois embora eu levasse apenas cem libras de minha recente fortuna, deixando as duzentas restantes com a viúva de meu amigo, que as guardou zelosamente, ainda assim não me faltaram desgraças nessa viagem. A primeira ocorreu quando nosso barco rumava em direção às ilhas Canárias, ou melhor, entre elas e a costa da África, pois fomos surpreendidos, certa manhã, por um corsário turco de Salé, que se pôs a nos perseguir com todas as velas içadas. Para escapar, imediatamente soltamos também todo pano que nossos mastros podiam suportar, mas nossa tentativa de ganhar distância logo se viu frustrada pelo avanço dos piratas, que certamente nos alcançariam em poucas horas; preparamo-nos então para lutar com nossos doze canhões contra os dezoito dos patifes. Por volta de três horas da tarde puseram-se em posição de ataque, mas tendo eles parado, por erro de manobra, em frente a nossa alheta, em vez de em frente a nossa popa, como pretendiam, levamos oito de nossos canhões para aquele lado e descarregamos todos de uma vez, obrigando-os a recuar, não sem responder ao nosso fogo e despejar também fogo ligeiro pelas mãos dos quase duzentos homens que tinham a bordo. Contudo, não tivemos um só homem ferido e permanecemos todos escondidos. Prepararam-se então para nos atacar novamente e nós para nos defendermos, mas dessa vez eles se aproximaram pela outra borda e invadiram nosso tombadilho com sessenta homens, que imediatamente se lançaram a cortar e retalhar os conveses e o cordame. Nós os recebemos com chumbo miúdo, baionetas e bombas, e duas vezes limpamos o convés. Contudo, para não alongar esse triste episódio de nossa história, com nosso barco avariado, três de nossos homens mortos e oito feridos, acabamos obrigados a render-nos e fomos todos levados prisioneiros a Salé, porto que pertencia aos mouros.

O tratamento que lá recebi não foi tão terrível como eu temera de início, nem fui carregado terra adentro até a corte do imperador, como ocorreu com os outros homens, mas fui mantido pelo capitão do barco como presa pessoal e feito seu escravo, pois eu era jovem, ágil e adequado para servi-lo. Diante dessa surpreendente mudança de posição – de mercador a miserável escravo – fiquei completamente arrasado. Olhei, então, para trás e lembrei-me do profético discurso que meu pai fizera, dizendo-me que logo estaria perdido e não teria ninguém para me ajudar, que agora se realizava de forma tão indiscutível. A mão divina me alcançara, e eu estava destruído, sem possibilidade visível de salvação. Mas, ah!, isso era apenas uma amostra da desgraça que eu haveria de vivenciar, como se verá na sequência desta história.

Como meu novo amo, ou patrão, havia-me levado para sua casa, fiquei na esperança de que também me levaria junto quando fosse novamente para o mar. Eu acreditava que mais cedo ou mais tarde seria seu destino cair nas mãos de um navio de guerra espanhol ou português e que, então, eu seria posto em liberdade. Mas essa esperança logo se desvaneceu, pois ao partir deixou-me em terra cuidando de seu pequeno jardim e fazendo o trabalho habitual dos escravos em sua casa. Quando voltou dessa viagem, ordenou-me que ficasse na cabine para cuidar do navio.

A essa altura eu não pensava em nada a não ser em minha fuga e no método que utilizaria para efetivá-la, mas não encontrava expediente algum que oferecesse a menor probabilidade de êxito. Nada me ocorria que tornasse razoável essa hipótese, pois não tinha ninguém com quem discuti-la e que se dispusesse a embarcar comigo: nenhum escravo como eu, nenhum inglês, irlandês ou escocês havia ali senão eu mesmo. Assim, em dois anos, embora muitas vezes me deleitasse com essa fantasia, jamais tive a mais remota perspectiva que me encorajasse a colocá-la em prática.

Passados dois anos, surgiu uma circunstância singular que fez renascer a antiga ideia de tentar de alguma forma reconquistar minha liberdade. Há muito tempo que meu amo permanecia em casa sem aparelhar o navio (segundo ouvi dizer, por falta de dinheiro). Duas vezes por semana, às vezes mais, se o tempo estava bom, ele costumava sair com o escaler do barco para pescar na enseada. Como levava sempre a mim e a um jovem mourisco para remar, nós o alegrávamos muito, principalmente eu, por haver demonstrado habilidade na pescaria; de modo que às vezes ele me mandava com um mouro, um de seus parentes, e o jovem, o Mourisco, como o chamavam, a fim de pescarmos para ele.

Aconteceu certa vez que, saindo para pescar numa manhã de absoluta calma, baixou um nevoeiro tão espesso que, embora não estivéssemos a meia légua da praia, a perdemos de vista. Remando sem saber onde ou em que direção, esforçamo-nos todo o dia e toda a noite seguinte e, quando amanheceu, verificamos que havíamos remado para o mar em vez de para a praia, que já estava a pelo menos duas léguas de distância. Contudo, voltamos para terra sãos e salvos, embora à custa de muitos esforços e algum perigo, pois começou a soprar um vento forte pela manhã; além do mais, estávamos famintos.

Mas nosso amo, alertado por esse acidente, resolveu tomar mais cuidado no futuro: reservou para si o grande escaler do nosso navio inglês do qual ele se apoderara e decidiu não sair mais para pescar sem uma bússola e algumas provisões. Ordenou então ao carpinteiro do navio, também escravo inglês, que construísse uma pequena cabine no meio do bote, como a de uma barca, com um lugar para ficar de pé atrás para dirigir o leme e recolher a vela grande, e com espaço na frente para um ou dois homens trabalharem de pé as outras velas; navegaria com o que chamamos de vela triangular de mastro. O botaló era preso por sobre a cabine, que era baixa e bem protegida, com espaço suficiente para ele se deitar, além de um escravo ou dois, e uma mesa para refeições, com alguns compartimentos fechados onde guardar as garrafas de bebidas que julgasse apropriadas e, sobretudo, pão, arroz e café.

Saíamos frequentemente para pescar nesse barco, e, como eu era o mais hábil na pesca, ele nunca saía sem mim. Certa vez, combinou zarpar nesse barco, para se divertir ou pescar, em companhia de três mouros de alguma distinção no lugar. Abasteceu-se então de forma extraordinária: mandara para bordo, de um dia para o outro, uma reserva de provisões maior que a usual e determinou que eu aprontasse três fuzis com pólvora e metralha que estavam em seu navio, pois pretendiam caçar aves selvagens, além de pescar.

Aprontei tudo conforme ele me instruíra e esperei a manhã seguinte com o barco, todo lavado, o pavilhão e flâmulas içados, e tudo para acomodar os visitantes. Dali a pouco, porém, meu amo subiu a bordo sozinho para dizer-me que os convidados haviam adiado o passeio, em virtude de alguns negócios imprevistos, e mandou-me com um homem e o rapaz, como de costume, sair com o barco e pescar para eles, pois seus amigos iam cear em sua casa, ordenando-me que retornasse assim que houvesse pescado o suficiente.

Foi então que os antigos anseios de libertação assomaram em meus pensamentos, pois compreendi que estava prestes a ter um pequeno navio sob meu comando. Assim que meu amo se afastou, tratei logo de abastecer-me, não para uma pescaria, mas para uma viagem, ainda que não soubesse e nem sequer houvesse refletido para onde levaria o barco, pois qualquer caminho para fora daquele lugar me servia.

Meu primeiro artifício foi arrumar um pretexto para falar com esse mouro e conseguir algo para nossa subsistência a bordo. Disse-lhe então que não devíamos ousar comer o pão de nosso amo, com o que ele concordou, trazendo uma cesta grande de biscoito ou pão torrado à moda deles e três jarras de água potável para o barco. Eu sabia onde ficara a caixa de garrafas do meu patrão, que, a julgar pelo fabricante, evidentemente haviam sido tomadas de algum navio inglês. Enquanto o mouro estava em terra, levei-as para o bote, como se já estivessem lá para o patrão. Transportei para lá também um bloco de cera de abelha, pesando mais de vinte e três quilos, um pacote de cordel ou linha, uma machadinha, uma serra e um martelo, que nos foram todos de grande utilidade, especialmente a cera, para fazer velas. Tentei outro ardil, no qual ele inocentemente também caiu; chamava-se Ismael, mas era conhecido como Muly ou Moeley. Falei então:

– Moeley, as armas do patrão estão no barco, será que você não poderia arranjar pólvora e balas? Talvez possamos matar alguns "alcamies" (ave selvagem semelhante ao nosso maçarico) para nós, pois sei que ele as guarda no navio.

– Está certo – disse ele –, vou buscar. – Como prometera, trouxe uma bolsa de couro que continha cerca de um quilo de pólvora, talvez mais, e outra com metralha, com quase dois quilos e meio, e algumas balas, colocando tudo no barco. Eu também encontrara um pouco de pólvora na cabine grande do navio, e com ela enchi uma das maiores garrafas da caixa, que estava quase vazia, despejando em outra o que estava nela. Assim, abastecido com o que precisava, saímos para pescar. No forte, à entrada do porto, sabiam quem éramos e não nos deram atenção; não estávamos a mais de uma milha dali quando recolhemos a vela e nos instalamos para a pescaria. O vento soprava de norte-nordeste, o que contrariava o meu desejo, pois, se soprasse do sul, eu com certeza acabaria dando na costa da Espanha e atingiria pelo menos a baía de Cadiz; decidira, no entanto, que, soprasse o vento de onde soprasse, eu fugiria daquele horrível lugar e deixaria o resto ao destino.

Depois de pescar por algum tempo sem apanhar nada, pois ao sentir peixe no anzol eu não puxava, para o mouro não ver, disse a ele:

– Assim não é possível, assim não atendemos o patrão, temos de ir mais longe.

Inocentemente, ele concordou e, estando na proa, içou as velas. Como eu estava ao leme, levei o barco por mais de uma légua, então parei como se fosse pescar, quando, entregando o leme ao rapaz, avancei para onde estava o mouro e, fingindo me abaixar para apanhar alguma coisa por trás dele, peguei-o de surpresa pela virilha e joguei-o por sobre a amurada. Voltou imediatamente à tona, pois nadava como um peixe, e suplicou para que o recolhesse, assegurando-me que iria a qualquer lugar do mundo comigo. Nadou então com tal vigor atrás do barco que me teria alcançado bem depressa, pois quase não ventava. Diante disso, entrei na cabine e, apanhando uma espingarda de caça, mostrei-a a ele, dizendo que não lhe faria mal algum e que, se não tentasse subir a bordo, não atiraria contra ele.

– Você nada suficientemente bem para alcançar a praia – acrescentei – e o mar está calmo; volte o mais rápido possível e não lhe farei mal, mas se chegar perto do barco, lhe darei um tiro na cabeça, pois estou decidido a conquistar minha liberdade.

Virou-se, então, e nadou para a praia, e não tenho dúvida de que a alcançou facilmente, pois era um exímio nadador.

Poderia ter ficado satisfeito levando esse mouro comigo e afogando o rapaz, porém estava fora de cogitação confiar nele. Quando se foi, voltei-me para o garoto, que era conhecido como Xury e disse a ele:

– Xury, se me for fiel farei de você um grande homem, mas se não alisar o rosto em sinal de lealdade, ou seja, jurar por Maomé e pela barba de seu pai, terei que jogá-lo no mar também.

Diante disso o garoto sorriu e, com um jeito tão inocente que não pude suspeitar dele, jurou-me ser fiel e ir comigo a qualquer parte do mundo.

Enquanto eu ainda avistava o mouro a nadar, aproei diretamente para o largo, navegando mais a barlavento, para que pensassem que eu me dirigiria para a boca dos estreitos (como de fato deveria fazer qualquer pessoa em seu juízo), pois quem imaginaria que rumávamos para o sul, para a costa onde nações inteiras de negros certamente nos cercariam com suas canoas e nos destruiriam; onde jamais poderíamos dar à praia sem ser devorados por feras selvagens, ou por selvagens da espécie humana ainda mais cruéis?

Mas assim que escureceu, mudei de curso e voltei a proa para o sul quarta sudeste, inclinando um pouco para o leste, para não perder de vista a costa. Com o vento firme e o mar calmo e sereno, navegamos tanto que, às três da tarde do dia seguinte, quando calculei a posição, deduzi que não podíamos estar a menos de 150 milhas ao sul de Salé, muito além dos domínios do imperador de

Marrocos e, provavelmente, de qualquer outro reino, pois não enxergamos ninguém.

    Todavia, era tal o temor que me inspiravam os mouros e tamanho o pavor de cair em suas mãos, que não quis parar, ir à terra ou mesmo ancorar (pois o vento se mantinha favorável) até ter navegado desse modo cinco dias. Então, como o vento mudara para o sul, concluí que quaisquer dos barcos que estivessem a minha caça agora haveriam de parar e aventurei-me a aproximar-me da costa, ancorando na foz de um pequeno rio que me era tão desconhecido quanto a latitude, o país e os habitantes. Tampouco vi ou desejei ver alguém; o que eu mais desejava era água potável. Entramos nesse riacho ao entardecer, resolvidos a nadar de noite até a praia e explorar a região, mas, assim que escureceu, ouvimos rugidos, uivos e latidos tão horríveis de criaturas selvagens e desconhecidas, que o pobre rapaz esteve prestes a morrer de medo e suplicou-me que não fosse à terra até o amanhecer.

    – Está bem, Xury – disse eu –, não irei, então, mas se durante o dia nos depararmos com homens que para nós sejam tão maus quanto esses leões?

    – Aí mandamos bala neles – disse Xury rindo –, fazemos eles correr – continuou no pouco inglês que aprendera com os escravos.

    Contudo, estava feliz por ver o rapaz tão animado e dei-lhe um trago (da caixa de garrafas do patrão) para animá-lo ainda mais. Afinal, o conselho de Xury era bom, e eu o segui. Arriamos nossa pequena âncora e passamos a noite toda quietos; digo quietos porque não pregamos o olho, pois daí a duas ou três horas vimos enormes criaturas de espécie desconhecida descerem à praia e correrem para a água, chapinhando e banhando-se pelo prazer de se refrescarem; soltavam uivos e berros tão horrendos como, sinceramente, jamais ouvira algo semelhante.

    Eu estava tão assustado quanto Xury, mas nosso espanto cresceu ainda mais quando ouvimos uma daquelas enormes criaturas nadando em direção ao nosso barco. Não podíamos vê-la, mas percebíamos pelo resfolegar que era um animal monstruoso, enorme e feroz; Xury acreditava tratar-se de um leão, o que realmente poderia ser, suplicando-me para que levantasse âncora e remasse para longe.

– Não, Xury – disse-lhe –, podemos soltar o cabo com a boia e entrar um pouco no mar, eles não poderão nos seguir muito longe.

Mal acabei de dizer isso e percebi a criatura (o que quer que fosse) a uma distância de dois remos, o que me deixou bastante surpreso; mas imediatamente fui até a porta da cabine e, pegando minha arma, disparei contra ela, que de imediato fez meia-volta e nadou para a praia.

Seria impossível descrever os horríveis ruídos, berros e uivos que se elevaram na costa e mais para o interior da mata diante do estrondo do disparo, coisa que provavelmente aquelas criaturas ouviam pela primeira vez. Isso me convenceu de que seria insensato desembarcar durante a noite, assim como fazê-lo à luz do dia era também outro problema: cair nas mãos de selvagens teria sido tão mau quanto perecer nas patas de leões e tigres. Em suma, ambas as coisas nos pareciam igualmente funestas.

De uma forma ou de outra, éramos obrigados a desembarcar em algum lugar para conseguir água, pois já não tínhamos nem meio litro no barco; a questão era quando e onde buscá-la. Xury disse que se eu o deixasse ir a terra com uma das jarras, se lá houvesse água ele traria um pouco para mim. Perguntei-lhe então por que iria ele, por que não eu, ficando ele no barco. O rapaz respondeu com tanta afeição que me fez amá-lo para sempre:

– Se os selvagens vierem – disse ele –, eles me comem, e senhor vai embora.

– Bem, Xury – respondi –, iremos os dois, e se aparecerem selvagens, nós os mataremos, eles não devorarão nenhum de nós.

Dei a ele um pedaço de pão torrado e um gole de uma das garrafas da caixa do patrão que já mencionei; aproximamos o barco o máximo possível da praia e descemos à terra, sem levar nada além de nossos braços e duas jarras para água.

Não me arrisquei a perder de vista o barco, temendo a chegada de canoas com selvagens rio abaixo. O garoto, enxergando uma baixada a cerca de uma milha terra adentro, apressou-se em ir para lá, mas logo o vi correndo em minha direção. Pensei que um selvagem o perseguia ou que uma fera o tivesse assustado e corri para socorrê-lo, mas, quando estava mais perto, vi em seus ombros uma criatura que ele abatera, parecida com uma lebre, mas de cor diferente e pernas compridas. Ficamos muito satisfeitos, pois a carne era muito boa; a grande alegria do pobre Xury, entretanto, era para me contar que encontrara água boa e não avistara selvagens.

Mais tarde, porém, verificamos que não era preciso tanto esforço por causa de água, pois um pouco acima da enseada onde estávamos descobrimos que a água era doce quando a maré vazava e vinha de uma nascente logo adiante. Enchemos, então, nossas jarras, nos banqueteamos com a lebre que havíamos caçado e nos preparamos para partir, sem ter visto quaisquer pegadas de criaturas humanas nessa região.

Como viajara anteriormente por essa costa, sabia muito bem que as ilhas Canárias, e também as ilhas do Cabo Verde, não estavam situadas muito longe do litoral. Mas não tinha instrumentos para fazer uma observação e saber em qual latitude estávamos, nem sabia exatamente, ou pelo menos não me recordava, a latitude em que elas se encontravam. Não tinha ideia de como poderia encontrá-las, nem a que altura aproar para alcançá-las; não fosse isso, teria facilmente localizado algumas dessas ilhas. Mas a minha esperança, caso continuasse navegando ao longo da costa até chegar ao trecho onde os ingleses negociavam, era encontrar alguns de seus navios em sua rota habitual; eles nos dariam socorro e nos recolheriam.

De acordo com meus cálculos mais precisos, o lugar onde agora me encontrava devia ser a região que, situando-se entre os domínios do imperador de Marrocos e os dos negros, se estende árida e desabitada, com exceção dos animais selvagens, pois os negros abandonaram-na, indo mais para o sul, com medo dos mouros; estes julgavam não valer a pena ocupá-la por ser estéril. Na verdade, ambos a abandonaram em razão do extraordinário número de tigres, leões, leopardos e outras criaturas ferozes que lá se abrigavam. Assim, os mouros só a usam para a caça, para a qual vão com um exército, com dois ou três mil homens de cada vez. E, de fato, por quase uma centena de milhas ao longo dessa costa, não vimos nada além de uma vasta região deserta de dia, e nada ouvimos senão os uivos e rugidos de feras selvagens à noite.

Uma ou duas vezes, durante o dia, acreditei ter enxergado o pico de Tenerife, nas Canárias, e tive uma vontade imensa de aventurar-me mar adentro, na esperança de chegar até lá. Duas vezes tentei e fui repelido por ventos contrários, além do mar agitado demais para minha pequena embarcação, e resolvi então ater-me ao plano inicial e navegar ao longo da costa.

Diversas vezes tive que ir a terra em busca de água doce depois que deixáramos aquele lugar. Numa delas, de manhã cedo, ancoramos junto a um pequeno promontório, embora fosse muito alto, e aproveitando a maré que começava a subir nos deixamos levar para mais perto da terra. Xury, cuja vista parecia mais aguçada que a minha, chamou-me baixinho, e disse que era melhor nos afastarmos da costa.

– Olhe – disse ele –, tem um monstro terrível do lado daquele morro, ferrado no sono.

Olhei para onde apontava e de fato vi um monstro medonho, um leão terrivelmente grande perto da praia, à sombra de uma projeção rochosa do morro que pendia ligeiramente sobre ele.

– Xury – disse-lhe –, vá até a praia e mate-o.
– Eu, matar? Ele me come de uma boca só.

Ele queria dizer de uma só bocada. Contudo, não lhe disse mais nada e, ordenando-lhe que deitasse e ficasse calado, apanhei nossa maior arma, que tinha quase o calibre de um mosquete, carreguei-a com uma boa carga de pólvora e dois pedaços de metralha e coloquei-a no chão. Depois, carreguei outra arma com duas balas, e a terceira – pois tínhamos três – carreguei com cinco balas menores. Mirei o melhor que pude com a primeira para acertar na cabeça, mas ele estava com a pata levantada um pouco acima do nariz, e o metal atingiu-lhe a perna à altura do joelho, quebrando--lhe o osso. Rosnando muito, a princípio tentou pôr-se de pé, mas, sentindo a perna quebrada, caiu de novo; logo levantou-se em três pernas e soltou o mais horrendo rugido que eu jamais ouvira. Eu estava um pouco surpreso por não tê-lo acertado na cabeça; contudo, apanhei imediatamente a segunda arma e, quando ele começou a se afastar, detonei de novo, atingi-o na cabeça e tive o prazer de vê-lo cair, quase sem fazer barulho, dando seus últimos espasmos.

Xury, então, tomou coragem e pediu-me para deixá-lo ir à praia. Tão logo consenti, saltou n'água com uma pistola na mão, nadou com a outra até aproximar-se do leão e, encostando-lhe o cano na orelha, disparou o tiro de misericórdia.

Sem dúvida, aquilo era uma grande caça, mas não era comida, e lamentei muito perder três cargas de pólvora e abater uma criatura que não possuía valor algum para nós. Xury, no entanto, disse que conservaria algo dele e, quando veio a bordo, pediu-me emprestado a machadinha.

– Para quê, Xury? – perguntei.
– Para cortar cabeça dele – respondeu.

Xury, entretanto, não conseguiu cortar-lhe a cabeça e cortou uma pata monstruosamente grande, que levou para bordo. Ocorreu-me então que talvez a pele do leão pudesse ter alguma utilidade e resolvi esfolá-lo. Xury e eu nos pusemos a trabalhar. Ele, no entanto, era muito mais hábil que eu nessa tarefa, na qual encontrei muita dificuldade. Tomou-nos o dia inteiro, mas afinal tiramos a pele e a estendemos sobre o teto da cabine, onde o sol a secou em dois dias, e desde então serviu-me para dormir sobre ela.

Depois dessa parada, seguimos para o sul ininterruptamente durante dez ou doze dias, vivendo com parcimônia de nossas provisões, que começavam a reduzir-se muito, e só baixando à praia quando forçados pela necessidade de água doce. Meu plano era rumar para o rio Gâmbia ou Senegal, ou seja, nas proximidades de Cabo Verde, onde eu tinha esperança de encontrar algum navio europeu. Do contrário, não saberia que rumo tomar, a não ser partir em busca das ilhas ou perecer nas mãos dos negros. Sabia que todos os navios vindos da Europa, com destino à costa da Guiné, Brasil ou Índias Orientais, davam no Cabo ou nessas ilhas. Numa palavra: joguei todo o meu destino neste único dilema: ou encontrava algum navio ou perecia.

Durante esses dez dias, enquanto tratava de pôr em prática essa decisão, comecei a ver que a terra era habitada. Em dois ou três lugares pelos quais navegamos, vimos gente na praia nos olhando passar. Pudemos observar também que eram negros e estavam completamente nus. Certa ocasião senti-me inclinado a travar relação com eles, mas Xury era meu melhor conselheiro e disse-me:

– Não ir, não ir.

Contudo, aproximei-me um pouco mais da costa para que pudesse lhes falar, e eles se puseram a correr, acompanhando-nos por uma boa distância ao longo da praia. Observei que não portavam armas, a não ser um, que levava um longo e delgado bastão, que Xury afirmou ser uma lança que eles arremessavam de longa distância e com boa pontaria. Mantive-me, portanto, afastado, mas conversei com eles da melhor maneira que pude, por sinais, principalmente aqueles que se referem à comida. Acenaram para que eu parasse o barco e deram a entender que me trariam algum alimento. Enquanto eu arriava a vela e parava para esperar, dois deles correram terra adentro e em menos de meia hora voltaram trazendo dois pedaços de carne seca e um pouco de cereal que eles produzem nessa região. Apesar de não termos ideia do que eram, estávamos dispostos a aceitá-los, mas não sabíamos como chegar até eles, pois não pretendia aventurar-me até a praia e eles também estavam com medo de nós. Contudo, descobriram um meio seguro para todos, pois deixaram a comida na praia e afastaram-se a uma grande distância, até que nós a buscamos e a trouxemos para bordo; então eles tornaram a se aproximar.

Fizemos sinais de agradecimento para eles, pois nada tínhamos para lhes dar em troca. Mas logo se apresentou uma ótima oportunidade para obsequiá-los, pois enquanto ainda estávamos perto da praia, vieram duas criaturas imensas, uma perseguindo a outra (assim nos pareceu) com grande fúria, vindas das montanhas para o mar. Se era um macho perseguindo a fêmea, ou se estavam brincando ou brigando, não sabíamos dizer, assim como ignorávamos se era coisa habitual ou algo de extraordinário. Mas acredito que se tratava da última hipótese, porque, em primeiro lugar, essas vorazes criaturas raramente aparecem a não ser à noite; em segundo, notamos que as pessoas estavam terrivelmente assustadas, principalmente as mulheres. O homem armado com a lança, ou dardo, não fugiu, mas os outros sim. Contudo, as duas criaturas correram diretamente para a água. E não pareciam pretender atacar os negros: mergulharam no mar e ficaram por ali nadando como se tivessem vindo para divertir-se. Uma das criaturas aproximou-se de nosso barco mais do que eu esperava, mas estava preparado para ela, pois carregara minha arma com a maior presteza possível e fizera Xury carregar as outras duas. Assim que a criatura chegou razoavelmente a meu alcance, disparei e acertei em cheio na cabeça. Imediatamente ela afundou, mas voltou logo à tona e ficou mergulhando e aparecendo como se estivesse em agonia; e realmente estava. Em seguida, pôs-se a nadar em direção a terra, mas, apanhada entre a ferida que lhe causava dor mortal e o afogamento, morreu quando estava prestes a atingir a praia.

 É impossível descrever o espanto dessas pobres criaturas diante do estampido e do clarão do tiro; algumas delas quase morreram de medo e caíram como mortas, de puro terror. Mas quando viram o animal morto e submerso na água e meus sinais para que viessem para a praia, recobraram ânimo e começaram a procurar o corpo. Localizei-o pelo sangue que manchava a água e, com ajuda de uma corda que passei em torno do animal e dei aos negros para que puxassem, eles o arrastaram para a praia, viram que era um leopardo dos mais interessantes, malhado e admiravelmente belo, e levaram as mãos à cabeça, admirados ao se lembrarem com que eu o matara.

 A outra criatura, assustada com o clarão do tiro e o ruído da arma, nadou para a praia e subiu correndo em direção às montanhas de onde ambos haviam vindo, sem que eu conseguisse saber à distância que animal era. Logo entendi que os negros estavam dispostos a alimentar-se com aquela carne, de modo que me dispus a deixar que ficassem com ela, como um favor meu, e quando lhes fiz sinal de que podiam pegá-la, eles se mostraram muito agradecidos. Imediatamente se lançaram ao trabalho e, embora não tivessem faca, com um pedaço pontiagudo de madeira tiraram-lhe a pele com uma presteza tão grande ou maior do que a nossa trabalhando com uma faca. Ofereceram-me um pouco de carne, que recusei, gesticulando que os havia presenteado, mas apontei para a pele, que me deram generosamente, e me trouxeram mais uma grande quantidade de provisões, coisas que, embora eu não conhecesse, mesmo assim aceitei. Fiz então sinais pedindo água e estendi para eles uma de minhas jarras, virando-a de boca para baixo, para mostrar que estava seca e que eu a queria cheia. Logo chamaram alguns amigos, e vieram duas mulheres que traziam um grande vaso de argila e, suponho, queimado ao sol. Eles o puseram no chão para mim, e mandei Xury para a praia com as jarras, que encheu todas. As mulheres estavam tão completamente nuas quanto os homens.

Agora abastecidos de raízes e cereal, ou o que quer que fosse, e de água, deixamos os amigos negros e seguimos navegando mais onze dias aproximadamente, sem pensar em acercar-nos da costa, até que um dia avistei a terra avançando muito no oceano, a uma distância de quatro ou cinco léguas de onde eu me encontrava. Como o mar estava bastante calmo, coloquei-me bem ao largo para chegar onde queria e, afinal, quando dobramos o promontório a umas duas léguas de distância, havia, claramente, terra à vista do outro lado, além do mar. Concluí, então, como era sem dúvida o mais certo, que se tratava do promontório de Cabo Verde, e aquelas eram as ilhas, as assim chamadas ilhas do Cabo Verde. Contudo, estavam a uma grande distância, e eu não sabia qual a melhor maneira de agir, pois se um vento forte me alcançasse, eu não chegaria nem a um lugar nem a outro.

Nesse dilema, fui até a cabine para refletir melhor, deixando Xury ao leme, quando repentinamente o ouvi gritar:

– Senhor, senhor, um barco à vela.

O tolo estava fora de si de tanto medo, pensando que fosse um dos navios de seu antigo amo, enviado para nos perseguir, quando eu sabia que nos afastáramos muito além do seu alcance. Num pulo, saí da cabine e vi imediatamente que era um navio português e, segundo julguei, com destino à costa da Guiné à busca de negros. Mas ao observar o curso que seguia, logo me convenci de que rumava para outro lugar e não pretendia aproximar-se mais da costa, diante do que naveguei o quanto pude mar adentro, resolvido a falar com eles, se possível.

Navegando a todo pano, percebi que não conseguiria alcançá-los e que eles se afastariam antes que pudesse fazer qualquer sinal.

Após ter forçado as velas ao máximo, quando já começava a me desesperar, parece que eles conseguiram me ver com a ajuda de lunetas e verificaram tratar-se de um bote europeu, que imaginaram pertencer a algum navio perdido, e, reduzindo a vela, deixaram que eu me aproximasse. Isso me encorajou e, como conservara a bordo o pavilhão de meu antigo amo, fiz com ele sinal de perigo e disparei um tiro, ambos avistados por eles, pois disseram ter visto a fumaça, embora não tivessem escutado o tiro. Diante desses sinais, eles generosamente se aproximaram, detiveram o barco e cerca de três horas depois eu subia a bordo.

Fizeram-me muitas perguntas em português, espanhol e francês, mas eu não entendia nenhuma dessas três línguas. Afinal, um marinheiro escocês dirigiu-se a mim, e pude explicar-lhe que era inglês e que fugira do cativeiro dos mouros de Salé, sendo imediatamente muito bem recebido a bordo com todos os meus pertences.

Foi para mim uma alegria indescritível, e da qual ninguém poderá duvidar, ter sido assim resgatado de uma situação que eu considerava a tal ponto desgraçada e quase sem esperança, que imediatamente ofereci tudo o que tinha ao capitão do navio em agradecimento pela minha salvação. Mas ele generosamente declarou que nada aceitaria de mim, que tudo o que eu possuía me seria entregue em segurança quando aportasse no Brasil.

– Salvei sua vida – disse ele – exatamente nas condições em que eu próprio gostaria de ser salvo, e talvez algum dia meu destino seja o de ser recolhido nas mesmas circunstâncias. Além disso – acrescentou –, ao transportá-lo para o Brasil, a uma distância tão grande de sua própria terra, se lhe tomar o que tem, lá o senhor morrerá de fome, portanto, só lhe tomaria a vida que lhe dei. Não, não, "seignor inglese" – disse ele –, eu o levarei por caridade, e essas coisas o ajudarão a garantir sua subsistência enquanto estiver lá e a comprar sua passagem de volta para casa.

Ele foi tão caridoso na proposta quanto exato na sua execução, pois ordenou aos marujos que ninguém tocasse em nada das minhas coisas. Em seguida, tomou posse de todas elas e entregou-me um inventário completo, para que eu as resgatasse, incluindo até minhas três jarras de barro.

Quando viu meu barco, que era muito bom, quis comprá-lo para uso do navio e perguntou-me quanto pedia por ele. Respondi que fora tão generoso comigo em tudo que não poderia fixar um preço e deixava inteiramente a seu critério, diante do que ele prometeu dar-me uma nota de próprio punho, pela qual me pagaria por ele oitenta peças de oito no Brasil, e que, chegando lá, se qualquer pessoa oferecesse mais, ele cobriria a oferta. Ofereceu-me também mais sessenta peças de oito pelo pequeno Xury, o que relutei em aceitar, não porque não quisesse que o Capitão ficasse com ele, mas porque hesitava muito em vender a liberdade do rapaz que tão lealmente me ajudara a conseguir a minha. Contudo, quando lhe expliquei a razão, ele reconheceu que era justa e me propôs a seguinte solução: daria ao rapaz garantia de libertá-lo dentro de dez anos, se ele se convertesse ao cristianismo. Diante disso, e como Xury disse que estava disposto a ir com o Capitão, eu concedi.

Fizemos boa viagem até o Brasil e cerca de vinte e dois dias depois chegamos à Baía de Todos os Santos. Novamente eu estava a salvo da mais miserável de todas as situações e agora precisava decidir o que fazer.

Jamais teria como retribuir o generoso tratamento que o Capitão me dispensara. Nada aceitou de mim pela passagem, deu-me vinte ducados pela pele do leopardo, quarenta pela do leão e cuidou para que cada coisa que eu tinha no navio me fosse prontamente devolvida. O que eu estava disposto a vender ele comprou, como a caixa de garrafas, duas de minhas armas e um pedaço de bloco de cera de abelha, pois eu fabricara velas com o resto. Em suma, reuni cerca de 220 peças de oito com toda a minha carga e, com esse capital, desembarquei no Brasil.

Não fazia muito tempo que estava ali quando fui recomendado pelo Capitão à casa de um homem tão honesto e honrado quanto ele, que possuía um engenho, como é chamada a plantação de cana-de-açúcar e sua respectiva refinaria. Morei com ele algum tempo e dessa forma familiarizei-me com o modo de plantar e fazer o açúcar. Vendo como os plantadores viviam bem e enriqueciam, resolvi, então, se conseguisse permissão para estabelecer-me lá, tornar-me plantador como eles, tentando nesse ínterim descobrir um meio de me transferirem o dinheiro que deixara em Londres. Com esse fim, solicitei e obtive uma espécie de carta de naturalização, comprei toda a terra inculta que meu dinheiro poderia pagar e tracei um plano para minha plantação e instalações, de acordo com o capital que esperava receber da Inglaterra.

Meu vizinho era um português de Lisboa, filho de pais ingleses de nome Wells, e estava em condições muito semelhantes às minhas. Eu o chamava vizinho, porque sua plantação era lindeira, e durante dois anos plantamos mais para comer do que qualquer outra coisa. Contudo, começamos a progredir e nossa terra a tomar jeito. No terceiro ano plantamos algum fumo e cada um de nós preparou um terreno grande para plantar cana no ano seguinte. Mas nós dois precisávamos de braços para nos ajudar, e mais do que nunca percebi o erro que cometera ao separar-me de Xury.

Mas, enfim, para mim, que jamais acertara, errar não era nenhuma surpresa. Não havia remédio senão continuar. Entrara numa atividade inteiramente estranha ao meu temperamento e diametralmente oposta à vida que me agradava e pela qual abandonara a casa de meu pai e agira contra todos os seus bons conselhos. Mais do que isso: estava entrando exatamente naquele nível médio, ou situação superior para os humildes, que meu pai antes me recomendara e que, se persistisse nele, teria dado no mesmo permanecer em casa, ao invés de ter-me fatigado pelo mundo do modo que o fizera. Muitas vezes dizia a mim mesmo: isto eu poderia ter feito na Inglaterra junto dos meus amigos, mas viajei 5 mil milhas para fazê-lo entre estranhos e selvagens e a uma distância tal que jamais teria notícias de qualquer parte do mundo onde existisse o menor conhecimento sobre mim.

Assim, costumava olhar para minha situação com o mais profundo arrependimento. Não tinha ninguém para conversar, a não ser, de vez em quando, o vizinho que mencionei; nenhum trabalho a fazer que não fosse manual; e costumava dizer que vivia como um náufrago numa ilha deserta sem ninguém a não ser eu próprio. Mas cada um tem o que merece, e sobre isso deveriam refletir todos os homens, pois, ao compararem sua situação atual com outras piores, podem ser obrigados pelo Céu a fazer a troca, e a então se convencer de sua antiga felicidade por iniciativa própria. Refiro-me a como foi justo meu destino ser uma vida inteiramente solitária numa ilha de desolação absoluta, pois, tantas vezes e de forma injusta, havia comparado tal existência com a vida que então levava, e na qual, tivesse eu perseverado, teria com toda a probabilidade me tornado extremamente próspero e rico.

Em certa medida, dentro de minhas limitações, encontrava-me organizado para dar continuidade à plantação antes mesmo que meu salvador e bom amigo, o Capitão, decidisse partir, pois seu barco já permanecera três meses completando o carregamento e aparelhando-se para a viagem. Quando lhe contei do pequeno capital deixado em Londres, ele me deu este sincero conselho de amigo:

– "Seignor inglese" – disse ele, pois era assim que me chamava –, se me der cartas e uma procuração na forma da lei, com instruções à pessoa que guarda seu dinheiro em Londres para enviar seus haveres a Lisboa às pessoas que indicarei e trocá-los em mercadorias conforme convém a este país, eu lhe trarei tais produtos em meu retorno, se essa for a vontade de Deus. Mas como todas as coisas humanas estão sujeitas a mudanças e desastres, eu lhe alertaria para que suas instruções não excedessem cem libras esterlinas, que o senhor diz ser metade do seu capital, deixando correr a sorte para essa metade. Assim, se esta chegar a salvo, pode mandar buscar a outra metade, a fim de ter recursos para se abastecer.

Esse conselho era tão benéfico, e parecia tão amigável, que só pude me convencer de que era o melhor caminho a tomar. Escrevi então cartas para a senhora com quem deixara o dinheiro e uma procuração para o Capitão português, conforme ele queria.

Para a viúva do capitão inglês, fiz um relato completo de todas as minhas aventuras, meu cativeiro, a fuga e como encontrara no mar o capitão português, a benevolência de seu comportamento e a situação em que me encontrava agora, dando-lhe também todas as instruções necessárias para o meu abastecimento. E quando esse honesto capitão chegou a Lisboa, enviou, por intermédio de mercadores ingleses que estavam lá, não apenas a encomenda, como também um relato completo de minha história a um negociante em Londres, que prontamente o transmitiu à viúva. Diante disso, ela não só lhe entregou o dinheiro, como também mandou de sua própria bolsa para o Capitão em Portugal um belo presente por sua clemência e caridade comigo.

O mercador de Londres, investindo essas cem libras em mercadorias inglesas, conforme o Capitão determinara por escrito, enviou-as diretamente para ele em Lisboa, que por sua vez as trouxe a salvo para mim no Brasil. Entre essas mercadorias, sem que eu o orientasse (pois eu era demasiadamente novo no negócio para ter noção do que precisaria), ele tivera o cuidado de incluir todo tipo de ferramentas, ferragens e utensílios necessários para minha plantação, que me foram de grande utilidade.

Quando chegou o carregamento, pensei que minha fortuna estava feita, tamanha foi a alegria ao vê-lo. Além do mais, meu bom administrador, o Capitão, utilizara as cinco libras que minha amiga lhe enviara de presente para comprar-me e trazer um criado com um contrato de seis anos de servidão, pois nada queria em troca, sob hipótese alguma, exceto um pouco de tabaco, que o fiz aceitar por ser de minha própria produção.

E isso não foi tudo: como todas as mercadorias eram de fabricação inglesa, tais como roupas, tecidos, baetas e outras coisas particularmente valiosas e desejadas na região, pude vendê-las de forma muito vantajosa. Posso assegurar que quadrupliquei o valor de meu carregamento inicial e estava agora infinitamente melhor que meu pobre vizinho, pelo menos no que se refere ao desenvolvimento da plantação, pois, antes de mais nada, comprei um escravo negro e também um servo europeu, isto é, um outro além daquele que o Capitão me trouxera de Lisboa.

Mas prosperidade em excesso vem a ser muitas vezes o caminho para a maior adversidade. Foi assim que aconteceu comigo. No ano seguinte continuei obtendo grande êxito com a plantação. Produzi cinquenta rolos grandes de tabaco em minha própria terra, além do que vendera aos vizinhos para atender as minhas necessidades. E esses cinquenta rolos, que pesavam cada um mais de quarenta quilos, foram bem curtidos e guardados, à espera do retorno da frota de Lisboa. Então, com os negócios crescendo e a riqueza aumentando, minha cabeça começou a povoar-se de projetos e empreendimentos fora do meu alcance, fantasias que frequentemente acabam sendo a ruína dos melhores comerciantes.

Tivesse eu continuado na posição em que me encontrava, teria oportunidade de gozar todas as coisas boas que ainda não havia desfrutado e que existem em profusão na calma e sossegada situação intermediária da vida, que meu pai tão sincera e ardorosamente recomendara. Mas naquele momento minhas preocupações eram outras, e eu ainda me tornaria o agente voluntário de todas as minhas próprias desventuras. Haveria, em especial, de aumentar o grau de minha culpa, redobrando as reflexões que os futuros ócios e tristezas me dariam oportunidade de fazer. Todos esses infortúnios eram consequência de meu apego aparentemente obstinado à insensata inclinação de vagar pelo mundo, e de meu abandono a essa paixão, que contrariava a perspectiva tão mais clara de que me faria bem simplesmente perseguindo com honestidade os objetivos de vida que a natureza e a Providência se encarregariam de apresentar-me e fazer meu dever.

Como já acontecera uma vez, quando decidi romper com meus pais, também agora era incapaz de me sentir satisfeito: precisava partir e abandonar a boa oportunidade que tinha de tornar-me um homem rico e próspero em minha nova plantação, apenas para correr atrás do desejo imprudente e imoderado de subir mais depressa do que a natureza das coisas admitia. E foi assim que novamente me lancei no mais profundo abismo de misérias em que jamais caiu um homem, onde nada poderia ser compatível com uma vida decente e uma posição de bem-estar no mundo.

Então, para entrar passo a passo nos devidos pormenores desta parte da história, não é difícil imaginar que, já tendo vivido quase quatro anos no Brasil e começando a progredir e a prosperar bastante em minha plantação, eu já teria não somente aprendido a língua, mas também travado conhecimentos e feito amizades entre os meus colegas plantadores, assim como entre os negociantes de São Salvador, que era o nosso porto. Em minhas conversações com eles, muitas vezes lhes fizera o relato de minhas duas viagens à costa da Guiné, sobre o modo de comerciar com os negros de lá, e de como era fácil conseguir na costa, em troca de bugigangas como contas, brinquedos, facas, tesouras, machadinhas, pedaços de vidro e coisas do gênero, não apenas ouro em pó, cereais da Guiné, presas de elefante, etc., mas também negros em quantidade para servir no Brasil.

Sempre escutavam atentamente minhas exposições a respeito desses tópicos, em especial a parte relacionada com a compra de negros, cujo comércio naquela época não era muito intenso, pois era feito apenas de acordo com os "assientos", ou concessões dos reis da Espanha e Portugal, em regime de monopólio estatal. Assim, traziam-se poucos negros, e muito caros.

Certa ocasião, estando em companhia de alguns negociantes e plantadores de minhas relações, falei com grande interesse sobre todas essas coisas. Então, na manhã seguinte, três deles vieram ao meu encontro e disseram que haviam meditado muito a respeito do que lhes falara na noite anterior e que vinham me fazer uma proposta confidencial. Depois de me recomendarem segredo, disseram que pretendiam aparelhar um barco para ir à Guiné, pois tinham plantações como eu e nada os limitava mais que a falta de braços. Como se tratava de um comércio no qual não se poderia persistir, já que a venda pública de escravos estava proibida, desejavam fazer apenas uma viagem, descarregar discretamente os negros numa praia e dividi-los entre suas próprias plantações. Em suma, queriam saber se aceitaria ir como comissário de bordo para dirigir os negócios na costa da Guiné. Em troca, ofereceriam-me igual participação na divisão dos escravos e isenção de frete.

Devo confessar que seria uma proposta interessante, caso não houvesse sido feita a alguém já estabelecido, com uma plantação própria para cuidar, um bom capital investido e boas expectativas de desenvolvimento. Bastava perseverar por mais três ou quatro anos naquilo que iniciara e então fazer vir da Inglaterra as outras cem libras, pois, a essa altura e com esse pequeno acréscimo, dificilmente faturaria menos de três ou quatro mil libras esterlinas, e meu capital continuaria a aumentar. Pensar numa viagem dessas era a coisa mais absurda que um homem em tais circunstâncias poderia ser capaz de conceber.

Mas eu, que nascera para ser o agente da minha própria destruição, fui tão incapaz de resistir a essa proposta quanto o fui de conter os meus primeiros ímpetos aventureiros, apesar dos bons conselhos de meu pai. Respondi que iria com o maior entusiasmo, desde que eles se comprometessem a cuidar da minha plantação na minha ausência e que a transferissem a quem eu indicasse, em caso de malogro. Isto todos prometeram fazer e passaram aos respectivos pactos ou contratos. Fiz um testamento formal declarando meu herdeiro universal o capitão do navio que me salvara a vida, mas obrigando-o, na hipótese da minha morte, a vender os meus haveres conforme o disposto, metade do produto ficando para ele e a outra sendo enviada para a Inglaterra.

Em suma, tomei todas as precauções a fim de preservar os meus bens e conservar a plantação. Tivesse metade da prudência no cuidado de minha própria pessoa e avaliado o que devia e não devia fazer, com certeza jamais teria abandonado empreendimento tão próspero, desprezado todas as perspectivas abertas por uma situação auspiciosa e partido para uma viagem marítima com todos os seus riscos habituais; sem falar dos motivos particulares que tinha para prever toda espécie de desgraças.

Mas, cedendo a meus impulsos, obedeci cegamente aos ditames da minha fantasia e não aos da razão. Assim, com o navio equipado, o carregamento em ordem e tudo perfeitamente disposto conforme combinado, subi a bordo numa hora nefasta, a 1º de setembro de 1659, no mesmo dia em que, oito anos atrás, abandonara meu pai e minha mãe, em Hull, para agir como um rebelde diante da autoridade deles e como um tolo em relação aos meus próprios interesses.

Nosso navio tinha aproximadamente 120 toneladas e transportava seis canhões e quatorze homens, além do Capitão, seu assistente e eu. Levávamos a bordo uma carga que não era grande, exceto pelas bugigangas necessárias para o intercâmbio com os negros, como contas, pedaços de vidros, conchas e outras quinquilharias, especialmente pequenos espelhos, facas, tesouras e machadinhas.

Zarpamos no mesmo dia em que embarquei, subindo a costa rumo ao norte, com o objetivo de cruzar o oceano em direção à África, quando chegássemos a 10 ou 12 graus de latitude norte, o que suponho fosse a rota habitual naquela época. O tempo estava ótimo, apenas excessivamente quente durante todo o percurso ao longo do litoral, até que chegamos à altura do cabo Santo Agostinho, onde, rumando mais para o largo, perdemos a terra de vista e seguimos na direção da ilha de Fernando de Noronha, mantendo o curso norte-nordeste e deixando as ilhas a leste do navio. Assim, atravessamos o Equador dentro de uns doze dias e estávamos, conforme a última observação, a 7 graus e 22 minutos de latitude norte, quando um violento tornado ou furacão nos desorientou completamente. Começou a soprar de sudeste, logo virou para noroeste, até firmar-se no nordeste, de onde nos açoitou com tal fúria que, durante doze dias, nada pudemos fazer a não ser derivar e nos deixar levar para onde o destino e o furor dos ventos quisessem. Seria desnecessário dizer que, ao longo desses doze dias, eu temia a cada hora ser tragado pelas águas, e ninguém a bordo tinha a menor esperança de escapar com vida.

Em meio a todo esse desespero, castigados pela fúria da tempestade, um marujo morreu de calentura, outro homem e o grumete foram varridos pelas ondas. Por volta do décimo segundo dia, o tempo melhorou um pouco e o Capitão pôde fazer uma precária observação, segundo a qual estávamos a cerca de 11 graus de latitude norte, mas afastados 22 graus de longitude a oeste do cabo de Santo Agostinho. Concluiu, então, ter chegado à costa da

Guiné ou ao norte do Brasil, além do rio Amazonas, na direção do rio Orenoco, também chamado rio Grande. Consultou-me sobre o rumo que deveríamos tomar, pois o navio fazia água e estava muito avariado. Por ele, regressaríamos diretamente à costa do Brasil.

Eu era absolutamente contra isso e, olhando com ele as cartas do litoral da América, concluíamos que não existia país habitado a que pudéssemos recorrer até chegar às ilhas do Caribe. Portanto, resolvemos prosseguir para Barbados navegando ao largo, evitando, assim, a corrente da Baía ou Golfo do México. Esperávamos alcançar essas ilhas em cerca de quinze dias de viagem, já que era impossível chegar à costa da África sem os reparos que o barco necessitava.

Decidido isto, mudamos de rumo e nos dirigimos para oeste-noroeste a fim de alcançar uma de nossas ilhas inglesas, onde eu tinha esperança de encontrar socorro. Mas nossa viagem fora determinada de outra forma, pois ao passarmos pela latitude de 12 graus e 18 minutos uma segunda tempestade desabou sobre nós, arrastando-nos para tão longe de qualquer rota de comércio humano que, mesmo conseguindo salvar-nos do oceano, estávamos mais próximos de ser devorados por selvagens do que um dia regressar a nosso país.

Enquanto permanecíamos nessa aflição, pois o vento ainda soprava muito forte, ouvimos um de nossos homens gritar pela manhã, "Terra!"; e mal saímos da cabine para olhar, na esperança de ver em que parte do mundo estávamos, quando o navio bateu em um banco de areia e, no mesmo instante, com seu avanço ainda paralisado, o mar quebrou por cima dele de tal maneira que pensamos morreríamos todos naquele momento, e imediatamente fomos nos refugiar em nossos camarotes para abrigar-nos da água e das espumas.

Não é fácil para ninguém que não tenha vivido situação semelhante descrever ou conceber a angústia que sentíamos nessas circunstâncias. Não sabíamos onde estávamos, se era ilha ou continente, se habitada ou deserta; e como a fúria do vento ainda era grande, embora menor que a princípio, não tínhamos esperanças de que o navio aguentasse muito tempo sem se fazer em pedaços, a menos que uma espécie de milagre acalmasse imediatamente a tempestade. Olhávamos uns para os outros, esperando a morte a cada instante e tratávamos de nos preparar para o outro mundo, pois neste pouco ou nada nos restava. Nosso consolo era que, contrário a nossas expectativas, o barco ainda não havia quebrado e o comandante sustentava que o vento começara a amainar.

No entanto, embora achássemos que o vento realmente diminuíra um pouco, com o navio abalroado na areia e tão profundamente encalhado que nenhum de nós esperava que ele fosse soltar-se, nossa situação era de fato desesperadora. Não havia, portanto, nada a fazer senão pensar em salvar nossas vidas da maneira possível. Tínhamos um escaler à popa antes da tempestade, mas ele ficou danificado ao bater contra o leme do navio e logo desprendeu-se, afundando ou extraviando-se no mar, de modo que com ele não poderíamos contar. Havia outro escaler a bordo, mas duvidávamos sobre a possibilidade de lançá-lo ao mar. Contudo, já não havia tempo para discussão, pois a todo momento imaginávamos que o navio ia fazer-se em pedaços, e alguns afirmavam que o casco já estava destroçado.

Em meio a essa aflição, o imediato agarra o escaler e, com a ajuda do resto dos homens, consegue passá-lo por sobre a amurada. Éramos onze ao todo e embarcamos sem demora, entregando-nos à misericórdia de Deus e à fúria do mar, pois embora a tempestade houvesse amainado consideravelmente, o mar ainda crescia de forma assustadora em direção à praia, bem merecendo o nome de "Den wild Zee", como chamam os holandeses ao mar tempestuoso.

Logo percebemos que nossa situação era de fato desoladora: o mar estava tão bravio que o escaler não poderia resistir e inevitavelmente morreríamos todos afogados. Vela nós não tínhamos e, se tivéssemos, de nada nos adiantaria. Por isso, remamos em direção à costa, mas com o coração aflito, como homens a caminho da execução, pois sabíamos que assim que nos aproximássemos da praia o bote se faria em mil pedaços na arrebentação. Contudo, confiamos nossas almas a Deus e, como o vento nos arrastava em direção à costa, apressávamos nossa destruição remando com toda a força possível.

Que tipo de praia era, rochosa ou de areia, abrupta ou de caimento suave, não sabíamos. A única expectativa que racionalmente nos poderia dar uma tênue sobra de esperança era se déssemos numa baía ou golfo, ou na foz de algum rio, onde, por uma sorte enorme, nosso bote entrasse, ou fôssemos postos ao abrigo do vento por alguma ponta de terra, encontrando, talvez, águas calmas. Mas nada disso ocorria; e à medida que nos aproximávamos da praia, a terra parecia ainda mais assustadora que o mar.

Depois de remar, ou melhor, derivar por cerca de uma légua e meia, uma onda gigantesca, que mais parecia uma montanha d'água, desceu rolando em direção à popa, num claro aviso de que o coup de grâce estava prestes a ser desfechado. Para resumir, atingiu-nos com tal violência que virou imediatamente o bote, e, separando-nos dele – assim como uns dos outros –, quase não nos deu tempo sequer de exclamar "Meu Deus!", pois fomos todos tragados num instante.

Não poderia descrever o que senti ao afundar nas águas. Embora nadasse muito bem, não conseguia me libertar das ondas para tomar fôlego, até que, depois de ser levado, ou antes, arrastado um longo trecho em direção à praia, a onda esmoreceu e, ao refluir, deixou-me quase em terra firme, porém semimorto de tanta água que engolira. Restava-me no entanto, bastante presença de espírito e também fôlego para, vendo-me mais perto da terra do que esperava, me pôr de pé e esforçar-me para prosseguir em direção a ela o mais rápido possível, antes que outra onda avançasse e me carregasse de novo. Mas logo percebi que era impossível evitar que isso acontecesse; pois vi o mar atrás de mim tão alto como uma montanha e tão furioso quanto um inimigo contra o qual não dispunha nem de meios nem de forças para enfrentar. O que tinha a fazer era prender a respiração e, se possível, manter-me à tona; depois, garantir a respiração nadando – e, se houvesse chance, em direção à praia. Minha maior preocupação era que o mar, depois de carregar-me para terra, também não me arrastasse de volta quando a vaga refluísse.

A onda que caiu sobre mim subitamente envolveu-me em sua própria massa, a uns sete ou oito metros de profundidade, e outra vez senti-me arrastado com uma força e uma velocidade espantosas por um longo trecho em direção à praia; mas prendi a respiração e esforcei-me para continuar nadando para a frente com todas as minhas forças. Estava prestes a estourar de tanto prender a respiração, quando, sentindo-me subir, notei com alívio imediato que minha cabeça e mãos rompiam a superfície da água; embora não conseguisse me manter assim sequer por dois segundos, isso me aliviou enormemente, dando-me fôlego e coragem. Novamente o mar me recobriu por um bom tempo, mas não tanto que não pudesse aguentar; e sentindo que a força da água morria e começava a refluir, nadei contra o repuxo das ondas e tornei a tocar o fundo com os pés. Durante alguns momentos fiquei parado para recuperar o fôlego, enquanto a água baixava; firmei-me então nos calcanhares e disparei em direção à praia com toda a força que ainda me restava. Mas nem isso me livrou da fúria do mar, que tornou a desabar sobre mim, e por mais duas vezes fui erguido pelas ondas e carregado para a frente como antes, pois a praia era muito plana.

 A última dessas vezes quase me foi fatal, pois tendo o mar me carregado como antes, lançou-me por terra, quer dizer, atirou-me contra uma rocha, e com tal violência que me tirou os sentidos, deixando-me indefeso e sem esperança de salvação. O golpe atingira--me o flanco e o peito, privando-me por completo da respiração, e, se o mar tivesse voltado imediatamente, sem dúvida teria me afogado. Mas recuperei-me antes que as ondas retornassem e, vendo que ia ser outra vez coberto pela água, resolvi agarrar-me firmemente a uma ponta da rocha, prendendo o fôlego, se possível, até que a vaga refluísse. As ondas já não eram tão altas como antes, por causa da proximidade da costa, e pude, portanto, resistir até que diminuíram. Então corri de novo, chegando tão perto da praia que a onda seguinte, embora ainda passasse por cima de mim, já não pôde arrancar-me do local em que estava e numa segunda corrida cheguei à terra firme, onde, para meu grande alívio, subi por entre os rochedos e sentei-me na relva, livre do perigo e fora do alcance do mar.

 Estava portanto em terra, são e salvo, e comecei a olhar para o alto agradecendo a Deus por ter-me livrado de uma situação na qual, poucos minutos antes, não tinha sequer a mais remota esperança de escapar com vida. Creio ser impossível exprimir com exatidão o êxtase e o deslumbre que tomam conta da alma resgatada, por assim dizer, de dentro do próprio túmulo. E não me admira agora o costume de que, quando um malfeitor já está com a corda no pescoço, amarrado e tem a pena comutada no momento da execução, tragam junto um médico para lhe fazer uma sangria no mesmo instante em que lhe dão a notícia, para que a surpresa não lhe rebente o coração e o mate:

"Pois a súbita alegria, como a dor, de início desconcerta."

Caminhei pela praia erguendo não só as mãos, mas todo o meu ser em ação de graças pelo meu resgate, fazendo inúmeros gestos e movimentos indescritíveis, pensando nos companheiros que se haviam afogado; pois deles, na verdade, nada mais soube, nem vi sinal, exceto três chapéus, um gorro e dois sapatos desemparelhados.

Voltei os olhos para o barco encalhado, porém era tão forte a rebentação e havia tanta espuma que mal conseguia vê-lo, tão distante estava, e pensei, "Senhor! Como foi possível chegar à praia?"

Depois de reconfortar meu espírito com o que havia de bom em minha situação, comecei a olhar ao redor para ver que espécie de lugar era aquele e o que deveria fazer a seguir. Imediatamente meu ânimo se abateu, pois percebi que minha salvação não poderia ter sido pior: estava encharcado, não tinha roupas para trocar e nada o que comer ou beber, nem qualquer perspectiva a minha frente a não ser morrer de fome ou ser devorado por animais selvagens. E o que particularmente me afligia era o fato de não possuir nenhuma arma com que caçar ou matar um animal para me alimentar ou para me defender de algum outro que quisesse fazê-lo às minhas custas. Numa palavra, não tinha nada além de uma faca, um cachimbo e um pouco de tabaco numa caixa: eram todas as minhas provisões, e isso me deixou tão terrivelmente angustiado que durante algum tempo me pus a correr como um demente. A noite já caía sobre mim e, com o coração atormentado, comecei a meditar sobre o meu destino, caso houvesse no lugar feras vorazes, pois não ignorava que elas costumavam sair à noite em busca de presas.

Não houve então outro remédio senão subir em uma árvore frondosa, semelhante a um pinheiro, mas cheia de espinhos, que se erguia perto de onde me encontrava, e lá resolvi passar a noite toda sentado e decidir de que morte morreria no dia seguinte, pois até então não enxergava qualquer perspectiva de vida. Afastei-me cerca de duzentos metros da praia em busca de água doce e por sorte a encontrei. Depois de beber e mascar um pouco de tabaco para evitar a fome, subi em minha árvore e esforcei-me o máximo para colocar-me de forma tal que não caísse caso adormecesse. Improvisei um porrete cortando um galho pequeno, para me defender, instalei-me e, como estava extremamente cansado, caí num sono profundo e dormi tão confortavelmente quanto, quero crer, poucos dormiram em meu lugar e, mais do que em qualquer outra ocasião, senti-me revigorado pelo sono.

Quando acordei já era pleno dia, o tempo estava claro, a tempestade amainara e o mar já não bramia revolto como antes. Mas o mais surpreendente foi que, durante a noite, a maré levantara o navio do banco de areia onde encalhara e o empurrara quase até a pedra que mencionei antes, onde eu me machucara tanto ao ser arremessado pelas vagas. Como esse lugar ficava a não mais de um quilômetro e meio da praia em que eu estava e o navio ainda parecia estar inteiro, resolvi subir a bordo para poder salvar ao menos algumas coisas necessárias para meu uso.

Ao descer dos meus aposentos no meio da árvore, tornei a olhar em volta, e a primeira coisa que avistei foi nosso escaler, que estava como o vento e o mar o haviam jogado à terra, a cerca de três quilômetros a minha direita. Caminhei pela praia até onde pude para chegar a ele, mas encontrei um braço de mar, ou canal, com cerca de um quilômetro de extensão e por ora retrocedi, mais preocupado em chegar ao navio, onde esperava achar algo para minha subsistência imediata.

Pouco depois do meio-dia verifiquei que o mar estava bastante calmo e que a maré refluíra tanto que eu poderia avançar até a distância de apenas quatrocentos metros do navio. Senti então minha dor se renovar, pois compreendi que se tivéssemos permanecido a bordo todos estaríamos salvos, ou seja, teríamos chegado a terra em segurança sem que eu ficasse desgraçadamente desprovido de conforto e companhia. Tal pensamento voltou a arrancar-me lágrimas dos olhos, mas como isto tampouco me aliviou, resolvi, se possível, chegar até o barco. Como fazia muito calor tirei minhas roupas antes de entrar n'água, mas quando lá cheguei, foi ainda maior a minha dificuldade para descobrir como subir a bordo, pois como o navio estava encalhado e muito acima do nível do mar, nada havia ao meu alcance que pudesse agarrar. Nadei duas vezes ao redor do barco e na segunda descobri um pequeno pedaço de corda que me admirei de não ter visto a princípio, dependurado tão baixo perto das amarras da proa que, embora com grande dificuldade, pude agarrá-lo, e com a ajuda dessa corda subi ao castelo de proa. Aí verifiquei que o fundo do navio estava arrombado e havia muita água no porão. Encalhado num banco de areia – ou melhor, de terra –, a popa se erguia sobre ele e a proa estava quase ao nível da água; assim, toda alheta estava livre e tudo que se encontrava nessa parte estava seco. E não tenham dúvida que a primeira coisa que fiz foi dar uma busca e ver o que estava estragado e o que se encontrava em condições. Logo verifiquei que todas as provisões estavam secas, sem vestígio de água, e como estava com muita fome, fui ao refeitório, enchi os bolsos de biscoitos e comi enquanto fazia outras coisas, pois não tinha tempo a perder. Achei também rum na cabine grande e tomei um longo gole, que eu bem precisava a fim de reanimar-me para o que me aguardava. Agora, tudo que eu desejava era um bote para me abastecer de várias coisas que previa me seriam muito necessárias.

    Era inútil ficar parado desejando o que não haveria de ter, e tal dificuldade aguçou minha capacidade de invenção. Tínhamos diversas traves sobressalentes, duas ou três vergas grandes de madeira e um ou dois mastaréus de gávea no navio; decidi trabalhar com eles e lancei por sobre a amurada tantos quantos pude aguentar o peso, amarrando todos com uma corda para que não fossem carregados pelas ondas. A seguir, desci pelo costado, e, puxando-os para perto de mim, comecei a amarrar quatro deles por ambas as extremidades o melhor que pude em forma de jangada. Cruzando três tábuas menores sobre eles, verifiquei que podia facilmente caminhar em cima delas; no entanto elas não seriam capazes de suportar muito peso, pois eram muito finas. Comecei, então, a trabalhar: com a serra de carpinteiro, cortei em três partes um mastaréu de gávea sobressalente e, com muito esforço e fadiga, acrescentei-os a minha jangada – a esperança de abastecer-me com aquilo de que tanto iria necessitar encorajou-me a fazer mais do que teria sido capaz em outras circunstâncias.

Minha jangada estava agora forte o suficiente para suportar um peso razoável. Meu cuidado seguinte foi decidir com que carregá-la e como preservar da rebentação o que lhe pusesse em cima, mas não me demorei muito refletindo sobre isso. Primeiro, trouxe todas as pranchas e tábuas que pude lançar mão e, tendo refletido bem sobre o que mais necessitava, peguei três arcas de marinheiro que arrombara e esvaziara e baixei-as até a jangada. A primeira, enchi de mantimentos tais como pão, arroz, três queijos holandeses, cinco pedaços de carne seca de cabra, que comíamos muito, e um resto de cereal europeu em grão que reserváramos para umas aves que trazíamos conosco e que haviam sido todas abatidas; deveríamos ter também um pouco de centeio e trigo, mas, para minha grande decepção, verifiquei mais tarde que os ratos haviam comido ou estragado tudo. Quanto às bebidas, encontrei diversas caixas que pertenciam ao comandante, onde havia alguns licores e ao todo uns cinco ou seis galões de rack, que levei direto para a balsa, pois não havia necessidade de guardá-los na arca, nem havia lugar para eles dentro delas. Enquanto fazia isso, notei que a maré começava a subir, ainda que lentamente, e vi, com indignação, meu casaco, camisa e colete, que deixara na areia da praia, serem levados pelas águas; quanto a meus calções, que eram apenas linho e abertos nos joelhos, nadara com eles e as meias até o navio. Isso me fez inspecionar minuciosamente o barco atrás de roupas, que achei em quantidade, mas só levei o indispensável para o momento, pois havia outras coisas que me atraíam mais os olhos, sobretudo ferramentas para trabalhar em terra, e foi após uma longa busca que descobri a arca do carpinteiro, realmente um achado de muita utilidade – e muito mais valioso do que teria sido um barco abarrotado de ouro nessa ocasião. Baixei-a para a balsa cheia como estava, sem perder tempo em examiná-la, pois sabia o que de modo geral ela continha. Minha preocupação seguinte foi com armas e munição. Havia duas excelentes espingardas de caça na cabine grande e duas pistolas; destas me apoderei primeiro, como também de alguns polvorinhos de chifre, um pequeno saco de metralha e duas espadas velhas e enferrujadas. Sabia da existência de três barris de pólvora no barco, mas ignorava onde o artilheiro os guardara. Achei-os, contudo, depois de longa busca, dois enxutos e em boas condições, o terceiro molhado. Levei os primeiros para a jangada, bem como as armas. Julguei, então, que estava suficientemente carregado e comecei a pensar no modo de chegar à praia com a minha carga, já que não tinha vela, remo ou leme, e a menor lufada de vento transtornaria toda minha navegação.

   Três coisas me encorajavam: 1. Um mar calmo e sereno; 2. A maré enchente subindo e avançando em direção à praia; 3. O pouco vento que havia e que também me empurrava em direção a ela. Assim, tendo encontrado dois ou três remos quebrados que pertenciam ao bote, achei ainda, além das ferramentas que estavam na arca, duas serras, um machado e um martelo, e com essa carga fui para o mar. Por uma milha, aproximadamente, minha jangada seguiu bastante bem, embora notasse que ela derivava um pouco em relação ao lugar onde eu primeiro aterrara. Deduzi, então, a possível existência de alguma corrente marítima e fiquei com a esperança de que lá houvesse alguma angra ou rio que pudesse utilizar como porto para desembarcar com minha carga.

   O que eu imaginava de fato aconteceu. À minha frente surgiu uma pequena entrada, onde penetrava, com força, o fluxo da maré. Guiei então minha jangada o melhor que pude para mantê-la no meio da corrente. Porém, quase sofri um segundo naufrágio, que, caso se efetivasse, acho que me teria arrasado. Como não conhecia nada da costa, minha jangada entrou de frente num banco de areia, e como a parte de trás não encalhara, por pouco toda minha carga não desliza para a extremidade livre da jangada e cai n'água. Lutei o quanto pude, apoiando as costas nas arcas para mantê-las no lugar, mas apesar de todos os esforços, era impossível desencalhar a balsa. Por outro lado, não ousava me mexer da posição em que estava, e assim, sustentando as arcas com todas as minhas forças, permaneci cerca de meia hora até que a maré montante veio a nivelar a balsa e, pouco depois, com a água continuando a subir, minha jangada flutuou novamente, e eu afastei-a do banco para o canal com o remo que possuía. Finalmente, avançando um pouco mais, alcancei a foz de um riacho, com terra de ambos os lados e uma corrente forte para dentro. Olhei para as duas margens em busca de um lugar adequado onde desembarcar, pois não pretendia me adentrar muito e sim estabelecer-me o mais próximo possível da costa, na esperança de enxergar algum navio.

Finalmente avistei uma pequena angra na margem direita do riacho, para a qual, com grande esforço e dificuldade, dirigi minha jangada, e me aproximei tanto que, tocando o fundo com o remo, impulsionei-a diretamente para a terra. Mas por pouco não mergulho novamente toda a minha carga n'água, pois como a margem era muito íngreme, ou seja, inclinada demais, não havia onde desembarcar, salvo lugares onde uma ponta de balsa, uma vez na praia, se ergueria tanto que a outra afundaria. Como não queria pôr em risco a minha carga, esperei até que chegasse a maré alta, segurando a balsa como se eu próprio fosse uma âncora, para assim mantê-la encostada à margem, próxima de um terreno mais plano, que eu esperava viesse a ser coberto pela água. E assim foi. Logo que vi água suficiente, pois a jangada já flutuava sobre uns 30 centímetros de água, empurrei-a para esse trecho plano, e aí a firmei, ou atraquei, fincando meus dois remos quebrados no chão, um de cada lado junto às duas extremidades. Fiquei assim até que a água refluiu, deixando a jangada e toda a minha carga a salvo na praia.

Minha próxima tarefa era examinar o terreno e procurar um lugar apropriado para morar, guardar meus pertences e protegê-los do que quer que lhes pudesse acontecer; ignorava por completo onde me encontrava, se no continente ou numa ilha, se habitada ou deserta, se ali existia ou não o risco de animais selvagens. A não mais de um quilômetro e meio de onde estava, havia um morro alto e escarpado que parecia superar em altura os demais, dispostos em cadeia a partir dele para o norte. Tirando da arca uma espingarda, uma pistola e pólvora suficiente, parti para explorar o cume desse morro, onde, após alcançá-lo a duras penas, vislumbrei, para minha imensa aflição, o meu destino: estava em uma ilha cercada pelo mar por todos os lados, sem que houvesse qualquer terra à vista, exceto alguns rochedos ao longe e duas pequenas ilhas, menores que a minha, situadas a cerca de três léguas para oeste.

Verifiquei também que a terra era árida e, tinha boas razões para acreditar, habitada somente por animais selvagens, apesar de não ter visto nenhum. Avistei, no entanto, uma grande quantidade de aves, mas desconhecidas para mim, e, mesmo se matasse algumas, não saberia dizer quais as que poderia ou não comer. Ao regressar, atirei num grande pássaro que vi pousado em uma árvore à beira de um bosque imenso. Acredito que a minha foi a primeira arma a disparar ali desde a criação do mundo. Mal atirei e de todos os recantos dessa mata inúmeras aves das mais variadas espécies ergueram voo, soltando guinchos confusos conforme o seu tom habitual, sem que nenhum me fosse familiar. A criatura que abatera era semelhante a um falcão, sobretudo na cor e no bico, mas não tinha as garras próprias deste pássaro; sua carne era impossível de comer.

Como já havia descoberto o suficiente, voltei à minha jangada e comecei a transportar o carregamento, o que me ocupou o resto do dia, sem que soubesse o que faria quando chegasse a noite, nem onde dormiria, pois tinha certo receio de deitar no chão com medo de alguma fera selvagem, embora, como de fato descobri mais tarde, não houvesse razão para tais temores.

Contudo, barriquei-me como pude com as arcas e tábuas que trouxera para terra e fiz uma espécie de choupana para me abrigar aquela noite. Ainda ignorava a maneira como iria alimentar-me, pois somente havia visto duas ou três criaturas que lembravam lebres correndo no bosque onde matara o pássaro.

Ocorreu-me, então, que ainda poderia retirar muitas coisas úteis do navio, especialmente cordas, velas e tudo que pudesse ser trazido à terra, e resolvi, se possível, fazer outra viagem até o barco. Como sabia que a próxima tormenta inevitavelmente o deixaria em pedaços, decidi adiar todas as demais tarefas até tirar do barco tudo que pudesse. Ponderei, consultando meus pensamentos, se deveria levar ou não a jangada, mas isso me pareceu impraticável, de modo que resolvi ir como da primeira vez, com a maré baixa, e assim o fiz, só que me despi antes de deixar minha choupana, e fui sem nada no corpo, salvo uma camisa xadrez, ceroulas de linho e um par de escarpins.

Subi a bordo como antes e construí uma segunda jangada, mas, já tendo a experiência da primeira, não a fiz de forma tão rudimentar, nem a carreguei tanto. Trouxe, contudo, várias coisas úteis. Encontrei na oficina do carpinteiro duas ou três bolsas cheias de pregos e cavilhas, um macaco de rosca grande, uma ou duas dúzias de machadinhas e, em particular, esse objeto utilíssimo chamado rebolo. Reuni tudo, além de várias outras coisas pertencentes ao artilheiro, como dois ou três pés de cabra de ferro, dois barris com balas de mosquete, sete mosquetes, outra espingarda de caça e mais uma pequena quantidade de pólvora. Encontrei também uma bolsa grande cheia de metralha miúda e um rolo grande de chumbo em folha, mas este último era tão pesado que não consegui içá-lo acima da amurada.

Além disso, apanhei todas as roupas que pude encontrar, um velacho sobressalente, uma rede e alguma roupa de cama. Carreguei minha segunda jangada com essas coisas e trouxe tudo a salvo até a praia, para meu grande alívio.

Fiquei um tanto apreensivo durante o tempo em que permaneci a bordo, temendo que minhas provisões fossem devoradas na praia, mas ao voltar não encontrei sinal algum de visitantes, a não ser a presença de uma criatura semelhante a um gato do mato, sentada em cima de uma arca, que, ao ver-me, afastou-se um pouco e então parou, sentando-se muito composta, despreocupada e olhando-me fixamente, como se pretendesse travar relações amistosas. Mostrei-lhe minha arma, mas como não compreendeu a razão do gesto, também não se preocupou nem fez menção de ir embora, diante do que lhe ofereci um pedaço de biscoito, que, diga-se de passagem, não tinha muito, pois meu estoque não era grande. Contudo, dei-lhe um pedaço, como já disse, que comeu depois de cheirar; olhou-me, então, como se estivesse satisfeita, pedindo mais, mas não pude repetir o obséquio, e ela se foi.

 Ao transportar meu segundo carregamento para a praia, fui obrigado a abrir os barris de pólvora e trazê-los por parte, pois eram muito grandes e pesados. Em seguida me pus a trabalhar para fazer uma pequena barraca com a vela e umas estacas que cortei para esse fim e levei para dentro tudo que podia correr o risco de estragar ou com a chuva ou com o sol; por fora fiz uma barricada empilhando todas as arcas e barris vazios ao redor da barraca, para fortificá-la contra qualquer ataque de surpresa, de homem ou de fera.

 Feito isso, bloqueei a porta da barraca por dentro com umas tábuas e por fora com uma arca vazia de pé. Estendendo um dos colchões, com as duas pistolas junto à cabeça e a espingarda ao alcance da mão, deitei-me, então, pela primeira vez e dormi tranquilamente a noite toda, pois estava muito cansado, já que pouco dormira na noite anterior e trabalhara o dia inteiro da forma como descrevi.

 Acredito que possuía agora o maior e mais sortido estoque já acumulado para um só homem, mas ainda não estava satisfeito, pois enquanto o barco estivesse a meu alcance achava que devia tirar dele tudo que pudesse. Portanto, todo dia, na maré baixa, ia a bordo e trazia uma coisa ou outra. Na terceira vez, em particular, trouxe todo o cordame, cordas e fio de vela possível, mais um pedaço de tela sobressalente para remendar velas quando necessário, e o barril de pólvora molhado. Em suma, tirei de lá todas as velas, da primeira à última, apesar de ter que resignar-me a cortá-las em pedaços e levar tantos quantos podia de cada vez; pois já não tinham serventia como velas, mas simplesmente como lona.

 Mas o que me confortou ainda mais foi que, na última de todas as viagens, depois de já ter estado a bordo cinco ou seis vezes e já não ter mais esperança de ainda encontrar alguma coisa que valesse meu esforço, encontrei um grande barril com pão e três barriletes de rum ou aguardente, uma caixa de açúcar e um barril de farinha refinada. Foi uma surpresa enorme, pois já não acreditava encontrar ainda algum mantimento, a não ser o que já estava arruinado pela água. Esvaziei em seguida o barril de pão e enrolei-o, lote por lote, em pedaços de vela que cortei; e, para resumir, levei também tudo isso a salvo para terra.

No dia seguinte fiz outra viagem, e como já despojara o navio de tudo que era portátil e próprio para carregar nas mãos, passei às amarras: cortei a maior delas em pedaços que pudesse transportar e apanhei outras duas, bem como um cabo de reboque e toda a ferragem que pude encontrar. Coloquei tudo numa grande balsa feita com pedaços da verga da cevadeira, da verga de gata e de outras coisas que pude encontrar, e zarpei de volta para a praia. Mas minha boa sorte começou a abandonar-me, porque a balsa era tão difícil de manobrar e estava a tal ponto sobrecarregada que após penetrar na foz do riacho, onde desembarcara o resto das minhas coisas, fui incapaz de guiá-la tão bem quanto a outra, e ela virou, lançando-me com toda a minha carga n'água. Quanto a mim, não houve qualquer problema, pois estava próximo da praia; mas quanto à carga, grande parte dela se perdeu, principalmente o ferro, que eu esperava ser de grande utilidade. Contudo, na maré baixa, consegui levar para terra a maior parte dos cabos e algumas ferragens, embora com grande esforço, pois tinha que mergulhar para buscá-los, tarefa que logo me esgotou. Depois disso continuei a ir diariamente ao navio e a trazer o que podia.

Estava já há treze dias em terra e estivera onze vezes no navio. Durante esse período trouxera tudo que um único par de mãos seria capaz de carregar, mas estou certo de que se o tempo tivesse continuado bom teria trazido o barco inteiro, peça por peça, para a costa. Mas quando me preparava para minha décima segunda viagem, notei que o vento começara a aumentar, mas assim mesmo aproveitei a maré baixa e fui a bordo. Pensava que havia esquadrinhado a cabine do capitão com tamanha eficiência que não poderia encontrar mais coisa alguma ali. Contudo, descobri ainda um armário com gavetas, numa das quais havia duas ou três navalhas e um par de tesouras grandes, juntamente com dez ou doze boas facas e garfos; em outra encontrei cerca de trinta e seis libras em dinheiro, moedas europeias, brasileiras, algumas peças de oito, algum ouro, alguma prata.

Sorri à vista desse dinheiro:

– Droga! – exclamei – para que serves? Não tens valor algum para mim, não vales nem o esforço de te apanhar do chão. Uma dessas facas vale essa pilha inteira. Em nada poderia te empregar, melhor que fiques onde estás e vás para o fundo como um ser cuja vida não vale a pena salvar!

Contudo, pensando melhor, apanhei o dinheiro e, envolvendo-o num pedaço de lona, comecei a pensar em construir outra jangada, mas enquanto a preparava, notei que o céu estava carregado, o vento crescia e num quarto de hora já soprava uma forte rajada que vinha da terra. Logo me ocorreu que era inútil tentar fazer uma balsa com o vento soprando da costa e que seria melhor ir embora antes que a maré começasse a encher, do contrário me arriscaria a não conseguir alcançar a margem. Atirei-me imediatamente n'água e cruzei a nado o canal com grande dificuldade, em parte por causa do peso das coisas que levava, em parte devido ao mar agitado, pois o vento aumentava rapidamente, e antes que a maré estivesse alta desabou uma tempestade.

Estava de volta a minha pequena tenda, onde me refugiei com tudo que pudera salvar. Ventou com muita força naquela noite e, pela manhã, quando saí para observar, já não havia mais nenhum barco à vista. Fiquei um tanto surpreso, mas me refiz ao refletir que não perdera tempo nem poupara esforços para tirar dele tudo que me pudesse ser de utilidade e que de fato pouco restara ali que eu ainda seria capaz de trazer, caso tivesse tido mais tempo.

Abandonei então meus pensamentos com relação ao navio ou qualquer coisa que se referisse a ele, com exceção dos destroços que viessem dar à praia, o que de fato aconteceu mais tarde; mas eram de pouca utilidade para mim.

Toda minha preocupação era, agora, defender-me contra o eventual aparecimento de selvagens ou contra animais ferozes, que talvez existissem na ilha. Refleti muito sobre as medidas que deveria tomar, sobre o tipo de habitação que faria, se cavaria uma gruta na terra ou ergueria uma tenda acima dela. Para resumir, decidi optar pelas duas, e talvez não seja fora de propósito descrever aqui sua forma e tipo.

Não tardei a constatar que o local onde estava não era próprio para me estabelecer, principalmente porque ficava em um terreno baixo, pantanoso e insalubre junto ao mar; e além do mais não havia água doce nas proximidades. Resolvi então procurar um recanto mais saudável e conveniente.

Levei em conta vários aspectos que, em minha situação, achei que seriam importantes: em primeiro lugar, a salubridade e a água doce que acabo de mencionar; em segundo, abrigo do calor do sol; em terceiro, segurança contra criaturas ferozes, fossem homens ou animais; e, por último, vista para o mar, de modo que se Deus me colocasse um navio ao alcance dos olhos, não perdesse qualquer chance para me salvar, pois ainda tinha alguma esperança.

Procurando um lugar que reunisse tais condições, encontrei um pequeno platô na encosta de um morro que tinha um dos lados tão escarpado quanto um muro, de forma que nada poderia descer do alto sobre mim. Nessa encosta havia uma cavidade erodida na rocha que lembrava a entrada de uma caverna, mas na verdade não havia caverna nem qualquer abertura para o interior do rochedo.

Na parte plana do terreno, bem defronte a essa concavidade, decidi erguer a minha tenda. O platô não tinha mais do que cem metros de largura e mais ou menos o dobro de extensão, prolongando-se como um gramado até minha porta e descendo de forma irregular até os terrenos baixos junto à praia. Situava-se no lado nor-noroeste do morro, de modo que eu ficava ao abrigo do calor o dia inteiro até o sol aparecer no sudoeste, que nessas latitudes se dava próximo ao poente.

Antes de erguer minha tenda, tracei um semicírculo defronte à cavidade da encosta, cujo raio a partir da rocha era de aproximadamente dez metros e vinte de diâmetro, de uma ponta a outra.

Nesse semicírculo assentei duas fileiras de estacas fortes, cravando-as no chão até que estivessem firmes como postes, a parte maior ficando com uns dois metros de altura e com as extremidades pontiagudas. As duas fileiras não estavam a mais de quarenta centímetros uma da outra.

Depois apanhei pedaços da amarra que cortara no navio e os dispus no interior do semicírculo entre as duas fileiras de estacas, de um extremo ao outro até em cima, escorando-as pelo lado de dentro com outras estacas até a altura de um metro com um esporão de poste. Essa cerca ficou tão forte que nenhum animal ou ser humano poderia entrar ou passar por cima, recompensando-me assim de todo o tempo e esforço empregado, principalmente para cortar as estacas no mato, levá-las para o lugar e cravá-las no chão.

Decidi que a entrada não seria por uma porta, mas por uma pequena escada passada por sobre a paliçada, que eu recolheria quando estivesse dentro, ficando assim totalmente murado e fortificado contra o mundo exterior e podendo, assim, dormir à noite em segurança, o que teria sido impossível de outro modo, embora viesse a descobrir depois que não eram necessárias tantas precauções contra inimigos que então temia.

Com infinito trabalho carreguei para dentro dessa paliçada, ou fortaleza, todo meu tesouro, todas as minhas provisões, munições e os mantimentos, que já foram relacionados. Construí uma grande tenda, a qual, para me proteger das chuvas que ali são muito violentas em uma certa época do ano, fiz dupla, ou seja, uma tenda menor por dentro e outra maior por cima, recobrindo esta com um grande encerado recolhido em meio às velas.

E agora já não dormia mais no colchão que trouxera para terra, mas numa excelente rede que pertencera ao imediato do navio.

Coloquei na tenda todas as provisões e as coisas que se estragariam pela umidade e, quando me certifiquei que havia trazido tudo para dentro, fechei a entrada, que até esse momento deixara aberta, e desde então saí e entrei, como já disse, por uma escada.

Feito isso, comecei a escavar a rocha, da qual retirei grande quantidade de pedras e terra que empilhava na parte interna da minha paliçada, formando uma espécie de terraço que elevou o chão em cerca de quarenta centímetros de altura. E, assim, logo obtive uma caverna bem atrás da tenda, que serviu de celeiro à minha casa.

Custou-me muito trabalho e muitos dias até que tudo isso estivesse perfeitamente executado, e durante esse tempo ocorreram várias outras coisas que me preocuparam; volto portanto a elas.

Quando elaborava o plano para a construção da tenda e da caverna, uma tempestade vinda de uma nuvem escura e densa produziu a luz de um raio que brilhou subitamente, seguida do terrível estrondo de um trovão. Não me assustei tanto com o raio quanto com um pensamento que me atravessou a mente tão rápido como o próprio relâmpago: Minha pólvora! O coração apertou-se dentro de mim ao pensar que uma explosão poderia destruir toda minha pólvora, privando-me não somente da defesa, mas do alimento que contava obter com ela. Nem sequer me preocupei com o perigo que corria, pois se a pólvora chegasse a incendiar, não teria tido tempo de saber o que havia me atingido.

Fiquei tão impressionado com esse incidente que, uma vez passada a tempestade, deixei de lado todos meus trabalhos, a construção, a fortificação, e me pus a fabricar sacos e caixas para separar a pólvora e a guardá-la empacotada em pequenas quantidades, na esperança de que, acontecesse o que acontecesse, ela não se incendiaria toda de uma vez. Em seguida, preocupei-me em distanciá-la o bastante para que não fosse possível que as porções se incendiassem. Terminei esse trabalho em mais ou menos 15 dias e creio que a pólvora, que no total pesava uns cem quilos, foi dividida em não menos de cem pacotes. Quanto ao barril que se molhara, não temia que representasse algum perigo e guardei-o em minha nova caverna, que apelidei de cozinha, e o resto escondi aqui e ali em buracos entre as rochas, de modo que não pudesse passar nenhuma umidade, marcando com muito cuidado onde os deixava.

Durante o tempo em que isso era feito, saía pelo menos uma vez por dia com minha espingarda, tanto para me distrair como para tentar matar algo que pudesse comer, e também para me familiarizar tanto quanto possível com o que a ilha produzia. A primeira vez que saí tive a grande satisfação de descobrir que havia cabras na ilha, mas logo percebi que estava diante de mais uma infelicidade, pois eram tão ariscas, astutas e ligeiras que era quase impossível aproximar-se delas. Mas isso não me desencorajou, porque não duvidava que de vez em quando pudesse matar uma, como efetivamente ocorreu assim que localizei os lugares que frequentavam. Notei que, se me aproximava pelo vale, fugiam completamente aterradas, mesmo que estivessem em cima dos rochedos, mas se pastavam nos vales e eu vinha pelo alto, não me davam a menor atenção, donde concluí que, pela posição de sua vista, seu olhar se dirigia de tal forma para baixo, que não viam de imediato objetos que estavam acima delas. A partir daí adotei o seguinte método: primeiro subia os rochedos para colocar-me acima delas, e dali sempre conseguia abater alguma. O primeiro disparo que fiz matou uma cabra que amamentava um cabritinho, o que me doeu profundamente; mas, ao tombar a cabra, a cria ficou estupidamente parada ao lado dela até que me aproximei e a apanhei. E não só isso, pois quando carreguei a mãe nos ombros o cabritinho me seguiu até a paliçada, diante do que coloquei-a no chão e tomei-o nos braços, passando-o por sobre a paliçada, na esperança de criá-lo e domesticá-lo. Mas ele se recusava a comer, de modo que fui obrigado a matá-lo e comê-lo. Ambos me forneceram carne durante um bom tempo, pois comia com parcimônia e poupava minhas provisões tanto quanto possível (especialmente o pão).

Agora que já fixara residência, achei absolutamente imprescindível providenciar um lugar onde fazer fogo e o combustível necessário para isso. Como fui capaz de realizar tal objetivo, o modo como ampliei minha caverna e as coisas que consegui para meu conforto, tudo relatarei a seu tempo. Mas primeiro devo contar o que se passou comigo e meus pensamentos sobre a vida, que, como se pode supor, não eram poucos.

Minhas perspectivas eram sombrias, pois como não naufragara nessa ilha sem antes ser impelido a grande distância por violenta tempestade, ou seja, centenas de léguas fora das rotas habituais de comércio, tinha razão suficiente para ver tudo como uma determinação dos Céus, para que nesse lugar desolado e de modo tão desolador eu terminasse os meus dias. Lágrimas rolavam copiosamente pelo meu rosto enquanto fazia tais reflexões, e algumas vezes perguntava a mim mesmo por que a Providência arruinava suas criaturas dessa forma, lançando-as na mais absoluta miséria, abandonadas, desamparadas e a tal ponto desesperadas, que atentaria contra a razão agradecer por semelhante vida.

Mas sempre brotava em mim algo que detinha tais pensamentos e me censurava. Um dia em particular, enquanto caminhava à beira-mar com minha arma, refletia profundamente sobre minha situação, quando a consciência, por assim dizer, argumentou comigo em sentido contrário:

– Bem, você está numa situação lamentável, de fato, mas, por favor, lembre-se, onde estão os restantes? Não foram onze que entraram no escaler? Onde estão os outros dez? Por que não se salvaram eles e não morreu você? Por que foi você o escolhido? É melhor estar aqui ou lá? – E apontei então para o oceano pensando: todos os males devem ser considerados sempre junto com o bem que existe neles e com o mal maior que os acompanha.

Então mais uma vez me ocorreu o quão bem provido eu estava, e o que teria sido de mim se – coisa que acontece uma vez em cem mil – o navio não tivesse sido trazido do local onde primeiro encalhara até tão perto da praia, de modo que eu tivesse chance de lhe tirar todas aquelas coisas? Qual a minha situação se tivesse de viver nas condições em que primeiro dei à praia, sem o mínimo necessário para subsistir, e sem meios para providenciá-lo?

– Particularmente – disse eu em voz alta (embora falasse comigo mesmo) –, o que teria feito sem uma arma, sem munição, sem qualquer ferramenta para trabalhar ou fazer o que quer que fosse, sem roupas, leito, tenda ou qualquer tipo de coberta?

Agora eu possuía tudo isso em quantidade suficiente e estava a caminho de me abastecer de tal maneira que poderia viver sem minha arma quando a munição se esgotasse. Tinha, portanto, uma perspectiva razoável de sustentar-me sem qualquer privação enquanto vivesse, pois desde o começo eu fizera provisões para os acidentes que pudessem acontecer e para os tempos que haveriam de chegar, não só depois que se esgotasse a munição, mas até depois que definhassem minha saúde ou resistência.

    Confesso que não imaginara qualquer possibilidade de as munições serem destruídas por uma única explosão, isto é, que a pólvora explodisse por causa de um raio. Foi por esse motivo que fiquei tão atônito ao ocorrer-me isso, quando relampejou e trovejou, conforme observei ainda há pouco.

    E agora, estando prestes a iniciar a melancólica narrativa sobre o drama de uma vida silenciosa, como talvez jamais se tenha ouvido antes no mundo, quero fazê-lo desde o princípio e prosseguir na ordem em que se deram os fatos. Segundo meus cálculos, foi a 30 de setembro que, da mesma forma narrada, pus pela primeira vez os pés nessa ilha, momento em que, estando o sol em seu equinócio de outono, estava também quase sobre a minha cabeça, pelo que concluí, pela observação, estar na latitude de 9 graus e 22 minutos ao norte do Equador.

    Depois de estar ali dez ou doze dias, ocorreu-me que perderia a noção do tempo por falta de livros, papel e tinta e sequer distinguiria o sábado dos dias úteis. Para evitá-lo, fiz um poste em forma de cruz, que cravei no local onde pela primeira vez pisara a terra, e gravei nele com minha faca em letras maiúsculas "Cheguei a esta praia a 30 de setembro de 1659". Sobre os lados desse poste, eu fazia diariamente um corte, e todo sétimo corte era mais longo que os restantes; para o primeiro dia do mês fazia um sinal ainda maior, e assim mantive meu calendário por semana, meses e anos.

    Entre as muitas coisas retiradas do navio nas diversas viagens acima mencionadas, encontravam-se várias de menor valor, porém de modo algum menos valiosas para mim, as quais deixei de registrar antes. Em particular, pena, papel e tinta, diversos objetos pertencentes ao capitão, ao imediato, ao artilheiro e ao carpinteiro, tais como três ou quatro bússolas, instrumentos matemáticos, relógios de sol, lunetas, cartas e livros de navegação, que trouxe para terra sem saber o que me seria útil ou não. Encontrei também três excelentes Bíblias que vieram para mim da Inglaterra e que eu tivera o cuidado de colocar em minha bagagem; alguns livros portugueses, entre eles dois ou três de orações papistas e vários outros que guardei cuidadosamente. E não devo esquecer que tínhamos a bordo um cão e dois gatos, de cuja ilustre história talvez tenha ocasião de dizer algo no devido tempo. Pois havia carregado comigo os dois gatos e, quanto ao cão, saltou por sua própria conta do navio e nadou até a praia a meu encontro no dia seguinte àquele em que cheguei com o primeiro carregamento. Desde então esteve comigo e foi um fiel companheiro por muitos anos. Era capaz de apanhar para mim tudo que eu desejasse e de fazer-me companhia em qualquer circunstância. O que eu mais queria, no entanto, era que falasse comigo, mas isso infelizmente era de todo impossível. Como já observei, encontrei pena, papel e tinta e poupei-os ao máximo. Enquanto durou a tinta pude registrar os fatos com muita exatidão, mas depois que acabou fiquei impossibilitado, pois não consegui fabricá-la pelos métodos que fui capaz de conceber.

Isto apenas comprovou que eu precisava de muitas coisas além de todas que já havia acumulado. Entre elas, a tinta e também uma pá, uma picareta e uma enxada para cavar ou remover a terra. Além de agulhas, linha e alfinetes. Quanto à roupa branca, logo aprendi a dispensá-la sem muita dificuldade.

A falta de ferramentas tornava laboriosa cada tarefa que empreendia, e quase um ano se passou antes que houvesse concluído minha pequena paliçada ou habitação cercada. As estacas ou postes, que pesavam o que eu era capaz de erguer, tomaram muito tempo para serem cortadas e preparadas na mata, e mais ainda transportá-las para casa. Às vezes levava dois dias para cortar e carregar um desses postes, mais um terceiro para cravá-lo no chão, para o que a princípio me vali de um pesado pedaço de madeira, até que me ocorreu empregar um dos pés de cabra de ferro, mas mesmo assim continuou sendo uma tarefa extremamente monótona e trabalhosa.

Mas que necessidade tinha eu de preocupar-me com a monotonia de qualquer coisa que tivesse de fazer, já que dispunha de tempo suficiente para executá-la? Nem teria qualquer outra ocupação se aquela se acabasse, ao menos o quanto pudesse prever, exceto percorrer a ilha em busca de comida, coisa que fazia quase diariamente.

Comecei então a meditar seriamente sobre minha condição e sobre as circunstâncias a que estava reduzido, e ordenei meus pensamentos por escrito, não tanto para deixá-los a quem viesse me suceder, pois pelo visto teria poucos herdeiros, quanto para livrar-me de pensar o dia inteiro sobre eles e de atormentar meu espírito. E agora que minha razão começava a dominar minha melancolia, tratava de consolar-me da melhor maneira possível e comparava o bem com o mal, a fim de diferenciar minha situação de outra pior.. Registrei então imparcialmente, como débitos e créditos, os consolos que gozara contra as desgraças sofridas, da seguinte forma:

Mal	Bem
Fui lançado a uma ilha terrível e desolada, sem qualquer esperança de salvação.	*Mas estou vivo, sem ter-me afogado como todos os meus companheiros de viagem.*
Fui escolhido e, por assim dizer, separado do resto do mundo para ser desgraçado.	*Mas também fui escolhido dentre toda a tripulação para ser poupado à morte; e Ele, que me salvou milagrosamente da morte, pode me libertar desta condição.*
Estou isolado da humanidade, solitário, banido da sociedade humana.	*Mas não estou faminto e definhando num lugar inóspito, privado de toda subsistência.*
Não tenho roupas para me cobrir.	*Mas estou num clima quente, onde se tivesse roupas mal as poderia usar.*

Não tenho meios de me defender ou resistir contra qualquer violência de homem ou de fera.

Não tenho ninguém para conversar ou me confortar.

Mas fui lançado a uma ilha onde não vejo feras selvagens que me ameacem como vi no litoral da África; e se tivesse naufragado lá?

Mas Deus havia milagrosamente enviado o barco perto o suficiente da praia para que eu lhe retirasse a quantidade de coisas úteis que suprem as minhas necessidades ou que me permitirão supri-las enquanto viver.

De um modo geral, este era um testemunho seguro de que dificilmente haveria no mundo situação mais adversa; no entanto, mesmo nela havia algo de negativo ou de positivo pelo que eu devia ser grato. E que isso sirva de lição, pois, mesmo na mais desventurada de todas as situações, é sempre possível encontrar algo com que nos consolar, bastando diferenciar o bem do mal e assim avaliar o crédito que temos em conta.

Ao experimentar então algum prazer espiritual com essas reflexões, e abandonando o costume de contemplar o mar na esperança de surpreender algum navio, ou seja, havendo renunciado a essas coisas, passei a organizar meu modo de vida de forma a torná-lo o mais confortável possível.

Já descrevi minha habitação, que era uma tenda junto a encosta de um rochedo, cercada por uma resistente paliçada de postes e cabos, a qual poderia chamar agora de muro, pois na parte externa coloquei uma base de terra com capim de quase sessenta centímetros de espessura. Mais tarde, cerca de um ano e meio depois, acrescentei alguns caibros que iam da paliçada até o rochedo e cobri-os com ramos de árvores e tudo aquilo que pude arranjar para proteger-me da chuva que em certas épocas do ano caía com muita violência.

Já observei como trouxe todos os meus bens para o interior da paliçada e da caverna que fiz nos fundos. A princípio estavam tão confusamente amontoados e fora de ordem que ocupavam todo o lugar, sem que eu tivesse espaço para me mexer. Resolvi então ampliar a caverna e cavar um pouco mais fundo, pois a rocha era arenosa e solta, cedendo facilmente ao trabalho que lhe aplicava.

Assim, ao sentir que estava razoavelmente bem protegido contra as feras selvagens, trabalhei para o lado, à direita da rocha, e depois, virando outra vez à direita, continuei até o lado de fora e fiz uma porta, já na parte externa da paliçada ou fortificação.

Isso não só me deu saída e acesso, pois era uma entrada de fundos para a tenda e o depósito, como também espaço para armazenar minhas coisas.

Logo passei a dedicar-me à fabricação daquilo que mais me fazia falta, em particular, uma cadeira e uma mesa, sem as quais não poderia usufruir dos raros confortos que tinha no mundo; sem uma mesa, por exemplo, não podia escrever, nem comer, nem fazer diversas coisas com tanta satisfação.

Então me pus a trabalhar. E aqui não posso deixar de observar que, já que a razão é a própria substância e origem da matemática, todo homem que formule e equacione seus empreendimentos de acordo com ela, fazendo o julgamento mais racional, será capaz, a seu tempo, de dominar qualquer arte mecânica. Jamais em minha vida manejara uma ferramenta e, no entanto, mediante esforço, dedicação e engenho, descobri que poderia fabricar tudo que me faltava, sobretudo se tivesse os meios necessários. Mesmo assim, fiz diversas coisas sem ferramenta alguma, outras usando apenas enxó e machadinha; e acredito que, provavelmente, elas jamais tenham sido feitas desta forma antes, pois foram inúmeras as dificuldades. Por exemplo, quando precisava de uma tábua, não tinha saída a não ser derrubar uma árvore, apoiá-la numa quina e desbastá-la de ambos os lados com o machado até torná-la fina como uma prancha, e então aplainá-la com a enxó. É verdade que com esse método conseguia fazer apenas uma tábua por árvore, mas para isso não havia remédio, exceto paciência diante da espantosa quantidade de tempo e trabalho gastos para a elaboração de uma única tábua. Mas meu tempo e trabalho valiam pouco e, portanto, estavam bem empregados tanto de um jeito como de outro.

Assim, fiz em primeiro lugar uma cadeira e uma mesa utilizando os pedaços de tábua que trouxera do navio. Depois, ao fabricar algumas tábuas de modo como descrevi acima, fiz grandes prateleiras com quarenta e cinco centímetros de largura, uma sobre a outra, ao longo de toda a parede da caverna, para deixar as ferramentas, pregos e ferragens, enfim, para pôr cada um dos objetos em seu devido lugar, de modo que pudesse encontrá-los facilmente. Cravei suportes nas paredes para dependurar minhas armas e o que mais pudesse ser guardado dessa forma.

Se minha caverna pudesse ser vista por alguém, pareceria um armazém geral com todos os artigos necessários. Tinha tudo tão à mão que era um grande prazer ver minhas coisas assim organizadas, e especialmente verificar que era tão grande meu estoque de tudo que necessitava.

Foi então que comecei a fazer um diário de minhas tarefas cotidianas. A princípio estava demasiadamente excitado, não só devido ao trabalho, mas também pelos pensamentos confusos que me cruzavam a mente, e meu diário teria ficado assim repleto de coisas torpes e melancólicas. Por exemplo, teria escrito: "30 de setembro. Depois de ter dado à praia, escapando de morrer afogado, ao invés de agradecer a Deus pela minha salvação – tendo antes vomitado por causa da grande quantidade de água salgada que engolira –, me refiz um pouco e então corri pela praia, torcendo as mãos e golpeando o rosto e a cabeça, vociferando contra minha desgraça, gritando que estava perdido, perdido, até que, cansado e sem forças, fui obrigado a me deitar no chão para repousar, mas não ousei dormir com medo de ser devorado".

Passados alguns dias, depois de já ter estado a bordo do navio e retirado de lá tudo que era capaz, não resisti à tentação de subir ao cume de uma pequena colina e contemplar o oceano na esperança de avistar um navio. Imaginei que à grande distância havia uma vela e deleitei-me com essa esperança; mas após ter olhado fixamente até quase me cegar, eu a perdi de vista. Então, sentei e chorei como uma criança, multiplicando assim minhas desgraças pela minha loucura. Mas, de certa forma, superei esses momentos, e tendo fixado residência, fabricado uma mesa e uma cadeira, e tornado tudo a meu redor tão agradável quanto poderia, comecei a escrever meu diário, do qual lhes darei uma cópia (embora nele se voltem a relatar todos esses pormenores) até o ponto em que, por falta de tinta, fui forçado a abandoná-lo.

O DIÁRIO

30 de setembro de 1659. Eu, pobre e mísero Robinson Crusoé, depois de naufragar durante uma terrível tempestade em alto-mar, vim dar à terra nessa triste e desventurada ilha, que batizei de Ilha da Desolação. Todos os meus companheiros de viagem se afogaram, e por pouco também não tive o mesmo destino.

Passei o resto do dia atormentado pelas sombrias circunstâncias em que fora lançado. Não tinha alimento, casa, roupas, armas, nem lugar para onde ir. Desesperado, sem que nada pudesse me consolar, não via outro destino senão a morte: ou seria devorado por feras selvagens, ou morreria de inanição por falta de comida. Ao anoitecer, subi numa árvore com medo de criaturas selvagens e dormi profundamente apesar de chover a noite toda.

1º de outubro. Pela manhã, para minha grande surpresa, vi que o barco flutuara com a maré alta e fora novamente arrastado em direção à costa, aproximando-se muito da ilha. Por um lado, fiquei satisfeito ao ver que não havia se despedaçado e tive a esperança de que, assim que o vento amainasse, eu poderia subir a bordo e tirar dele algum alimento e outras coisas que me seriam úteis. Por outro, a visão do barco reavivou minha dor pela perda de meus camaradas, e imaginei que, se tivéssemos permanecido a bordo, nos salvaríamos, ou pelo menos não morreriam todos afogados como acontecera; poderíamos assim ter feito um bote com os destroços do navio, e ele nos transportaria para alguma outra região. Passei grande parte desse dia me atormentando com tais pensamentos, mas afinal, vendo o navio já quase a seco, fui caminhando dentro d'água até o mais perto que pude e depois nadei até ele. Nesse dia também continuou chovendo. Mas agora já não ventava.

1º a 24 de outubro. Todos esses dias foram inteiramente consumidos em sucessivas viagens para tirar do barco tudo o que fosse possível; coisas que em seguida eu trazia para a praia, numa jangada, aproveitando cada maré enchente. Choveu muito nesses dias, embora com alguns intervalos de tempo bom. Estávamos, ao que parece, na estação chuvosa.

20 de outubro. Virei minha jangada com tudo que trazia, mas como já estava em águas pouco profundas e a maioria das coisas eram pesadas, recuperei muitas quando a maré baixou.

25 de outubro. Choveu a noite toda e também durante o dia. A chuva foi acompanhada por algumas rajadas de vento, que, ao soprarem um pouco mais forte, fizeram o barco em pedaços. Então já não foi mais possível vê-lo, apenas seus destroços, e mesmo estes só com a maré baixa. Passei o dia cobrindo e colocando em segurança os bens que havia salvo para que a chuva não os estragasse.

26 de outubro. Andei pela praia quase o dia inteiro procurando um lugar para morar, pois estava preocupado em proteger-me de um ataque noturno, fosse de animais selvagens ou homens. Ao anoitecer encontrei um lugar apropriado sob um rochedo e tracei um semicírculo em torno do meu acampamento, que resolvi fortalecer executando uma obra: uma espécie de muro ou fortificação feita de estacas duplas, reforçada por dentro com amarras e por fora com capim.

De 26 a 30. Trabalhei arduamente transportando todos meus pertences para a nova habitação, apesar de chover torrencialmente durante boa parte do tempo.

No dia 31, de manhã, penetrei no interior da ilha com minha arma para procurar alimento e explorar a região. Matei uma cabra, e sua cria me seguiu até em casa. Mais tarde matei também o cabritinho, pois ele se recusava a comer.

1º de novembro. Levantei minha tenda junto ao rochedo e ali passei a primeira noite, fazendo-a o mais ampla possível e com estacas cravadas no chão para dependurar minha rede.

2 de novembro. Empilhei todas as arcas, tábuas e pedaços de madeira que serviram para a construção das jangadas e fiz uma cerca ao redor do local que marcara para minha fortificação.

3 de novembro. Saí com minha arma e abati duas aves parecidas com patos, cuja carne era muito boa. À tarde comecei a trabalhar na fabricação de uma mesa.

4 de novembro. Comecei esta manhã a organizar meus horários de trabalho, de saídas para caçar, de repouso e distração.

Todas as manhãs apanhava a espingarda e passava duas ou três horas fora quando não chovia, depois trabalhava até umas onze horas, comia e, das doze às duas, deitava-me para dormir, pois o calor era intolerável. À tarde voltava a trabalhar. Os períodos de trabalho desse dia e do seguinte foram inteiramente consagrados à construção da minha mesa, pois ainda era um péssimo artífice, se bem que o tempo e a necessidade logo fizeram de mim um artesão competente, como acredito que fariam de qualquer outra pessoa.

5 de novembro. Saí com minha arma e meu cachorro, e matei um gato selvagem. A pele era muito macia, mas a carne impossível de comer – de toda a criatura que matava, tirava a pele e a conservava. Voltando pela praia, vi muitas espécies de aves marinhas desconhecidas para mim, mas fiquei surpreso e quase assustado com duas ou três focas que, enquanto eu as observava sem saber direito o que eram, entraram no mar e dessa vez me escaparam.

6 de novembro. Após meu passeio matinal, segui trabalhando na mesa e terminei-a, embora não a meu gosto; mas não demorei a aprender como consertá-la.

7 de novembro. O tempo começava a firmar-se. Passei 7, 8, 9, 10 e parte do dia 12 (pois 11 era domingo) trabalhando na construção de uma cadeira e com muito esforço acabei dando-lhe uma forma aceitável, mas não a ponto de agradar-me, chegando inclusive a desmontá-la diversas vezes durante a fabricação. Nota: não tardei a negligenciar a guarda dos domingos, pois deixando de fazer a marca que os distinguia no meu poste, esqueci que dia era qual.

13 de novembro. A chuva que caiu refrescou-me profundamente e umedeceu a terra; mas seguiram-se trovões e relâmpagos terríveis que me assustaram muito, pois temia pela minha pólvora. Assim que o temporal passou, decidi separar a munição em diversos pacotes pequenos para não correr perigo.

14, 15, 16 de novembro. Passei esses três dias fazendo pequenas caixas ou caixotes que poderiam conter no máximo um quilo de pólvora. Depois de colocados aí, guardei-os em lugares seguros e afastados o máximo possível um dos outros. Num desses dias matei uma ave grande e saborosa. Ignoro como se chamava.

17 de novembro. Comecei a escavar a rocha atrás da tenda a fim de abrir espaço para novas instalações. Nota: três coisas me faziam muita falta nessa tarefa: uma picareta, uma pá e um carrinho de mão ou cesto, de modo que desisti desse trabalho e comecei a estudar uma forma de suprir essa necessidade e fabricar algumas ferramentas para mim. Quanto à picareta, me vali dos pés de cabra de ferro, que eram razoavelmente apropriados, embora pesassem muito. No entanto, ainda me faltava uma pá ou uma enxada, e isso era tão imprescindível que sem elas nada poderia fazer com eficácia; mas como fabricá-las eu não sabia.

18 de novembro. No dia seguinte, inspecionando a mata, encontrei uma árvore semelhante àquela madeira que no Brasil chamam de pau-ferro, por causa da extrema dureza. Dela, com grande esforço e quase estragando o machado, cortei uma tora e levei-a para casa, também com muita dificuldade, pois era extremamente pesada.

A extraordinária dureza da madeira me obrigou a perder muito tempo com ela, pois somente aos poucos fui-lhe dando a forma de uma pá, com um cabo idêntico às nossas na Inglaterra, só que a parte larga, sem um reforço de ferro para guarnecê-la, não me duraria tanto. Mesmo assim, foi de muita utilidade para mim; acredito, no entanto, que jamais uma pá foi feita desse modo, nem levou tanto tempo para ser fabricada.

Mas ainda me faltava um cesto ou carrinho de mão. Cesto eu não tinha como fazer, já que não possuía galhos flexíveis para fabricar o vime, ou pelo menos ainda não os encontrara. Quanto ao carrinho, imaginei que seria possível construí-lo com exceção da roda, da qual eu não tinha a menor noção nem sabia por onde começar. Além do mais, não tinha como fazer os encaixes de ferro para a haste ou eixo em torno do qual a roda giraria; portanto, abandonei a ideia. E assim, para carregar a terra retirada da caverna, fiz uma espécie de cocho, como o que os serventes usam para carregar argamassa para os pedreiros.

Não foi tão difícil quanto fazer a pá. No entanto, esse utensílio, mais a pá e a inútil tentativa de fazer um carrinho de mão me tomaram nada menos do que quatro dias, sem contar, é claro, meu passeio matinal com a arma, pois eu jamais deixava de fazê-lo, da mesma forma como só raramente deixava de trazer para casa alguma coisa boa para comer.

23 de novembro. Parei com todos os outros trabalhos enquanto fazia essas ferramentas. Assim que as concluí, voltei a minha escavação e trabalhei dezoito dias consecutivos, tanto quanto permitiam minhas forças e o tempo, alargando e aprofundando a caverna, para acomodar meus pertences adequadamente. Nota: Durante todo este tempo trabalhei na caverna com a intenção de torná-la suficientemente espaçosa para acomodar uma despensa, uma cozinha, uma sala de refeições e um porão. Quanto aos meus aposentos, permaneci na tenda, salvo quando, na estação chuvosa, chovia tanto que eu não conseguia me manter seco. Por causa disso, cobri todo o espaço dentro da paliçada com varas compridas em forma de caibros apoiados contra a rocha e tapei tudo com capim e folhas grandes, como se fosse um teto de palha.

10 de dezembro. Começava a pensar que minha caverna estava concluída quando, talvez por causa de seu tamanho excessivo, desmoronou tanta terra e pedra do alto e de um dos seus lados que cheguei a me aterrorizar – e não sem razão, pois se eu estivesse embaixo jamais precisaria de coveiro. Esse desastre me obrigou a refazer uma grande parte do trabalho. Tive de carregar a terra solta para fora e sobretudo escorar o teto para que não voltasse a desabar.

11 de dezembro. De acordo com o que havia resolvido, coloquei dois esteios ou postes até o teto, com duas tábuas cruzadas em sua extremidade. Terminei essa tarefa no dia seguinte, e colocando mais postes com outras escoras iguais, ao fim de uma semana estava com teto seguro. Os postes, que haviam sido dispostos em fileiras, serviam para fazer divisões numa ala da casa.

17 de dezembro. Dessa data até o dia 20 coloquei prateleiras e preguei pregos nos postes para pendurar tudo que fosse possível. Começava agora a ter uma certa ordem dentro da casa.

20 de dezembro. Levei para o interior da caverna todas as minhas coisas e comecei a mobiliar a casa. Com algumas tábuas fiz uma espécie de balcão de cozinha para guardar meus mantimentos. Embora as tábuas começassem a escassear, ainda pude fazer mais uma mesa.

24 de dezembro. Muita chuva a noite toda e o dia inteiro; nada de sair de casa.

25 de dezembro. Chuva o dia inteiro.

26 de dezembro. Não choveu; a terra, bem mais fresca do que antes, tornou-se mais agradável.

27 de dezembro. Matei um cabrito e aleijei outro para poder apanhá-lo, levando-o para casa amarrado a uma corda. Chegando lá, apliquei-lhe uma tala na perna, que estava quebrada. N. B.: Cuidei dele tão bem que sobreviveu, e a perna ficou boa e forte como antes. Como o tratei durante tanto tempo, ficou manso, pastava no terreno em frente a minha porta e não ia embora. Foi a primeira vez que me ocorreu domesticar alguns animais para ter alimento quando a pólvora e o chumbo de caça se esgotassem.

28, 29, 30 de dezembro. Muito calor e nenhuma brisa, de modo que não punha os pés fora de casa a não ser à tardinha em busca de alimento. Passei todo esse tempo colocando as minhas coisas em ordem dentro de casa.

1º de janeiro. Calor ainda intenso; mesmo assim saí de manhã cedo e também no fim da tarde com minha espingarda, descansando no meio do dia. Ao entrar essa tarde nos vales situados mais para o centro da ilha, descobri que havia muitas cabras, embora extremamente ariscas e de difícil aproximação; contudo, resolvi tentar caçá-las com meu cão.

2 de janeiro. Saí com o cachorro e aticei-o contra as cabras; mas estava enganado, pois elas enfrentaram o cão, e ele reconheceu muito bem o perigo, não chegando sequer a aproximar-se delas.

3 de janeiro. Comecei minha cerca ou muro e, temendo ainda algum possível ataque, tratei de fazê-la bem sólida e resistente. N. B.: Uma vez que a descrição desse muro já está feita, omito deliberadamente a que consta no Diário. Basta observar que essa tarefa me ocupou de 3 de janeiro a 14 de abril, envolvendo os trabalhos de construção, conclusão e retoques finais. Não tinha porém mais de vinte e dois metros de extensão, formando um semicírculo de um ponto da rocha até outro situado a sete metros de distância. A entrada da caverna ficava bem ao centro, por trás da paliçada.

Durante todo esse tempo trabalhei intensamente, com a chuva me atrapalhando durante muitos dias, às vezes semanas a fio; mas achava que nunca estaria perfeitamente seguro até que esse muro fosse concluído. É difícil acreditar no esforço indescritível com que cada coisa era feita, sobretudo para trazer da mata as estacas e fincá-las no chão, pois eu as fizera bem maiores do que precisava.

Terminado o muro, e sua parte externa duplamente reforçada por uma cerca viva levantada junto a ele, convenci-me de que se alguém viesse dar à praia naquele local, não enxergaria nada que lembrasse uma habitação; e foi muito bom que a fiz assim, como se observará mais adiante em ocasião digna de nota.

Todos os dias, durante esse período, sempre que a chuva permitia, dava minhas voltas pela mata em busca de caça e com frequência descobria nessas caminhadas uma ou outra coisa de utilidade para mim. Certa vez achei uma espécie de pombos selvagens que se aninhavam não como pombos do mato, em árvores, mas como pombos domésticos, nas reentrâncias das rochas. Apanhando alguns mais jovens, esforcei-me para domesticá-los e o consegui; mas ao crescer fugiram todos, provavelmente por falta de alimento, pois nada tinha para oferecer a eles. Contudo, ia frequentemente a seus ninhos e apanhava os pombos mais novos, que tinham carne muito boa.

Ao cuidar de meus afazeres domésticos, ia descobrindo que necessitava de muitas coisas, que de início julgava impossível de fazer, como de fato era o caso de algumas delas; por exemplo, jamais consegui fazer um barril e prender-lhe os arcos. Eu tinha um barrilete ou dois, como já relatei, porém nunca pude alcançar a capacidade de fazer outro a partir desses modelos, apesar de consumir muitas semanas tentando; não conseguia fixar os tampos, nem unir as aduelas o suficientemente bem ajustadas que não vazassem água, de modo que também acabei desistindo.

Depois, sentia muita falta de velas. A ausência de luz obrigava--me a ir deitar tão logo escurecia, o que se dava geralmente por volta das sete horas. Lembrei-me do bloco de cera de abelhas com o qual fizera velas em minha aventura africana, mas agora meu único remédio era aproveitar o sebo das cabras que matava; com um pratinho feito de barro que eu cozera ao sol e ao qual agreguei um pavio de estopa, fabriquei uma lâmpada que me proporcionava alguma luz embora não tão clara e firme como a de uma vela. Em meio a todos esses esforços, certo dia, quando vasculhava minhas coisas, encontrei um pequeno saco, no qual, como já mencionei, estava armazenado grão para alimentar as aves, não na última viagem, suponho, mas antes, quando o barco viera de Lisboa. O pouco que restara nesse saco fora devorado pelas ratazanas e nada vi ali dentro a não ser palha e pó, de modo que pretendendo usá-lo para outro fim – creio que para guardar pólvora, quando a dividi, temendo os raios – sacudi o saco para jogar fora a palha do cereal em um dos lados da fortificação sob o rochedo.

Despejei ali o saco pouco antes das grandes chuvas já mencionadas, e o fiz sem prestar atenção a coisa alguma ou sequer lembrar que ali lançara algo. Então, cerca de um mês depois, vi umas pequenas hastes verdes brotando do chão e imaginei que fossem de alguma planta que antes não enxergara. Mas fiquei surpreso e completamente pasmo quando, depois de algum tempo, vi brotarem umas dez ou doze espigas de cevada verde exatamente do mesmo tipo da nossa cevada europeia, ou melhor, da nossa cevada inglesa.

É impossível exprimir como fiquei perplexo e confuso naquele momento. Até então agira sem qualquer base religiosa; na verdade sempre tive poucas noções religiosas na cabeça e jamais experimentara a impressão de que algo me acontecera para além do mero acaso ou, como levianamente dizemos, por vontade de Deus – sequer indagava os desígnios da Providência ou questionava a ordem pela qual governa os acontecimentos do mundo. Porém, ao ver a cevada crescendo ali, em um clima que sabia não ser próprio para cereais, e ignorando de que forma lá chegara, isso me sobressaltou de um modo estranho, e comecei a achar que Deus fizera o cereal brotar milagrosamente sem semeadura, e que aquilo acontecera apenas para o meu sustento naquela terra inculta e miserável.

Isso me comoveu um pouco e até me arrancou lágrimas dos olhos. Comecei a bendizer-me por tal prodígio da natureza ocorrer em meu favor. E tudo me pareceu ainda mais estranho quando vi, perto das primeiras e ao longo de toda a parede da rocha, outras hastes despontando, que depois verifiquei serem hastes de arroz, que eu conhecia por tê-las visto crescer na África.

Não só considerei tudo isso como pura obra da Providência para o meu sustento, como também, seguro de que haveria outras mudas nas proximidades, percorri toda aquela parte da ilha em que já estivera antes, espiando em cada canto e sob cada rocha, porém nada encontrei. Por fim, ocorreu-me que sacudira um saco de ração de galinha bem naquele ponto, e o milagre, então, começou a desmanchar-se. E, devo confessar, minha religiosa gratidão à providência divina começou também a diminuir quando percebi que tudo não passava de fenômeno natural, embora devesse me sentir tão grato por estes acontecimentos singulares e imprevistos quanto se tivessem sido milagrosos. Afinal, no que me dizia respeito, foram realmente obra da Providência, capaz de determinar e estabelecer que não só dez ou doze grãos permanecessem incólumes (quando todo o resto fora destruído pelas ratazanas), como se houvessem caído do céu, como também que eu os lançasse naquele exato lugar, onde, graças à sombra de um alto rochedo, brotaram imediatamente. Ao passo que, se os tivesse lançado em qualquer outra parte, se teriam queimado ou arruinado.

Podem imaginar o cuidado que dediquei às espigas desse cereal, que colhi na época devida, ou seja, em fins de junho. Guardei todos os grãos e decidi semeá-los novamente, na esperança de que com o tempo teria o bastante para fazer pão. Contudo, até o quarto ano não pude me permitir o menor grão dessa cevada para alimentar-me e, mesmo então, só com muita prudência, como relatarei depois, pois perdi tudo que plantei no primeiro ano por não observar o tempo correto: semeei antes da estação seca, e o cereal jamais cresceu, pelo menos não como teria crescido, mas sobre isso falarei a seu tempo.

Além da cevada, havia, como já foi dito, vinte ou trinta pés de arroz que preservei com igual zelo, pensando em usá-lo também para fazer pão ou outro alimento, pois descobri um modo de cozinhar sem necessidade de forno; mais tarde, no entanto, também fui capaz de assar. Mas voltemos ao meu diário.

Trabalhei até a exaustão durante esses três ou quatro meses para terminar meu muro e, a 14 de abril, o fechei, pensando atravessá-lo não por uma porta, mas por cima, com uma escada, de modo a não deixar vestígio do lado de fora da habitação.

16 de abril. Terminei a escada com a qual subia o muro, recolhendo-a em seguida e deixando-a do lado de dentro. Era um lugar perfeito para mim, pois dentro desfrutava de bastante espaço, e nada podia me atingir de fora, sem primeiro ultrapassar o muro.

No dia seguinte em que concluíra o trabalho, quase que vi tudo o que fizera se arruinar, com risco de vida inclusive para mim. Enquanto trabalhava do lado de dentro, atrás da tenda, bem à entrada da caverna, fui surpreendido da forma mais horrenda e assustadora, pois de repente vi que a terra desabava do teto da caverna e da encosta do morro sobre mim. Dois dos postes que eu firmara na caverna racharam de um modo aterrador. Fiquei apavorado e não tive a menor ideia do que realmente acontecia. Só pensava que o teto da caverna estava desabando, como já acontecera antes com uma parte dele e, temendo ser soterrado, corri para a escada; mas tampouco me sentia seguro ali e passei por cima do muro com medo das rochas da colina, que temia ver rolarem sobre mim. Mal pisei em terra firme, vi claramente que se tratava de um terrível terremoto, pois o chão tremeu três vezes a intervalos de talvez oito minutos, com três abalos que teriam derrubado o mais forte edifício que se erguesse nessa terra. Do alto de um rochedo, situado a aproximadamente um quilômetro de mim, perto do mar, uma grande pedra destacou-se e desabou com um ruído terrificante, como jamais ouvi igual em minha vida. Percebi também que o tremor sacudiu com violência o próprio mar; e acho até que os abalos foram mais fortes debaixo d'água do que na ilha.

Estava tão apavorado com o fenômeno, pois jamais sentira algo semelhante, nem conversara com alguém que o tivesse presenciado, que fiquei como morto, estupefato. O movimento da terra deixou-me com o estômago enjoado, como o do viajante em mar revolto, mas o ruído da rocha despencando despertou-me e, tirando-me da perplexidade em que me encontrava, encheu-me de horror, e não pensei em mais nada, exceto na colina desmoronando sobre minha tenda e sobre todos os meus pertences domésticos, sepultando a tudo; e isso apertou-me o coração uma segunda vez.

Após o terceiro abalo, e não sentindo mais nenhum durante um bom tempo, comecei a recuperar o ânimo, se bem que ainda não ousasse escalar de novo a paliçada, com medo de ser enterrado vivo, e me sentei no chão, como que paralisado, desconsolado e abatido, sem saber o que fazer. Em nenhum momento tive o menor pensamento religioso além do comum "Senhor tende piedade de mim", também esquecido quando o terremoto cessou.

Enquanto permanecia ali, notei que o ar estava carregado, e nublava como se fosse chover; o vento começava a aumentar pouco a pouco, e em menos de meia hora soprava um terrível furacão. O mar subitamente recobriu-se de espuma, a ressaca inundou a praia, árvores foram arrancadas pela raiz, enfim, despencou uma terrível tempestade que durou cerca de três horas até amainar; duas horas depois sobreveio uma tranquilidade profunda, e então começou a chover com muita força.

Permaneci ali, sentado no chão, aterrorizado e deprimido, mas subitamente me ocorreu que, como os ventos e a chuva eram consequência do tremor de terra, o fenômeno propriamente dito já teria se esgotado, e eu poderia aventurar-me a voltar para a caverna. Reanimei-me um pouco diante dessa ideia, e com a chuva também ajudando a me convencer, resolvi voltar à tenda e me sentar. Mas a chuva era tão forte que a tenda estava prestes a desabar em razão do próprio peso, e isso me obrigou a voltar para a caverna, embora temeroso e apreensivo que o teto me caísse na cabeça.

A violência da chuva forçou-me a abrir uma brecha em minha nova fortificação, como um escoadouro, para deixar sair a água, que de outra forma inundaria a caverna. Permanecendo ali algum tempo, e vendo que os abalos não se repetiam, comecei a me recompor. E para reanimar o espírito, que de fato estava bem necessitado, fui até o pequeno depósito e bebi um pouco de rum, coisa que fazia sempre com muita parcimônia, sabendo que não teria mais quando aquele se fosse.

Continuou chovendo a noite inteira e grande parte do dia seguinte, de forma que não pude pôr os pés do lado de fora, porém, já que estava razoavelmente recuperado, comecei a pensar em qual seria a melhor forma de proceder. Cheguei à conclusão de que se a ilha era sujeita a semelhantes terremotos, não teria como viver numa caverna e deveria pensar em construir uma pequena cabana em um lugar aberto, que pudesse cercar com um muro, como fizera aqui, e assim me pôr a salvo de homens e feras selvagens; ao contrário, se permanecesse onde estava, mais cedo ou mais tarde, com certeza acabaria enterrado vivo.

Resolvi, portanto, deslocar a minha tenda do local em que estava, bem abaixo da projeção do morro que terminava em precipício e que, se fosse novamente sacudido, certamente ruiria sobre minha tenda. Passei os dois dias seguintes, 19 e 20 de abril, meditando para onde e como removeria minha habitação. O medo de ser soterrado vivo me impedia de dormir uma só noite em paz, mas o temor de me deitar lá fora sem uma cerca para me proteger era quase igual. Quando olhava em torno e via como tudo estava tão bem organizado, o quão satisfatoriamente oculto e seguro eu me encontrava, relutava muito em me mudar.

Ocorreu-me, então, que essa mudança levaria muito tempo e que deveria me conformar em correr o risco de permanecer onde estava, até que houvesse encontrado um lugar apropriado e o tivesse tornado suficientemente seguro para ali me instalar. Tomada essa decisão, resolvi que começaria o quanto antes a levantar um muro circular com estacas e amarras, como fizera antes no local escolhido, e ergueria minha tenda no centro assim que estivesse concluído, mas permaneceria onde estava até que a obra fosse terminada. Isso foi no dia 21.

22 de abril. Na manhã seguinte comecei a estudar os meios de pôr em prática essa resolução, mas eram grandes as dificuldades com as ferramentas. Tinha três machados grandes e machadinhas à vontade (pois as levávamos para o tráfico com os negros), mas de tanto rachar e cortar madeira dura e nodosa estavam todas cheias de dentes e sem fio. Embora tivesse um rebolo, não conseguia girá-lo e ao mesmo tempo amolar as ferramentas. Esse problema me custou tanta reflexão quanto a um estadista para resolver uma questão política importante, ou a um juiz para decidir sobre a vida ou morte de um homem. Inventei, afinal, uma roda com uma corda para girar com o pé, de forma que pudesse ficar com as duas mãos livres. Nota: Jamais havia visto algo semelhante na Inglaterra, ou pelo menos não havia observado como era feito, embora mais tarde vim a saber que era muito comum por lá. Além do mais, meu rebolo era muito grande e pesado, de modo que me custou uma semana inteira de trabalho para aperfeiçoar essa máquina.

28, 29 de abril. Passei dois dias afiando minhas ferramentas, e meu engenho para girar o rebolo mostrou-se muito eficiente.

30 de abril. Ao perceber que meu estoque de pão há muito estava baixo, limitei minha ração a um biscoito por dia, o que me deixou muito triste.

1º de maio. Olhando em direção ao mar pela manhã na hora do refluxo, percebi algo bastante grande na praia, semelhante a um barril. Quando me aproximei, vi um pequeno tonel e dois ou três destroços do navio, que o recente furacão havia impelido para a costa, e olhando para o local do próprio naufrágio, pareceu-me um pouco mais à tona d'água do que de costume. Examinei o barril e logo vi que continha pólvora, mas tão molhada que estava dura como pedra. Rolei-o, no entanto, até um local mais afastado da praia e depois fui caminhando dentro d'água tentando aproximar-me o máximo possível dos destroços para ver se não encontrava algo mais.

Quando cheguei ao barco, encontrei-o estranhamente deslocado. O castelo de proa, antes enterrado na areia, estava quase a dois metros de altura, e a popa, que fora destroçada e separada do resto pela violência das águas, pouco depois que eu cessara de vasculhá-la, fora como que jogada para cima e virada de lado, e a areia se acumulara de tal maneira naquela parte que pude chegar caminhando até ela, quando antes devia nadar cerca de quatrocentos metros. A princípio essa mudança me surpreendeu, mas logo concluí que a causa de tudo fora o terremoto. E como, por esse motivo, o barco ficou ainda mais destroçado do que antes, muitas coisas davam à praia todo dia, já que o mar as soltava e os ventos pouco a pouco as rolavam para a terra.

Isso desviou completamente meus pensamentos do projeto de mudança e, nesse dia em particular, passei um bom tempo tentando descobrir uma forma de entrar no barco, mas logo me desiludi ao perceber que todo o interior do navio estava atulhado de areia. Contudo, como aprendera a não desesperar ante coisa alguma, resolvi arrancar, aos pedaços, tudo que pudesse, considerando que qualquer coisa que conseguisse retirar dele me seria de algum modo útil.

3 de maio. Comecei com minha serra e cortei um pedaço de viga que, suponho, sustentava parte do convés superior. Depois de cortá-la, tirei o máximo possível de areia do lado mais alto, mas como a maré estava enchendo, fui por ora obrigado a desistir.

4 de maio. Saí para pescar, mas não apanhei um peixe que ousasse comer, até que me cansei do esporte, e já estava quase indo embora quando apanhei um pequeno golfinho. Fizera uma linha comprida com fio de corda, mas não tinha anzóis; contudo, quase sempre apanhava muito peixe, tanto quanto precisava para comer. Secava-os ao sol e os comia secos.

5 de maio. Trabalhei nos destroços, cortei outra viga em pedaços e apanhei três grandes tábuas de pinho no convés, que amarrei de modo que flutuassem até a praia, aproveitando o fluxo da maré.

6 de maio. Trabalhei nos destroços, tirei de lá várias cavilhas e outras ferragens. Trabalhei até a exaustão e voltei para casa pensando em desistir.

7 de maio. Fui novamente aos destroços, mas sem intenção de trabalhar. No entanto, encontrei várias vigas quebradas que se haviam rompido com o próprio peso, e várias peças que pareciam soltas. O interior do navio estava tão arrombado que era possível ver lá dentro, apesar da areia e da água.

8 de maio. Voltei aos destroços com um pé de cabra de ferro para forçar o convés que agora estava livre de água e de areia. Forcei duas pranchas e levei-as para a praia com a maré. Deixei o pé de cabra a bordo para o dia seguinte.

9 de maio. Fui outra vez aos destroços e, com o pé de cabra, abri caminho para o interior do que restava do barco. Tateei vários barris e afrouxei-os com o pé de cabra, mas não consegui arrombá-los. Encontrei também o rolo de chumbo inglês, mas era pesado demais para poder levá-lo.

10, 11, 12, 13, 14 de maio. Fui diariamente aos destroços e consegui uma boa quantidade de tábuas e peças de madeira, e cem ou cento e cinquenta quilos de ferro.

15 de maio. Levei duas machadinhas para tentar cortar um pedaço do rolo de chumbo, aplicando o fio de uma e martelando com a outra. Mas como estava mergulhado em meio metro de água, não houve golpe que cravasse a machadinha.

16 de maio. À noite ventara forte e os restos do navio pareciam ainda mais despedaçados pela violência do mar. Mas demorei tanto no mato apanhando pombos, que a maré não me deixou chegar até os destroços nesse dia.

17 de maio. Avistei alguns destroços na praia, a quase três quilômetros de distância, mas resolvi ver o que eram, e descobri tratar-se de um pedaço de proa, pesado demais para ser transportado.

24 de maio. Trabalhei até hoje nos destroços, afrouxando diversas partes com o pé de cabra, que na primeira enchente da maré saíram flutuando, bem como duas arcas dos marinheiros. Mas com o vento soprando da praia, nada veio dar à terra aquele dia a não ser pedaços de madeira e um barril com um pouco de carne de porco do Brasil, mas estragada pela água salgada e pela areia.

Continuei esse trabalho diariamente até 15 de junho, excetuando o tempo necessário para obter alimento, que eu sempre fixava durante o período em que a maré estivesse alta, a fim de estar pronto quando ela baixasse. Já havia então reunido madeira, pranchas e ferragens bastante para ter construído um bom bote, se soubesse como. Trouxe também por várias vezes e em diversos pedaços cerca de quarenta quilos de folha de chumbo.

16 de junho. A caminho da praia encontrei uma enorme tartaruga. Era a primeira que via, ao que parece devido exclusivamente a minha má sorte e não por defeito do lugar ou escassez, pois, se estivesse do outro lado da ilha, teria centenas todo dia, como verifiquei mais tarde, mas teria pago, talvez, bastante caro por elas.

17 de junho. Passei o dia cozinhando a tartaruga, dentro da qual havia sessenta ovos. A carne pareceu-me nessa ocasião a mais tenra e saborosa que jamais provara em minha vida, já que desde minha chegada a esse lugar horrível não comera outra carne a não ser a de cabras e aves.

18 de junho. Choveu o dia inteiro, e permaneci dentro de casa. A água pareceu-me fria e senti alguns arrepios, o que sabia ser pouco comum naquelas latitudes.

19 de junho. Muito doente, tremia como se fizesse frio.

20 de junho. Não preguei olho durante a noite; violentas dores de cabeça, febril.

21 de junho. Muito doente, mortalmente assustado pela minha triste condição e por não ter nenhuma ajuda. Rezei a Deus pela primeira vez desde a tempestade em Hull, porém mal soube o que disse, ou por quê. Meus pensamentos estavam confusos.

22 de junho. Um pouco melhor, mas terrivelmente apreensivo em relação à doença.

23 de junho. Muito mal de novo, tremendo de frio e com fortes dores de cabeça.

24 de junho. Bem melhor.

25 de junho. Violentíssima calentura. A crise durou sete horas, com acessos de calor e frio e a seguir suores de vertigem.

26 de junho. Melhor. Não tendo o que comer, apanhei minha arma, porém estava muito fraco. Mesmo assim, matei uma cabra e, com muita dificuldade, trouxe-a para casa, grelhei um pedaço e comi. Preferia tê-la ensopado e feito um caldo, mas não tinha panela.

27 de junho. Novamente a calentura, e a tal ponto violenta que fiquei na cama o dia inteiro, sem comer ou beber. Parecia que ia morrer de sede, sentindo-me demasiadamente fraco para levantar-me em busca de água. Rezei outra vez a Deus, mas delirava demais e, quando não estava assim, permanecia tão sem noção das coisas que não sabia o que dizer. Limitava-me a ficar deitado e a exclamar: "Senhor, olhai por mim! Senhor, tende piedade de mim!, Senhor, tende misericórdia!" Acredito não ter feito outra coisa por duas ou três horas até que a crise se acalmou e adormeci, só acordando tarde da noite. Ao despertar, me senti melhor, porém fraco e extremamente sedento. Contudo, como não tinha água em lugar algum da casa, fui forçado a esperar até o amanhecer e adormeci de novo. Enquanto dormia tive um sonho terrível.

Sonhei que estava sentado no chão do lado de fora da paliçada, onde estivera ao desabar a tempestade após o terremoto, quando avistei um homem descer de uma grande nuvem negra, envolto em uma chama brilhante, e pousar no chão. Resplandecia como fogo, a ponto de me ofuscar. Seu aspecto era tão imponente que não há palavras para descrevê-lo. Ao pisar os pés no chão, acho que a terra tremeu exatamente como tremera no terremoto, e o ar inteiro, para meu grande espanto, pareceu encher-se de línguas de fogo.

Mal havia aterrissado e avançou em minha direção com uma longa lança na mão para me matar. Chegando a uma elevação, não muito longe de mim, falou comigo, ou ouvi uma voz tão terrível que é impossível descrever o horror que senti. Tudo que posso dizer que entendi foi:

– Já que a visão de todas essas coisas não te levou ao arrependimento, agora morrerás – e pareceu-me que erguia a lança que tinha na mão para me matar.

Ninguém que venha a ler este relato esperará que eu seja capaz de descrever os horrores que me torturaram a alma diante dessa terrível visão. Mesmo sendo um sonho, eu realmente vivi esses horrores que sonhei. Igualmente impossível seria descrever a impressão que me ficou no espírito ao acordar e ver que era só um sonho.

Ai de mim!, que não tinha nenhuma instrução religiosa. Os bons ensinamentos de meu pai já estavam a essa altura, oito anos depois, corrompidos por uma vida contínua de iniquidades, e por ter me relacionado com ninguém exceto gente como eu, perversos e profanos da pior espécie. Não me recordo de ter ao longo de todo esse tempo um só pensamento voltado para o alto, em direção a Deus, ou para dentro, buscando uma reflexão sobre meus próprios rumos. Uma certa estupidez da alma, sem o desejo do bem ou a consciência do mal, me havia dominado por completo, e eu era tudo que se pode esperar da mais enrijecida, imprudente e ímpia criatura dentre nossos marujos, destituído de todo senso, quer de temor a Deus quando em perigo, quer de gratidão no salvamento.

Ao relatar o que já é passado em minha história, tais fatos serão mais fáceis de se acreditar se eu acrescentar que, em meio a toda sorte de desgraças que até hoje me atingiram, jamais as encarei como obra de Deus ou que fossem justa punição pelos meus pecados, por meu comportamento rebelde para com meu pai ou pelos atuais pecados que eram grandes, ou sequer um castigo pelo rumo geral de minha vida perversa. Durante a desesperada expedição às praias desertas da África, jamais dediquei um só pensamento sobre o que seria feito de mim, ou uma só vez desejei que Deus me guiasse na escolha dos caminhos ou me salvasse do perigo que manifestamente me cercava, tanto na forma de animais vorazes como na de selvagens cruéis. Estava simplesmente vazio de pensamentos em relação a Deus ou à Providência. Agia como um bruto; seguindo apenas os instintos naturais e os ditames do bom-senso e, na verdade, mal obedecia a estes.

Quando fui salvo e recolhido do mar pelo capitão português, bem tratado, com retidão e honestidade, e também caridosamente, não abriguei a menor gratidão em meus pensamentos. Quando novamente naufraguei e me vi perdido, prestes a afogar-me nessa ilha, estava muito longe de sentir quaisquer remorsos ou ver na provação um julgamento. Limitei-me a repetir para mim mesmo que não passava de um cão desafortunado nascido para a eterna desventura.

É verdade que quando dei à terra pela primeira vez e percebi que toda a tripulação se afogara e só eu fora poupado, fui surpreendido por uma espécie de êxtase e arrebatamento da alma que, tivesse a graça de Deus me ajudado, poderia ter evoluído para uma verdadeira gratidão. Mas tudo terminou onde começara, num simples e comum arroubo de alegria ou, como poderia dizer, nesse contentamento de estar vivo, sem a menor reflexão sobre a especial bondade da mão que me havia preservado e escolhido para ser salvo, quando todos os demais eram destruídos; sequer cheguei a me perguntar por que a Providência havia sido tão misericordiosa comigo. Exatamente o mesmo tipo de alegria que em geral sentem os marinheiros após chegarem à terra sãos e salvos de um naufrágio, e que tratam de afogar no primeiro ponche para esquecê-la tão logo terminam de beber: assim fora toda a minha vida.

Mesmo depois, refletindo mais profundamente, fui levado a tomar consciência da minha situação, de como fora lançado a esse lugar aterrador, fora de alcance da espécie humana, privado de toda esperança de socorro ou perspectiva de salvação. No entanto, assim que percebi alguma chance de sobrevivência, que não sofreria ou pereceria de fome, toda a sensação de angústia se desfez, e comecei a me sentir à vontade. Dediquei-me às tarefas voltadas para minha preservação e meu abastecimento, e nem de longe continuei a atormentar-me com a minha situação, como se fosse um castigo dos Céus ou a mão de Deus a perseguir-me. Tais pensamentos raramente me entravam na cabeça.

O crescimento do cereal, conforme dei a entender em meu diário, teve a princípio certa influência sobre mim e começou a afetar-me seriamente na medida em que acreditei haver algo de miraculoso naquilo. Mas tão logo esse aspecto foi descartado de meus pensamentos, desfez-se também toda a impressão por ele despertada, conforme já observei.

Até mesmo no terremoto – embora nada pudesse ser mais horripilante ou indicasse de modo mais evidente a existência da força invisível que sozinha controla semelhantes coisas –, tão logo passou o primeiro susto, também se apagou a impressão que me causara. Tinha tão pouca noção de Deus e de Sua justiça e percebia menos ainda que minhas aflições eram geradas por Sua mão quanto se estivesse na mais próspera das situações.

Mas quando comecei a adoecer, e uma lenta visão dos suplícios da morte começou a se esboçar diante dos meus olhos, quando meus ânimos cediam ante o peso de tão grave enfermidade e quando a natureza se exauria com a violência da febre, minha consciência, há tanto adormecida, recomeçou a despertar. Comecei então a censurar minha vida passada, quando, de forma tão evidente e com uma iniquidade fora do comum, eu havia provocado a justiça de Deus a submeter-me com tão duros golpes e a tratar-me de modo tão vingativo.

Essas reflexões me oprimiram no segundo ou terceiro dia da enfermidade, e a violência, tanto da febre como das pesadas recriminações da consciência, extraíram de mim algumas palavras, como orações a Deus, embora não possa dizer se a acompanhavam desejos ou esperanças, ou era apenas a voz do terror e do sofrimento. Meus pensamentos eram confusos, condenações pesavam sobre meu espírito, e o temor de morrer em situação tão lastimável enchia-me a cabeça de apreensões e perplexidade. Em meio a toda essa aflição, não sei o que poderia estar dizendo a minha boca, mas eram sobretudo exclamações como "Senhor, como posso ser tão desgraçado! Se devo adoecer, certamente morrerei por falta de socorro e que será de mim?" Então lágrimas saltavam-me dos olhos, e não podia dizer mais nada por longo tempo.

Voltaram-me então à mente os bons conselhos de meu pai e também sua profecia que mencionei no começo dessa história, isto é, que se eu cometesse a tolice de dar aquele passo, Deus não me haveria de dar a Sua benção, e depois me sobraria tempo para meditar sobre como negligenciara o seu conselho, quando já não haveria ninguém para me ajudar a recuperar-me. "Agora", disse em voz alta, "irão cumprir-se as palavras de meu querido pai. A justiça de Deus me alcançou, e não tenho ninguém que me ajude ou escute. Rechacei a voz da Providência que misericordiosamente me havia colocado numa posição ou nível de vida onde poderia ter sido feliz e tranquilo; e não fui capaz de enxergar, nem aprendi com meus pais a bênção que representava. Abandonei-os a chorar minha loucura e agora estou abandonado a chorar as consequências. Recusei sua ajuda e assistência, que me haveriam elevado neste mundo e tornariam todas as coisas fáceis para mim. Agora tenho de lutar contra dificuldades grandes demais até para a própria natureza suportar, e solitário, sem socorro, sem consolo, sem conselho..." Então gritei com todas as minhas forças, "Senhor, ajuda-me em minha aflição!" Essa foi a primeira oração, se assim posso chamá-la, que fiz em muitos anos. Mas volto a meu diário.

28 de junho. Um pouco aliviado pelo sono, e tendo a crise passado por completo, resolvi me levantar. Apesar do susto e do horror provocados pelo sonho, concluí que os calafrios voltariam no dia seguinte e era hora de conseguir algo que me fortalecesse e restaurasse quando enfermo. A primeira coisa que fiz foi encher de água um garrafão quadrado e colocá-lo em minha mesa, ao alcance da cama. Para cortar a friagem da água, coloquei dentro dela cerca de um quarto de pinta de rum e misturei. Depois apanhei um pedaço de carne de cabra e grelhei-o na brasa, mas foi pouco o que pude comer. Caminhei um pouco, mas estava muito fraco e, além disso, muito triste e apreensivo com a minha miserável condição, pois temia a volta da enfermidade no dia seguinte. À noite, jantei três ovos de tartaruga, que assei nas brasas e comi na casca. Foi esse, até onde pude me lembrar, o primeiro alimento em toda minha vida para o qual pedi a bênção do Senhor.

Depois de comer, tentei caminhar, mas estava tão fraco que mal podia carregar a arma (pois jamais saía sem ela); portanto, não fui muito longe e me sentei no chão, olhando o mar, que estava bem diante de mim, muito calmo e sereno. Ali sentado, ocorreram-me alguns pensamentos.

Que são esta terra e este mar que tanto tenho visto? Qual a sua origem? E o que somos eu e as outras criaturas, mansas e selvagens, humanas e brutais? De onde viemos?

Por certo somos todos feitos por algum poder misterioso, que criou a terra e o mar, o ar e o céu. Quem é este poder?

Então naturalmente concluí: foi Deus que criou tudo. Bem, mas então – seguia estranhamente o raciocínio –, se Deus fez todas essas coisas, Ele guia e governa a todas, e tudo que se relaciona com elas; pois a força capaz de fazer todas as coisas com certeza tem o poder de as guiar e dirigir.

Se é assim, nada pode ocorrer no grande circuito de Suas obras sem o Seu conhecimento ou desígnio.
E se nada ocorre sem o Seu conhecimento, Ele sabe que me encontro aqui e que estou nesta situação terrível. E se nada ocorre sem o Seu desígnio, Ele determinou que tudo isso me acontecesse. Nada me ocorreu ao pensamento que contradissesse qualquer dessas conclusões. Portanto, confirmou-se em meu espírito com inevitável pujança que assim deveria ser, ou seja, Deus determinara que tais coisas me ocorressem; que havia sido levado a tão miserável situação por Sua decisão, pois Ele tinha não somente poder sobre mim, mas também sobre tudo que acontecia no mundo. Imediatamente perguntei-me:
Por que Deus havia feito isso comigo? O que fizera eu para ser assim tratado?
Minha consciência logo contestou-me a indagação, como se fossem blasfêmias, e pareceu-me ouvir uma voz dentro de mim: "MISERÁVEL!, perguntas o que fizeste? Olha para trás, para essa vida horrivelmente desperdiçada e pergunta a ti mesmo o que não fizeste. Pergunta por que não foste destruído há muito tempo; por que não te afogaste no ancoradouro de Yarmouth, nem foste morto na abordagem do navio pelos piratas de Salé, nem devorado por feras selvagens nas costas da África, nem te afogaste nesta ilha quando toda a tripulação pereceu com exceção de ti? E te atreves ainda a perguntar 'O que fiz eu?'"
Essas reflexões me deixaram tão atônito e perplexo que não encontrei uma só palavra para dizer, nada, nem uma única resposta. Levantei-me pensativo e triste, regressei a meu refúgio e escalei minha muralha, disposto a ir para a cama, porém meus pensamentos estavam demasiado confusos e não me deixaram dormir; de modo que me sentei na cadeira e acendi a lâmpada, pois já começava a escurecer. O temor que a doença voltasse me assustava muito. Ocorreu-me então que os brasileiros não usavam outro medicamento a não ser o tabaco para quase todas as doenças e em uma das arcas eu tinha um pedaço de fumo em rolo, que estava bem curtido, e outros que ainda estavam verdes.

Fui, sem dúvida, guiado pelo Céu, pois nessa arca encontrei a cura, tanto para o corpo como para a alma. Foi só abri-la e achei o que buscava, ou seja, o tabaco. Como estavam lá os poucos livros que salvara, tirei uma das Bíblias que mencionara antes e que até então eu não tivera tempo nem disposição bastante para folhear. Apanhei portanto e levei-a juntamente com o tabaco para minha mesa.

Que uso fazer do tabaco em minha enfermidade eu não sabia, e ignorava até se me faria bem ou mal, mas fiz com ele várias tentativas, decidido a acertar de um modo ou de outro. Primeiro peguei um pedaço de folha e o masquei, o que a princípio quase me entorpeceu o cérebro, pois o tabaco era verde e forte e não estava habituado a ele. Depois coloquei uma porção durante uma ou duas horas em infusão no rum, resolvido a tomar uma dose ao deitar. Por fim, queimei um pouco na brasa e inclinei o nariz sobre a fumaça até onde foi possível resistir o calor e a sufocação.

Num intervalo dessa operação, abri a Bíblia e comecei a ler, porém minha cabeça estava excessivamente perturbada com o tabaco para permitir a leitura, ao menos naquele momento, mas tendo aberto o livro ao acaso, as primeiras palavras que me surgiram diante dos olhos foram estas: "Invoca-me nos dias de aflição, e eu te libertarei, e tu me glorificarás".

Eram palavras muito apropriadas para a ocasião e causaram certa impressão sobre meu espírito quando as li, embora não tanto como posteriormente, pois não acreditava que poderia ser salvo. Isso me parecia a tal ponto remoto, tão impossível no meu modo de ver, que indaguei, como os filhos de Israel ao lhes ser prometida carne para comer: "Acaso poderia Deus preparar uma mesa no deserto?", e disse também, "Acaso pode o próprio Deus me livrar deste lugar?" e, como se passaram muitos anos sem que surgisse qualquer esperança, essa dúvida muitas vezes prevaleceu em meus pensamentos. Contudo, essas palavras produziram forte impressão sobre mim, e muitas vezes refleti sobre elas. Como já era tarde e o tabaco havia me entorpecido a mente, senti vontade de dormir. Deixei então a lâmpada queimando para o caso de precisar de algo no meio da noite e fui para a cama; mas antes de deitar-me fiz o que jamais fizera em toda a minha vida, ajoelhei-me e rezei para que Deus cumprisse sua promessa de salvar-me se eu O invocasse nos dias de aflição. Terminada minha rudimentar e tosca oração, bebi o rum em que fizera a infusão, e que estava tão forte e desagradável por causa do tabaco que mal o consegui engolir, e me meti na cama. De imediato senti que a bebida me subia violentamente à cabeça e dormi um sono tão profundo que não despertei, a julgar pelo sol, antes das três da tarde do dia seguinte. Cheguei inclusive a pensar que dormi todo esse dia e a noite também, até a tarde do seguinte. De outro modo não poderia explicar como pude saltar um dia no meu calendário, erro que apareceu anos mais tarde, pois se o houvesse perdido por ter cruzado e recruzado a linha do Equador, teria perdido mais de um dia. Mas o fato é que perdi um dia em minha conta e nunca soube como.

Ao acordar senti-me extraordinariamente refeito, cheio de ânimo e alegre. Notei ao levantar-me que estava mais forte que no dia anterior e meu estômago melhor, pois tinha fome. Para resumir, não tive crise no dia seguinte e continuei melhorando. Isso foi no dia 29.

O dia 30 foi sem dúvida meu dia de sorte, e saí com a espingarda, embora não tenha ido muito longe. Matei uma ou duas aves marinhas, semelhantes a um ganso selvagem, e trouxe-as para casa, apesar de não estar muito disposto a comê-las. Comi, então, mais alguns ovos de tartaruga, que eram excelentes. À noite tomei novamente o remédio que supunha me ter feito bem o dia anterior, ou seja, o tabaco em infusão no rum, embora não tanto quanto antes, e não masquei folha nem aspirei a fumaça. Contudo já não estava tão bem como esperava no dia seguinte, pois tive alguns calafrios de febre, mas não foi muito.

2 de julho. Tornei a tomar o remédio das três formas e me entorpeci como da primeira vez, pois dobrei a quantidade que bebi.

3 de julho. As crises cessaram por completo, embora não viesse a recobrar toda minha força senão algumas semanas depois. Enquanto a recuperava, meus pensamentos continuavam intensamente concentrados nessas palavras, eu te libertarei, e a impossibilidade de minha salvação estava sempre em meu espírito, apesar de constantemente desejá-la. Ocorreu-me, então, que me concentrava tanto em salvar-me do mal maior que me afligia, que não dera a devida atenção à salvação já concedida. E fui levado, por assim dizer, a fazer-me as seguintes perguntas: Acaso não fora salvo milagrosamente da doença, da mais angustiante de todas as situações, e que tanto me aterrorizava? E que importância dera a semelhantes dádivas? Fizera eu a minha parte? Deus já me livrara, porém eu não o glorificara; ou seja, não reconhecera a cura como salvação, nem por ela me sentira agradecido. Como esperar uma salvação maior?

Tais pensamentos tocaram-me profundamente o coração. Imediatamente ajoelhei e em voz alta agradeci a Deus por me ter recuperado da enfermidade.

4 de julho. Pela manhã, abri a Bíblia, começando atentamente pelo Novo Testamento, e obriguei-me a ler um pouco toda manhã e toda noite, sem estabelecer um número certo de capítulos, indo até onde minha atenção se mantivesse. Não me empenhara na tarefa há muito tempo e já sentia meu coração tocado do modo mais profundo e sincero pela iniquidade de minha vida passada. A impressão causada pelo sonho reavivou-se e as palavras "A visão de todas essas coisas não te levou ao arrependimento" cruzaram velozmente meu espírito. Ansiosamente eu suplicava a Deus que me concedesse o arrependimento quando, de forma providencial, no mesmo dia em que me pus a ler as Escrituras, dei com essas palavras: "Deus o exaltou como Príncipe e Salvador, a fim de conceder a penitência e a remissão dos pecados". Larguei o livro, e com o coração e as mãos erguidas para o céu, numa espécie de êxtase, exclamei: "Jesus, Filho de David, exaltado Príncipe e Salvador, dai-me a penitência!"

Foi a primeira vez em minha vida que posso dizer que rezei no verdadeiro sentido da palavra, pois agora o fazia consciente de minha situação, e com uma verdadeira visão das Escrituras, fundada no encorajamento da palavra de Deus. E, a partir dessa época, posso afirmar que passei a ter esperança de que Deus me escutasse.

Comecei a interpretar as palavras acima mencionadas, "Invoca-me e eu te libertarei", com um sentido distinto daquele em que jamais as houvera interpretado. Até então eu não tinha ideia de coisa alguma que pudesse ser chamada de libertação, exceto a possibilidade de libertar-me do cativeiro em que estava; pois embora me encontrasse em liberdade naquele lugar, a ilha era certamente uma prisão para mim, e no pior de todos os sentidos. Aprendia agora a considerá-la de outra forma. Rememorava minha vida passada com tal horror e meus pecados pareciam tão abomináveis que minha alma não pedia outra coisa a Deus além da remissão do peso da culpa que arruinava com todo meu sossego. Quanto a minha vida solitária, não tinha importância. Nem ao menos rezei para livrar-me dela, sequer pensei nisso. Era algo completamente insignificante em comparação com o resto. E aqui acrescento esta parte como uma alusão a quem quer que venha a lê-la, pois quando chegarem ao verdadeiro sentido das coisas perceberão que a libertação do pecado é uma bênção bem maior que a libertação das aflições.

Mas, deixando essa questão de lado, retorno ao meu diário.

Minha condição agora começava a ser, embora não menos miserável quanto ao modo de vida, bem mais fácil para o espírito. Com os pensamentos voltados a Deus e coisas de natureza superior, através da leitura constante das Escrituras e de orações, sentia um conforto enorme que até então não experimentara. E como minha força e saúde voltavam, tratei de abastecer-me com tudo que precisava para tornar meu modo de vida o mais regular possível.

De 4 a 14 de julho, preocupei-me principalmente em percorrer os arredores com minha espingarda, indo cada vez um pouco mais longe, como um homem que trata de recuperar suas forças depois de uma grave doença, pois dificilmente pode-se imaginar o quanto eu estava debilitado a princípio. O medicamento do qual fiz uso foi absolutamente original, e é provável que uma sezão jamais tenha sido curada dessa maneira; não posso portanto recomendar a ninguém que faça uso dele. E apesar dos acessos febris terem de fato desaparecido, é provável que o próprio remédio tenha contribuído para me enfraquecer, pois fui diversas vezes acometido de crises de nervos e convulsões musculares durante algum tempo.

Aprendi também, nesse particular, que não poderia existir nada mais prejudicial a minha saúde do que sair de casa na estação chuvosa, especialmente naquelas chuvas que vinham acompanhadas de tempestades e ventanias. E como era geralmente desse tipo a chuva que ocorria na estação seca, concluí que era bem mais perigosa do que a que caía em setembro e outubro.

Já estava há mais de dez meses nessa triste ilha. Toda e qualquer possibilidade de salvação parecia impossível, e acreditava firmemente que nenhuma forma humana jamais colocara o pé naquele lugar. Agora, com a minha habitação em segurança e, no meu entender, de modo bastante satisfatório, fiquei com vontade de explorar melhor a ilha e ver que outros produtos naturais eu poderia ainda descobrir.

Foi no dia 15 de junho que comecei a inspecionar mais detidamente a ilha. Subi primeiro a enseada, onde, conforme mencionei, atracara minhas jangadas. Verifiquei, depois de avançar cerca de três quilômetros, que a maré não subia muito além, e que de fato não passava de um pequeno regato de água doce e saudável; mas como era a estação seca, quase não havia água em alguns lugares, ao menos não o suficiente para formar córregos que se pudessem ver.

Nas margens desse riacho, encontrei belas savanas e muitas planícies cobertas de relva. Nas partes mais elevadas, próximas das regiões mais altas, onde a água, como se poderia imaginar, jamais correu, descobri uma grande quantidade de tabaco, de caules longos e viçosos. Havia várias outras plantas das quais eu não tinha noção ou conhecimento e que talvez possuíssem virtudes que eu não tinha como descobrir.

Procurei raízes de mandioca, que os índios de todas aquelas regiões utilizavam para fazer o pão, mas não encontrei nenhuma. Vi grandes pés de aloés, mas não sabia, então, para que serviam. Vi muitas canas-de-açúcar, mas silvestres, impróprias para o cultivo. Contentei-me com as descobertas que fiz nesta ocasião e voltei meditando sobre o que deveria fazer para descobrir as propriedades e virtudes de quaisquer das frutas ou plantas que viesse a encontrar, mas não cheguei a nenhuma conclusão. Na verdade, fizera tão poucas observações quando me encontrava no Brasil que quase nada sabia sobre plantas da região, pelo menos não o suficiente para ser de alguma utilidade nas minhas atuais agruras.

No dia seguinte, 16, voltei a subir pelo mesmo caminho, e depois de avançar um pouco mais que no dia anterior, encontrei o regato, mas as savanas começaram a escassear à medida que a região ficava mais arborizada. Nessa parte descobri frutas diferentes, particularmente melões em quantidade pelo chão e uvas nas árvores; as videiras realmente espalhavam-se pelas árvores carregadas de cachos bem maduros e suculentos. Era uma descoberta de fato surpreendente, e fiquei muitíssimo satisfeito com ela. A experiência, porém, ensinara-me a comê-las com moderação, pois lembrava-me que, quando me encontrava em terra na Barbária, vários ingleses que lá eram escravos morreram por terem comido uvas, acometidos de febres e disenteria. Mas descobri um excelente uso para elas, curando-as, secando-as ao sol e armazenando-as, como se armazena uvas secas ou passas, já que acreditava que seriam, como de fato foram, um substituto tão saudável quanto saboroso quando não houvessem uvas para colher.

Passei ali a tarde inteira e não retornei a minha habitação, sendo essa, por assim dizer, a primeira noite em que me ausentava de casa desde que chegara à ilha. Usei de meu primeiro artifício e subi numa árvore, onde dormi bem, e na manhã seguinte, prossegui em minha exploração, avançando cerca de seis quilômetros, conforme pude avaliar pela extensão do vale, seguindo diretamente para o norte, com uma cadeia de montanhas ao sul e outra ao norte de onde me encontrava.

Ao fim dessa longa caminhada, cheguei a uma clareira, onde a região parecia baixar para oeste, e onde uma pequena fonte de água fresca, que brotava da encosta de uma colina próxima a mim, corria em direção oposta, isto é, para leste. Essa região era tão fresca, tão esplendorosa, sendo tudo tão constantemente verde como o florescer da primavera, que parecia um jardim plantado.

Desci um pouco pela encosta desse vale encantador, examinando-o com uma espécie de prazer secreto (embora misturado a outros pensamentos que me atormentavam), ao pensar que tudo isso era meu, que era rei e senhor incontestável de toda essa terra, que dela tinha o direito irrevogável de posse, e que se a conseguisse legitimar publicamente poderia transmiti-la por herança tão bem quanto o feudo de um lorde na Inglaterra. Encontrei ali cacaueiros, laranjeiras, limoeiros e cidreiras em abundância, porém silvestres e pouquíssimos com frutos, ao menos naquela época. Contudo, as limas verdes que colhi não eram apenas saborosas, mas também saudáveis, e mais tarde misturei-lhes o sumo com água, tornando-a muito nutritiva, agradável e refrescante.

Verifiquei, então, que tinha muito que colher e transportar para casa, pois resolvi me abastecer tanto de uvas como de limas e limão, para garantir-me na estação chuvosa, que sabia estar se aproximando.

Assim, reuni grande quantidade de uvas num determinado lugar, outra menor ao lado, e também muitas limas e limões mais adiante; e, levando um pouco de cada comigo, voltei para casa, decidido a regressar novamente com uma bolsa ou um saco, ou o que conseguisse fazer, para carregar o resto.

Levei três dias para retornar à casa, como devo chamar agora minha tenda e minha caverna. Porém, antes de chegar, as uvas já se haviam estragado: a suculência das frutas e o próprio peso esmagou-as, não sendo possível aproveitá-las. Quanto às limas, estavam boas, mas só pude trazer poucas.

Voltei para lá no dia seguinte, 19, depois de fabricar duas pequenas sacolas para transportar minha colheita. Mas fiquei surpreso ao encontrar meus cachos de uvas, tão suculentos e bonitos quando os colhi, completamente despedaçados, esmagados e espalhados pelo chão, e boa parte deles comidos e mordiscados. Concluí então que havia animais selvagens nas redondezas, mas não soube dizer quais eram.

Entretanto, ao verificar que não podia deixar os cachos empilhados no chão, nem carregá-los dentro de um saco, pois no primeiro caso seriam devorados, e no segundo esmagados pelo próprio peso, resolvi adotar outra estratégia. Colhi grande quantidade de uvas e pendurei-as nos galhos das árvores, para que curtissem e secassem ao sol. Quanto às limas e limões, carreguei tantos quanto fui capaz.

Ao chegar em casa dessa jornada, refleti com grande prazer sobre a fertilidade daquele vale e sua localização agradável, com bosques, água doce e ao abrigo das tempestades, e concluí que o lugar que escolhera para fixar minha morada era de longe o pior da região. De um modo geral, comecei a considerar a possibilidade de transferir minha habitação e procurar um lugar tão seguro quanto o em que agora me encontrava, mas, se possível, naquela parte amena e fértil da ilha.

Esse pensamento permaneceu durante um bom tempo em minha mente e, tentado pela amenidade do lugar, sentia-me em certos momentos extremamente inclinado nesse sentido. Mas quando comecei a examiná-lo mais detidamente, concluí que meu refúgio atual era à beira-mar, onde seria pelo menos possível que algo acontecesse a meu favor, e que o mesmo e trágico destino que ali me trouxera poderia também trazer outros náufragos infelizes. Embora fosse muito pouco provável que qualquer coisa desse gênero pudesse algum dia acontecer, enclausurar-me no meio da mata e das montanhas, no centro da ilha, era antecipar meu cativeiro, tornando essa hipótese não somente improvável, mas impossível; portanto, não devia de forma alguma me mudar.

Contudo, estava tão apaixonado por esse lugar que lá passei boa parte do meu tempo até o final de julho. Embora continuasse, como disse acima, decidido a não mais mudar-me, mesmo assim construí uma espécie de caramanchão e cerquei-o à distância com uma forte paliçada, reforçada duplamente com sebe, tão alta quanto pude alcançar, bem estacada e recheada com moitas e ramos quebrados. Ali eu ficava em segurança, às vezes duas ou três noites seguidas, sempre entrando e saindo por meio de uma escada, como fizera antes, imaginando então que tinha a minha casa de campo e a minha casa de praia. Esse trabalho ocupou-me até o início de agosto.

Havia terminado minha cerca e começava a gozar dos esforços que empreendera quando as chuvas chegaram e fizeram com que eu permanecesse junto a minha antiga habitação. Pois, embora houvesse construído uma tenda como a outra, com um pedaço de vela bem estendida, faltava o abrigo de um morro para proteger-me das tempestades e uma caverna onde pudesse refugiar-me, quando chovesse em demasia.

Em meados de agosto, como disse, terminara de construir o caramanchão e começava a desfrutá-lo. No dia três de agosto, verifiquei que as uvas que havia dependurado estavam perfeitamente secas e tornaram-se de fato passas muito boas, de modo que comecei a apanhá-las das árvores, e foi ótimo ter feito isso, pois as chuvas que se seguiram teriam estragado a melhor parte da minha alimentação de inverno. Tinha mais de duzentos cachos grandes e mal terminara de apanhá-los, levando a maior parte para minha caverna, quando começou a chover. A partir desse dia, 14 de agosto, choveu quase diariamente, até a metade de outubro, e às vezes tão violentamente que eu não conseguia pôr o pé fora da caverna durante vários dias seguidos.

Fiquei muito surpreso nessa estação com o crescimento da minha família. Havia sentido muito a perda de uma das minhas gatas, que imaginava morta ou perdida, e não tive mais notícias dela, até que, para minha grande admiração, apareceu em casa em fins de agosto, com três filhotes. Isso me pareceu muito estranho, porque o animal que eu matara com a espingarda, e que chamara de gato selvagem, pertencia a uma espécie bem diferente dos nossos gatos europeus; não obstante os gatinhos eram da mesma espécie doméstica que a mãe. Desgraçadamente, com o tempo se multiplicaram tanto que acabei me incomodando com eles e fui forçado a matá-los como parasitas ou afastá-los da casa o máximo possível.

De 14 a 26 de agosto choveu incessantemente, e não tive, portanto, como sair de casa, pois agora cuidava bastante para não me molhar muito. Num tal confinamento, minhas provisões começaram a escassear, mas, aventurando-me duas vezes a sair, num dia matei uma cabra e no último dia de chuva, isto é, no dia 26, encontrei uma enorme tartaruga, que foi para mim um verdadeiro achado, permitindo novamente regular minha alimentação: comia um punhado de passas como desjejum, um pedaço grelhado de carne de cabra ou tartaruga no almoço – pois, infelizmente, não possuía nenhum recipiente para cozinhar ou ensopar o que quer que fosse – e dois ou três ovos de tartaruga para o jantar. Durante o tempo em que estive confinado pelas chuvas, trabalhava duas ou três horas diárias na ampliação da caverna. Pouco a pouco fui cavando na direção de um dos lados, até atingir a parte externa do morro, e fiz uma espécie de porta ou saída, que ficou além da paliçada, podendo assim sair e entrar por ali. Mas não fiquei muito tranquilo com essa abertura, pois, da forma como estava antes, o recinto era completamente fechado, ao passo que agora eu me sentia exposto, dando oportunidade para qualquer coisa que quisesse entrar e chegar até mim. No entanto, não conseguia conceber que pudesse existir ali qualquer criatura viva temível, pois a maior que eu havia visto na ilha fora uma cabra.

30 de setembro. Chegara, enfim, no dia do triste aniversário de meu naufrágio; somei os entalhes feitos no poste e verifiquei que já estava em terra há trezentos e sessenta e cinco dias. Escolhi este dia para um jejum solene, reservando-o totalmente para práticas religiosas, prostrando-me ao chão com a mais profunda humildade, confessando meus pecados a Deus, reconhecendo a justiça de Seus julgamentos sobre mim e implorando-lhe misericórdia através de Jesus Cristo. E não tendo levado à boca o menor alimento durante doze horas, inclusive depois que o sol já havia se posto, comi então um biscoito e um punhado de uvas e fui para a cama, terminando o dia como comecei.

Até então não havia respeitado o domingo, pois, como de início não possuía nenhum sentimento religioso, deixara após algum tempo de distinguir entre as semanas e de fazer um entalhe mais longo para o dia do Senhor. Assim, não sabia em que dia da semana realmente estava. Mas agora, somando os dias, como mencionei acima, verifiquei que fazia um ano que já estava lá, de modo que dividi esse período em semanas e guardei todos os sétimos dias como se fossem domingos, embora tenha descoberto ao finalizar meus cálculos que havia perdido um dia ou dois em meu registro.

    Pouco depois disso, a tinta começou a escassear, de modo que me contentei em usá-la com mais economia e registrar por escrito somente os acontecimentos mais importantes da minha vida, sem continuar a fazer um relato cotidiano de outras coisas.

    A estação chuvosa e a seca começaram a apresentar-se de maneira regular para mim, e aprendi a distingui-las, a fim de poder preparar-me adequadamente para elas. Mas tive que pagar pelos ensinamentos adquiridos: o que passarei a relatar foi uma das experiências mais desencorajadoras de toda a minha vida. Já mencionei que guardara as poucas espigas de cevada e arroz, que brotaram de forma surpreendente, e como pensara, espontaneamente. Havia cerca de trinta pés de arroz e uns vinte de cevada, e pensei então que era época adequada para semeá-las, pois as chuvas haviam acabado e o sol se encontrava na posição meridional.

    Revolvi o melhor que pude um pedaço de terra com a enxada de madeira, e dividindo-o em duas partes, semeei os grãos. Mas enquanto o fazia, casualmente me ocorreu que não deveria semeá-los todos de início, pois não sabia quando era a época realmente apropriada para isso. Portanto, semeei apenas cerca de dois terços das sementes, guardando mais ou menos um punhado de cada.

    Logo percebi a felicidade de ter agido assim, porque nem um único grão que semeei dessa vez resultou em alguma coisa, pois, seguindo-se meses de estiagem, e a terra não tendo recebido chuva depois que as sementes foram plantadas, não havia umidade suficiente para permitir o crescimento. Assim, nada brotou até a próxima estação úmida, quando então cresceram como se tivessem sido recentemente semeados.

    Ao verificar que minha primeira semeadura não crescia, o que facilmente atribuí como consequência da estiagem, saí em busca de um terreno úmido para fazer outra experiência. Preparei um pedaço de terra próximo da minha nova cabana e semeei o resto das minhas sementes em fevereiro, um pouco antes do equinócio de primavera. Então, graças aos meses chuvosos de março e abril que as irrigaram, brotaram de forma bastante satisfatória e renderam uma colheita muito boa. Porém, como a quantidade de sementes que restara fora pequena e não me arriscava a semear tudo que tinha, acabei não semeando muito, e toda a minha colheita não deu mais de meia quarta de cada qualidade. Enquanto o cereal crescia, fiz uma pequena descoberta que me foi útil mais tarde. Logo que acabaram as chuvas e o tempo começou a firmar-se, lá pelo mês de novembro, fui visitar meu caramanchão, onde, embora já houvesse decorrido alguns meses desde a última vez que lá estivera, encontrei todas as coisas tal como as deixara. O círculo ou cerca dupla que havia feito não somente estava firme e inteiro, como as estacas, cortadas de algumas árvores que cresciam nos arredores, haviam brotado e desenvolvido ramos compridos como um salgueiro, que geralmente rebenta um ano depois de lhe podarem a copa. Não sei dizer qual o nome da árvore de onde as estacas foram cortadas. Fiquei surpreso, mas muito contente, ao ver esses brotos e galhos crescerem, e podei-os, tentando fazer com que crescessem do modo mais parelho possível; e é difícil acreditar as belas formas que tomaram depois de três anos de crescimento. Assim, embora a sebe fizesse um círculo de aproximadamente vinte e cinco metros de diâmetro, as árvores, como agora devo chamá-las, logo a cobriram, e a sombra ficou perfeita, suficiente para abrigar-me durante toda a estação seca.

Isso me levou a cortar mais algumas estacas e fazer uma cerca viva semelhante, em semicírculo ao redor de minha paliçada (refiro-me a minha primeira habitação), colocando as árvores ou estacas em fila dupla, a mais ou menos sete metros de distância de minha primeira cerca. Logo cresceram e foram a princípio uma esplêndida cobertura para minha habitação, e mais tarde serviram também como defesa, como oportunamente se verá.

Verifiquei então que as estações do ano podiam em geral ser divididas, não em verão e inverno como na Europa, mas em estações chuvosas e secas, que de um modo geral estavam assim distribuídas:

Metade de fevereiro Março Metade de abril	Chuvosa, estando o sol no equinócio ou perto dele.
Metade de abril Maio Junho Julho Metade de agosto	Seca, estando o sol ao norte da linha do equador.
Metade de agosto Setembro Metade de outubro	Chuvosa, estando o sol então de volta.
Metade de outubro Novembro Dezembro Janeiro Metade de fevereiro	Seca, com o sol ao sul da linha do equador.

A estação chuvosa era mais longa ou mais curta, conforme soprassem os ventos, mas essa era apenas uma observação geral que eu fizera. Após ter descoberto, por experiência, as más consequências de ficar exposto à chuva, tomei o cuidado de providenciar antecipadamente os víveres que necessitava de modo que não fosse obrigado a sair, e sempre que possível permanecia dentro de casa durante os meses de chuva.

Não obstante, não me faltavam ocupações nesses períodos, aliás muito adequadas ao tempo, sendo então ótima oportunidade para prover-me de muitas coisas que seria impossível conseguir a não ser com muito esforço e dedicação constante. Em particular, tentei de várias maneiras fabricar um cesto, mas todas as varetas que pude obter para esse propósito mostraram-se tão frágeis e quebradiças que não serviam para nada. Revelou-se então enorme vantagem o prazer que eu tinha, quando menino, de ficar parado olhando o trabalho dos cesteiros da cidade onde meu pai morava, observando-os fabricarem seus artefatos de vime. E sendo, como em geral o são os meninos, muito interessado em ajudar e grande observador da maneira como eles trabalhavam, às vezes auxiliando-os, acabei adquirindo domínio completo dos métodos utilizados, de modo que não precisava de outra coisa a não ser matéria-prima. Ocorreu-me, então, que os galhos daquela árvore da qual eu cortara as estacas que haviam crescido poderiam talvez ser tão resistentes quanto os salgueiros e vimeiros da Inglaterra.

Assim, no dia seguinte, fui a minha casa de campo, como eu a chamava, cortei alguns dos menores galhos e verifiquei que serviam muito bem aos meus propósitos. Portanto, na próxima vez, vim preparado com uma machadinha para cortá-los em quantidade, pois não tardei a descobrir que havia muitos por ali. Coloquei-os para secar no interior do meu cercado, e quando ficaram próprios para uso, levei-os para minha caverna, e aí, durante a estação seguinte, dediquei-me tão bem quanto pude à fabricação de grande quantidade de cestos, não só para carregar terra, mas também para transportar ou guardar qualquer coisa que tivesse necessidade. Apesar de não poder dar-lhes acabamento melhor, consegui, no entanto, torná-los suficientemente úteis para meus propósitos; e daí em diante cuidei para que jamais me faltassem, pois sempre fazia mais à medida que iam se estragando. Fiz principalmente cestos fundos e resistentes para guardar cereal, ao invés de sacos, para quando viesse a ter boa quantidade dele.

Ao suplantar essa dificuldade, que me consumiu bastante tempo, esforcei-me, na medida do possível, para ver se conseguia satisfazer duas outras necessidades. Não possuía recipiente para guardar o que quer que fosse líquido, com exceção de dois barriletes que estavam quase cheios de rum e algumas garrafas de vidro, umas de tamanho normal e outras tipo estojo, quadrangulares, para guardar licores, aguardentes etc. Eu sequer possuía um pote para cozinhar, a não ser um caldeirão enorme, que eu trouxera do navio, grande demais para o que eu queria, isto é, fazer caldo ou ensopado de carne. A segunda coisa que eu gostaria muito de ter era um cachimbo, mas era impossível fazer um; contudo, acabei afinal descobrindo um meio de fabricá-lo também.

    Durante todo o verão ou estação seca, esmerei-me na instalação da minha segunda fileira de postes ou estacas e no trabalho com o vime; mas outra ocupação acabou me tomando mais tempo do que imaginava.

    Já mencionei que tinha um desejo muito grande de ver a ilha toda e que, subindo o riacho, cheguei ao vale onde construíra meu caramanchão, e de lá pude enxergar uma passagem que dava direto para o mar do outro lado da ilha. Resolvi, então, atravessá-la para ir explorar ao litoral daquele lado. Peguei minha espingarda, uma machadinha e meu cão, uma quantidade de pólvora e metralha maior do que de costume, dois biscoitos e muitas passas que guardei na bolsa como suprimento, e dei início a minha jornada. Depois de atravessar o vale onde, como mencionei, ficava minha choupana, foi possível ver o mar a oeste, e estando o dia muito claro, avistei nitidamente terra ao longe, sem contudo poder dizer se era ilha ou continente; mas era montanhosa, estendendo-se, de oeste a oés--sudoeste, a uma grande distância que, segundo minha estimativa, não seria menos de quinze ou vinte léguas.

    Não sabia dizer que parte do mundo era essa, exceto que devia ser parte da América e, como concluí pelas observações que fizera, deveria estar próxima dos domínios espanhóis, e talvez fosse toda habitada por selvagens, onde, se tivesse aportado, estaria em pior condição em que me encontrava agora. Portanto, conformei-me com os desígnios da Providência, que, agora eu começava a admitir e a reconhecer, de fato ordenara todas as coisas para o melhor; tranquilizei, então, o espírito e deixei de atormentar-me com inúteis desejos de estar lá.

    Além disso, considerei, após algum tempo, que se essa terra era costa espanhola, eu certamente haveria de avistar, mais cedo ou mais tarde, algum navio indo ou voltando para um lado ou outro; caso contrário, não seria civilizada a costa entre o território espanhol e o Brasil, onde de fato estão os piores selvagens, pois são canibais, comedores de gente e não deixam de assassinar e devorar todos os seres humanos que lhes caem nas mãos.

Com essas considerações, continuei a caminhar sossegadamente e verifiquei que esse lado da ilha onde agora me encontrava era bem mais aprazível que o meu, as campinas ou savanas eram amenas, adornadas de flores e relva e repletas de bosques admiráveis. Vi muitos papagaios e de bom grado teria apanhado um, se possível, para domesticá-lo e ensiná-lo a falar. E de fato, após um certo empenho, acabei apanhando um filhote: derrubei-o com uma vara e, agarrando-o em seguida, levei-o para casa. Passaram-se alguns anos até conseguir fazê-lo falar; contudo, logrei afinal ensiná-lo a chamar-me pelo nome de forma bastante familiar, e, embora insignificante, a aventura foi muito divertida e será narrada a seu tempo.

Nas baixadas encontrei lebres, segundo me pareceu, e também raposas, mas muito diferentes de todas as outras espécies que já encontrara. Não me aventurei a comê-las, apesar de ter matado muitas – não tinha necessidade de me arriscar, pois não me faltava alimento, aliás, de muito boa qualidade, especialmente três tipos: cabras, pombas e tartarugas, às quais somadas minhas uvas, nem o Leaden-hall Market seria capaz de oferecer melhor, guardadas as devidas proporções. Portanto, embora meu caso fosse bastante deplorável, eu tinha motivos suficientes para ser grato, pois não fora levado a extremos por causa de comida; ao contrário, alimentos não me faltavam, nem mesmo iguarias.

Jamais percorria nesse trajeto mais de três quilômetros seguidos num dia. Contudo, fazia tantas voltas e retornos em busca de novas descobertas que chegava extremamente cansado ao lugar onde resolvia me acomodar para passar a noite. Então, ou repousava numa árvore, ou me cercava com uma fileira de estacas cravadas no chão, que às vezes estendia de uma árvore à outra, de forma que nenhuma criatura selvagem pudesse se aproximar de mim sem antes despertar-me.

Tão logo atingi o litoral, fiquei surpreso em ver que havia escolhido o pior lado da ilha para estabelecer-me, uma vez que ali a praia estava coberta de inúmeras tartarugas, e no litoral oposto eu encontrara somente três durante um ano e meio. Ali havia também um número infinito de aves das mais variadas espécies, algumas que eu havia visto e outras que jamais vira antes, e várias com a carne muito boa; mas não lhes conhecia os nomes, com exceção daquelas chamadas pinguins.

Eu poderia ter matado quantas quisesse, mas estava com pouca pólvora e metralha e, portanto, interessava-me bem mais matar umas cabras, se pudesse, que me dariam melhor alimento. E embora houvesse muito mais cabras ali do que no meu lado da ilha, era com bem mais dificuldade que eu conseguia me aproximar delas, pois a região era plana e elas me enxergavam muito mais depressa do que quando me aproximava pela colina.

Confesso que essa parte da região era bem mais agradável que a minha, mas mesmo assim não tinha intenção de mudar-me. Já estava fixado em minha moradia, habituando-me a ela, e durante todo o tempo em que permaneci ali era como se estivesse em viagem e longe de casa. Contudo, suponho que caminhei cerca de vinte quilômetros em direção ao leste. Então, fincando um grande poste na praia como um marco, decidi voltar para casa, resolvendo que a próxima jornada seria para o outro lado da ilha, a leste de minha habitação. Assim, completaria uma volta até chegar novamente ao lugar onde fixara o marco.

Voltei por outro caminho, pensando que poderia enxergar facilmente a ilha inteira e assim encontrar minha primeira habitação. Mas não tardei a descobrir que me equivocara, pois, após andar de três a cinco quilômetros, percebi que descera num vale muito grande e tão cercado de colinas cobertas de bosques que não podia divisar meu caminho a não ser pela direção do sol, e, mesmo assim, somente se soubesse muito bem a sua posição àquela hora do dia.

Para agravar ainda mais a situação, o tempo se manteve nublado durante os três ou quatro dias em que permaneci nesse vale. Não sendo capaz de ver o sol, vaguei da forma mais constrangedora; por fim, fui obrigado a descobrir um meio de voltar à costa, procurar meu marco e regressar pelo mesmo caminho que viera. Assim, em pequenas jornadas, voltei para casa, e como fazia muito calor, minha arma, munição, machadinha e outras coisas ficaram muito pesadas.

Nessa jornada meu cão surpreendeu e atacou um cabritinho; no mesmo instante corri para socorrê-lo, apanhei-o e consegui salvá-lo vivo do cão. Tinha muita vontade de levá-lo para casa, se possível, pois frequentemente pensava na possibilidade de conseguir um ou dois cabritos, e assim criar uma linhagem de cabras domésticas, que poderiam suprir-me quando já tivesse gasto toda a pólvora e metralha.

Fiz uma coleira para essa pequena criatura, e com uma corda feita de fio de carretel, que sempre carregava comigo, trouxe-o, embora com alguma dificuldade, até o caramanchão, trancando-o e deixando-o ali, pois estava muito impaciente para chegar em casa, de onde me ausentava há quase mais de um mês.

Não posso expressar minha satisfação ao chegar ao velho casebre e deitar na rede. Essa pequena excursão, sem lugar certo onde dormir, havia sido tão desagradável, que minha própria casa, como eu a chamava, era uma perfeição, comparada àquilo. Tudo se tornou tão confortável que resolvi nunca mais afastar-me tanto, enquanto fosse meu destino permanecer na ilha.

Fiquei ali durante uma semana, para repousar e banquetear-me, depois de minha longa jornada. Nesse período, a maior parte do tempo foi utilizado na árdua tarefa de construir uma gaiola para meu louro, que começava agora a domesticar-se e a acostumar-se comigo. Pensei então no pobre animalzinho que havia enclausurado em meu pequeno cercado e resolvi ir até lá e trazê-lo para casa, ou dar-lhe um pouco de comida. Encontrei-o como o havia deixado, pois não tinha como sair. E por pouco não morre de fome. Saí e cortei algumas folhagens e galhos de dois arbustos e joguei para ele. Depois de alimentá-lo, amarrei-o como fizera antes para levá-lo, mas ficara tão manso com a fome, que nem precisaria tê-lo amarrado, pois seguiu-me como um cão. Como continuei a alimentá-lo, a criatura tornou-se tão dócil, tão meiga e tão agradecida que dali em diante também passou a ser um de meus animais domésticos, jamais se afastando de mim. A estação chuvosa do equinócio de outono chegara, e passei o dia 30 de setembro da mesma forma solene como fizera antes, pois era o dia do aniversário de minha chegada à ilha. Completavam-se já dois anos que me encontrava lá, e as perspectivas de ser salvo permaneciam exatamente as mesmas que no dia da chegada. Passei o dia inteiro agradecendo humildemente pelas muitas e maravilhosas graças concedidas a minha solitária condição, sem as quais ela teria sido infinitamente mais miserável. Agradeci humilde e sinceramente a Deus por ter tido a bondade de me revelar que eu podia inclusive ser mais feliz nesta situação solitária do que se estivesse livre na sociedade e com todos os prazeres do mundo; que Ele podia compensar perfeitamente as desvantagens da minha solidão e a necessidade de convívio humano, pela Sua presença e pela comunicação de Sua graça em minha alma, amparando-me, confortando-me e encorajando-me a confiar em Sua providência aqui, e a aspirar a Sua presença eterna na vida futura.

Começava então a perceber e a sentir como era mais feliz a vida que eu levava agora, com todas suas circunstâncias desfavoráveis, em comparação com a vida corrompida, maldita e abominável que eu levara durante todos esses anos. E agora, não só as dores, mas também minhas alegrias haviam mudado; meus próprios desejos haviam-se modificado, meus sentimentos já não se exteriorizavam da mesma maneira, e meus prazeres eram completamente diferentes do que quando cheguei aqui há dois anos atrás.

Antes, quando saía para caçar ou conhecer a região, a angústia que sentia, em virtude da minha condição, brotava subitamente dentro de mim, e meu coração desfalecia no peito, ao pensar nos bosques, nas montanhas e nos desertos em que me encontrava. Pensava em como eu era um prisioneiro, encarcerado pelas grades e cadeados eternos do oceano, num deserto desabitado, sem salvação. Em meio à maior tranquilidade de espírito, isso irrompia em mim como uma tempestade, e fazia-me chorar como criança. Às vezes acontecia no meio do trabalho, e eu imediatamente me sentava e ficava a olhar para o chão durante uma ou duas horas seguidas, o que era ainda pior para mim, pois se conseguisse explodir em lágrimas, ou desabafar através de palavras, isso passaria, e a tristeza, tendo-se exaurido, também diminuiria.

Comecei então a exercitar-me com novos pensamentos. Lia diariamente a palavra de Deus e aplicava todos os seus confortos a minha presente condição. Certa manhã, estando muito triste, abri a Bíblia e dei com estas palavras: "Jamais vos deixarei, jamais sereis deserdado". No mesmo instante ocorreu-me que essas palavras eram para mim. De que outra forma teriam elas surgido no justo momento em que eu estava a lamentar sobre minha condição, como alguém abandonado por Deus e pelos homens? "Pois bem", disse eu, "se Deus não me abandonar, que mal pode acontecer, ou que importância pode ter que o mundo me abandone, e, por outro lado, se eu tivesse o mundo inteiro e perdesse a estima e a bênção de Deus, haveria comparação na perda?"

A partir desse momento, comecei a compreender que era possível ser mais feliz nessa condição abandonada e solitária do que provavelmente em qualquer outra situação particular no mundo. E, com esse pensamento, estive prestes a dar graças a Deus por ter me trazido a esse lugar.

Mas alguma coisa, não sei bem o que, chocou minha mente por causa desse pensamento, e não ousei pronunciar as palavras. "Como pode ser tão hipócrita", disse eu, até mesmo em voz alta, "ao pretender estar contente, na verdade rezaria de todo coração para se ver livre dela?" Por isso interrompi meus pensamentos. Mesmo assim, embora não pudesse dizer que agradecia a Deus por estar ali, eu sinceramente dava graças a Ele por abrir meus olhos, fosse por meio de que providências tormentosas, para que viesse a compreender meu modo de vida anterior, lamentar minha perversidade e me arrepender. Eu jamais abrira a Bíblia, ou a fechara, porém minha própria alma abençoava intimamente a Deus por ter orientado meu amigo na Inglaterra, sem qualquer instrução de minha parte, colocá-la entre meus pertences, e por ter me ajudado mais tarde a salvá-la do naufrágio.

Assim, com essa disposição de espírito, iniciei meu terceiro ano nessa ilha. Não pretendo aborrecer o leitor com um relato tão minucioso de meus trabalhos durante esse ano, como fiz em relação ao primeiro, mesmo assim, de um modo geral, devo dizer que raramente ficava ocioso. Dividia regularmente o tempo, de acordo com minhas atividades diárias, tais como, em primeiro lugar, meu dever para com Deus e a leitura das Escrituras, às quais sempre dedicava algum tempo três vezes ao dia; em segundo lugar, a saída com a espingarda em busca de alimento, que geralmente me tomava três horas todas as manhãs, quando não chovia; e em terceiro, a preparação e o cozimento se houvesse matado ou apanhado algo para meu abastecimento. Isso tomava grande parte do dia. Também é preciso levar em conta que ao meio-dia, quando o sol estava no zênite, o calor era forte demais para sair. Só dispunha então de cerca de quatro horas à tarde, durante as quais podia pensar em trabalhar, com a ressalva de que às vezes eu trocava as horas de caça e trabalho, ou seja, trabalhava de manhã e saía com minha arma à tarde.

Ao curto espaço de tempo permitido ao trabalho, é preciso acrescentar a extrema dificuldade de cada tarefa e as muitas horas que, por falta de ferramentas, ajuda e habilidade, me tomava cada coisa que fazia. Por exemplo, levei quarenta e dois dias completos fazendo uma tábua para uma prateleira comprida que eu queria na minha caverna, quando dois serradores, com as ferramentas adequadas, teriam cortado seis de uma mesma árvore em meio dia.

O trabalho era o seguinte: a árvore derrubada deveria ser grande, pois precisava de uma tábua larga. Levei dois dias para cortar essa árvore e mais dois dias para desbastá-la e reduzi-la a uma tora ou bloco de madeira. À custa de infinitas machadadas e entalhes, ia lascando ambos os lados até que ficasse suficientemente leve para ser deslocada. Então a virava e fazia um lado ficar liso e plano como uma tábua, de uma extremidade a outra. Depois, virando-a para baixo, cortava o outro lado até fazer com que a prancha chegasse a cerca de três polegadas de espessura. Qualquer um pode avaliar o trabalho que me deu uma tarefa dessas; mas o esforço e paciência foram os ingredientes que me permitiram levar a cabo essa e muitas outras atividades. Somente faço essa observação, em particular, para mostrar a razão pela qual tanto do meu tempo se esvaía com tão pouco trabalho, ou seja, o que seria fácil com auxílio e ferramentas, transformava-se em trabalho imenso e requeria um tempo prodigioso para quem o fazia solitária e manualmente. Contudo, com paciência e tenacidade, consegui levar a cabo muitas coisas, e, para dizer a verdade, realizei tudo que minhas circunstâncias tornavam necessário que eu fizesse, como se perceberá a seguir.

Encontrava-me então nos meses de novembro e dezembro, esperando a colheita de cevada e arroz. O terreno que eu havia preparado não era grande, pois, como observara, não dispunha de mais de meio celamim de sementes, tendo perdido o resto ao semear na estação seca; mas agora a colheita prometia muito. Foi então que, de repente, descobri que estava correndo perigo de perdê-la outra vez por causa de inimigos de toda espécie, que dificilmente conseguiria manter afastados; primeiro, as cabras e criaturas selvagens que chamava de lebres, que, ao provarem a doçura das folhas, permaneciam ali dia e noite, e assim que brotavam comiam-nas tão rente que sequer havia tempo de formarem hastes.

Não encontrei outro remédio a não ser fechar a plantação com uma cerca, e para isso não medi esforços, sobretudo porque tinha que ser feito depressa. No entanto, como meu terreno arável era pequeno, adequado à plantação, consegui cercá-lo todo em aproximadamente três semanas; e matando algumas criaturas durante o dia, coloquei meu cão de guarda durante a noite, amarrando-o a uma estaca na entrada, onde ele ficava e latia sempre que algo se aproximava. Assim, em pouco tempo os inimigos abandonaram o lugar, e o cereal cresceu forte e bem, amadurecendo rapidamente.

Mas assim como os animais selvagens haviam arruinado antes os brotos do cereal, agora os pássaros me prejudicavam as espigas. Examinando o local para ver como se desenvolvia, percebi minha pequena plantação cercada de aves de diversas espécies desconhecidas, e todas como se estivessem me observando até o momento em que fosse embora. Imediatamente fiz voar boa quantidade delas (pois sempre carregava a arma comigo). Mal atirei e levantou uma pequena nuvem de pássaros que eu sequer havia visto de dentro da própria plantação.

Fiquei profundamente alarmado, pois previ que dentro de poucos dias eles devorariam todas as minhas esperanças, que eu padeceria de fome e jamais seria capaz de desenvolver qualquer tipo de plantação. Não sabia o que fazer. Contudo, resolvi fazer o possível para não perder o cereal, mesmo que tivesse de vigiá-lo dia e noite. Em primeiro lugar, examinei-o para ver o estrago que já fora feito e verifiquei que haviam destruído boa parte dele, mas como ainda estava muito verde para eles, a perda não fora tão grande, e o restante ainda tinha chance de tornar-se uma boa colheita se pudesse ser salvo.

Fiquei ali um instante para recarregar a arma, e depois, afastando-me um pouco, pude facilmente perceber os ladrões pousados sobre todas as árvores das imediações, como se estivessem apenas esperando que eu fosse embora. E foi isso mesmo o que aconteceu, pois, à medida que me afastava, mal me perdiam de vista e desciam um por um novamente para a plantação. Fiquei tão furioso que não tive paciência para esperar até que chegassem mais, sabendo que cada grão que eles comessem agora equivalia a cerca de um celamim de prejuízo como consequência. Aproximei-me então da cerca e atirei novamente, matando três deles. Era o que eu queria: apanhei-os em seguida e fiz com eles o que fazemos com ladrões notórios na Inglaterra, pendurei-os pelo pescoço para aterrorizar os outros. É quase impossível imaginar que isso chegasse a ter o efeito que teve, pois os pássaros, além de não se aproximarem mais do cereal, abandonaram toda aquela parte da ilha, e jamais cheguei a ver uma ave perto daquele lugar enquanto meus espantalhos permaneceram pendurados lá.

Fiquei muito satisfeito com isso, podem estar certos, e lá pelo fim de dezembro, época de nossa segunda safra anual, fiz a minha colheita.

Precisava de uma foice grande ou gadanha para poder cortá-la, e o único jeito era fabricar uma da melhor maneira possível a partir de um dos espadões ou alfanges que salvara, entre outras armas do navio. Contudo, como minha primeira colheita era pequena, não tive grande dificuldade para cortá-la. Em resumo, ceifei-a a meu modo, pois não cortei nada além das espigas, transportei-a num grande cesto que havia fabricado e então debulhei-as com as mãos. No final da colheita, verifiquei que, dos quatro litros de sementes, eu conseguira cerca de dois alqueires de arroz e mais de dois alqueires e meio de cevada, quer dizer, segundo minha estimativa, pois não tinha como medi-las nessa época.

Entretanto, isso me encorajou enormemente, e previ que a seu tempo Deus haveria de querer suprir-me de pão. Mesmo assim, fiquei novamente confuso, pois não só não sabia como moer o cereal ou transformá-lo em farinha, como tampouco limpá-lo e peneirá-lo. E se chegasse a fazer farinha, não sabia como proceder para transformá-lo em pão; e, mesmo se soubesse, não saberia como assá-lo. Todas essas coisas, acrescentadas ao meu desejo de ter uma boa quantidade de reserva para assegurar o meu abastecimento, levaram-me a não provar nada dessa colheita. Decidi assim guardar todas as sementes para a próxima estação e, nesse meio tempo, tratei de aplicar todos os meus esforços e horas de trabalho para levar a cabo esta grande tarefa de abastecer-me de cereal e pão.

Pode-se literalmente dizer que agora eu trabalhava pelo meu pão. E como é surpreendente, fato que poucas pessoas se dão conta, a enorme quantidade de pequenas coisas necessárias para a produção, o tratamento, o tempero, o preparo e o acabamento deste pequeno artigo chamado pão.

Eu, que fora reduzido a um simples estado de natureza, considerei essa descoberta um motivo a mais para meu desencorajamento diário. Cresciam então as minhas preocupações a esse respeito a cada hora que passava, mesmo depois que obtive meu primeiro punhado de sementes de cereal, que, como mencionei, surgiu inesperadamente e foi de fato uma surpresa.

Em primeiro lugar, não possuía arado para revolver a terra, nem enxada ou pá para cavá-la. Superei de forma razoável esse problema fazendo uma pá de madeira, como observei anteriormente. Porém, meu trabalho não podia render muito com um instrumento de madeira, embora tivesse me custado vários dias para fabricá-lo, pois além de desgastar-se mais rapidamente que o ferro, tornava o trabalho bem mais dificultoso.

Entretanto, suportei tudo, dando continuidade ao trabalho com paciência e satisfação e sendo indulgente com a ausência de um melhor rendimento. Assim, quando semeei o cereal, não tinha grade para aragem e fui obrigado a arrastar um pesado ramo de árvore sobre o terreno, para arranhá-lo, por assim dizer, ao invés de revolvê-lo ou gradá-lo.

Enquanto o cereal crescia e mesmo depois de maduro, já mencionei quantas coisas foram necessárias para cercá-lo, defendê--lo, ceifá-lo ou colhê-lo e guardá-lo. Precisava agora de uma pedra de moinho para moer o grão, peneiras para desbastá-lo, fermento e sal para transformá-lo em pão e um forno para assá-lo. Fui obrigado a fazer todas essas coisas sem nenhum desses instrumentos, como será observado; mesmo assim o cereal representou para mim uma fonte inestimável de conforto e bem-estar. Tudo isso, como disse, tornava qualquer atividade extremamente laboriosa e aborrecida, mas não havia outro remédio. Contudo, não desperdiçava tanto assim meu tempo, pois, conforme o dividira, certa parte era dedicada diariamente a esses trabalhos. E como eu resolvera não usar nada do cereal para o fabrico do pão até obter maior quantidade, tinha os próximos seis meses para dedicar-me completamente, com muito esforço e engenho, à obtenção dos utensílios necessários a todas as operações de beneficiamento.

Mas primeiro eu tinha que preparar mais terra, pois agora possuía semente bastante para semear mais de um acre de terreno. Antes disso, gastei ainda uma semana de trabalho para fabricar uma enxada, que, quando ficou pronta, mostrou-se de fato muito precária e pesada, exigindo o dobro do trabalho na sua utilização. Mesmo assim, não perdi o ânimo e semeei dois trechos grandes de terra plana, os mais próximos de casa que pude encontrar, e cerquei-os com uma boa sebe de estacas cortadas daquela árvore que eu utilizara antes e que certamente cresceriam, de modo que dentro de um ano teria uma cerca viva que necessitaria de muito pouco reparo. Essa tarefa ocupou-me aproximadamente três meses, pois grande parte desse período transcorreu na estação chuvosa, quando eu não podia sair.

Sempre que chovia, eu ficava encerrado dentro de casa, mas não deixava de trabalhar, além de me divertir falando com meu papagaio e ensinando-o a falar. Rapidamente ensinei-o a reconhecer seu próprio nome e por fim a falá-lo bem alto, LOURO, sendo essa a primeira palavra que ouvira ser pronunciada na ilha por qualquer outra boca que não fosse a minha. Não considerava isso trabalho, mas sim um estímulo, pois nessa época, como observei, eu trabalhava muito com as mãos. Por exemplo, há muito tempo que estudava uma forma ou outra de fabricar alguns vasos de barro, dos quais eu tinha extrema necessidade, mas não sabia sequer por onde começar. No entanto, considerando o calor do clima, acreditava que se descobrisse algum tipo de argila seria capaz de improvisar um recipiente que, depois de secado ao sol, poderia tornar-se duro e resistente o bastante para suportar o manuseio e para guardar coisas secas que precisassem ser mantidas assim. Como eu necessitava de vasos para a preparação do cereal e da farinha, resolvi fazer uns potes bem grandes, próprios para conservar o que fosse colocado dentro deles.

Faria o leitor ter pena, ou até mesmo rir de mim, se contasse minhas desajeitadas tentativas de fazer argila; quantas coisas estranhas, horríveis e disformes produzi; quantas delas desmancharam-se e outras tantas desabaram, não sendo a argila consistente o bastante para suportar o próprio peso; quantas racharam com o calor excessivamente violento do sol, ao terem sido expostas a ele cedo demais; e quantas se despedaçaram apenas ao serem removidas, tanto antes como depois de estarem secas. Em suma, depois de ter trabalhado arduamente para encontrar a argila, prepará-la e transportá-la para casa, só consegui fazer, em cerca de dois meses de trabalho, duas coisas grandes e horrendas, que não ouso chamar de jarros.

Contudo, como o sol cozinhou a ambos de forma a deixá-los bastante secos e rijos, ergui-os com toda a delicadeza e coloquei-os dentro de dois grandes cestos de vime que havia feito com essa finalidade, para que não quebrassem; e como entre o pote e o cesto havia um pequeno espaço vazio, estufei-os completamente com palha de arroz e cevada. Se os vasos de fato permanecessem secos, pensava em armazenar ali o cereal, e talvez a farinha, quando o grão estivesse moído.

Apesar de não ter tido muito êxito com os potes grandes, fiz no entanto vários objetos menores com maior sucesso, tais como pequenos vasos redondos, pratos rasos, cântaros, tigelas e várias outras coisas que minha mão foi capaz de produzir e o calor do sol de cozinhar, endurecendo-as extraordinariamente.

Mas nada disso servia ainda a meu objetivo, que era conseguir um pote de barro para armazenar líquidos e suportar o fogo, o que nenhum desses havia sido capaz. Algum tempo depois, tendo feito uma boa fogueira para assar a carne, quando fui apagá-la, encontrei um pedaço quebrado de um de meus potes de barro no fogo, queimado, duro como uma pedra e vermelho como uma telha. Fiquei agradavelmente surpreso ao vê-lo e disse para mim mesmo que, se queimavam quebrados, poderiam com certeza ser queimados por inteiro.

Isso levou-me a estudar como dispor o fogo, de modo a permitir o cozimento de alguns potes. Não tinha noção alguma de como os fornos eram utilizados pelos oleiros, ou de como vidrar os utensílios com chumbo, que eu possuía em alguma quantidade. Empilhei então três grandes tigelas e dois ou três potes, uns sobre os outros, e coloquei lenha em volta, com bastante carvão embaixo. Alimentei o fogo com mais lenha por fora e por cima, até enxergar os potes ficarem vermelhos e incandescentes e observar que de fato não quebravam. Quando percebi que estavam bem rubros, deixei que ficassem no centro do fogo cerca de cinco ou seis horas. Verifiquei então que um deles, embora não houvesse rachado, havia derretido ou fundira, pois a areia misturada à argila não suportara a violência do calor e teria se transformado em vidro caso eu tivesse continuado. Passei então a diminuir gradualmente o fogo até que os vasos começaram a perder a cor vermelha e vigiei-os a noite toda, para não permitir que o fogo amainasse rápido demais. Obtive de manhã três tigelas, não direi graciosas, mas boas, e mais dois potes de barro que haviam endurecido tanto quanto seria desejável, um deles completamente vitrificado, com o derretimento da areia.

Depois desse experimento, não preciso dizer que não me faltou mais nenhum tipo de utensílio de barro. Devo no entanto confessar que, quanto a sua aparência, eram totalmente disformes, como qualquer um pode imaginar, pois os modelava como as crianças fazem bolos de barro, ou como uma mulher faria tortas sem jamais ter aprendido a fazer massa.

Nenhuma alegria diante de uma coisa de natureza tão rude foi jamais igual a minha, quando descobri que havia feito um pote de barro que suportaria o fogo. Quase não tive paciência de esperar até que tivesse esfriado, antes de tornar a colocá-lo sobre o fogo, com um pouco de água dentro, para cozinhar a carne, que ele fez admiravelmente bem. E com um pedaço de cabrito, fiz um ótimo ensopado, embora precisasse de farinha de aveia e vários ingredientes necessários para torná-lo tão bom quanto eu desejava.

Minha preocupação seguinte foi arranjar um almofariz de pedra, para moer ou triturar o grão; quanto a um moinho, sequer pensei em alcançar tamanha perfeição com somente um par de mãos. Estava em grande dificuldade para suprir essa carência, pois, entre todos os ofícios no mundo, não havia nenhum para o qual eu me sentia mais completamente desqualificado do que o de canteiro. E tampouco dispunha de quaisquer ferramentas para realizá-lo. Levei vários dias para encontrar uma pedra grande o bastante para ser escavada e servir de almofariz. Na verdade, nada encontrei além de rochas fixas que eu não tinha como desenterrar ou cortar. As demais pedras da ilha não eram suficientemente duras; arenosas, desfaziam-se com facilidade, sem condições para suportar o peso de um pilão, e também não esmagariam o cereal sem enchê-lo de areia. Assim, depois de enorme tempo perdido tentando encontrar uma pedra, desisti e tratei de procurar um grande bloco de madeira dura, que encontrei muito mais facilmente. Arranjei um tão grande quanto tinha força para mover, arredondei-o e moldei-o por fora com a machadinha; e depois, com a ajuda do fogo, e mediante um esforço infinito, fiz uma cavidade nele, do mesmo modo que os índios no Brasil fazem suas canoas. A seguir, fabriquei um pilão grande e pesado, utilizando a madeira chamada pau-ferro. Coloquei, então, todas essas coisas de lado até minha próxima colheita, quando pretendia moer, ou melhor, esmagar o cereal e transformá-lo em farinha para fazer o pão.

A próxima dificuldade foi fazer uma peneira para preparar a farinha e separá-la do farelo e da palha, sem o que não me parecia possível obter qualquer tipo de pão. Essa foi uma das coisas mais difíceis até mesmo de pensar, pois sequer possuía o mínimo necessário para fabricá-la, ou seja: uma lona fina ou um tecido apropriado para peneirar a farinha. E aqui tive de parar completamente durante vários meses, pois de fato não sabia o que fazer. Linho não restara nenhum, a não ser pedaços que não passavam de meros trapos. Pelo de cabra eu possuía, mas não sabia como fiá-lo ou tecê-lo, e, mesmo que soubesse, não dispunha das ferramentas adequadas para trabalhá-lo. O único remédio que pude encontrar para isso foi lembrar-me que havia, entre as roupas dos marujos que eu salvara do navio, alguns lenços de pescoço de algodão ou musselina. Com alguns pedaços, fiz três peneiras pequenas, mas suficientemente apropriadas para o trabalho. E assim me arranjei durante alguns anos; como procedi posteriormente, será revelado em seu devido lugar.

O forno era a próxima questão a ser considerada, e também como faria o pão quando tivesse cereal, pois em primeiro lugar eu não possuía fermento. Como não havia como suprir tal necessidade, resolvi não me preocupar com ela. Mas quanto ao forno, estava realmente em grande dificuldade. Enfim encontrei a seguinte solução: fabriquei alguns potes de barro, bastante largos, mas rasos, ou seja, com cerca de sessenta centímetros de diâmetro e vinte centímetros de fundo. Cozinhei-os no fogo, como fizera com os outros, e deixei-os de lado. Quando precisei assar, fiz um bom fogo na minha lareira, que eu pavimentara com tijolos quadrados feitos e cozidos por mim; se bem que, na verdade não deveria descrevê-los assim, pois não se poderia dizer que eram de fato quadrados.

Quando o fogo de lenha estivesse a ponto de se transformar em brasa, como carvão incandescente, eu as espalhava sobre a lareira de tijolos, de forma a cobri-la completamente, e as deixava ali até que o chão ficasse bastante quente. Então, afastando todas as brasas, eu colocava ali o pão ou pães, punha os potes de barro com a boca para baixo sobre eles e trazia toda a brasa ao seu redor, para conservar e acrescentar calor. Assim, tão bem quanto no melhor forno do mundo, eu assava meus pães de cevada e, de quebra, tornei-me em pouco tempo um bom padeiro, pois fiz para mim vários bolos de arroz e pudins. Só não cheguei a fazer tortas por não ter nada com que recheá-las, a não ser carne de cabra ou de aves.

Não é de admirar que todas essas coisas tenham ocupado a maior parte do terceiro ano de minha estada aqui, pois é preciso observar que, nos intervalos dessas atividades, eu tinha a nova lavoura e afazeres domésticos para administrar. Além do mais, colhi o cereal na época e transportei-o para casa da melhor maneira possível, deixando-o na espiga em meus cestos grandes, até que tivesse tempo para debulhá-los, pois não tinha lugar nem instrumento adequado para isso.

E agora, com meu estoque de cereal aumentando, eu realmente necessitava de um celeiro maior. Precisava de um lugar para armazená-lo, pois o crescimento fora de tal ordem que tinha cerca de vinte alqueires de cevada e tanto ou mais de arroz. Comecei então a usá-lo livremente, pois meu pão já havia acabado há um bom tempo. Resolvi também calcular qual a quantidade necessária para meu consumo anual e semear então somente uma vez por ano.

De modo geral, verifiquei que os quarenta alqueires de cevada e arroz ultrapassavam de longe o que eu era capaz de consumir durante o ano. Decidi, portanto, semear todos os anos a mesma quantidade que semeei no último, na esperança de que tal quantidade me supriria completamente de pão etc.

Durante todo o tempo em que essas coisas estiveram sendo feitas, podem estar certos de que meus pensamentos voltaram-se diversas vezes para a terra que eu havia divisado do outro lado da ilha, e não sem íntimos desejos de estar lá, imaginando que avistava o continente e uma região desabitada, onde poderia descobrir uma maneira ou outra de ir adiante e talvez encontrar afinal algum meio de escapar.

A princípio, no entanto, não levei muito em consideração os perigos de um tal empreendimento, e como poderia cair nas mãos de selvagens, sobretudo daqueles que tinha razão para supor bem piores que os leões e tigres da África. Uma vez em seu poder, minhas chances de ser morto e devorado eram de mil contra uma de escapar com vida, pois ouvira dizer que os habitantes da costa do Caribe eram canibais, ou comedores de gente, e sabia pela latitude que não poderia estar muito distante dessa costa. Mesmo supondo que não fossem canibais, ainda assim poderiam me matar, como acontecera a muitos europeus que haviam caído em suas mãos, mesmo em número de dez ou vinte, pois eu era um só e poderia opor pouca ou nenhuma defesa. Todas essas coisas, insisto, que deveriam ter sido muito bem consideradas, e que de fato o foram posteriormente, não chegaram, no entanto, sequer a fazer parte de minhas apreensões a princípio. Minha mente, ao contrário, sentia-se bastante atraída pela ideia de chegar a essa costa.

Sentia, agora, falta do meu pequeno Xury e do escaler de vela latina, com o qual naveguei mais de mil milhas pela costa da África, mas era tudo em vão. Pensei em ir ver o bote do nosso navio, que, como observei antes, veio à praia depois de ter sido impelido a uma grande distância pela tempestade, quando naufragamos. Estava ainda quase no mesmo local onde primeiro o encontrei, mas não exatamente, e havia sido virado pela força das ondas e dos ventos quase com o casco para cima, de encontro a um elevado cômoro de areia grossa e sem água ao seu redor, como antes.

Se tivesse tido auxílio para repará-lo e colocá-lo n'água, o barco teria servido perfeitamente, e eu poderia ter regressado ao Brasil com relativa facilidade. Mas era de se prever que não seria capaz de livrá-lo, colocando-o sobre seu casco, mais do que poderia mover a ilha. Não obstante, fui até o mato, cortei rolos e alavancas e levei-os até o bote, resolvido a experimentar o que podia fazer, sugerindo a mim mesmo que se conseguisse ao menos desvirá-lo, consertaria facilmente as avarias que sofrera. Teria então um barco bom e navegaria sem dificuldades.

Assim, não medi esforços nesse árduo e infrutífero trabalho e acredito que gastei cerca de três ou quatro semanas às voltas com esse empreendimento. Por fim, achando impossível erguer o bote com minha pouca força, resolvi escavar a areia, para livrá-lo, e assim obrigá-lo a tombar; coloquei também pedaços de madeira para escorá-lo corretamente na queda.

Porém, feito isso, fui incapaz de erguê-lo de novo, ou de alcançá-lo por baixo, quanto mais movê-lo em direção à água; e fui obrigado a desistir. Mesmo assim, embora tenha perdido as esperanças em relação ao barco, meu desejo de aventurar-me até o continente crescia ao invés de diminuir, na medida em que a coisa parecia cada vez mais impraticável.

Foi então que me ocorreu a ideia de tentar construir sozinho e sem ferramentas uma canoa, ou piroga, do tronco de uma árvore grande. Achei isso não apenas possível, mas fácil, ficando extremamente satisfeito com a ideia e com o fato de possuir muito mais recursos para isso do que qualquer negro ou índio. Só não levei em conta as inconveniências particulares sob as quais eu me encontrava, e que eram bem maiores que as dos índios, ou seja, falta de braços para removê-lo quando estivesse pronto. E colocá-lo n'água passou a ser para mim uma dificuldade muito mais árdua de ser superada do que a falta de ferramentas para isso. Efetivamente, de que me adiantaria ter escolhido uma enorme árvore nos bosques, tê-la derrubado com muita dificuldade, se após ter escavado e preparado a parte externa, com minhas ferramentas, no formato apropriado de um barco, e queimado ou extirpado o interior para deixá-lo côncavo, e fazer dele uma embarcação, se, depois de tudo isso, fosse preciso deixá-lo exatamente ali onde se encontrava e não fosse capaz de lançá-lo ao mar?

Alguém poderia pensar que eu não estava em meu juízo enquanto fazia esse barco, caso contrário teria imediatamente pensado em como colocá-lo n'água. Meus pensamentos, porém, estavam tão voltados para minha viagem no mar, que sequer alguma vez pensei em como iria tirá-lo da terra. Na verdade, em virtude de sua própria natureza, era mais fácil para mim levá-lo ao longo de quarenta e cinco milhas de mar do que cerca de quarenta e cinco braças por terra, de onde estava, para colocá-lo a flutuar na água.

Comecei a trabalhar nesse bote da maneira mais absurda, como até então nenhum homem de posse de algum juízo havia sido capaz de proceder. Encantei-me pelo projeto, sem determinar se jamais seria capaz de realizá-lo. É certo que a dificuldade de lançar meu barco ao mar surgia com frequência em minha mente, mas coloquei um basta em todas as reflexões sobre isso com esta resposta tola que dei a mim mesmo: "Primeiro vamos fazê-lo; tenho certeza que de um jeito ou de outro farei com que dê certo, assim que estiver pronto".

Não podia existir método mais obtuso, mas a ânsia da minha imaginação prevaleceu: pus mãos à obra e derrubei um cedro. Duvido muito que Salomão houvesse tido um desses para a construção do templo de Jerusalém. Tinha um metro e sessenta de diâmetro na base e um metro e trinta ao final de quase sete metros de comprimento, afinando um pouco a partir daí e depois ramificando-se. Foi preciso um esforço infinito para derrubar essa árvore. Passei vinte dias cortando e vibrando golpes de machado para fender-lhe a base. Levei mais quatorze para tirar os galhos e ramos e cortar a vasta e espessa copa, também podada e escavada com machado, machadinha e muito sacrifício. Depois disso, custou-me um mês para dar-lhe forma e dimensão, tornando-a algo parecida com o fundo de um barco, para que pudesse flutuar, como se supõe que o faria. Custou-me cerca de três meses mais para limpar o interior e prepará-lo, de modo a transformá-lo mais propriamente num barco. Fiz tudo isso sem usar o fogo, simplesmente com um malho e um cinzel, e à custa de muito trabalho, até conseguir fazer dele uma linda piroga, suficientemente grande para ter transportado vinte e seis homens, portanto, grande o bastante para ter levado a mim e a toda a minha carga.

Fiquei extremamente satisfeito depois de concluir esse trabalho. O barco era de fato bem maior do que qualquer canoa ou piroga feita de uma só árvore que eu havia visto em toda a minha vida. Muito esforço e fadiga me custou, podem estar certos! Só faltava colocá-lo n'água; e se houvesse conseguido, não tenho dúvida que teria dado início à mais louca e inerte viagem até então empreendida.

Porém todas as tentativas de colocá-lo n'água fracassaram, embora tenham me custado um esforço infinito. Lá estava o barco a uns cem metros da água, nada mais. Mas o primeiro inconveniente era a existência de um pequeno morro entre ele e a enseada; para vencer esse obstáculo, resolvi escavar a terra e criar uma declividade. Dei início ao trabalho, que me custou um esforço prodigioso; mas quem se importa com sacrifícios, quando se tem por meta a salvação? Entretanto, concluído esse trabalho e superada essa dificuldade, ainda havia muito o que fazer, pois não consegui empurrar a canoa mais do que havia conseguido com relação ao outro barco.

Medi, então, a distância do terreno e resolvi abrir um dique ou canal, para trazer a água até a canoa, uma vez que não seria capaz de levar a canoa até a água. Bem, dei início a esse trabalho, mas quando comecei a dedicar-me a ele, calculando a profundidade que teria de cavar, a largura e o volume de areia a remover, percebi que com o número de braços que contava – que evidentemente não eram mais que dois –, a tarefa me custaria uns dez ou doze anos até que eu a tivesse concluído, pois a costa era elevada e, na parte mais alta, eu precisaria no mínimo de uns seis metros de profundidade. Enfim, embora com grande relutância, desisti também dessa tentativa.

Isso me entristeceu profundamente, e agora eu percebia, embora demasiado tarde, a loucura de começar um trabalho sem antes calcular o custo e avaliar corretamente nossa própria força para levá-lo a cabo.

Em meio a essa atividade, concluí meu quarto ano nesse lugar, celebrando o aniversário com a mesma devoção e mais reconfortado do que nunca; pois através de um estudo constante e uma aplicação séria da palavra de Deus, e com o auxílio de Sua graça, adquirira um conhecimento diferente do que possuía antes. As ideias que eu tinha das coisas eram outras. Olhava agora para o mundo como algo remoto, em que nada me dizia respeito e do qual nada devia esperar ou desejar. Em uma palavra: nada tinha de fato a ver com ele, nem acreditava que viesse a ter. Olhava-o, portanto, do modo como talvez venhamos a considerá-lo no futuro, ou seja, como um lugar onde vivera, mas ao qual não mais pertenço. Poderia certamente dizer, como o Pai Abraão a Dives, "Entre mim e vós há um grande abismo".

Em primeiro lugar, ali eu estava afastado de toda a corrupção do mundo. Não possuía "a luxúria da carne, a lascívia do olhar ou a vaidade da vida". Não tinha coisa alguma para cobiçar, pois possuía tudo que era então capaz de usufruir. Era senhor de toda a terra e, se assim desejasse, poderia chamar a mim mesmo de rei ou imperador de toda a região da qual tomara posse. Não havia rivais nem concorrentes, ninguém para disputar a soberania ou o comando comigo. Poderia ter cultivado cereal bastante para encher vários carregamentos de navio, mas isso de nada me serviria; portanto, cultivei a quantidade que achava suficiente para minha necessidade. Tartarugas, havia em abundância; mas uma de vez em quando já era tudo o que eu podia dar conta. Havia tanta madeira que poderia ter construído uma frota. Havia uvas o suficiente para ter feito vinho, ou transformado em passas, para depois carregar a frota quando estivesse construída.

Porém, o que eu pudesse utilizar era valioso. Tinha o necessário para comer e suprir minhas carências, e o que era todo o resto para mim? Se abatesse mais carne do que fosse capaz de comer, o cão deveria comê-la, ou os vermes. Se semeasse mais cereal do que podia comer, ele certamente se estragaria. As árvores que derrubara estavam apodrecendo no chão. Não podia utilizá-las de outra forma, a não ser como lenha, para a qual eu não tinha outra finalidade que a de preparar minha comida.

Em suma, a natureza e a experiência me ensinaram, mediante justa reflexão, que todas as coisas boas desse mundo não continuam sendo boas para nós quando não servem mais para nosso uso. E o que quer que nós pudéssemos acumular, mesmo para dar a outros, nós usufruímos somente na medida em que podemos usá-lo e nada além. O mais ganancioso e empedernido avarento do mundo teria se curado do vício da cobiça se estivesse na minha situação, pois eu possuía infinitamente mais coisas do que poderia fazer com elas.

Não havia espaço para o desejo, exceto de coisas que não tinha, as quais não passavam de ninharias, embora fossem realmente de grande utilidade para mim. Tinha, como observei antes, um pouco de dinheiro, tanto em ouro como prata, cerca de trinta e seis libras esterlinas. Pobre de mim, ali estava aquela coisa vil, melancólica e inútil. Não tinha como empregá-lo e muitas vezes pensava comigo mesmo que daria um punhado cheio dele por alguns cachimbos ou por um moedor para meu cereal. Na verdade, eu o teria entregue todo por seis pence de sementes de nabos e cenouras da Inglaterra, ou por um punhado de ervilhas e feijões e um frasco de tinta. Nessas circunstâncias, não me trazia a menor vantagem ou benefício; contudo, ali estava em uma gaveta, a criar mofo, com a umidade da caverna na estação chuvosa. E se eu tivesse a gaveta cheia de diamantes, a situação teria sido a mesma, e eles não teriam tido qualquer espécie de valor para mim, pois não teriam utilidade alguma.

Agora, meu modo de vida tornara-se bem mais fácil do que a princípio e bem mais tranquilo, tanto para o espírito como para o corpo. Muitas vezes sentava-me a comer cheio de gratidão e admirava a mão da Providência, que assim servia minha mesa no deserto. Aprendi a olhar mais para o lado luminoso da minha condição e menos para o lado sombrio, e a considerar o que me dava prazer e não o que me faltava. Isso dava-me às vezes um tal conforto interior, que não poderia expressá-lo, e se o menciono aqui é para lembrar aqueles descontentes que não podem gozar confortavelmente o que Deus lhes deu, porque só veem e cobiçam o que Ele não lhes concedeu. Todo nosso descontentamento em relação ao que não temos me parecia brotar da falta de gratidão pelo que possuímos.

Uma outra reflexão me foi de grande utilidade, e sem dúvida também o seria para qualquer um que caísse em tal desventura. Serviu para comparar minha presente situação com o que a princípio esperava que fosse ser e até com o que com certeza teria sido, se a boa providência de Deus não tivesse milagrosamente ordenado que o navio fosse lançado para a superfície mais perto da praia, onde eu não só pude chegar, mas também trazer o que tirei dele para terra, para meu alívio e conforto. De outra forma, teriam me faltado ferramentas para trabalhar, armas para me defender, ou pólvora e metralha para obter comida.

Passava muitas horas e até dias representando para mim mesmo nas cores mais vivas o que haveria acontecido se eu não tivesse tido acesso ao navio. Nada teria para comer além de peixes e tartarugas, e como não fora senão muitos dias depois que encontrei qualquer um desses animais, teria morrido antes, ou teria vivido como um mero selvagem. Se conseguisse abater uma cabra ou uma ave, por meio de qualquer artifício, não teria como esfolar ou abrir essas criaturas, separar a carne dos ossos e das entranhas, ou cortá-la. Teria que mordê-la e arrancá-la com meus próprios dentes e unhas, como um animal.

Essas reflexões tornavam-me bastante sensível à bondade da Providência e muito grato pela minha presente situação com todas suas dificuldades e todos seus infortúnios. Devo também recomendar essa passagem à reflexão daqueles que, diante de suas desventuras, estão sempre propícios a dizer: "Existe alguma aflição igual a minha?" Que considerem o quanto é pior a sorte de certas pessoas, e como o seu caso poderia ser ainda mais difícil se a Providência assim houvesse decidido.

Outra reflexão que me ajudava a confortar o espírito com esperanças consistia em comparar minha presente situação com a que teria merecido e que tinha motivo suficiente para esperar da mão da Providência. Levara uma vida terrível, completamente destituída do conhecimento e do temor a Deus. Fora, é claro, bem instruído por meu pai e minha mãe, que não deixaram desde cedo de infundir-me um respeito religioso a Deus, junto a um senso de obrigação e do que a natureza e a finalidade do meu ser estavam a me exigir. Mas, pobre de mim, caí cedo na vida do mar, que de todas é a mais destituída do temor a Deus, embora Seus terrores estejam sempre presentes. Como dizia, entrei cedo na vida de marujo, e na sua companhia, e todo aquele reduzido senso religioso que eu conservava fora ridicularizado pelos meus companheiros, por um menosprezo obstinado dos perigos e pelas visões da morte, que se tornaram habituais para mim, em razão do meu longo afastamento de qualquer forma de oportunidade para conversar com alguém que não fosse igual a mim mesmo, ou escutar alguma coisa que fosse boa ou apontasse nessa direção.

Tão vazio estava de tudo que era bom, e tão distante do verdadeiro sentido da minha existência atual ou futura, que mesmo distante das maiores graças que recebi – tal como a fuga de Salé e o resgate pelo capitão português, o sucesso da minha plantação no Brasil, a chegada do meu carregamento da Inglaterra e assim por diante –, jamais pronunciei sequer uma vez as palavras "Obrigado, Senhor", tanto em minha mente como em minha boca. Nem no maior desespero tive um pensamento voltado para Ele, ou ao menos disse, "Senhor, tende piedade de mim"; não, nem para mencionar o nome de Deus, a não ser que fosse para jurar por Ele ou blasfemar.

Tive terríveis pensamentos durante meses, como já observei, por conta da vida perversa e obstinada que levara no passado. Então olhava, refletia sobre as providências particulares que haviam me assistido desde que chegara a esse lugar, e como Deus havia sido generoso comigo. Havia não só me punido menos do que minha iniquidade merecia, como também me abastecera de forma tão abundante. Fiquei assim com grandes esperanças de que meu arrependimento fora aceito e que Deus possuía ainda uma reserva de misericórdia para mim.

Com tais reflexões, levava meu espírito não só a resignar-se à vontade de Deus na presente disposição de minhas circunstâncias, mas inclusive para um agradecimento sincero pela minha condição, pois estava vivo e não devia me queixar, ao ver que não recebera a punição merecida pelos meus pecados. Gozava de tantas misericórdias que não esperava receber num lugar como esse, que nunca mais deveria lamentar minha situação, mas sim rejubilar-me diante dela e dar diariamente graças pelo pão de cada dia, que nada, exceto uma profusão de prodígios, poderia ter proporcionado. Havia sido alimentado como por milagre, tão grande como aquele de Elias alimentado pelos corvos, na verdade, por uma longa série de milagres. Dificilmente poderia nomear um lugar na parte inabitada do mundo onde eu pudesse ter sido lançado com maior benefício, um lugar onde, apesar de não ter companhia – já que era essa a minha maior aflição –, também não encontrei nenhum animal voraz, nem lobos selvagens ou tigres para ameaçar a minha vida, nem criaturas peçonhentas ou venenosas, das quais eu podia vir a me alimentar para meu prejuízo; tampouco encontrei selvagens para me assassinar e devorar.

Em suma, se por um lado minha vida era de sofrimento, por outro era cheia de misericórdia. Ao invés de uma vida confortável, desejei que a bondade de Deus e Sua proteção fossem meu consolo diário. E após ter realmente conseguido razoável progresso nesses assuntos, nunca mais voltei a me sentir triste.

Eu já estava aqui há tanto tempo que diversas coisas que trouxera do barco já haviam acabado ou estavam muito gastas e prestes a se consumir.

A tinta, como observei, já acabara há algum tempo, salvo uma quantidade ínfima, que eu ia pouco a pouco misturando com água, até que ficou tão diluída que quase não se notava o negro sobre o papel. Enquanto durou, usei-a para registrar mensalmente os dias em que alguma coisa digna de nota acontecia comigo. A princípio, ao calcular o tempo decorrido, recordo que havia uma estranha coincidência de datas nos vários acontecimentos que me sucederam, e se eu fosse supersticiosamente inclinado a observar os dias como agourentos ou afortunados, teria razão para considerá-las com uma boa dose de curiosidade.

Em primeiro lugar, observei que o dia em que abandonara meu pai e meus amigos e fugira para Hull, com a finalidade de ir para o mar, era o mesmo em que mais tarde eu fora capturado pelos corsários de Salé e transformado em escravo.

No mesmo dia do ano em que escapara do naufrágio, na enseada de Yarmouth, anos depois eu fugia de Salé no escaler.

No mesmo dia do ano em que nasci, ou seja, 30 de setembro, tive também minha vida curiosamente salva vinte e seis anos depois, quando fui lançado à costa nessa ilha, de modo que minha vida perversa e minha vida solitária começaram ambas numa mesma data.

A próxima coisa a terminar depois da tinta foi o pão, quer dizer, o biscoito que eu trouxera do navio e havia economizado ao máximo, permitindo-me apenas um por dia durante mais de um ano, e mesmo assim fiquei praticamente sem pão por cerca de um ano, até obter meu próprio cereal. Tinha, portanto, razão de sobra para mostrar-me agradecido, já que sua obtenção, como já foi narrada, esteve próxima a um milagre.

Minhas roupas também começavam a desintegrar-se rapidamente. Quanto à roupa branca, há um bom tempo que eu já não a possuía, com exceção de algumas camisas xadrez que eu encontrara nos baús dos marinheiros, e que cuidadosamente preservei, pois muitas vezes não tolerava qualquer outra roupa sobre o corpo além de uma camisa; e foi uma grande sorte ter encontrado entre as roupas dos marujos quase três dúzias delas. Havia também vários casacos grossos de vigia, mas eram quentes demais para serem usados. Embora seja verdade que o calor era tão intenso que não havia necessidade de roupas, eu não conseguia andar completamente nu. Não, mesmo que estivesse inclinado a isso, o que não era o caso, não podia sequer tolerar essa ideia, apesar de estar completamente só.

A razão pela qual não podia andar nu era que despido eu não conseguia suportar o calor do sol tão bem como com alguma roupa. Além do mais, a violência do sol frequentemente lacerava minha pele, enquanto que, com uma camisa, o próprio ar em movimento, circulando sob ela, era duas vezes mais fresco. Tampouco podia me permitir sair no calor do sol sem um gorro ou chapéu. Os raios do sol eram tão intensos, como de fato o são nessa região, que me provocavam de imediato violenta enxaqueca ao incidirem diretamente sobre minha cabeça desprotegida, enquanto que, com um chapéu, a dor logo desaparecia.

Em vista disso, comecei a pensar na necessidade de pôr em ordem os poucos trapos que eu tinha e que chamava de roupas. Já havia gasto todos os coletes que possuía, e minha preocupação agora era ver se conseguia fazer jaquetas a partir dos pesados capotes de vigia ou qualquer outro material a meu alcance. Lancei-me, então, ao trabalho de alfaiate, ou melhor, de remendão, pois o que fiz não podia ser mais lamentável. Contudo, dei um jeito de fabricar dois ou três novos coletes, que eu esperava me servissem por um bom tempo. Quanto a calções ou ceroulas, o que pude ajeitar no momento foi algo realmente muito lamentável.

Já mencionei que guardava as peles de todas as criaturas que matava, quer dizer, as de quatro patas, e as pendurava esticadas com estacas ao sol, de tal forma que algumas delas ficavam tão secas e duras que serviam para muito pouca coisa; outras, no entanto, pareciam bastante utilizáveis. A primeira coisa que fiz com elas foi um gorro grande, com o pelo para fora, a fim de repelir a chuva. O resultado foi tão bom que resolvi fazer um traje completo somente dessas peles, ou seja, uma jaqueta, calções abertos nos joelhos, ambos bastante folgados, já que eram mais destinados a me refrescar do que me aquecer. Devo confessar que ficaram muito malfeitos, pois, se era mau carpinteiro, me saí pior ainda como alfaiate. Mesmo assim, me foram de grande utilidade; e quando eu estava fora, se de repente chovia, o pelo externo da minha jaqueta e do gorro me mantinham bastante seco.

Depois disso, gastei uma boa quantidade de tempo e esforços para fabricar um guarda-sol. Tinha de fato muita necessidade e vontade de fazê-lo, pois vira como eram feitos no Brasil, onde são muito úteis nos dias de calor intenso. Aqui o calor era mais forte ainda, já que estava perto do equador, e como eu era obrigado a sair muito, seria uma coisa extremamente útil para mim, tanto nos dias chuvosos como nos dias quentes. Custou-me muito trabalho e sacrifício fabricá-lo e somente após um longo tempo consegui obter algo de definitivo. Mesmo depois de pensar que havia encontrado um meio de fazê-lo, estraguei ainda dois ou três antes de haver conseguido um que me agradasse de verdade. Enfim, fabriquei um que era bastante razoável. A maior dificuldade consistia em fechá--lo. Podia abri-lo, mas, se não o conseguisse arriar também, teria sempre que portá-lo sobre a cabeça, o que seria impraticável. Contudo, conforme já observei, fiz afinal um como desejava e o cobri de peles, com o pelo voltado para fora, para que me protegesse das chuvas como um toldo e me abrigasse do sol de forma tão eficaz, que podia sair nos dias mais quentes com maior conforto do que antes nos dias mais frescos, e quando não tinha necessidade dele podia fechá-lo e carregá-lo debaixo do braço.

Vivia assim com muito conforto, à medida que meu espírito completamente reconciliado resignava-se à vontade de Deus e entregava-se por inteiro aos desígnios de Sua providência. Isso tornava minha vida melhor que em sociedade, pois quando sentia necessidade de conversar perguntava-me se conversando assim com meus pensamentos – e, como espero ter condições de dizer, com o próprio Deus em pessoa – não era melhor que a maior satisfação proporcionada pelo convívio social.

Não posso dizer que a partir de então, e durante cinco anos, tenha me ocorrido algo de extraordinário. Continuei vivendo no mesmo ritmo, da mesma maneira e no mesmo lugar, tal como antes. Minhas ocupações principais, além do trabalho anual dedicado ao plantio da cevada e do arroz e à preparação das uvas, para ter o suficiente com que alimentar-me um ano inteiro, como dizia, além dessa tarefa anual e das saídas cotidianas com a arma, dediquei-me à fabricação de uma canoa, que afinal concluí. E cavando um canal para ela de um metro e sessenta de largura e um metro e vinte de profundidade, levei-a até a enseada a quase um quilômetro dali. Quanto à primeira, excessivamente grande e pesada por ter sido construída sem a devida consideração de como a colocaria n'água – coisa que jamais consegui –, fui obrigado a deixá-la onde estava, como um lembrete para ensinar-me a ser mais sensato da próxima vez. De fato, nessa segunda tentativa, apesar de não ter conseguido uma árvore tão apropriada, nem um lugar onde a água estivesse situada a menos de oitocentos metros, como mencionei, mesmo assim, ao perceber que a tarefa podia ser realizada, não desisti. E embora me mantivesse cerca de dois anos ocupado com ela, jamais renunciei um só dia a meu labor, na esperança de ter um barco que finalmente me permitisse cruzar o oceano.

Contudo, ao concluir minha pequena piroga, verifiquei que seu tamanho não era de forma alguma adequado ao desígnios que eu tinha em vista quando fiz a primeira, ou seja, aventurar-me até a "terra firme", que estava a mais de quarenta milhas de distância.

Assim, as reduzidas dimensões de meu barco contribuíram para pôr fim a esse projeto e a não pensar mais nele. Mas, já que possuía um bote, meu próximo objetivo era fazer um tour ao redor da ilha. Eu já estivera do outro lado ao atravessá-la por terra, como descrevi, e as descobertas que fiz naquela pequena jornada me deixaram com muita vontade de ver outras partes da costa. Agora que tinha um bote, não pensava em outra coisa a não ser navegar em torno da ilha.

Com esse propósito, para que pudesse fazer tudo com prudência e discrição, instalei um pequeno mastro no bote e fiz uma vela para ele, aproveitando alguns pedaços do velame do navio, que estavam guardados no depósito e que eu possuía em quantidade. Tendo instalado o mastro e a vela, resolvi experimentar o barco e verifiquei que navegava muito bem. Fiz então pequenos compartimentos, ou caixas, em ambas as extremidades, para guardar mantimentos, munição e outras coisas necessárias, que deviam permanecer secas e preservadas tanto da chuva como do espirro das ondas. Abri também um sulco comprido no fundo do barco, onde poderia colocar a arma, fazendo uma aba para cobri-la e mantê-la seca.

Coloquei o guarda-sol num degrau da popa, como um mastro, para ficar sobre a minha cabeça e manter o calor do sol afastado, como se fosse um toldo. E assim sempre fazia uma ou outra pequena viagem pelo mar, mas nunca ia muito longe, nem me afastava da pequena enseada. Por fim, estando ansioso para conhecer toda a circunferência de meu pequeno reino, resolvi empreender tal viagem e abasteci o barco com essa intenção, colocando duas dúzias de pães de cevada (melhor seria chamá-los de bolos), um pote de barro cheio de arroz tostado, alimento que eu comia em grande quantidade, uma pequena garrafa de rum, metade de uma cabra, pólvora e metralha para caçar e dois dos casacos de marinheiro provenientes, como mencionei, dos baús que salvara do naufrágio. Um dos casacos utilizei para deitar em cima e outro para cobrir-me durante a noite.

A seis de novembro, no sexto ano do meu reinado, ou cativeiro, como queiram, iniciei essa viagem, que se tornou bem mais longa do que imaginava. Embora a ilha não fosse muito grande, quando cheguei a sua parte leste encontrei uma grande cadeia de recifes estendendo-se por mais de duas léguas pelo mar, alguns acima d'água, outros submersos, e, mais além, um banco de areia quase a seco, que se prolongava por cerca de meia légua. Fui portanto obrigado a adentrar-me bastante no mar para contornar esse ponto.

Quando pela primeira vez os descobri, estive prestes a desistir de meu empreendimento e regressar, não sabendo o quanto seria forçado a penetrar no mar e perguntando-me, sobretudo, como poderia retornar. Resolvi então ancorar, pois havia feito uma espécie de âncora com um pedaço de garateia de abordagem que eu trouxera do navio.

Já com o bote em segurança, peguei a arma, desci à terra e escalei uma colina, de onde parecia poder vislumbrar aquele ponto. Dali de fato pude vê-lo em toda sua extensão e decidi aventurar-me.

Ao observar o mar de cima daquele outeiro, percebi uma corrente forte e realmente violenta que corria para leste e, passando bastante próxima ao cabo, chamou-me ainda mais a atenção, ao perceber que poderia haver algum perigo, pois quando me aproximasse dela podia ser arrastado para alto-mar e ficar sem condições de regressar à ilha outra vez. Na verdade, se não tivesse subido esse morro antes, acredito que não teria resultado outra coisa, pois havia a mesma corrente do outro lado da ilha, só que passava a uma distância maior. Vi também que havia um forte redemoinho junto à costa, portanto, não me restava muito a fazer, pois bastava sair da primeira corrente para cair num redemoinho.

Contudo, permaneci ali dois dias, pois o vento, que soprava relativamente forte a és-sudeste, era contrário à tal corrente, provocando forte rebentação naquele ponto. Assim, não era seguro navegar muito perto da costa por causa da rebentação, nem me afastar demais devido à corrente.

Na manhã do terceiro dia, observando que o vento diminuíra durante a noite e o mar estava calmo, decidi-me arriscar. Mas novamente sou motivo de exemplo a todos os pilotos incautos e ignorantes, pois mal havia chegado ao extremo do cabo, e sem afastar-me dele mais que o comprimento do bote, quando percebi que me encontrava em águas extremamente profundas e em meio a uma corrente semelhante à represa de um moinho. Foi tal a violência com que arrastou o barco, que nada seria capaz de mantê-lo próximo da margem da corrente. Notei, então, que era levado mais e mais para longe do redemoinho, que se encontrava a minha esquerda. Não soprava nenhum vento que pudesse me auxiliar, e tudo que eu podia fazer com os remos nada significava. Comecei a pensar que estava perdido, pois como a corrente passava em ambos os lados da ilha, sabia que dentro de poucas léguas deveria juntar-se de novo, e então eu estaria irremediavelmente impedido de regressar. Não via qualquer possibilidade de evitá-la e não tinha, portanto, nenhuma perspectiva diante de mim a não ser perecer, não em virtude do mar, que estava bastante calmo, mas porque não teria o que comer. Havia, contudo, encontrado uma tartaruga na praia, quase tão grande quanto seria capaz de levantá-la, que jogara dentro do barco. Tinha também um grande jarro de água fresca, isto é, em um dos meus potes de barro. Mas de que serviria tudo isso se fosse lançado para dentro do vasto oceano, onde sem dúvida não haveria praia, nem continente ou ilha, por umas mil milhas pelo menos?

    Pude, então, perceber como era fácil à Providência Divina tornar ainda pior a mais miserável condição humana. Olhava agora para minha desolada e solitária ilha como se fosse o lugar mais aprazível do mundo, e toda a felicidade que meu coração poderia desejar era estar novamente lá. Estendi minhas mãos na direção dela repleto de desejos ardentes. "Oh, abençoado deserto", disse eu, "jamais te verei novamente. Oh, miserável criatura", disse, "para onde vou?" Logo censurei a mim mesmo pelo meu temperamento ingrato e por ter lamentado minha condição solitária: o que eu não daria para estar ali de novo! É assim que jamais percebemos a verdadeira realidade de nossa situação até que ela nos seja ilustrada às avessas por circunstâncias contrárias, nem sabemos como dar valor ao que usufruímos, senão pela sua ausência. É difícil imaginar a consternação em que me encontrava, sendo arrastado a quase duas léguas para longe de minha adorada ilha (pois assim me parecia agora) em direção ao oceano imenso, no maior desespero e temendo jamais tornar a vê-la. Contudo, trabalhei arduamente, até quase a exaustão, e mantive o barco o quanto pude na direção norte, ou seja, do lado da corrente em que ficava o redemoinho. Perto do meio-dia, tendo o sol passado o meridiano, pensei ter sentido no rosto uma pequena brisa, soprando de su-sudeste. Isso me animou um pouco, sobretudo quando, meia hora depois, a brisa se transformava em vento. A essa hora eu já estava a uma distância espantosa da ilha, e tivesse surgido a menor nuvem de neblina também estaria perdido, pois não possuía bússola, e bastava perder de vista a terra um só instante e jamais teria sabido como aproar o bote em direção à ilha. Mas o tempo seguiu claro, e tratei de levantar o mastro e içar vela novamente, mantendo o rumo norte tanto quanto possível, para sair da corrente. Mal terminei de armar o mastro e a vela, e o barco começou a navegar a prumo. Notei também, pela cor da água, que alguma alteração se aproximava, pois onde a corrente estava bastante forte a água era turva. Estando a água mais clara, percebi que a corrente diminuía e logo divisei a leste, a cerca de meia milha, uma rebentação sobre rochedos. Vi também que esses rochedos dividiam a corrente de novo e que sua ramificação principal corria mais em direção ao sul, deixando as pedras a nordeste, de modo que a outra voltava pelo repuxo e produzia um forte redemoinho, tornando a correr para nordeste, numa forte correnteza.

Aqueles que sabem o que é ter a pena suspensa no momento de subir ao cadafalso, ou ser salvo de bandidos quando prestes a ser assassinado, ou que já estiveram em situações extremas semelhantes, podem imaginar a alegria e a satisfação com que coloquei meu barco nessa correnteza. Como o vento também aumentava, maior ainda era meu contentamento em içar toda vela, navegando cheio de vontade a favor do vento e impulsionado pela correnteza.

Naveguei assim cerca de uma légua em direção à ilha, porém mais duas léguas ao norte do ponto em que a corrente me arrastara da primeira vez. Portanto, ao aproximar-me da ilha, verifiquei que me encontrava voltado para o litoral norte, ou seja, no outro extremo da ilha, oposto ao meu ponto de partida.

Após percorrer algo mais que uma légua com a ajuda dessa correnteza, notei que ela enfraquecera e já não me servia mais.

Contudo, ao perceber que estava entre as duas grandes correntes, isto é, a do lado sul que me arrastara para fora e a do norte que estava a cerca de uma légua no outro lado – como dizia, entre essas duas, descobri, afinal, águas tranquilas, e tendo ainda uma brisa a meu favor continuei aproando em direção à ilha, embora não tão rapidamente quanto antes.

Por volta de quatro horas da tarde, estando então a cerca de uma légua da ilha, encontrei o ponto dos rochedos que havia ocasionado esse desastre. Estendendo-se, como descrevera antes, em direção ao sul, e levando a corrente ainda mais para o sul, havia naturalmente provocado outro redemoinho para o norte e este bastante forte, mas não seguia diretamente o curso em que eu estava, que era mais voltado para oeste. Contudo, como o vento estava relativamente forte, atravessei esse redemoinho declinando para noroeste e, dentro de uma hora aproximadamente, cheguei a cerca de uma milha da costa, onde, estando a água tranquila, não tardei a pisar em terra.

Ao chegar à praia, caí de joelhos e dei graças a Deus pela minha salvação, decidido a abandonar todo projeto de sair da ilha com o bote. Alimentando-me com o que tinha a bordo, levei o barco até uma pequena enseada que havia descoberto à sombra de algumas árvores e deitei-me para dormir, completamente esgotado com o labor e a fadiga da viagem.

Estava agora um tanto incerto sobre como voltar para casa com o bote. Havia corrido demasiado perigo e conhecia bem as dificuldades para sequer pensar em tentar voltar pelo mesmo caminho que viera. Quanto ao que poderia haver do outro lado (quer dizer, no oeste) eu não sabia, nem me sentia inclinado a arriscar-me novamente. Resolvi, então, somente na manhã seguinte, rumar para oeste ao longo da costa e tentar descobrir alguma enseada onde pudesse deixar minha fragata em segurança e à disposição, caso voltasse a precisar dela. A umas três milhas, costeando a praia, encontrei uma baía muito boa, com cerca de uma milha de extensão, que se estreitava até transformar-se num pequeno regato ou córrego, onde descobri um ancoradouro bastante apropriado para meu barco, como se fosse uma pequena doca feita especialmente para ele. Ali o deixei, bem estivado, e fui até a praia explorar a região onde me encontrava.

Logo descobri que acabava de passar por um lugar onde já estivera antes, quando viajara a pé até esse litoral. Assim, não retirando nada do barco a não ser a espingarda e o guarda-sol, pois estava muito quente, comecei minha jornada. A caminhada me pareceu bastante amena depois de uma viagem como a que acabara de fazer, e alcancei minha velha cabana ao entardecer, onde verifiquei que tudo permanecia do modo como havia deixado. Na verdade, sempre a conservara em bom estado, pois tratava-se, como já disse, da minha casa de campo.

Passei por sobre a cerca e me deitei à sombra para descansar depois de tão fatigante viagem, adormecendo. Mas julguem, se puderem, os que leem esta história, o meu espanto, quando fui acordado por uma voz me chamando diversas vezes pelo nome, "Robin, Robin, Robin Crusoé, pobre Robin Crusoé, onde está você? Onde esteve?" A princípio, dormia tão profundamente, cansado que estava de tanto remar durante a primeira parte do dia e, mais tarde, com a caminhada, que não despertei completamente, mas dormitando entre o sono e a vigília, pensei que sonhava que alguém estava falando comigo. Mas como a voz continuava a repetir "Robin Crusoé, Robin Crusoé", comecei afinal a despertar e fiquei a princípio terrivelmente assustado, levantando na maior apreensão. Porém, mal meus olhos se abriram, enxerguei meu Louro sentado no topo da sebe, e imediatamente compreendi que era ele que falava comigo, pois fora exatamente esse tom de lamento que eu usara para falar com ele e ensiná-lo. Aprendera tão bem que pousava sobre meu dedo, colocava o bico perto do meu rosto e gritava, "Pobre Robin Crusoé, onde está você? Onde esteve? Como chegou aqui?" e outras coisas que eu lhe havia ensinado.

Contudo, apesar de saber que era o papagaio e que realmente não poderia ser mais ninguém, só após um bom tempo pude me recompor. Primeiro fiquei admirado de a criatura ter chegado até lá, e depois, por ter permanecido justamente naquele lugar e em nenhum outro. Mas logo me convenci que não podia tratar-se de mais ninguém além do meu fiel e bom louro, e, estendendo-lhe minha mão, chamei-o pelo nome. A sociável criatura aproximou-se de mim, pousou em meu polegar, como costumava fazer, e continuou a falar comigo, "Pobre Robin Crusoé! Como veio parar aqui? Onde andava?", como se estivesse cheio de alegria por me ver de novo; e assim o levei comigo para casa.

Cansado de aventuras pelo mar, resolvi sossegar por algum tempo e passei vários dias meditando sobre os perigos que tivera de enfrentar.

Ficaria muito contente de ter o meu barco novamente nesse lado da ilha, mas não conhecia nenhum meio prático de tornar isso possível. Quanto ao lado leste, que eu circum-navegara, sabia muito bem que não havia como me aventurar naquela direção. Sentia o coração apertar, e meu próprio sangue gelava, só de pensar nisso. Quanto ao outro lado da ilha, não fazia ideia de como seria, mas supondo que a corrente tivesse ali a mesma força que eu havia experimentado do lado oposto, eu podia correr o mesmo risco de ser arrastado por ela e levado para longe da ilha, como acontecera antes. Portanto, com tais pensamentos, fiquei até contente de estar sem nenhum barco, embora tivesse me custado tantos meses fazê--lo, e outros tantos para colocá-lo no mar.

Continuei cerca de um ano com essa disposição de espírito, levando uma vida calma e retirada, como se pode bem imaginar. Bastante conformado com a minha condição, reconciliara-me completamente comigo mesmo ao resignar-me aos desígnios da Providência e considerava-me de fato muito feliz em todos os aspectos, com exceção da ausência de companhia.

Aperfeiçoei-me durante esse período em todos os trabalhos mecânicos que minhas necessidades exigiam e acredito que, com o tempo, teria me tornado um bom carpinteiro, especialmente considerando as poucas ferramentas de que dispunha.

Além disso, atingia uma perfeição inusitada na confecção de utensílios de barro, ao inventar um meio bastante satisfatório de fabricá-los com uma roda, que tornava o trabalho infinitamente mais fácil e perfeito, pois podia fazer redondos, e com melhor configuração, objetos que antes tinham aspecto terrível. Mas penso que jamais fiquei tão orgulhoso de minha própria capacidade, ou mais alegre diante de quaisquer das minhas invenções, do que quando fui capaz de fabricar um cachimbo. Embora fosse muito feio, tosco e avermelhado, como todos os outros utensílios de barro cozido que fiz, era firme e resistente e puxava bem a fumaça, razão pela qual fiquei extremamente satisfeito com ele, pois sempre fora habituado a fumar. Havia cachimbos no navio, mas a princípio me esquecera deles, não sabendo que existia fumo na ilha; e mais tarde, quando vistoriei novamente o navio, não cheguei a encontrar nenhum.

Também progredi muito na produção de utensílios de vime e fiz uma grande quantidade de cestos, que, apesar de não serem muito bonitos, revelaram-se de fato bastante úteis e práticos para guardar coisas ou transportá-las para casa. Por exemplo, se matava uma cabra longe de casa, podia pendurá-la numa árvore, e depois de tê-la esfolado, limpado e cortado em pedaços, era fácil levá-los numa cesta. O mesmo com uma tartaruga: podia cortá-la, tirar os ovos e um ou dois pedaços de carne, levando o que precisava para casa e abandonando o resto. Os cestos grandes e mais fundos serviam para armazenar o cereal, que eu sempre debulhava e tratava assim que estava seco.

Logo percebi que a pólvora diminuía consideravelmente, e como era uma necessidade impossível de suprir, comecei a pensar com seriedade o que aconteceria quando tivesse acabado e como deveria fazer para matar uma cabra. Como observei antes, no terceiro ano de minha estada aqui, havia capturado uma cabritinha e a domesticara, na esperança de obter um cabrito, mas não foi possível, e minha cabritinha cresceu e envelheceu sem que eu jamais tivesse coragem de matá-la, até que por fim acabou morrendo de velha.

Agora, ao cumprir-se o décimo primeiro ano de minha residência na ilha e, como já mencionei, percebendo que a munição diminuía, comecei a pensar num meio de fazer armadilhas para capturá-las vivas, em particular, uma fêmea com um cabritinho.

Com esse fim, armei alguns laços para enredá-las e tenho certeza que várias foram apanhadas. No entanto, meus cordames eram fracos, pois não tinham arame, e sempre encontrava-os partidos e a isca devorada.

Resolvi, assim, experimentar a tática do alçapão, cavando vários em lugares onde sabia que as cabras costumavam pastar, e sobre eles coloquei esteiras, também feitas por mim, com um grande peso por cima. Diversas vezes espalhei espigas de cevada e arroz seco, sem armar as arapucas, e pude facilmente perceber, pelas pegadas que deixavam, que elas iam até lá e comiam o cereal. Por fim armei três armadilhas numa noite, e indo examiná-las na manhã seguinte, notei que ainda estavam armadas, mas a isca havia desaparecido. Fiquei bastante desencorajado, mesmo assim, modifiquei minha armadilha e, para não importuná-los com particularidades, certa manhã, ao inspecioná-las, encontrei numa um grande e velho bode e noutra três cabritinhos, um macho e duas fêmeas.

Quanto ao mais velho, não sabia o que fazer com ele, pois estava tão furioso que não ousei entrar na cova para apanhá-lo, quer dizer, entrar ali e apanhá-lo vivo, que era o que pretendia. Poderia tê-lo matado, se quisesse, mas não era esse meu objetivo. Portanto, deixei que escapasse, e ele saiu em disparada, como se houvesse enlouquecido. Devo contudo reconhecer que havia esquecido o que uma vez aprendera, ou seja, que a fome é capaz de domar um leão. Se eu o tivesse deixado permanecer ali por três ou quatro dias sem comida, então ter-lhe trazido água e depois um pouco de cereal, ele teria se tornado tão manso quanto qualquer um dos outros cabritos, pois são criaturas tremendamente espertas e fáceis de lidar quando bem tratadas.

Contudo, deixei-o ir, já que naquela ocasião não soube como agir. Depois, fui até onde estavam os três cabritos, e apanhando-os um a um, amarrei-os com cordas e, com um pouco de dificuldade, trouxe-os para casa.

Somente após um bom tempo começaram a se alimentar, mas ao tentá-los com cereal maduro, eles finalmente se deixaram domesticar. Descobri, assim, que se desejava abastecer-me com carne de cabra quando não tivesse mais pólvora ou metralha, a única opção era domesticar alguns deles e criá-los perto de casa como se fossem um rebanho de ovelhas.

Ocorreu-me, então, que devia separar os mansos dos selvagens, caso contrário sempre voltariam a se tornar selvagens quando crescessem, e o único jeito era deixá-los em um terreno bem cercado de sebe, ou paliçada, a fim de que os de dentro não fugissem e os de fora entrassem.

Era um grande empreendimento para somente um par de mãos. No entanto, ao perceber que era absolutamente necessário fazê-lo, a primeira tarefa era descobrir um terreno apropriado, ou seja, onde houvesse pastagem suficiente, água doce e alguma proteção contra o sol.

Os que entendem de tais cercados farão pouco de minhas faculdades quando, tendo descoberto um lugar bastante apropriado para o que tinha em mente, ou seja, uma campina ou savana (como dizemos nas colônias ocidentais), com dois ou três córregos de água doce e coberto de mato numa das extremidades; como dizia, irão rir do meu projeto, quando lhes contar que comecei a cercar esse pedaço de terra de uma tal forma que minha sebe deveria ter no mínimo uns três quilômetros de extensão. Mas a loucura maior não dizia respeito ao perímetro, pois mesmo que tivesse quinze quilômetros, tudo indicava que eu teria tempo suficiente para fazê-lo. Não me ocorreu que as cabras seriam tão selvagens num terreno dessa dimensão como se tivessem a ilha toda, e haveria tanto espaço para persegui-las ali dentro, que jamais conseguiria apanhá-las.

Acho que já havia construído cerca de cinquenta metros, quando esse pensamento me ocorreu, de modo que imediatamente interrompi o que estava fazendo. Para começar, resolvi fechar um trecho de cerca de cento e cinquenta metros de comprimento e noventa de largura, o que, segundo minhas estimativas, seria suficiente por um espaço de tempo razoável, pois à medida que o rebanho crescesse eu poderia aumentar o cercado.

Agora agia com prudência e assim lancei-me ao trabalho com vigor. Levei aproximadamente três meses cercando o primeiro lote e durante esse tempo amarrava as três cabritas na melhor parte dele. Costumava alimentá-las o mais perto possível de mim para que se familiarizassem comigo. Frequentemente lhes trazia algumas espigas de cevada, ou um punhado de arroz, e lhes dava de comer em minha mão. Depois de concluir o cercado e soltá-las, elas me seguiam para cima e para baixo, balindo atrás de mim por um punhado de cereal.

Isso correspondia a meu objetivo e, ao cabo de um ano e meio aproximadamente, possuía um rebanho de cerca de doze cabras, incluindo os cabritos; dois anos depois tinha quarenta e três, fora as muitas que matei para alimentar-me. Cerquei mais cinco terrenos para pastagem, com pequenos currais internos, para apanhá-las sempre que quisesse, e porteiras para comunicá-los.

Mas isso não era tudo, pois agora eu não só tinha carne de cabra para alimentar-me quando desejasse, mas leite também, coisa que de fato eu não cogitara a princípio, e que, quando me ocorreu, foi de fato uma surpresa agradável. Logo montei minha leiteria e tirava, às vezes, um ou dois galões de leite por dia. E como a natureza, que fornece alimento para cada criatura, chega inclusive a ditar naturalmente como aproveitá-lo, eu, que nunca havia ordenhado uma vaca, muito menos uma cabra, nem havia visto preparar manteiga ou queijo, logo aprendi a fazer tudo isso com destreza, embora depois de muitas tentativas e fracassos, de modo que tais produtos jamais vieram a faltar-me.

Quão misericordiosamente pode nosso grande Criador tratar Suas criaturas, mesmo naquelas condições em que parecem irremediavelmente perdidas! Como pode Ele abrandar as mais amargas contingências e dar motivo para agradecer-lhe até nossos cárceres e prisões! Que mesa me foi servida aqui nesse deserto, onde a princípio nada via senão a morte pela fome!

Até um estoico sorriria ao ver-me comer rodeado de minha pequena família. Eu era a majestade, príncipe e senhor de toda a ilha; tinha as vidas de todos os meus súditos sob meu comando absoluto; podia enforcar, esquartejar, libertar e prender – não havia rebeldes entre meus comandados. Valia a pena ver também como eu jantava como um rei, sozinho, assistido por meus criados. Louro, como se fosse meu favorito, era o único que tinha a permissão de falar comigo. Meu cão, já muito velho e debilitado, e não havendo encontrado nenhuma espécie para multiplicar a sua, sentava-se sempre a minha direita, enquanto dois gatos, um em cada lado da mesa, esperavam um ou outro bocado da minha mão, como prova de um favor especial.

Mas esses não eram os gatos que eu trouxera do navio, pois ambos já estavam mortos e haviam sido enterrados perto da minha habitação pelas minhas próprias mãos. Um deles, no entanto, havia procriado com não sei que espécie de criatura, e estes que mencionei eram os que eu havia conseguido domesticar, enquanto o resto permanecera selvagem, fugindo para a floresta e acabando por me importunar, pois vinham frequentemente a minha casa e me saqueavam. Fui obrigado a atirar contra eles e matei de fato muitos até que por fim me deixaram. Vivia assim rodeado desse séquito e com todos esses cuidados e ninguém poderia dizer que eu necessitava de alguma coisa a não ser companhia, e isso, dentro em pouco, eu haveria de ter muita.

Às vezes sentia-me um tanto impaciente, como já observei, por não ter o bote do meu lado. Embora estivesse muito pouco inclinado a correr quaisquer outros riscos, ficava planejando meios de navegá-lo em torno da ilha. Outras vezes sentia-me o suficientemente satisfeito, mesmo sem ele, mas tinha essa estranha inquietação de chegar até o ponto da ilha onde, como mencionei antes, em minha última peregrinação, subi até o topo de um morro, para ter uma visão geral da costa e observar a direção das correntes.

Esse desejo crescia em mim a cada dia, e finalmente resolvi ir a pé até lá, seguindo a beira da costa. Foi o que fiz: mas se algum inglês houvesse me encontrado no caminho, ou teria se assustado muito, ou morreria de tanto rir. E como eu mesmo costumava parar e ficar me olhando, não podia deixar de sorrir diante da ideia de atravessar Yorkshire equipado daquela maneira. Divirtam-se com o seguinte esboço da minha fisionomia: usava um gorro alto e disforme, feito de pele de cabra, com uma aba pendurada atrás, para me proteger do sol e ao mesmo tempo impedir que a chuva me escorresse pelo pescoço, pois não existia nada tão prejudicial nesses climas quanto roupa molhada no corpo. Vestia também um casaco curto de pele de cabra, cujas fraldas chegavam até a metade das coxas, e um par de calças curtas, do mesmo material, até os joelhos. Esses calções haviam sido feitos da pele de um velho bode, e o pelo era tão comprido que chegava até a metade das pernas como se fossem calças. Meias e sapatos eu não tinha, contudo havia feito um par de borzeguins, se é que posso chamá-los assim, de cano alto, que envolviam minhas pernas de ambos os lados como polainas, porém do mais rude formato, como, de resto, todo o meu vestuário.

Usava também um cinturão de pele de cabra seca, que eu atava com duas tiras do mesmo couro, em substituição às fivelas, e em vez de espada e punhal, levava dependurados um serrote e uma machadinha. Tinha, além desse, outro cinturão não tão largo e amarrado da mesma maneira, que cruzava sobre o ombro; na sua extremidade, sob meu braço esquerdo, pendiam duas algibeiras, ambas feitas de pele de cabra: numa colocava pólvora e na outra metralha. Nas costas carregava um cesto, no ombro a espingarda, e sobre a cabeça um tosco e horrível guarda-sol de pele de cabra, mas que era, afinal de contas, depois da arma, o objeto mais necessário que me acompanhava. Quanto ao meu rosto, sua cor não era realmente tão morena quanto se podia esperar de um homem que absolutamente não se preocupava com ele e que vivia a nove ou dez graus do equinócio. Já uma vez sofrera para deixar a barba crescer até chegar a quase vinte e cinco centímetros de comprimento. Porém, como tinha tesouras e navalhas, cortava-a bem rente, com exceção da que crescia sobre o lábio superior, que eu havia aparado e transformado num longo par de bigodes maometanos, semelhantes aos de alguns turcos que eu vira trafegando em Salé, pois os mouros não o usavam desse modo, apenas os turcos. Desses bigodes, não direi que eram assim tão longos que podia dependurar-lhes o chapéu, mas eram o suficientemente grandes e espessos para assustar a qualquer um na Inglaterra.

Mas tudo isso é secundário, pois tão poucos observavam minha fisionomia, não tinha absolutamente a menor importância;

portanto, não direi mais nada a esse respeito. Nesses trajes, dei início a minha nova jornada, que durou cinco ou seis dias. Viajei primeiro ao longo da costa, diretamente até o lugar onde antes havia ancorado o bote para subir os penhascos. Não tendo agora nenhum barco para me preocupar, fui por um caminho mais curto até a mesma altura que havia estado antes, e ao olhar ao longe para o cabo rochoso que eu fora obrigado a contornar com o barco, como mencionei, qual não foi minha surpresa ao ver o mar completamente calmo e sem ondulação, sem correntes e sem mais movimento do que em quaisquer outros lugares.

Não podia compreender aquilo, e resolvi passar algum tempo observando para ver se não eram os fluxos da maré que o havia ocasionado. Mas logo descobri a causa de tudo, ou seja, que o fluxo da maré vazante vindo do oeste, juntando-se à corrente de águas provenientes de algum grande rio no litoral, devia dar origem a essa corrente; e se o vento soprasse mais forte do oeste ou do norte, a corrente se afastaria mais ou menos da costa. Permanecendo nos arredores até o entardecer, tornei a subir o rochedo na vazante da maré e vi de novo a corrente, com toda a clareza, como antes, só que mais afastada, a quase meia légua da costa. Da outra vez, ao contrário, passava bem junto à costa e arrastara minha canoa com ela, o que em circunstâncias diversas não teria acontecido.

Essa observação convenceu-me de que bastava ter presente o fluxo e o refluxo da maré e não teria dificuldade de levar o barco ao redor da ilha. Mas quando comecei a colocar meu plano em prática, senti um terror tão grande com a lembrança do perigo que passara que não podia pensar em realizá-lo de novo e tive de resignar-me com toda a paciência. Preferi adotar uma segunda resolução, mais segura, embora mais trabalhosa: construiria outra piroga ou canoa, e assim teria uma para cada lado da ilha.

É preciso ter em mente que eu agora dispunha de dois estabelecimentos na ilha, se assim posso chamá-los. Um era minha pequena tenda fortificada por um muro de estacas sob o rochedo, com a caverna ao fundo, a qual eu já havia aumentado e dividido em vários compartimentos que se comunicavam entre si. Um desses depósitos, o maior e menos úmido, e com uma porta de saída além da fortificação, ou seja, depois do ponto em que ela se juntava ao rochedo, estava repleto de grandes potes de barro, dos quais dei uma descrição, e com quatorze ou quinze cestos grandes, capazes cada um de armazenar de cinco a seis alqueires de mantimentos. Ali eu depositava meus estoques de alimento, especialmente o cereal, parte em espigas e parte debulhado com minhas próprias mãos.

Quanto à paliçada, feita, como dissera, com longas estacas ou mourões, havia crescido e se transformado numa barreira de árvores tão grandes e frondosas que não havia a menor possibilidade de qualquer observador sequer suspeitar da existência de uma habitação por detrás delas.

Próximo a essa morada, mas afastando-se um pouco para o interior da ilha, e num terreno mais baixo, ficavam minhas duas plantações. Eu as mantinha devidamente cultivadas e aradas e elas sempre me garantiam a colheita na estação própria e, quando desejava mais cereal, não me faltava terra nas imediações, e tão boa quanto essas.

Tinha também uma casa de campo, que era seguramente um estabelecimento bastante razoável. Em primeiro lugar, havia o meu pequeno caramanchão, como costumava chamá-lo, que mantinha em bom estado, podando a sebe que o circundava sempre da mesma altura, com a escada do lado de dentro. Havia conservado as árvores, que a princípio não passavam de estacas, mas que agora estavam altas e robustas. Podava-as sempre, para que crescessem fortes e frondosas, proporcionando-me a mais agradável sombra, como de fato o fizeram. No centro estava a tenda, feita de um pedaço de vela esticada sobre postes colocados ali para esse propósito, tão forte e sólida que jamais necessitava de qualquer reparo ou renovação. Embaixo havia feito uma espécie de cama com as peles das criaturas que eu matara e outras coisas macias, mais um cobertor que havia pertencido à roupa de cama do navio estendido por cima e um casaco de vigia para me cobrir. Sempre que tinha oportunidade de ausentar-me da minha habitação principal, ia descansar em minha casa de campo.

Próximos a ela ficavam os cercados para o gado, isto é, para as cabras. E como havia gasto uma quantidade enorme de esforços para cercar e fechar esse terreno, tinha todo o cuidado para que permanecesse inteiriço, caso contrário as cabras poderiam escapulir, e não descansei até que, mediante um trabalho infinito, houvesse estacado a parte externa da sebe com uma grande quantidade de pequenas estacas, e tão perto umas das outras, que mais parecia uma paliçada do que uma sebe, quase não havendo espaço para colocar a mão entre elas. Mais tarde, quando essas estacas criaram raízes e cresceram, o que aconteceu na próxima estação chuvosa, tornaram o cercado forte como uma muralha, na verdade mais forte que uma muralha.

Isso servirá como testemunho de que não era indolente e não economizava esforço para a realização de tudo aquilo que parecia necessário para o meu sustento e conforto. Considerava o rebanho de animais domésticos tão ao alcance da minha mão como um depósito vivo de carne, leite, manteiga e queijo, enquanto continuasse a viver nesse lugar, ainda que durasse quarenta anos. Por outro lado, isso exigia que aperfeiçoasse de tal modo os cercados que de forma alguma pudessem escapar dali. Meu sucesso foi tão grande com esse método de plantar pequenas estacas, que, quando começaram a crescer, fui forçado a arrancar algumas novamente, por tê-las fincado demasiado perto umas das outras.

Ali também cresciam as uvas das quais eu dependia, principalmente para meu estoque de passas durante o inverno, e nunca deixava de preservá-las com cuidado, pois as considerava o melhor e mais agradável entre todos os meus alimentos. Na verdade, elas não eram somente saborosas, mas também medicinais, saudáveis, nutritivas e extremamente refrescantes.

Estando a meio caminho entre minha outra habitação e o local onde deixara o bote, eu geralmente pernoitava ali quando ia para lá, pois costumava visitar meu barco com frequência e mantinha tudo que lhe dizia respeito em ótimo estado. Às vezes saía com ele para me divertir, porém não me aventurava mais em viagens perigosas, não chegando sequer a ultrapassar a distância de uma ou duas "pedradas" da costa, tamanho era o medo que eu tinha de ser novamente arrastado, pelas correntes ou pelos ventos, ou por qualquer outro imprevisto. E foi então que ingressei numa nova etapa da minha vida.

Certo dia, por volta das doze horas, indo visitar meu bote, fiquei extremamente surpreso ao descobrir na praia a marca de um pé descalço perfeitamente visível na areia. Foi como se um raio houvesse me atingido, ou como se tivesse visto uma aparição. Agucei o ouvido, olhei em torno, mas não escutei nem enxerguei nada. Fui até um terreno mais elevado para ver melhor e percorri a praia de uma extremidade à outra, porém nada mais encontrei além dessa única impressão. Examinei novamente a pegada para ver se não estaria me deixando levar pela imaginação; mas logo tive de abandonar essa ideia: a marca era exatamente a de um pé humano, com dedos, calcanhar e sua forma característica. Como alguém chegara até ali, eu não sabia, nem sequer podia imaginar. Mas depois de inúmeros e tumultuados pensamentos, completamente confuso e fora de mim, regressei a minha fortificação, não sentindo, como se costuma dizer, o chão em que pisava, extremamente apavorado, olhando para trás a cada dois ou três passos, confundindo árvores e arbustos, e imaginando ver um homem em cada tronco. É impossível descrever as mais variadas formas com que minha imaginação aterrorizada representava as coisas para mim, quantas ideias desvairadas me cruzavam a mente a cada instante, e que estranhas e incontáveis fantasias surgiram em meus pensamentos durante este trajeto.

Quando cheguei ao meu castelo, como creio que passei a chamá-lo desde então, corri para dentro como alguém que estivesse sendo perseguido. Se subi pela escada, como a princípio planejara, ou entrei pela abertura no rochedo, que eu chamava de porta, não houve meio de lembrar-me, nem na manhã seguinte, pois nunca uma lebre fugiu para seu esconderijo, ou uma raposa para sua toca, com mais espanto do que eu ao entrar em meu abrigo.

Não dormi aquela noite. Quanto mais tempo transcorria desde o descobrimento, maiores eram minhas apreensões, o que é um pouco contrário à natureza nesses casos, especialmente levando em conta a reação habitual de todas as criaturas ante o medo. Mas estava tão perturbado com as minhas próprias e assustadoras ideias que só formava imagens sombrias, mesmo depois de passado muito tempo. Às vezes imaginava que podia ser o diabo, e a razão me apoiava nessa suposição, pois como poderia qualquer outra coisa em forma humana chegar a esse lugar? Onde estava o barco que os havia trazido? Por que não havia outras pegadas? E como era possível a um homem chegar lá? Mas daí a pensar que Satanás fosse tomar forma humana em um lugar onde não haveria absolutamente nenhuma necessidade para isso, e deixar atrás de si uma pegada, e também sem propósito algum, pois ele não poderia estar seguro que eu haveria de vê-la, parecia até brincadeira. Julgava que o diabo poderia ter encontrado inúmeras outras formas para me aterrorizar, além dessa simples pegada. Por outro lado, como eu vivia praticamente no extremo oposto da ilha, ele jamais teria sido tão ingênuo a ponto de deixar uma marca num lugar onde havia dez mil chances contra uma que eu a visse, e além do mais na areia, onde a primeira onda trazida por um vento a teria apagado completamente. Tudo isso parecia inconsistente com o fato em si e com todas as noções que geralmente formamos acerca da sutileza do diabo.

Vários argumentos semelhantes ajudaram-me a afastar os temores de que fora de fato o diabo, e cheguei à conclusão de que devia ser alguma criatura mais perigosa, ou seja, alguns dos selvagens do continente próximo, que, navegando em suas canoas, haviam sido arrastados, pelas correntes ou por ventos contrários, até a costa, onde, depois de percorrê-la, teriam novamente partido, talvez tão dispostos a permanecer nessa ilha desolada quanto eu estaria de encontrá-los.

Enquanto essas reflexões me ocupavam a mente, fiquei muito agradecido pela sorte de não estar lá naquele exato momento e pelo fato de eles não terem visto meu bote, pois poderiam desconfiar da presença de habitantes no local e, quem sabe, decidir me procurar. Passei então a atormentar-me, imaginando que eles talvez houvessem de fato encontrado meu barco e, concluindo que a ilha era habitada, certamente haveriam de voltar em grande número para devorar-me. Mesmo que não me encontrassem, descobririam minha habitação, destruiriam minhas plantações, levariam todo o meu rebanho de cabras domésticas, e eu acabaria morrendo de inanição.

O medo destruía minha fé religiosa. Toda aquela antiga confiança em Deus, fundamentada na experiência maravilhosa que tivera da sua bondade, agora se desvanecia. Como se Ele, que até então me havia sustentado milagrosamente, não pudesse preservar--me nem suprir-me com Sua benevolência, Seu poder, que até então não me faltara. Censurei-me pela facilidade com que decidi não semear por ano senão o necessário até a próxima estação, como se nenhum acidente pudesse impedir-me de vir a colher o cereal. Tão justa me pareceu essa censura, que decidi acumular no futuro um estoque suficiente para dois anos, de modo que não importava o que viesse a acontecer, não morreria por falta de pão.

Que estranha e acidentada obra da Providência vem a ser a vida humana! E através de que secretos e diversos mananciais se precipitam nossas emoções à medida que diferentes circunstâncias se apresentam! Hoje amamos o que amanhã odiamos; buscamos hoje o que amanhã evitamos; hoje desejamos o que amanhã tememos, chegando inclusive a tremer, tamanho o terror. E ninguém poderia a essa altura proporcionar exemplo mais vivo do que o meu, pois minha única aflição era estar banido do convívio humano, sozinho, circunscrito pelo imenso e infinito oceano, separado da humanidade e condenado ao que chamava de vida silenciosa. Vivia como um daqueles que o Céu não julgava digno de ser contado entre os vivos, ou de figurar entre o resto de Suas criaturas, a tal ponto que ter visto alguém de minha própria espécie teria parecido a mim como um despertar da morte para a vida, sendo esta a maior bênção que o próprio Céu poderia-me conceder. Mas, como dizia, chegava agora a tremer só de pensar em ver um ser humano, e estava prestes a desfalecer diante da mera sombra ou aparência silenciosa do homem que havia colocado seu pé na ilha.

Assim é a condição humana, acidentada e cheia de vicissitudes. E mais tarde, já um pouco refeito do susto inicial, ocorreram-me uma série de curiosas especulações. Considerei que essa era a vida que a providência de Deus, infinitamente sábia e bondosa, havia determinado para mim, pois, como não podia prever quais os fins pretendidos pela sabedoria divina em tudo isso, não haveria de questionar Sua soberania. Afinal, sendo eu Sua criatura, tinha Ele indubitável direito por criação de governar e dispor de mim absolutamente como bem entendesse, e uma vez que O havia ofendido, tinha, portanto, direito judicial de punir-me como achasse desejável, e que era meu dever submeter-me, suportando Sua indignação, pois havia pecado.

Refleti, então, que Deus, não somente justo, mas todo poderoso, assim como decidira punir-me e afligir-me, também seria capaz de salvar-me. Se Ele achasse correto proceder assim, era meu inequívoco dever resignar-me absoluta e inteiramente a Sua vontade. Por outro lado, era meu dever também ter fé e esperança n'Ele, rezar-Lhe e calmamente atender os ditames e direções de Sua providência cotidiana.

Esses pensamentos tomaram-me várias horas, e até posso dizer semanas e meses. Não devo omitir o efeito que um deles me causou. Certa manhã, quando ainda me encontrava deitado e refletia sobre os perigos que me acercavam por causa dos selvagens, senti-me profundamente transtornado. Foi então que surgiram em minha mente as palavras da Escritura "Invoca-me nos dias de aflição, e eu te libertarei, e tu me glorificarás".

Levantei-me, então, cheio de ânimo, sentindo-me não somente mais aliviado, mas também orientado e encorajado a rezar a Deus pela minha salvação. Após as orações, tomei a Bíblia e, logo ao abri-la, dei com as seguintes palavras: "Crê no Senhor e anima-te, Ele te fortalecerá". É impossível expressar o conforto que isso me deu. Agradecido, tornei a guardar o livro e não fiquei mais deprimido, ao menos não naquela ocasião.

Em meio a tais reflexões, temores e conjecturas, ocorreu-me um dia que talvez tudo não passasse de simples quimeras da minha imaginação e que a pegada podia ser de meu próprio pé quando desembarquei do bote naquela praia. Isso me animou um pouco, e comecei a persuadir-me de que era tudo delírio e que a pegada fora de fato deixada por mim. Acaso não poderia ter andado por aquele caminho quando saí do bote, do mesmo modo que o faria ao voltar para ele? Pensei novamente comigo que não poderia de forma alguma dizer ao certo onde eu havia pisado e onde não havia, e que, se afinal a pegada fosse de fato minha, eu havia procedido como aqueles idiotas que se esforçam para fabricar histórias de fantasmas e aparições e depois se assustam com elas mais do que qualquer outra pessoa.

Comecei então a tomar coragem e a espreitar novamente os arredores. Há três dias e três noites que não saía do castelo, e começavam a faltar-me alimentos, pois não havia praticamente nada em casa além de alguns bolos de cevada e água. Recordei-me também que minhas cabras necessitavam ser ordenhadas, o que geralmente costumava ser meu divertimento vespertino. As pobres criaturas já haviam padecido muito por falta de cuidados, e algumas de fato passaram muito mal e estiveram ameaçadas de secar-lhes o leite.

Encorajando-me, portanto, com a convicção de que a pegada era de fato minha e que sem dúvida havia me assustado com a própria sombra, voltei a sair e fui à casa de campo para ordenhar as cabras. Mas com que medo avançava, quantas vezes olhava para trás, pronto a qualquer instante a largar o cesto e a correr para me salvar! Qualquer um que houvesse me visto haveria de pensar que minha consciência pesada estava a perseguir-me, ou que acabava de passar por um susto terrível, o que de fato acontecera.

Contudo, depois de haver ido lá duas ou três vezes sem ter visto nada de inquietante, comecei a ficar mais animado e a crer que tudo aquilo não passava de simples produto da minha imaginação. No entanto, nada era capaz de convencer-me totalmente, era necessário voltar à praia, encontrar a pegada, medi-la, compará-la com a minha e ver se havia alguma semelhança, para então me assegurar de que de fato se tratava do meu próprio pé. Mas quando cheguei lá, pareceu-me evidente que, em primeiro lugar, depois de guardar o bote, não poderia em hipótese alguma ter estado naquele ponto da praia ou em qualquer outro nas imediações; em segundo lugar, ao compará-la com o meu próprio pé, verifiquei que a pegada era bem maior do que ele. Ambas as revelações encheram-me a cabeça de fantasias e fizeram-na ferver de tal forma que tremia de calafrios, como se estivesse com febre. Voltei para casa plenamente convencido de que um homem ou vários haviam desembarcado naquela costa; caso contrário a ilha era habitada, e então poderia ser surpreendido antes que viesse a me dar conta. Não sabia que medidas tomar para minha segurança.

Como são ridículas as decisões que os homens tomam quando possuídos pelo medo, privando-os de usarem os meios que a razão oferece para confortá-los. Resolvera derrubar todos os meus cercados e soltar todo o meu rebanho de cabras nos bosques, de medo que o inimigo, vindo a encontrá-las, passasse a frequentar a ilha, ou as levasse como presa de guerra. A seguir, cobriria de terra minhas duas plantações de cereal, para que não chegassem a encontrar um único grão e desistissem de retornar a ilha. Então demoliria meu caramanchão e minha tenda, a fim de que não enxergassem qualquer vestígio de habitação, que poderia motivá-los a procurar os moradores.

Tais foram os temas da minha primeira noite de reflexão após ter voltado para casa, quando os temores e apreensões que me haviam infestado a mente ainda permaneciam vivos e minha cabeça fervilhava como antes. Pois o medo é dez mil vezes mais aterrador que o próprio perigo quando visível, e a fronteira da ansiedade bem maior que o horror que nos aflige. Mas o pior de tudo era que ainda não sentira em relação a esse problema aquele alívio que eu costumava sentir quando me resignava. Achei-me então parecido com Saul, que se queixava não somente de que os filisteus o perseguiam, mas também de que Deus o havia abandonado, pois não conseguia me compor chamando a Deus em minha aflição e contando com a Sua providência, como fizera antes, para minha defesa e salvação. Se assim houvesse procedido, teria ao menos suportado com mais ânimo essa nova surpresa e talvez a tivesse suplantado com maior resolução.

Tal desordem de pensamentos manteve-me acordado a noite inteira, mas de manhã consegui conciliar o sono. A agitação da mente e a aflição do espírito haviam me exaurido de tal forma que dormi profundamente. Ao despertar, me senti bem melhor e mais animado do que antes. Comecei então a pensar com mais calma, e, depois de muito refletir, cheguei à conclusão de que essa ilha, tão aprazível, tão fértil e relativamente próxima do continente não era assim tão abandonada como eu a princípio imaginara. Embora não houvesse nela residentes fixos, era bem provável que uma vez ou outra ali aportassem barcos vindos do continente, fosse deliberadamente ou então carregados por ventos contrários.

Há quinze anos que vivia na ilha e não havia encontrado a menor sombra ou vestígio de gente. Se já haviam estado ali alguma vez, mal chegavam e já partiam, sem haver mostrado até então a menor intenção de se estabelecer.

O maior perigo, portanto, residia em algum desembarque acidental de pessoas vindas do continente, e que provavelmente haviam sido arrastadas para cá contra a sua vontade, de modo que não se demoravam aqui, partindo o mais rápido possível, raramente ficando uma noite na ilha, até que a maré e a luz os ajudassem a empreender viagem novamente. Não me restava outra coisa a fazer senão pensar em algum esconderijo seguro, na hipótese de algum eventual desembarque de selvagens.

Começava, então, a arrepender-me amargamente de ter aumentado tanto a minha caverna, a ponto de ter feito uma saída para além da paliçada. Meditei muito sobre isso e resolvi fazer uma segunda muralha, também em semicírculo, justamente onde a doze anos atrás plantara uma dupla fileira de árvores, conforme mencionei. Eu as havia colocado tão próximas uma da outra que bastava intercalar alguns moeirões entre elas e logo teria uma sólida barreira.

Tinha agora uma dupla muralha de defesa: a exterior era reforçada com pedaços de madeira, velhos cabos e qualquer coisa que pude arranjar para torná-la mais resistente, e com sete orifícios, grandes apenas o bastante para passar o braço.

Reforcei a parte interna, tornando-a três metros mais espessa na base, com a terra que trazia continuamente da caverna e depois pisoteava. Nos sete orifícios, coloquei os mosquetes que, como mencionei, havia salvado do navio e trazido para a praia. Fixei-os em estruturas que os sustentavam como pequenos canhões, de modo que poderia disparar toda a artilharia em cerca de dois minutos.

Custou-me vários meses para terminar essa muralha e não me senti em segurança até vê-la concluída.

Feito isso, finquei mais além da muralha, e numa grande extensão, uma enorme quantidade de estacas cortadas da árvore semelhante ao vimeiro, que cresciam rápida e solidamente. Acredito ter plantado mais de vinte mil, deixando um espaço relativamente grande entre eles e a muralha para ter visibilidade do inimigo e para que não encontrassem abrigo entre as árvores, caso tentassem se aproximar. Dois anos depois, já havia um pequeno arvoredo e, cinco ou seis anos mais tarde, convertera-se num verdadeiro bosque em frente a minha morada, tão espesso e compacto que era de fato absolutamente intransponível. Nenhum homem, seja quem fosse, jamais poderia imaginar que existisse algo além dela, muito menos uma habitação. Quanto à maneira de entrar e sair, cuidei para não deixar nenhuma passagem. Usava uma escada até a parte baixa do rochedo, onde havia espaço para apoiar uma outra, de modo que, quando as duas escadas estavam recolhidas, ninguém poderia descer até mim sem se arrebentar; e, se conseguisse, ainda assim estaria do lado de fora da muralha exterior.

Havia, portanto, tomado todas as medidas que a prudência humana podia aconselhar para minha própria preservação, e logo se verá que não eram de todo injustificadas, embora não pudesse prever naquela época algo além do que o simples temor me sugeria.

Enquanto me ocupava dessas coisas, não descuidava do resto de meus afazeres. O que mais me preocupava era meu pequeno rebanho de cabras, pois não só me garantiam alimento em qualquer ocasião, sem ter que gastar pólvora e metralha, mas também me eximiam da difícil e extenuante caça de cabras selvagens. Por isso relutava em perder essas vantagens e ver-me obrigado a iniciar novamente a domesticação.

Depois de longas considerações, encontrei apenas duas maneiras de preservá-las. Uma era achar um lugar adequado para cavar um subterrâneo e colocá-las ali durante a noite; a outra era cercar duas ou três pequenas porções de terra, distantes uma da outra e o mais escondidas possível, onde poderia criar em cada uma cerca de meia dúzia de cabritos. Assim, se alguma coisa acontecesse ao rebanho, não teria muita dificuldade para logo criá-las novamente. Embora esse último projeto exigisse grande quantidade de tempo e trabalho, ainda assim pareceu-me o mais racional.

Passei, pois, algum tempo em busca dos lugares mais recônditos da ilha e por fim encontrei um que reunia as condições que desejava. Era um terreno pequeno e úmido no meio de um vale cercado de mato cerrado, onde, como foi anteriormente observado, eu quase me perdera uma vez quando tentava retornar pelo lado oriental da ilha. Era uma clareira de aproximadamente três acres, tão rodeada de mato que parecia cercada pela própria natureza, de modo que não necessitou tanto trabalho para torná-lo apropriado como os outros terrenos que escolhera anteriormente.

Logo me pus a trabalhar e em menos de um mês o havia cercado de tal maneira que minhas cabras, que já não eram tão selvagens como se poderia supor, estavam suficientemente seguras dentro dele. Assim, sem mais demora, removi dez cabritas e dois bodes para lá, e depois continuei a aperfeiçoar a cerca até que ficou tão segura quanto a outra que havia sido feita com mais calma e dentro de um prazo bem maior.

E pensar que todos esses esforços resultaram do medo causado pela pegada de um homem na areia! Pois até esse momento não havia visto nenhuma criatura humana se aproximar da ilha.

Já vivia há dois anos sob essa tensão constante, e que de fato tornara minha vida bem menos aprazível do que antes, como facilmente pode imaginar qualquer um que saiba o que é viver em permanente sobressalto com receio de alguém. Embora doa dizê-lo, a desordem do meu espírito era tanta que se refletia inclusive sobre o lado religioso de meus pensamentos, pois o medo e o horror de cair nas mãos de selvagens e canibais era tão forte que raramente me sentia em condições de concentrar-me em meu Criador, ao menos com a calma e resignação de espírito necessárias para tal propósito. Ao contrário, rezava a Deus como se estivesse sob grande aflição e sofrimento, cercado de perigo, temendo ser assassinado e devorado antes do amanhecer.

Devo testemunhar, pela minha própria experiência, que uma atmosfera de paz, gratidão, amor e afeição é bem mais adequada para a oração do que um ambiente de terror e desajustamento. Sob ameaça constante e na iminência do mal, um homem está tão preparado para cumprir seu reconfortante dever de rezar a Deus como está para o arrependimento numa cama de enfermo. Tais inquietações afetam o espírito da mesma forma que outras o corpo, e sendo as doenças espirituais bem mais graves que as físicas não podem deixar de repercutir sobre a oração, que é coisa do espírito e não do corpo.

Mas prossigamos. Depois de ter posto em segurança parte do meu pequeno rebanho, comecei a explorar a ilha novamente, em busca de outro lugar retirado. Encontrava-me, certa ocasião, no lado ocidental da ilha, em um ponto onde ainda não estivera, quando, ao olhar para o mar, pareceu-me ver um barco a grande distância. Possuía uma ou duas lentes de aproximação que encontrara nos baús dos marinheiros salvos do naufrágio, mas não as trazia comigo, e o que via estava tão longe que não podia distingui-lo bem, embora tenha olhado tanto que meus olhos se cansaram. Não podia dizer se era ou não realmente um barco, mas, como ao descer da colina não o vi mais, acabei desistindo. Decidi então nunca mais sair sem lentes.

Descendo a colina até uma extremidade da ilha, onde jamais havia estado antes, logo me convenci que a pegada de um ser humano não era uma coisa tão estranha quanto a princípio imaginara. Se a Providência não houvesse misericordiosamente me lançado no lado da ilha onde os selvagens jamais desembarcavam, não tardaria a descobrir que as canoas do continente, quando se afastavam muito para o largo, várias vezes aportavam ali em busca de abrigo. Além disso, como frequentemente se abordavam e se combatiam em suas pirogas, os vitoriosos traziam seus prisioneiros até essa ilha, onde, de acordo com seus terríveis costumes antropófagos, os matavam e comiam, como se verá a seguir.

Mal havia descido a colina e chegado à praia, situada no extremo sudoeste da ilha, fiquei completamente chocado e atônito. É impossível expressar o horror que senti ao ver a areia repleta de caveiras, mãos, pés e outros ossos humanos. Particularmente chamou-me a atenção um lugar onde haviam feito fogo e, ao seu redor, um círculo cavado na areia, como uma espécie de rinhadeiro, onde sem dúvida se haviam sentado os miseráveis selvagens para realizarem seus inumanos banquetes sobre os corpos de seus semelhantes.

Era tal o meu espanto diante dessas coisas, que nem sequer pensei que poderia estar correndo perigo. Todas as minhas apreensões desapareceram à vista da monstruosidade brutal e diabolicamente cruel provocadas pela degeneração da natureza humana. Muitas vezes ouvira falar dos canibais, mas jamais havia presenciado algo semelhante. Voltei então o rosto para longe desse horrível espetáculo; meu estômago revoltou-se, e estive prestes a desmaiar, quando a natureza aliviou a desordem de meu estômago. Ao vomitar com uma violência incomum, senti-me um pouco melhor, mas não suportaria ficar ali sequer mais um instante. Subi a colina o mais rápido que pude e regressei imediatamente para casa.

Quando já me encontrava um pouco afastado daquela parte da ilha, me detive um instante, como que assombrado; então, recobrando os sentidos, olhei para o alto profundamente agradecido e, numa torrente de lágrimas, dei graças a Deus por haver nascido em uma parte do mundo com pessoas tão diferentes daquelas horríveis criaturas. Embora considerasse minha atual situação deplorável, havia, contudo, me proporcionado tanto conforto, que tinha muito mais a agradecer do que a lamentar. Sobretudo porque em circunstâncias tão miseráveis tive o consolo de O conhecer e de ser reconfortado pela esperança da Sua misericórdia, felicidade que compensava enormemente toda miséria que eu havia sofrido ou poderia sofrer.

Nessa disposição de espírito, voltei ao meu castelo e comecei a sentir-me bem mais tranquilo do que antes. Concluí que aqueles infelizes jamais desembarcavam na ilha, em busca do que quer que fosse. Não procuravam ou talvez não esperavam encontrar ali grande coisa. Teriam, naturalmente, explorado seus bosques, mas sem encontrar nada que lhes interessasse.

Há quase dezoito anos que já estava na ilha e jamais enxergara pegadas de criaturas. Portanto, bem poderia viver mais dezoito tão escondido como estava até agora, a não ser que me deixasse descobrir ou surpreender pelos selvagens, o que absolutamente não era minha intenção. Minha principal preocupação era permanecer oculto, a não ser que encontrasse gente melhor que esses canibais e pudesse dar-me a conhecer.

Contudo, sentia uma aversão tão grande pelos infames selvagens, e me causava tanto horror o seu costume de se devorarem uns aos outros, que continuei pensativo e triste, praticamente sem sair dos meus domínios por quase dois anos.

Refiro-me a meu castelo, à casa de campo ou caramanchão e ao curral no interior da mata. A este, então, ia apenas para cuidar das cabras, já que era tanta a repulsa que sentia desses diabólicos selvagens que temia encontrá-los como ao próprio demônio. Tampouco me dispus a ir examinar o bote durante todo esse tempo. Pensei em fazer outro, já que estava fora de questão tentar trazê-lo ao redor da ilha, pois sabia muito bem qual seria meu destino caso desse com algumas dessas criaturas no mar.

O tempo e a certeza de que não seria descoberto começaram pouco a pouco a serenar meu desassossego, e cheguei a viver da mesma maneira que antes, com a única diferença que usava mais cautela e mantinha os olhos mais atentos ao que acontecia ao meu redor para não ser surpreendido por algum selvagem. Cuidava de modo especial para não disparar inutilmente a arma, com medo que pudessem ouvir o tiro, caso se encontrassem na ilha. Havia sido uma ótima providência ter mantido um rebanho de cabras, pois isentava-me assim de caçá-las nos bosques e de atirar contra elas. Se às vezes capturava algumas, era por meio de laços e armadilhas, como fizera antes, e creio que, transcorridos dois anos depois desses acontecimentos, não disparei uma só vez a espingarda, embora jamais saísse sem ela. Andava também com mais três pistolas que salvara do naufrágio, ou pelo menos duas, que levava em meu cinturão de pele de cabra. Afiei também um dos maiores alfanges que encontrara a bordo e fizera um cinto próprio para ele, de modo que meu aspecto devia constituir um verdadeiro espetáculo quando empreendia qualquer viagem, se for acrescentada à descrição já feita a particularidade de duas pistolas e uma grande e larga espada sem bainha pendendo na lateral do corpo.

As coisas continuaram assim por algum tempo, e, excetuando as precauções mencionadas, parecia ter voltado a minha antiga e tranquila maneira de viver. Tudo isso servia para demonstrar-me, mais do que nunca, quão pouco desesperadora era a minha condição, se comparada a de outro, e como Deus, se assim o desejasse, poderia ter-me reduzido a uma situação infinitamente pior. Refleti então como seriam poucas as queixas entre os homens, não importa a sua condição, se tivessem a prudência de comparar suas vidas com outras piores e sentir-se agradecidos, em vez de olhar aqueles que se encontram acima e se achar com direito a pronunciar murmúrios e lamentos.

Em minha atual situação tinha de fato quase tudo que necessitava, mas cheguei a pensar que o medo dos selvagens e a necessidade de tratar da minha segurança haviam diminuído minha capacidade inventiva. Abandonei, então, um projeto, sobre o qual meditara intensamente e que consistia em tentar transformar em malte uma parte da cevada a fim de obter cerveja. A ideia era extravagante, e censurei-me com frequência pela sua simplicidade, pois logo percebi que necessitaria de várias coisas indispensáveis à fabricação da cerveja, impossíveis de obter. Em primeiro lugar, tonéis para preservá-la, os quais, como já observei anteriormente, jamais fui capaz de produzir, apesar de ter passado muitos dias, semanas e até mesmo meses tentando, mas sem nenhum resultado. Em segundo lugar, não tinha lúpulo para conservá-la, nem lêvedo para a fermentação, tampouco um recipiente apropriado para fervê-la. Contudo, acredito plenamente, não houvessem esses fatos lamentáveis se interposto, refiro-me aos medos e apreensões que me causavam os selvagens, eu o teria assumido com mais determinação e talvez também o tivesse concretizado, pois sempre que tinha um projeto suficientemente claro em minha mente para poder iniciá-lo, raramente desistia antes de realizá-lo.

Minha inventividade, no entanto, corria noutro sentido. Não deixei de pensar um só instante em como destruir alguns desses monstros quando entregues a seu sangrento festim e se possível salvar a vítima que iriam imolar. Tomaria um volume maior do que este o relato de todas as ideias e planos que me ocorreram e que ruminava incessantemente para destruir essas criaturas, ou ao menos assustá-las, para que jamais voltassem à ilha. Mas nenhum me parecia aceitável, a não ser que estivesse lá para executá-lo. E o que poderia um homem contra tantos, talvez vinte ou trinta, armados com seus dardos ou arcos e flechas, com os quais podiam atirar tão bem como eu com minha espingarda?

 Cheguei por vezes a pensar em fazer uma escavação sob o lugar onde acendiam a fogueira e colocar ali dois ou três quilos de pólvora, que explodiria tão logo ateassem fogo, mandando tudo pelos ares. Porém, em primeiro lugar, relutava em gastar tanta pólvora com eles, pois meu estoque atual era de apenas um barril e depois não estava seguro de que a explosão se daria no momento certo, quando poderia surpreendê-los. Na melhor das hipóteses poderia assustá-los, mas não o suficiente para abandonarem o lugar. Desisti, portanto, dessa ideia e resolvi ficar de emboscada em algum lugar conveniente, com minhas três espingardas, todas duplamente carregadas, esperando que se reunissem para o seu ritual sangrento. Então abriria fogo contra eles, com a certeza de matar ou ao menos ferir dois ou três com cada tiro, lançando-me finalmente ao assalto com minhas três pistolas e espada. Não tinha dúvida que se existissem vinte os mataria a todos. Essa fantasia agradou-me tanto que a alimentei durante semanas. Cheguei inclusive a sonhar com ela, investindo contra eles em minha imaginação.

 Tão forte era o desejo de pôr em prática esse plano que passei vários dias tentando descobrir os lugares mais propícios para emboscar-me e espreitar seus movimentos. Voltei muitas vezes àquele local, que aos poucos ia se tornando familiar. Assim, sobretudo quando meu cérebro se enchia com ideias de vingança que me moviam a exterminar sem piedade vinte ou trinta deles, o horror que tinha ao lugar e aos vestígios daqueles bárbaros e sangrentos festins aplacava um pouco a minha cólera.

Finalmente descobri um ponto na encosta do morro, onde podia esperar com toda a segurança que alguma canoa se aproximasse da costa e, antes que os selvagens tivessem tempo de desembarcar, esconder-me entre as árvores, numa das quais havia um oco grande o suficiente para ocultar-me completamente. Era um excelente lugar para observar todas as suas práticas sangrentas e fazer pontaria sobre suas cabeças, pois, quando estivessem juntos um do outro, seria praticamente impossível errar um tiro, ou deixar de ferir pelo menos três ou quatro com o primeiro disparo.

Resolvi então executar meu plano tendo como base esse lugar, preparando ali dois mosquetes e minha espingarda de caça. Carreguei os mosquetes com um par de balaços e quatro ou cinco balas de pistola; a espingarda com um punhado de balins de grosso calibre; e finalmente as pistolas com cerca de quatro balas cada uma. Com essa artilharia e munição suficiente para uma segunda e terceira carga, preparei-me para dar início à expedição.

Uma vez estabelecidos os detalhes do plano, chegando mesmo a colocá-los em prática na minha imaginação, ia diariamente até o topo da colina, que estava a uns cinco quilômetros do meu castelo, para observar o oceano e ver se havia alguma embarcação aproximando-se da ilha. Mas depois de dois ou três meses de vigilância constante, comecei a cansar-me dessa árdua tarefa, já que voltava sempre sem ter descoberto nada, nem sequer sinal, não somente na costa mas também em todo o oceano, até onde alcançavam meus olhos, auxiliados pelas lentes de aproximação. Durante o tempo em que fiz minha viagem diária de reconhecimento à colina, mantive intacto o desejo de pôr em prática meu plano. Não via qualquer empecilho para uma execução tão ultrajante, como o massacre de vinte ou trinta selvagens nus, por um crime que não havia me dado o trabalho de discutir, deixando-me levar pelo horror que me produziam os monstruosos costumes daquela gente, que pareciam haver sido condenados pela Providência, em Sua grande ordenação do mundo, a não ter outro guia além de suas próprias abomináveis e perversas paixões. Assim abandonados, talvez há muito tempo, à prática de atos tão terríveis, adquiriram pérfidos costumes; e cada vez mais afastados do Céu, pareciam unicamente inspirados por alguma depravação infernal. Porém, como já disse, comecei a cansar-me da infrutífera excursão que fazia há tanto tempo todas as manhãs, e com isso foi-se modificando minha maneira de pensar. Comecei, então, a raciocinar mais fria e serenamente sobre o que tencionava fazer. Que autoridade ou direito tinha eu para pretender ser juiz e algoz daqueles homens a quem os Céus haviam permitido viver impunes por tanto tempo e, por assim dizer, justiçando-se uns aos outros? Até que ponto realmente me ofendiam, e que direito tinha eu de intrometer-me em suas disputas promíscuas e sangrentas? Travei então imensos e frequentes debates interiores. Como saber dos desígnios de Deus nesse caso particular? É certo que essa gente não pratica isso como um crime; tampouco é reprovado por suas próprias consciências, ou recebe qualquer tipo de censura. Não o consideram uma ofensa, um desafio à justiça divina, como em quase todos os pecados que cometemos. Acreditam que matar um prisioneiro de guerra ou comer a carne é fato tão criminoso como o é para nós matar um boi ou comer carne de carneiro.

Depois de tais considerações, tinha necessariamente que chegar à conclusão de que eu estava equivocado. Essas pessoas não eram mais assassinas, no sentido em que anteriormente eu as havia condenado em meus pensamentos, do que aqueles cristãos que frequentemente condenam à morte prisioneiros capturados em batalha; ou os que, em determinadas ocasiões, passam tropas inteiras ao fio da espada, sem lhes dar perdão, apesar de já haverem entregues as armas.

Em segundo lugar, ocorreu-me que, embora tratassem uns aos outros de modo cruel e desumano, nada disso realmente me dizia respeito. Que injúrias haviam causado? Se atentavam contra mim, ou considerasse necessário para minha imediata preservação cair sobre eles, então minha ação se justificaria. Mas até o momento estava fora do seu alcance, e eles não tinham sequer conhecimento de mim, de forma que não era justo precipitar-me sobre eles como planejara. Isso apenas legitimaria a conduta dos espanhóis em todas as atrocidades que cometeram na América, onde destruíram essa gente aos milhões. E mesmo que sejam idólatras e bárbaros, praticantes de vários rituais sangrentos, tais como sacrificar corpos humanos a seus ídolos, eram completamente inocentes em comparação aos espanhóis. Também hoje os espanhóis e todas as outras nações cristãs da Europa comentam esse extermínio com enorme repulsa e execração e a consideram mera carnificina, um massacre cruel e desumano, injustificável perante Deus e os homens. Daí por que o simples nome de um espanhol é tão temível e assustador para todos os povos e cristãos do mundo. É como se o reino da Espanha fosse particularmente notável por ser a pátria de uma raça de homens sem princípios de ternura ou sentimentos íntimos de misericórdia para com os desavanturados, que é a marca de almas generosas.

Tais considerações conduziram-me a uma trégua e a uma interrupção completa na execução dos meus planos. Comecei pouco a pouco a desligar-me deles, convencendo-me de que me havia equivocado ao decidir acabar com os selvagens. Não devia me intrometer com eles, a não ser que me atacassem primeiro. Meu único dever era evitar que isso acontecesse, pois se fosse realmente descoberto e atacado, então saberia o que fazer.

Por outro lado, argumentei comigo, esse de fato não era o melhor caminho para me salvar. Ao contrário, acabaria me arruinando e destruindo-me completamente, a não ser que estivesse seguro de matar não somente todos que se encontrassem em terra naquele momento, mas também os que pudessem chegar mais tarde. Se apenas um deles escapasse para contar ao seu povo o que havia acontecido, eles retornariam aos milhares para vingar a morte de seus companheiros. Assim eu somente traria sobre mim uma destruição certa, enquanto que até o presente momento isso estava longe de acontecer.

Por fim, cheguei à conclusão, tanto do ponto de vista moral como prático, que não devia de forma alguma intrometer-me nesse assunto. Minha tarefa consistia em usar de todos os meios para ocultar-me, não deixando o menor sinal que lhes permitisse suspeitar da existência de um ser humano na ilha.

A religião veio juntar-se à prudência, e logo convenci-me de que estava totalmente equivocado quando tramei aquelas estratégias sangrentas para destruir criaturas inocentes (ao menos no que me dizia respeito). Quanto aos seus crimes e suas culpas, nada tinha a ver com isso. Eram questões nacionais, e eu era obrigado a deixá-los à justiça de Deus, que é o governador das nações e não só pune com castigos adequados toda espécie de crimes como também condena publicamente aqueles que, também de uma forma pública, hajam cometido ofensas.

Isso agora me parecia tão claro que fiquei muito satisfeito por não ter sido obrigado a fazer algo que eu compreendera teria sido um pecado tão grave quanto assassinar alguém de forma premeditada. Então agradeci humildemente de joelhos a Deus por ter me salvado de uma culpa criminosa, suplicando-lhe que me concedesse a proteção da Sua providência e me impedisse de cair nas mãos dos bárbaros, e também que eu não deitasse minhas mãos sobre eles, a não ser que recebesse um aviso mais claro do Céu para assim proceder, em defesa da minha própria vida.

Continuei nessa disposição de espírito por mais um ano, e tão longe estava de qualquer desejo de atacar esses infelizes que durante todo esse tempo não subi sequer uma vez à colina para observar se haviam desembarcado ou se estavam à vista. Assim não seria tentado a renovar meus antigos planos, nem levado pelas circunstâncias a cair sobre eles. Minha única providência foi remover o barco que estava do outro lado da costa, na parte oriental da ilha. Atraquei-o então numa pequena e recôndita enseada, ao abrigo de alguns rochedos, seguro de que os selvagens, por temor às correntes, jamais ousariam aproximar-se dali. Levei junto tudo que havia deixado lá e que pertencia ao bote, tal como o mastro e a vela especialmente fabricados para ele e uma espécie de âncora, que não sei se merecia sequer o nome de arpéu. Carreguei tudo para que não restasse vestígio algum ou qualquer sinal de barco ou de habitação humana na ilha inteira.

Além disso, permaneci, como salientei, mais retirado do que nunca, raramente deixando meu refúgio, a não ser para minhas tarefas cotidianas, ou seja, ordenhar as cabras e cuidar do pequeno rebanho que tinha nos bosques, o qual, encontrando-se praticamente no outro extremo da ilha, estava em razoável segurança. Tinha certeza de que os selvagens que às vezes assombravam a ilha jamais esperavam encontrar coisa alguma aqui e, portanto, nunca se afastavam da costa. Não duvido que tenham aparecido diversas vezes na ilha depois que minha descoberta me tornara tão cauteloso.

Às vezes recordava o passado com um certo horror, pensando no que teria sido de mim caso tivesse topado com eles, nu e sem outra defesa além da minha espingarda, e esta, ainda, com pouca metralha, quando passeava despreocupadamente pela ilha em busca de mantimentos. Que poderia ter feito se, em vez de descobrir a pegada de um homem, houvesse de súbito deparado com quinze ou vinte selvagens a me perseguirem, com a velocidade de que são capazes, sem nenhuma possibilidade de fuga para mim.

Havia momentos em que tremia só de pensar nisso. Ficava tão apavorado que às vezes custava para recuperar o ânimo, imaginando como não só não teria sido capaz de opor-lhes resistência, como também não teria tido presença de espírito suficiente para fazer uso dos meios em meu poder, que eram bem inferiores aos que possuía agora, depois de tantas considerações e de todo o preparo. Na verdade, após pensar seriamente sobre tudo isso, mesmo assim permanecia muito melancólico, e às vezes durante um bom tempo. Mas afinal resolvi tudo agradecendo à Providência, que havia me salvado de tantos perigos invisíveis e me afastado do que eu não poderia de forma alguma ter evitado por meus próprios meios, já que não tinha a menor noção a esse respeito ou qualquer suspeita acerca de sua possível existência.

Isso fez renascer um pensamento que várias vezes me ocorrera antes, desde o momento em que comecei a ver as misericordiosas disposições do Céu nos perigos que corremos ao longo da vida: como somos maravilhosamente salvos sem sequer sabermos. Por exemplo, quando estamos em dúvida ou incertos se devemos seguir esse ou aquele caminho, um sinal secreto nos dirige numa direção, quando pretendíamos ir por outra. Até mesmo quando a lógica, nossa própria inclinação e talvez os negócios nos impelem a seguir por um caminho surge por vezes uma força estranha em nosso espírito, vinda não sabemos de onde e, através de algum poder desconhecido, somos obrigados a ir noutra direção e mais tarde descobrimos que, se tivéssemos seguido o caminho que pensávamos ser o melhor, estaríamos arruinados e perdidos. Diante dessas e muitas outras reflexões, determinei como regra para mim que, sempre que encontrasse esses sinais secretos ou presságios em minha mente, para fazer ou deixar de fazer alguma coisa, ou para ir por este ou aquele caminho, jamais deixaria de obedecer ao secreto ditame – embora não encontrasse nenhuma razão para isso além de uma certa insistência ou pressão sobre meu espírito. Poderia dar vários exemplos do sucesso dessa conduta ao longo da minha vida, principalmente na parte final de minha estada nessa ilha infeliz, além de muitas ocasiões que provavelmente eu teria percebido, se as tivesse enxergado então com a mesma visão que tenho agora. Mas nunca é tarde para aprender, e devo alertar aqueles cujas vidas forem acometidas de incidentes tão extraordinários como os meus, ou mesmo não tão extraordinários, a não menosprezarem essas ordens secretas da Providência. Venham de que inteligência invisível vierem, não as discutirei e talvez não as possa explicar; mas certamente são uma prova da existência dos espíritos e da secreta comunicação entre os vivos e o além, e uma tal prova não pode ser refutada. Terei oportunidade de dar alguns exemplos notáveis no resto de minha solitária residência neste lugar desolado.

  Creio que o leitor não achará estranho que eu confesse até que ponto essas ansiedades, esse constante perigo em que vivi agora e as preocupações que me cercavam, esgotaram minha capacidade inventiva para as coisas que então planejara em busca de maior comodidade. Necessitava mais das minhas mãos para proporcionar-me segurança do que alimento. Receava cravar um prego ou cortar um pedaço de madeira com medo de que o ruído pudesse ser escutado. Tampouco me atrevia a disparar uma arma e sobretudo evitava ao máximo acender fogueiras, temendo que a fumaça, visível a uma grande distância durante o dia, pudesse me trair. Por essa razão transferi as tarefas que requeriam o emprego do fogo, tais como a fabricação de potes, cachimbos etc., para meu novo alojamento no interior da floresta, onde, depois de ter estado algum tempo, descobri com indizível alegria uma enorme caverna natural na terra, que parecia se estender profundamente e onde, atrevo-me a dizer, nenhum selvagem, se aventuraria a penetrar, sendo mesmo capaz de aterrorizar a qualquer outro homem, exceto alguém como eu, que a desejava tanto como esconderijo.

A boca da caverna ficava na base de um grande rochedo, onde por total casualidade (como diria, se não tivesse razões suficientes para atribuir todas essas coisas à obra da Providência) me encontrava um dia cortando alguns ramos grossos para fazer carvão de lenha. Mas quero, antes de prosseguir, explicar por que fazia carvão, e o motivo era simples: tinha medo de fazer fumaça perto da minha habitação. Porém, como não podia viver sem assar o pão, cozinhar a carne etc., decidi queimar madeira sob a relva, como havia visto fazer na Inglaterra, até que se carbonizava. Depois, apagando o fogo, retirava o carvão e o levava para casa onde podia utilizá-lo sem perigo de fumaça.

Mas fechemos o parêntese. Enquanto cortava lenha, percebi que atrás de um galho muito grosso de uma espessa ramificação de arbustos rasteiros havia uma espécie de cavidade. A curiosidade levou-me a examiná-lo, e quando, depois de muito trabalho, cheguei até sua entrada, verifiquei que era muito profunda e alta o suficiente para que eu ficasse de pé dentro dela, e talvez uma outra pessoa comigo. Devo no entanto confessar que saí bem mais rápido do que entrei ao divisar, na absoluta escuridão do interior, dois enormes olhos brilhantes que eu não sabia se eram do demônio ou de ser humano: cintilavam como duas estrelas, refletindo o pouco de luz que entrava pela boca da caverna.

Contudo, depois de alguns instantes, recuperei o ânimo e comecei a chamar-me mil vezes de tolo, dizendo a mim mesmo que quem tinha medo de ver o diabo não poderia ter vivido vinte anos isolado numa ilha, e o que quer que existisse dentro daquela caverna não seria mais assustador do que eu. Assim, criando coragem, precipitei-me no interior da caverna com um tição aceso em minha mão. Não havia dado três passos lá dentro e fiquei quase tão apavorado quanto antes, pois ouvi um forte suspiro, semelhante ao de um homem em sofrimento, seguido de um ruído entrecortado, como palavras expressas pela metade, e depois novamente um profundo suspiro. Dei um passo para trás, mas tamanho foi o meu espanto, que cheguei a suar frio, e se estivesse com chapéu na cabeça, não responderia por ele, pois certamente meus cabelos o teriam levantado e feito cair. Contudo, reanimando-me mais uma vez com a ideia de que o poder e a presença de Deus estão em todo lugar e me protegeriam, dei outro passo adiante iluminado pelo archote que segurava um pouco acima da minha cabeça. Vi então que no solo jazia um enorme e monstruoso bode velho, respirando ofegante e fazendo já o testamento, como se diz, ou seja, dando os últimos suspiros que a velhice ainda lhe permitia.

Instiguei-o um pouco para ver se podia fazê-lo sair, mas embora tenha feito esforços para levantar-se, não conseguiu. Pensei, então, que ele podia ficar ali, pois se assustara a mim, aterraria ainda mais a qualquer selvagem que ousasse se aproximar da boca da caverna enquanto o animal permanecesse vivo.

Já recuperado do susto, comecei o reconhecimento da caverna observando que de fato era muito pequena; teria pouco mais de três metros de extensão, porém absolutamente disforme, já que não era nem redonda ou quadrada, resultando em todos os aspectos uma simples obra da natureza. Verifiquei que em sua parte mais profunda havia uma segunda abertura, mas para passar por ali era obrigado a rastejar-me sobre pés e mãos sem saber para onde me levaria. Renunciei por ora a continuar a exploração, mas decidi voltar no dia seguinte munido de velas e de um isqueiro que fizera com o fecho de um dos mosquetes, colocando um pouco de pólvora na caçoleta.

Voltei no outro dia com seis velas grandes feitas com sebo de cabra e que iluminavam bastante bem. Penetrando nessa segunda abertura, fui obrigado a arrastar-me por quase nove metros, o que, diga-se de passagem, era uma aventura bastante arriscada, pois não sabia até onde o buraco avançava, nem o que encontraria no final. Finalmente, percebi que o teto havia se elevado cerca de seis metros e me vi diante do espetáculo mais fabuloso que contemplara na ilha. Iluminadas pela chama das duas velas, as paredes da caverna, assim como o teto, devolviam a luz em mil reflexos maravilhosos. O que havia incrustado na rocha, diamantes, outras pedras preciosas, ou mesmo ouro, como cheguei a suspeitar, não podia dizer.

O lugar em que me encontrava era uma encantadora cavidade ou gruta, como era de se esperar, embora absolutamente escura. O solo, seco e plano, era coberto com uma fina camada de areia solta, sem que em parte alguma se encontrassem animais venenosos; tampouco percebi o menor sinal de umidade nas paredes e no teto. A única dificuldade era a entrada, mas como necessitava de um lugar onde estivesse a salvo dos selvagens, considerei isso uma vantagem. Profundamente satisfeito com a descoberta, resolvi sem mais demora trazer para a gruta as coisas cuja segurança mais me preocupava. Em primeiro lugar levei minhas reservas de pólvora e todas as armas sobressalentes, ou seja, duas espingardas de caça e três dos oito mosquetes que possuía. Conservei, portanto, no castelo apenas cinco, montados e armados como se fossem canhões na muralha exterior, e que também poderiam me servir em qualquer expedição que resolvesse empreender.

Aproveitei a oportunidade em que transportava minha munição à caverna para abrir o barril que apanhara na praia e cuja pólvora estava molhada. Ao fazê-lo, comprovei que a água havia penetrado cerca de oito ou dez centímetros e que a parte molhada, ao endurecer, havia preservado o interior como o caroço de uma fruta protege a semente. Tinha pois à disposição cerca de trinta quilos de excelente pólvora extraídos do centro do barril, sendo de fato uma agradável surpresa nas atuais circunstâncias. Carreguei tudo para a gruta, deixando no castelo apenas um ou dois quilos de pólvora para evitar qualquer surpresa. Também levei para lá o chumbo que ainda restava para fazer balas.

Gostava, então, de imaginar-me um daqueles gigantes legendários que moravam em grutas e cavernas, nas quais ninguém podia chegar, pois estava convencido de que mesmo se quinhentos selvagens estivessem a me caçar jamais conseguiriam me descobrir e, se o fizessem, não se atreveriam a atacar-me em meu refúgio.

O velho bode que encontrei agonizante morreu na boca da caverna, no dia seguinte a minha descoberta. Achei mais simples cavar uma cova ali mesmo e cobri-lo de terra do que arrastá-lo para fora, o que fiz sem demora para prevenir o mau cheiro.

Encontrava-me, então, no vigésimo terceiro ano de minha residência na ilha e estava tão habituado a ela e ao meu modo de vida que, se tivesse a certeza de que nenhum selvagem viria me perturbar, teria aceitado passar ali o resto dos meus dias, ainda que no fim tivesse que me estender no chão e esperar a morte como o velho bode na caverna. Havia até arranjado algumas diversões e entretenimentos que me ajudavam a passar o tempo de forma bem mais agradável do que antes. Em primeiro lugar, como já observei, ensinara meu louro a falar, e chegou a fazê-lo tão bem, falando com tal familiaridade e clareza, que me dava grande prazer.

Viveu ao meu lado nada menos que vinte e seis anos, e ignoro quanto tempo ainda teria vivido depois. No Brasil afirmam que esses animais chegam a alcançar um século de existência, e talvez o pobre Louro continue ainda vivendo na ilha, chamando por Robinson Crusoé. Não desejo a nenhum inglês que aparecer por lá a má sorte de escutá-lo, pois com certeza acreditaria estar diante do demônio. Meu cão foi um excelente e carinhoso companheiro durante dezesseis anos, até que morreu de velho.

Quanto aos gatos, como já mencionei, haviam-se multiplicado tanto que fui obrigado a matar vários deles, para impedir que devorassem tudo que tinha. Por fim, quando os dois mais velhos que trouxera do barco se foram, fustiguei tanto aos outros, sem dar-lhes o menor alimento, que fugiram todos para a floresta, e tornaram-se selvagens, exceto dois ou três favoritos, que conservei a meu lado e cujas crias afogava assim que nasciam.

Além desses animais, tinha sempre comigo dois ou três cabritos aos quais ensinara a comer da minha mão. Tinha também mais dois papagaios que falavam bastante bem e chamavam pelo meu nome, mas não se comparavam ao primeiro; na verdade, não tive com eles os cuidados que dediquei a Louro. Em casa havia também vários pássaros marinhos domésticos cujos nomes ignoro, e que havia capturado na costa, cortando-lhes as asas. As pequenas estacas que plantara defronte ao castelo transformaram-se num espesso bosque e ali viviam minhas aves aninhadas nas árvores mais baixas, o que me dava muita satisfação.

Como se pode perceber, passei a ficar bastante contente com a vida que levava, se não levar em conta a preocupação que representava a ameaça dos selvagens. Mas as coisas tomaram outra direção, e talvez não seja fora de propósito aos que leem esta história a observação que segue. Quantas vezes no curso de nossa vida o mal que mais procuramos evitar, e que nos parece terrível e assustador, resulta na verdadeira tábua de nossa salvação, a única saída da aflição em que caímos. Poderia dar vários exemplos ao longo de minha estranha existência, mas jamais esse fenômeno manifestou-se de forma tão notável como nas circunstâncias que cercavam meus últimos anos de residência nessa ilha.

Transcorria, então, o mês de dezembro do meu vigésimo terceiro ano de solidão, e era a época do solstício austral – pois não posso chamá-lo de inverno –, quando me ocupava da colheita, sendo obrigado a permanecer grande parte do tempo nas plantações. Certa manhã, quando ainda não era dia claro, fiquei surpreso de ver o clarão de um fogo na costa a uns três quilômetros em direção ao extremo onde notara anteriormente sinais da presença de selvagens, só que dessa vez não se tratava do lado oposto da ilha, mas da mesma parte em que vivia.

Fiquei tão apavorado com o que vira que não me atrevia a sair do meio do arvoredo, temendo que me surpreendessem, mas tampouco podia sossegar ali com medo que os selvagens, vagueando pelos arredores, encontrassem as plantações, o produto da ceifa ou quaisquer das minhas outras obras e benfeitorias, que lhes demonstrariam de imediato que havia gente no lugar. Se isso de fato acontecesse, não descansariam até me encontrar. Nessa situação extremamente crítica, recuperei um pouco a coragem e retornei ao castelo, recolhi a escada depois de haver passado e fiz o possível para que tudo parecesse agreste e natural.

    Imediatamente preparei-me para a defesa. Carreguei todos os canhões, como chamava os mosquetes que estavam montados em minha nova fortificação, e todas as pistolas, decidido a defender-me até o último momento, sem esquecer de encomendar-me seriamente à proteção divina e rogar a Deus com fervor para salvar-me das mãos daqueles bárbaros. Assim fiquei durante duas horas, mas impaciente para saber o que se passava lá fora, já que não tinha espiões para manter-me informado.

    Depois de permanecer assim por mais algum tempo, e meditando sobre o que deveria fazer, não pude mais persistir na ignorância do que acontecia. Coloquei, então, a escada na encosta do rochedo e subi até onde havia uma espécie de plataforma, como observei antes. Recolhendo imediatamente a escada, tornei a erguê-la e subi até o topo do morro; armei a luneta, que levara para esse fim, deitei-me de bruços no chão e comecei a procurar o lugar. Logo descobri que havia nove selvagens nus, sentados ao redor de uma fogueira, não para esquentar-se, pois não havia tal necessidade num clima quente como aquele, mas provavelmente para entregar-se a um de seus bárbaros banquetes de carne humana que haviam trazido consigo, embora não soubesse se a vítima ainda se encontrava viva.

    Vi duas canoas que haviam arrastado fora d'água, e, como a maré estava baixa, parecia que esperavam o retorno da enchente para então partir. Não é fácil descrever meu estado de espírito contemplando aquela cena, sobretudo porque estavam do meu lado da ilha e tão próximos a mim. Porém, ao compreender que os desembarques aconteciam sempre na maré vazante, tranquilizei-me um pouco, sabendo que poderia sair em segurança durante a preamar, caso os selvagens já não houvessem chegado antes. Isso me permitiu prosseguir com mais calma meus trabalhos na colheita.

    Correu tal como esperava. Assim que o fluxo da maré tomou a direção oeste, vi todos eles embarcarem e remarem para fora. Esquecera de dizer que, antes de partirem, estiveram a dançar durante uma hora ou mais, e, com a ajuda das lentes, pude facilmente discernir seus gestos e posturas. Não pude, porém, perceber, por mais que me esforçasse, quantos eram homens e quantos mulheres, apesar de estarem completamente nus.

Assim que se afastaram, coloquei duas espingardas nas costas, e com duas pistolas no cinto e o espadão na cintura sem bainha, corri com toda a velocidade possível até a colina onde pela primeira vez tomara notícia deles. Quando cheguei lá, depois de duas horas de caminhada, pois era impossível andar mais depressa carregado de armas como estava, descobri que nesse lugar haviam atracado outras três canoas; e olhando mais ao longe, pude ver a todas rumando em direção ao continente.

Era uma visão realmente aterradora, mas algo ainda pior me esperava quando desci à praia e encontrei os restos do horror que haviam praticado: sangue, ossos, pedaços de carne humana, devorados por aqueles monstros, com alegria e diversão. Foi tal a minha indignação que comecei imediatamente a premeditar a destruição dos próximos que viessem a desembarcar, qualquer que fosse o seu número.

Parecia-me evidente que as visitas que faziam a essa ilha não eram muito frequentes, pois não foi senão depois de quinze meses que mais alguns deles vieram dar à praia de novo. Durante todo esse tempo não os vi, nem encontrei vestígios ou pegadas de qualquer espécie. Verifiquei também que não vinham na estação chuvosa. Contudo, estive sempre apreensivo durante esse período com medo de ser apanhado de surpresa, e cheguei à conclusão de que a expectativa do mal é bem mais amarga que o sofrimento, especialmente se não existe espaço para livrar-se das apreensões que lhe dão origem.

Passava a maior parte do tempo, que poderia ser melhor empregado, com esse espírito de vingança, planejando como deveria atacá-los quando os visse novamente, sobretudo se estivessem divididos, como da última vez, em dois grupos. Mas não cheguei a considerar que, se matasse um grupo, suponhamos de dez ou doze, no próximo dia, semana ou mês seguinte, teria ainda que matar outro e outro, talvez *ad infinitum*, até que viesse a ser não menos assassino do que eles, comedores de gente, talvez até mais.

Vivia num clima constante de angústia e perplexidade diante da expectativa de que mais dia menos dia cairia nas mãos de tão impiedosas criaturas. Sempre que precisava sair, olhava atentamente ao redor, não descuidando um segundo sequer, na hipótese de qualquer eventualidade. E agora verificava com grande satisfação como havia sido feliz ao ter reunido um rebanho de cabras domésticas, pois não me atrevia a disparar a arma, especialmente no lado da ilha onde geralmente apareciam, temendo alarmá-los. Se os afugentasse num primeiro momento, estava certo que voltariam, possivelmente com duzentas ou trezentas canoas dentro de poucos dias, e então saberia o meu destino.

Transcorreu, contudo, mais um ano e três meses, antes que voltasse a ver os selvagens, como descreverei a seguir. É provável, no entanto, que tenham vindo uma ou duas vezes, mas ficaram muito pouco tempo, ou não tive notícia da sua presença. Porém, no mês de maio, segundo meus melhores cálculos, e no vigésimo quarto ano de minha residência nessa ilha, tive um estranho encontro com eles, que narrarei no momento apropriado.

Senti-me extremamente perturbado durante esse intervalo de quinze ou dezesseis meses. Dormia mal e com frequência despertava sobressaltado em meio a terríveis pesadelos. Durante o dia problemas enormes dominavam-me a mente, à noite muitas vezes sonhava que matava os selvagens, e com inúmeras razões justificando meu ato. Mas deixando isso de lado por enquanto, direi que em meados de maio, penso que no dia dezesseis, segundo os dados não muito precisos do pobre calendário de madeira que ainda conservava; como dizia, nesse dia dezesseis houve uma grande tempestade de vento com relâmpagos e trovões, sendo a noite igualmente tempestuosa. Não recordo com exatidão as circunstâncias, mas sei que estava lendo a Bíblia e meditava seriamente sobre minha presente situação, quando escutei, vindo do mar, um ruído semelhante ao disparo de um canhão.

Foi sem dúvida uma surpresa muito diferente das que já havia até então experimentado, uma vez que as ideias que me ocorreram foram completamente distintas das anteriores. Levantei-me o mais rápido que se possa imaginar e num instante subi pela escada até metade do rochedo, puxei-a e, colocando-a no segundo apoio, alcancei o topo da colina no exato momento em que um clarão de fogo anunciou-me um segundo disparo, que de fato ouvi cerca de meio minuto depois. Pelo ruído, deduzi que vinha do lado do mar onde uma vez as correntes me arrastaram com o bote.

Pensei logo em algum navio em perigo que haveria feito os disparos em sinal de socorro a um outro que navegava por perto. Tive, então, presença de espírito para pensar que, embora nada pudesse fazer para ajudá-los, talvez eles estivessem em condições de fazer algo por mim. Juntei, portanto, toda a madeira seca que havia a meu alcance e ateei-lhe fogo no alto da colina. A madeira estava seca e queimou facilmente. Embora o vento soprasse com muita força, as chamas cresceram bastante, dando-me a certeza de que se houvesse mesmo qualquer coisa semelhante a um barco nas cercanias, necessariamente teria que avistar o fogo. E sem dúvida o viram, pois mal começaram as chamas e ouvi outro disparo, e depois vários seguintes, todos provenientes do mesmo lugar. Sustentei o fogo durante toda a noite, até a manhã seguinte. Quando já era dia claro, e o ar estava mais limpo, enxerguei algo a uma grande distância no mar, bem a leste da ilha, mas não pude distinguir se era um casco ou uma vela, nem com a ajuda das lentes, pois ainda persistia uma certa neblina em alto-mar.

Passei o dia inteiro olhando naquela direção e logo percebi que não se movia: evidentemente, tratava-se de um navio ancorado. Ansioso para me certificar, peguei a espingarda e corri em direção ao sul da ilha, até os rochedos onde havia sido arrastado pela corrente. A essa altura, o tempo já estava perfeitamente claro, e pude ver com muita nitidez e profunda tristeza os destroços de um navio naufragado durante a noite naqueles rochedos ocultos que eu havia descoberto quando estava em meu bote. Eram os mesmos rochedos que, opondo-se à violência da corrente e fazendo uma espécie de contracorrente ou redemoinho, salvaram-me da mais desesperada situação em que jamais me vira antes.

    Assim, o que garante a salvação de um homem pode significar a destruição de outro. Estava claro que aqueles homens, quem quer que fossem, desconhecendo a costa e os arrecifes, haviam sido arrastados contra eles pelo vento que soprara toda a noite. Tivessem enxergado a ilha – e tudo leva a crer que isso não aconteceu –, penso que teriam tentado salvar-se com o bote. No entanto, os disparos pedindo socorro encheram-me de ideias contraditórias, especialmente depois de haverem visto, como imaginava, a minha fogueira. Pensei, em primeiro lugar, que, ao enxergarem o fogo, houvessem embarcado no bote e tentado chegar até a praia, mas, como o mar estava muito agitado, tivessem sido arrastados para longe. Imaginei também que pudessem ter perdido o escaler antes de encalhar, como tantas vezes ocorre, principalmente quando a violência das ondas é tão grande contra o costado do navio que obriga os marinheiros a soltar o bote ou rompê-lo para precipitá-lo sobre a borda. Depois pensei que outro navio, ouvindo os sinais de perigo, pudesse ter se aproximado e recolhido os náufragos. Por fim, imaginei a tripulação inteira em alto-mar no escaler, arrastado pela corrente em que anteriormente estivera, em direção ao imenso oceano, onde reina a morte e a desolação. A essa hora, talvez já estivessem agonizando de fome e logo ingressariam num estado de comerem-se uns aos outros.

    Tudo não passava, na melhor das hipóteses, de conjecturas, mas, na situação em que me encontrava, não podia fazer outra coisa além de meditar sobre a desgraça daqueles homens e apiedar-me deles. Tal episódio acabou demonstrando mais uma vez o quanto devia agradecer a Deus que tão generosamente me amparara e consolara na desolação: duas tripulações inteiras haviam-se perdido nessa região do mundo, e nem uma vida se salvara além da minha. Aprendi, assim, novamente que é muito raro que a providência de Deus nos condene a uma vida tão baixa e miserável a ponto de não termos oportunidade de mostrar-nos agradecidos, mesmo que seja vendo outros em circunstâncias ainda piores que as nossas. Tal era, sem dúvida, o caso daqueles homens, pois não via chance de se terem salvo. Racionalmente, não podia deixar de acreditar na morte de todos, a não ser que tivessem sido salvos por outro navio. Possibilidade, aliás, muito precária, já que não havia indício algum de que isso pudesse ter acontecido.

Não posso explicar com nenhuma linguagem a ansiedade que se apoderou de mim, sendo tal a minha angústia diante do que via que cheguei a exclamar:

"Oh, se ao menos um ou dois se salvassem, se apenas uma só criatura houvesse escapado deste barco para me fazer companhia, para falar e conviver comigo!" Em todos esses anos de vida solitária, nunca havia desejado tão fortemente a companhia de meus semelhantes e jamais sentira essa falta de forma tão profunda como agora.

Há fontes secretas nas afeições, que, quando impulsionadas pela visão de um objeto – ou mesmo que ele não esteja à vista, mas se torne presente na mente pelo poder da imaginação –, essa força, por sua impetuosidade, conduz nossa alma a desejar com tanto ardor esse objeto que sua ausência se torna insuportável.

Eram esses os verdadeiros desejos que me assediavam. "Oh, se pelo menos um tivesse se salvado!" Creio que repeti essas palavras mais de mil vezes. Minha ânsia era tal que, ao pronunciá-las, minhas mãos logo se juntaram e os dedos crisparam-se tão vigorosamente que, se tivesse qualquer coisa mais delicada comigo, teria sido involuntariamente esmagada. Meus dentes batiam, rangendo e contraindo-se com tanta força que era quase impossível tentar separá-los.

Deixem que os naturalistas expliquem tais reações e suas causas. Tudo o que posso fazer é descrever-lhes o fato, que me surpreendeu bastante quando o percebi, embora não pudesse saber qual sua origem. Era, sem dúvida, o efeito de desejos imperiosos e de ideias forjadas em meu espírito, antecipando o prazer que eu desfrutaria ao conversar novamente com um cristão.

Mas ainda não haveria de ser dessa vez. O destino deles ou o meu, talvez ambos, o proibiam; e até o último ano de minha permanência na ilha, jamais vim a saber se houve de fato algum sobrevivente. Tive apenas o desgosto de encontrar na praia, alguns dias depois, o cadáver de um grumete que morrera afogado. Jazia na extremidade da ilha próxima ao naufrágio. Vestia uma blusa de marinheiro, um par de ceroulas de linho, abertas no joelho, e uma camisa azul do mesmo pano: nada que pudesse indicar-me sua nacionalidade. Em seu bolso encontrei apenas duas peças de oito e um cachimbo, que para mim valia dez vezes mais do que o dinheiro.

O mar então já estava calmo, e senti vontade de aventurar-me em meu bote até o navio naufragado, certo de que encontraria algo de útil a bordo. Na verdade, porém, o que mais me impulsionava era a esperança de que houvesse algum sobrevivente, cuja vida poderia não apenas salvar, como também propiciar à minha o maior consolo possível. Era tão forte esse desejo que eu não encontrava um instante de paz: dia e noite dizia a mim mesmo que precisava me arriscar e chegar até os destroços. Acabei não resistindo mais e, confiando-me à Providência, achei que aquele impulso provinha de alguma força invisível e que estaria em falta comigo enquanto não fosse conferi-lo.

Dominado por esse impulso, apressei-me em retornar ao castelo e fazer os preparativos para a viagem. Juntei boa quantidade de pão, um grande vaso com água fresca, uma bússola, uma garrafa de rum, do qual ainda possuía bastante, e uma cesta de passas. Carregado com todas essas coisas, desci até o lugar onde guardava o bote, tirei toda a água que havia dentro dele e, depois de acomodar os suprimentos em seu interior, voltei ao castelo para buscar mais. Meu segundo carregamento consistiu de um grande saco de arroz, o guarda-sol para fixar na popa, outro pote de água, cerca de duas dúzias de meus pãezinhos ou bolos de cevada (dessa vez levava mais do que na outra viagem), uma garrafa de leite de cabra e um queijo. Com grande trabalho, consegui levar tudo isso para o bote e, rezando para que Deus me guiasse, embarquei sem mais demora. Remando ao longo da costa, cheguei à extremidade daquele lado da ilha, a nordeste. Tratava-se, agora, de penetrar no oceano, de aventurar-me ou não nessa empresa. Observei as rápidas correntes que envolviam ambos os lados da ilha e que tanto terror me causavam quando recordava os riscos que correra antes. Senti, então, que estava perdendo a coragem, pois sabia muito bem que se fosse carregado por qualquer uma delas seria sem dúvida conduzido a tal distância mar adentro, que perderia a ilha de vista e já não poderia retornar a ela. E como o bote em que navegava era pequeno, fatalmente naufragaria ao primeiro vento.

    Tais pensamentos me angustiavam tanto que comecei a desistir da aventura. Conduzindo o barco para uma pequena enseada, desembarquei, sentei em um pequeno cômoro e, abatido e aflito, refleti, vacilando entre o medo e o desejo de seguir adiante. Enquanto hesitava, percebi que a maré havia mudado e a enchente se aproximava, o que tornaria minha viagem impraticável durante horas. Decidi então subir no ponto mais alto que havia nas imediações para tentar observar os movimentos da maré e julgar, caso fosse arrastado mar afora, se não havia também condições de ser trazido de volta para a terra com a mesma força e rapidez por outra corrente. Mal tivera essa ideia e descobri uma pequena colina suficientemente alta para dali vislumbrar um amplo panorama do mar. Obtive então uma visão bastante clara das correntes e pude calcular o rumo que deveria seguir na volta. Descobri que, assim como na maré vazante a corrente passava em torno do extremo sul da ilha, na enchente ela se dirigia para a costa norte, de modo que, mantendo-me nessa direção, poderia voltar a terra sem nenhum perigo.

    Animado por essa descoberta, resolvi partir na manhã seguinte com o início da maré. Zarpei bem cedo, depois de pernoitar na canoa, protegido pelo grosso casaco de vigia que já mencionei. A princípio, afastei-me um pouco da costa sempre rumo ao norte, até que comecei a sentir a força da corrente, que me conduziu um bom trecho em direção ao leste, embora não com a violência que, da outra vez, o fizera a corrente austral. Com ajuda dos remos, dirigi-me a grande velocidade diretamente até o local do naufrágio, alcançando-o em menos de duas horas.

    A cena era realmente desoladora. O navio, que parecia ser espanhol, estava encravado entre duas rochas; a popa e a coberta haviam sido destroçadas pelo mar; o castelo de proa, comprimido entre os rochedos, chocara-se com tal violência que o mastro grande e o traquete romperam-se na base e caíram pela borda. No entanto, o gurupés estava em bom estado, e a proa, bem como toda a parte da frente, pareciam firmes. Assim que me aproximei, um cão apareceu sobre a borda, latindo e uivando ao me ver chegar. Mal o chamei, saltou para o mar e veio ao meu encontro. Coloquei-o imediatamente no bote, mas estava quase morto de fome e de sede. Dei a ele um pedaço de pão que devorou como se fosse um lobo selvagem que estivesse há duas semanas na neve sem comer. Depois, ofereci-lhe um pouco de água fresca e, se houvesse deixado, a pobre criatura teria explodido de tanto beber.

Só então subi a bordo. A primeira coisa que vi foram dois homens afogados na cozinha, sobre o castelo de proa. Estavam abraçados. Concluí então que, provavelmente, quando o navio colidiu contra os rochedos, em meio à terrível tempestade, as ondas eram tão violentas e varriam o convés de tal forma, que os homens não puderam resistir e morreram afogados pelas constantes investidas da água, como se estivessem submersos. Além do cão, nada restara com vida naquele navio, e, pelo que pude concluir, todo o carregamento estava avariado. Descobri algumas garrafas de bebida, não sabia se de vinho ou aguardente, que estavam embaixo no porão e eram visíveis com a maré baixa. No entanto, eram demasiado grandes para que pudesse transportá-las. Havia também vários baús que pertenciam sem dúvida aos marujos. Levei dois para o bote, sem sequer examinar o que continham.

Se, em vez da popa, fosse a proa que houvesse sido destruída, estou certo de que a viagem me teria sido mais vantajosa, pois – pelo que encontrei naqueles dois baús – tinha motivos para crer que o navio possuía muitas riquezas a bordo. Calculo, pela rota que seguia ao naufragar, que devia vir de Buenos Aires, ou do Rio da Prata, no sul da América, mais abaixo do Brasil, e que seu destino provavelmente era Havana, no Golfo do México, e de lá talvez para a Espanha. Sem dúvida levava um grande tesouro a bordo, mas naquele momento não teria nenhuma utilidade a quem quer que fosse. O destino de sua tripulação, entretanto, continuava sendo um mistério para mim.

Além desses baús, encontrei também um pequeno barril de bebida, com cerca de setenta litros, que levei para o bote com muita dificuldade. Havia ainda vários mosquetes numa cabine e um polvorinho, com cerca de dois quilos de pólvora, além de uma pá de forno e tenazes, que me faziam muita falta, bem como duas chaleirinhas de cobre, uma panela para fazer chocolate e uma grelha. Com essa carga, mais o cão, resolvi partir, aproveitando a maré que começava a subir. Cheguei à ilha completamente exausto nessa mesma tarde, uma hora depois do pôr do sol.

Passei a noite no bote e, pela manhã, decidi guardar o que trouxera em minha nova caverna, ao invés de levar tudo para o castelo. Depois de alimentar-me, desembarquei o carregamento e comecei a examiná-lo detalhadamente. O barril de bebida continha uma espécie de rum, mas não do tipo que se faz no Brasil, ou seja, não prestava. Contudo, encontrei nas arcas várias coisas de grande utilidade. Por exemplo, numa delas havia um finíssimo estojo de garrafas com licores de ótima qualidade, todas fechadas com tampa de prata. Havia também frascos com frutas cristalizadas, tão bem fechados que a água do mar não conseguira arruiná-los. Havia mais dois do mesmo tipo; estes, porém, estavam estragados. Encontrei algumas camisas muito boas, que foram um verdadeiro achado, uma dúzia e meia de lenços de linho branco e cachecóis coloridos. Os lenços me agradaram muito, pois eram extremamente refrescantes para enxugar o rosto em dias quentes. Além disso, na gaveta do baú, achei três grandes sacos com moedas de ouro, contendo cerca de mil e cem peças de oito reais; em um deles havia seis dobrões de ouro e algumas pequenas barras de ouro enroladas em papel. Ao todo, acho que pesavam cerca de meio quilo.

A outra arca continha também algumas roupas, mas de pouco valor. Pelo seu aspecto, deve ter pertencido ao oficial de artilharia, embora não tenha encontrado nela mais do que um quilo de pólvora temperada, em três pequenos frascos, guardados, suponho, para carregar as espingardas de caça. De modo geral, obtive muito pouco dessa viagem que de fato me tivesse alguma utilidade. Quanto ao dinheiro, não me servia para nada: para mim, significava o mesmo que a sujeira sob meus pés. Eu o dispensaria completamente em troca de três ou quatro pares de sapatos e meias inglesas, que há muito me faziam falta. Na verdade, havia conseguido dois pares, que tirei dos marujos afogados no naufrágio, e mais outros dois que encontrei num dos baús. Apesar de ter ficado satisfeito com a descoberta, nenhum deles era como os nossos sapatos ingleses, nem em comodidade nem em resistência, estando mais para o que costumamos chamar de escarpins. Encontrei também nessa arca cerca de cinquenta peças de oito reais, mas nenhum ouro. Presumo que pertenciam a algum marinheiro, enquanto o ouro era de um oficial.

Apesar de tudo, levei o dinheiro para a caverna e guardei-o, como havia feito com o que trouxera do meu próprio barco. Lamentei não ter tido acesso à parte mais importante do navio, pois com certeza teria enchido a canoa várias vezes com dinheiro, que – caso algum dia eu viesse a escapar da ilha e regressasse à Inglaterra – permaneceria bem guardado ali, até que eu retornasse para apanhá-lo.

Tendo carregado todas essas coisas até a praia e as colocado em segurança, voltei ao bote e remei ao longo da costa até o antigo ancoradouro. Depois de guardá-lo, escolhi o melhor caminho para regressar a minha velha morada, onde encontrei tudo em ordem e intocado. Tratei então de descansar, recomeçando a vida como antigamente e retomando meus afazeres domésticos. Durante algum tempo vivi razoavelmente tranquilo, embora mais vigilante do que de costume e procurando não me afastar de casa com muita frequência. Se alguma vez saía mais despreocupado, era sempre em direção ao lado oriental da ilha, onde estava convencido de que os selvagens não desembarcariam nunca e onde eu podia circular com menos precaução, ou seja, sem precisar levar um carregamento de armas e munição absolutamente necessário quando tomava outra direção.

Mais de dois anos se passaram nessas condições. Porém, minha mente desaventurada, sempre disposta a lembrar-me que nascera para maltratar meu corpo, permaneceu durante todo esse tempo arquitetando planos e projetos que tornassem possível minha fuga da ilha. Às vezes, pensava em fazer outra viagem ao navio naufragado, embora a razão me assegurasse que nada restara lá que valesse o risco da viagem. Outras vezes, me imaginava navegando para um lado ou outro da ilha. Enfim, acredito firmemente que, se tivesse à disposição um barco como aquele que utilizara para fugir de Salé, certamente teria me aventurado a cruzar o mar, sem rumo ou destino certo.

Em todos os episódios de minha vida tenho me tornado uma espécie de aviso para aqueles que sofrem da maior doença da humanidade, da qual provém pelo menos metade de nossas desgraças; refiro-me ao fato de não nos sentirmos satisfeitos com aquilo que Deus e a natureza nos concederam. Por não haver refletido suficientemente sobre minha condição inicial e sobre os sábios conselhos que meu pai me dera – sendo este, por assim dizer, meu pecado original –, continuei cometendo o mesmo tipo de erro, o que acabou me reduzindo à triste condição em que me encontro agora. Tivesse a Providência, que tão afortunadamente me assentara no Brasil como plantador, me abençoado com desejos comedidos, de forma que me contentasse em progredir gradualmente, a essa altura (quer dizer, à época da minha estada nessa ilha) seria um dos maiores plantadores do Brasil. Estou convencido, pelos progressos que fizera no curto espaço de tempo em que lá vivi, e com as melhorias que provavelmente teria feito caso houvesse permanecido no país, de que poderia ter acumulado cerca de cem mil moedouros*. Por que razão haveria de abandonar uma fortuna razoável, uma plantação em franco desenvolvimento, e partir em busca de negros na Guiné, quando o tempo e a paciência teriam aumentado nossas reservas de forma que poderíamos comprá-los a nossa porta daqueles cujo ofício era trazê-los? Embora certamente nos custasse mais, a diferença de preço de forma alguma valia risco tão grande.

Mas o destino das mentes mais jovens geralmente é esse, e refletir sobre as loucuras que cometemos na vida é um hábito que só pode ser adquirido ao longo dos anos, um inestimável legado da experiência. Assim acontecia comigo agora; no entanto, o erro

---
* Moedouro, moeda portuguesa de dez cruzados, em curso na Inglaterra durante o século XVIII.

havia se enraizado tão profundamente no meu modo de ser que era incapaz de me satisfazer com a situação em que me encontrava e estava sempre imaginando meios e fazendo planos para escapar desse lugar. E para que eu possa revelar o restante desta história com maior prazer para o leitor, não será inoportuno relatar agora alguns dos tolos projetos que elaborei para empreender minha fuga e os fundamentos sob os quais agi.

Descansava, então, em meu castelo depois da viagem que fizera ao navio naufragado. A canoa estava a salvo e oculta sob a água, como de costume, e minha situação voltara ao que era antes. Havia acumulado algumas riquezas, não há dúvida, mas absolutamente não me considerava rico, já que possuía tanta utilidade para ela quanto os índios do Peru antes da chegada dos espanhóis.

Numa noite chuvosa de março, no vigésimo quarto ano de minha vida nessa ilha solitária, estava deitado em minha rede, desperto, bem de saúde, sem nenhuma indisposição física, com preocupações que não eram maiores do que as costumeiras e, no entanto, era incapaz de fechar os olhos. Não podia conciliar no sono e não dormi um só instante durante a noite toda.

Seria tão impossível quanto inútil tentar descrever a infinidade de pensamentos que trafegaram por esta grande avenida do cérebro que é a memória. Passei em revista toda a minha vida, ainda que em resumo, até minha chegada nessa ilha, e relembrei também os dias que se sucederam desde então. Comparei minha situação e a maneira satisfatória com que resolvera os problemas nos primeiros anos de permanência ali, com a ansiedade, o medo e as precauções que me vira obrigado a tomar desde que enxergara aquela pegada na areia. Não estou querendo dizer que não acreditava que os selvagens houvessem frequentado a ilha antes de minha descoberta. É possível até que tenham desembarcado às centenas em algumas ocasiões; mas eu não o sabia e era incapaz de me preocupar com isso. Minha satisfação era completa, embora o perigo fosse o mesmo; e eu era tão feliz por desconhecê-lo como teria sido se jamais houvesse de fato sido exposto a ele. Isso me trouxe à mente ideias proveitosas sobre, por exemplo, o quão infinitamente boa é a Providência ao haver estabelecido, em seu governo da humanidade, limites tão estreitos para nossa visão e conhecimento das coisas. Embora o homem circule em meio a tantos milhares de perigos, se todos lhe fossem revelados certamente lhe perturbariam a mente e enfraqueceriam a coragem. Assim, por não prevermos os acontecimentos e ignorarmos os riscos que nos cercam, permanecemos calmos e serenos.

Depois de haver me entretido por algum tempo com tais reflexões, comecei a meditar seriamente sobre o perigo real que correra, durante tantos anos, nessa ilha. Pensei em como havia circulado na maior segurança e com toda a tranquilidade possível, quando talvez apenas o cimo de um monte, uma árvore frondosa, ou a chegada casual da noite se interpusessem entre mim e a pior espécie de destruição, ou seja, cair nas mãos de canibais selvagens, que haveriam se apoderado de mim com o mesmo objetivo com que capturo uma cabra ou uma tartaruga, e teriam julgado que não era mais crime matar-me e devorar-me do que se o fizessem com um pombo ou maçarico. Estaria cometendo uma injúria contra mim mesmo se dissesse que não estava sincera e profundamente agradecido ao meu grande Protetor, a cujo notável amparo devia todas essas graças concedidas, sem as quais teria inevitavelmente caído em mãos impiedosas.

Depois dessas reflexões, fiquei meditando durante algum tempo sobre a natureza desses miseráveis indivíduos. Perguntei-me como era possível nesse mundo que o sábio Governador de todas as coisas relegasse quaisquer de Suas criaturas a semelhante grau de inumanidade, a algo tão abaixo da própria brutalidade, a ponto inclusive de chegarem a devorar a seus semelhantes. Mas como tudo isso terminou em algumas (de momento infrutíferas) especulações, ocorreu-me indagar em que parte do mundo viviam esses infelizes. Estava muito longe a costa de onde vinham? Por que se aventuravam a afastar-se tanto de sua terra? Que tipo de barco possuíam? Ocorreu-me, então, que poderia me preparar para uma viagem que me levasse até o país dos selvagens da mesma forma como eles se organizavam para chegar até aqui.

Não me preocupei em pensar no que faria quando chegasse lá. Ignorava o que seria de mim se caísse em suas mãos ou como escaparia caso fosse atacado. Tampouco me ocorreu como seria possível alcançar a costa sem ser surpreendido por eles, quando então não havia qualquer possibilidade de salvação. E se não fosse capturado, como faria para não morrer de fome, que rumo deveria tomar? Nada disso, como dizia, sequer passou por minha cabeça; estava completamente absorvido pela ideia de chegar ao continente. Julgava minha atual condição a mais miserável que se poderia imaginar e acreditava que nada, exceto a morte, seria pior do que ela. Se chegasse à terra firme, talvez encontrasse socorro, ou poderia seguir costeando o continente, como fizera na África, até alcançar uma região habitada, onde me ajudariam. Poderia encontrar no caminho algum navio cristão que me recolhesse e me conduzisse a bordo. E se o pior viesse a acontecer, eu então morreria, terminando de uma vez por todas com minhas desgraças. Observem que tudo isso era fruto de uma mente perturbada, de um espírito impaciente e desesperado pela longa e interminável sequência de problemas e aborrecimentos, e também em razão do desapontamento que tivera a bordo do navio naufragado, quando estive tão próximo de obter aquilo que mais desejava, ou seja, alguém com quem conversar e que trouxesse algum esclarecimento sobre o lugar no qual me encontrava e os meios possíveis de salvação. Toda a tranquilidade espiritual que adquirira ao resignar-me à Providência e às disposições do Céu parecia ter sido suspensa e, por assim dizer, não possuía força alguma para fazer meus pensamentos se voltarem para qualquer outra coisa que não fosse o projeto de uma viagem ao continente. Esse desejo se impunha de forma tão impetuosa que era praticamente impossível tentar opor-lhe resistência.

Tais pensamentos inquietaram-me por duas horas ou mais com tamanha violência que meu sangue parecia arder de excitação e meu pulso batia como se estivesse com febre. E tudo em virtude do extraordinário fervor que minha mente lhes dedicava. Mas a natureza, como se eu houvesse me exaurido de tanto meditar, lançou-me num sono profundo. Poder-se-ia imaginar que eu iria sonhar com algo diretamente relacionado com tais pensamentos, mas isso não aconteceu. Sonhei que, ao sair do castelo, como fazia todas as manhãs, vi duas canoas na costa e onze selvagens que desembarcavam trazendo um prisioneiro, que sem dúvida pretendiam matar e devorar; repentinamente o selvagem que seria sacrificado conseguiu se soltar e correu o que pôde para salvar a vida. Pareceu--me, no sonho, que ele conseguiu chegar até o denso bosque em frente a minha fortificação, escondendo-se ali. Então, vendo que ele estava só e percebendo que os outros não o perseguiriam nessa direção, apresentei-me a ele sorrindo amistosamente para dar-lhe ânimo. O selvagem imediatamente caiu de joelhos diante de mim, como que implorando para que o ajudasse. Mostrei-lhe a escada, fiz com que subisse nela e, escondendo-o em minha caverna, logo se transformou em meu criado. Assim que o instalei, disse para mim mesmo: "Agora, com certeza, posso me aventurar até o continente; este camarada me servirá de piloto, me dirá o que fazer, onde arranjar provisões: enfim, como proceder, que lugar evitar para não ser devorado."

Acordei com esse pensamento, e foi tal minha alegria diante da perspectiva de escapar da ilha que o desencanto que se seguiu, quando percebi que tudo não passava de um sonho, repercutiu em igual intensidade, lançando-me na mais profunda melancolia. Esse sonho, no entanto, levou-me à conclusão de que a única possibilidade de escapar da ilha estava em tentar apoderar-me de um selvagem, se possível algum dos prisioneiros trazidos à ilha para serem mortos e devorados. A dificuldade de tal projeto é que seria impossível executá-lo sem antes atacar toda uma caravana de selvagens e matá-los. Seria uma tentativa desesperada e podia fracassar. Por outro lado, renovaram-se em mim os escrúpulos que tivera quanto ao direito que tinha de fazer algo semelhante; meu coração tremia diante da ideia de derramar tanto sangue, ainda que fosse para minha salvação. Não preciso repetir os argumentos que me ocorreram contra tal ideia, já que são os mesmos mencionados antes. Chegara inclusive a acrescentar outras razões a meu favor, ou seja, que aqueles selvagens eram um perigo para minha vida, pois, se pudessem, me devorariam; portanto, se os matasse, estaria agindo em legítima defesa, como se tivesse sido atacado por eles, e estaria livre dessa ameaça de morte. Embora todos esses argumentos somassem a meu favor, a ideia de verter sangue humano como preço pela minha salvação parecia-me absolutamente terrível, e durante muito tempo não pude conciliar ambas as coisas em minha consciência.

Enfim, depois de muitas e renovadas discussões íntimas e não menos hesitações e perplexidades, já que todos esses argumentos se conflitavam em meu cérebro, o ávido e irresistível desejo de libertação suplantou toda e qualquer reserva, e decidi que pagaria o preço que fosse necessário para aprisionar um daqueles selvagens. O primeiro problema a resolver era como colocar isso em prática, e não creio que tenha encontrado outro tão difícil. Sem chegar, naquele momento, a nenhuma solução plausível, decidi ficar de sentinela, à espera de um provável desembarque, confiando o resto ao destino e tomando as medidas que a oportunidade me apresentasse, fossem quais fossem.

Ao tomar tal resolução, passei a vigiar a costa sempre que possível e com tanta intensidade que cheguei a cansar dessa atividade, pois já transcorrera um ano e meio de espera durante o qual ia quase diariamente até o extremo oeste, ou canto sudoeste da ilha, em busca de possíveis canoas que jamais chegavam. Tudo isso era muito desencorajador e começou a me incomodar, pois, ao contrário do que acontecera antes, quando o tempo diminuía minha cólera contra os selvagens, agora era como se sua demora e ausência exacerbassem minha ânsia em descobri-los. Assim como a princípio fora tão cauteloso para evitar qualquer tipo de contato com eles, agora o que mais queria era vê-los desembarcar.

Pensara que talvez pudesse me apoderar não apenas de um, mas de dois ou três deles, e convertê-los em escravos, que não apenas fariam tudo que eu lhes ordenasse, mas também seriam incapazes de me causar o menor dano. Imaginava constantemente a forma de realizar todas essas coisas, mas a ilha permanecia deserta. Todos os meus projetos e fantasias começaram a sucumbir, e muito tempo se passou antes que os selvagens voltassem a aparecer.

Cerca de um ano e meio mais tarde, e depois de haver alimentado tantos planos, já podia senti-los desvanescendo-se por falta de ocasião para executá-los. Certa manhã, no entanto, fui surpreendido pela visão de cinco canoas atracadas na costa, todas no meu lado da ilha. Seus tripulantes haviam desembarcado e não estavam à vista. O número de selvagens excedia a todas minhas estimativas, porque ao ver tantas canoas e sabendo que em cada uma sempre vinham de quatro a seis tripulantes, às vezes mais, não me ocorria como atacar a vinte ou trinta selvagens contando apenas com minhas próprias forças. Perplexo e desiludido, permaneci no meu castelo, como na vez anterior, tomando todas as medidas necessárias para o caso de um ataque, que eu estava pronto para repelir. Aguardei durante algum tempo, tentando ouvir se faziam qualquer ruído, mas como ficava cada vez mais impaciente, coloquei as armas ao lado da escada e subi até o topo da colina da forma habitual, tendo o cuidado de não erguer muito a cabeça, de modo que permanecesse completamente oculto para aquela gente. Com a ajuda das lentes de aproximação, vi que não eram menos de trinta e que haviam feito uma fogueira e preparavam ali seus alimentos. Ignorava que tipo de carne era aquela e de que modo a cozinhavam; mas pude vê-los dançar como loucos ao redor do fogo, fazendo toda a espécie de gestos e trejeitos bárbaros.

Enquanto os observava, percebi através das lentes que dois miseráveis prisioneiros estavam sendo arrastados das canoas, onde parece que haviam sido deixados até então, e conduzidos para o local do sacrifício. Vi um deles cair imediatamente, suponho que nocauteado com uma clava ou espada de madeira, e dois ou três outros precipitarem-se sobre ele, passando a esquartejá-lo completamente, enquanto a outra vítima permanecia imóvel, esperando que chegasse sua vez. Mas nesse mesmo instante, o pobre infeliz, ao perceber que estava sendo menos vigiado – como se a natureza lhe inspirasse um sopro de vida –, disparou a correr pela praia com incrível velocidade em minha direção, ou seja, para o lugar onde se encontrava minha habitação.

Confesso que fiquei terrivelmente assustado ao perceber que corria nesse rumo, sobretudo quando o grupo inteiro passou a persegui-lo. Pensei, então, que parte do meu sonho estava prestes a se realizar e que o selvagem iria com certeza refugiar-se em meu arvoredo; contudo, não poderia de forma alguma confiar que o resto do sonho se concretizaria, ou seja, que os selvagens não o perseguiriam até lá. Permaneci imóvel e à espera, mas logo recobrei um pouco o ânimo ao perceber que somente três homens haviam permanecido em sua perseguição e encorajei-me ainda mais quando descobri que ele corria numa velocidade muito superior à de seus perseguidores, ganhando terreno, de modo que, se a mantivesse por mais meia hora, jamais seria alcançado.

Entre o local até onde haviam chegado e meu castelo, ficava a enseada que mencionei frequentemente na primeira parte da história, aquela na qual descarreguei as coisas que trouxera do navio. O homem que estava sendo perseguido precisaria atravessá-la a nado ou seria capturado. Ao chegar à margem, mesmo que a maré estivesse cheia, ele nem sequer hesitou, mergulhando imediatamente, atravessando-a em apenas trinta braçadas ou menos e logo chegando na outra margem, onde reiniciou sua corrida vertiginosa. Os três que o perseguiam também não tardaram a chegar à enseada, mas apenas dois sabiam nadar; o terceiro permaneceu na outra margem, olhou para os outros, mas não se animou a seguir adiante, retornando pouco depois lentamente, o que foi melhor para seu próprio bem.

Pude observar que os dois perseguidores gastaram o dobro do tempo que o fugitivo para cruzar a enseada. Invadiu-me então um impulso irresistível de que chegara o momento de obter um criado, ou talvez o companheiro e ajudante que tanto necessitava, e não pude deixar de pensar que a Providência havia me designado para salvar a vida daquela criatura. Imediatamente desci as escadas correndo e apanhei as duas espingardas que deixara ali, como já mencionei, voltando a subir com a mesma velocidade até o topo da colina. Parti então em direção ao mar, e como havia um atalho que descia bruscamente da colina até a praia, logo me coloquei entre o fugitivo e seus perseguidores. Chamei o primeiro em alto brado, e ele, ao olhar para trás, ficou a princípio talvez mais assustado comigo do que com os outros, porém fiz-lhe um gesto com a mão para que se aproximasse. Nesse meio-tempo, avancei em silêncio em direção aos dois selvagens e, saltando bruscamente sobre o que vinha na frente, derrubei-o com uma coronhada. Não me atrevia a disparar a arma, com medo que os outros escutassem o ruído, embora fosse muito difícil que isso acontecesse, já que estávamos a uma distância muito grande uns dos outros, e eles também não poderiam ver a fumaça. Ao derrubar esse selvagem, o outro que vinha atrás se deteve como que paralisado. Avancei, então, rapidamente em sua direção, mas ao me aproximar, percebi que tinha um arco e flecha com o qual preparava-se para me alvejar, não me restando outra opção senão disparar contra ele, matando-o com o primeiro tiro. O pobre selvagem que fugia, embora visse seus inimigos caídos e mortos, ficara tão aterrorizado com o fogo e o ruído da espingarda que permaneceu imóvel, incapaz de avançar ou retroceder, embora se revelasse mais inclinado a continuar fugindo. Mas então gritei-lhe de novo e fiz sinais para que se aproximasse, o que ele entendeu com facilidade. Avançou um pouco, parou novamente, e pude então perceber que ele estava tremendo, como se tivesse sido aprisionado outra vez, achando que logo seria morto como o foram seus dois inimigos. Acenei-lhe de novo para vir até mim e fiz todos os sinais que me ocorreram para encorajá-lo; então ele foi se aproximando lentamente, ajoelhando-se a cada dez ou doze passos em sinal de reconhecimento por ter-lhe salvado a vida. Sorri para ele e olhei-o amistosamente, acenando-lhe para que se adiantasse ainda mais até que afinal chegou a minha frente, onde caiu de joelhos, beijou o chão e, tomando meu pé, colocou-o sobre sua cabeça como sinal de que estava disposto a tornar-se meu escravo para sempre. Eu o ergui e cumprimentei, tentando devolver-lhe o ânimo da melhor forma possível. No entanto, ainda havia trabalho a ser feito, pois percebi que o selvagem que eu havia derrubado não estava morto, mas apenas desmaiado em virtude do golpe que lhe aplicara, e começava a recuperar os sentidos. Apontei-lhe a espingarda, mostrando ao selvagem que seu inimigo não havia morrido. Disse-me então algumas palavras – que apesar de não haver compreendido, muito me agradaram pois era a primeira vez, em vinte e cinco anos, que escutava uma voz que não fosse a minha. Mas não havia tempo agora para reflexões; o selvagem já se recuperara o suficiente para sentar-se, e percebi que meu camarada começava a ficar assustado novamente. Apontei então a outra espingarda para o homem, como se fosse disparar. No entanto, meu selvagem – pois assim passei a chamá-lo – fez um gesto para que lhe emprestasse a espada, que eu levava sem bainha na cintura, e eu a alcancei. Mal a teve nas mãos, precipitou-se sobre o inimigo para cortar-lhe a cabeça de um só golpe e com tanta destreza que o melhor verdugo da Alemanha seria incapaz de superá-lo – um feito extraordinário para alguém que, segundo imaginava, jamais havia manejado antes uma espada, salvo de madeira. Contudo, vim a saber mais tarde que fabricam suas espadas com uma madeira tão dura quanto pesada e que o fio é tão agudo que podem decepar cabeças e braços de um só golpe. Feito isso, aproximou-se de mim rindo em sinal de triunfo e, com inúmeros e indescritíveis gestos, devolveu-me a espada, colocando-a a meus pés juntamente com a cabeça do selvagem.

O que mais o surpreendia era a forma como eu matara o outro índio e, apontando para ele, parecia pedir-me permissão para examiná-lo, com o que concordei da melhor maneira que pude. Quando aproximou-se do cadáver, ficou atônito, olhando de um lado para o outro, encarando o ferimento provocado pela bala, que parecia ter sido exatamente no peito, onde havia um orifício do qual não escorrera muito sangue, já que a morte se havia produzido por hemorragia interna. Por fim, apanhou o arco e as flechas e retornou até onde eu estava. Virei-me disposto a ir embora e acenei-lhe para que me seguisse, dando a entender que poderiam aparecer novos inimigos.

Fez então sinais de que devia enterrar os corpos na areia, para que os outros não os encontrassem. Acenei-lhe para que assim o fizesse, e imediatamente se pôs a trabalhar, cavando com as mãos um buraco grande o suficiente para enterrar um dos corpos, que arrastou para lá e cobriu de areia. Repetiu o mesmo procedimento com o outro, e em um quarto de hora ambos estavam sepultados. Chamei-o, então, e fiz sinal para que me seguisse, porém não o conduzi em direção ao castelo, mas para a gruta, no outro extremo da ilha. Assim, nesse detalhe, não permiti que meu sonho se realizasse.

Dei-lhe pão e um punhado de passas, bem como água, da qual tinha a maior necessidade por causa daquela correria toda. Depois de ter-se alimentado, fiz sinais para que se deitasse e dormisse apontando para um lugar onde havia colocado uma grande quantidade de palha de arroz e um cobertor, pois às vezes eu próprio dormia ali. A pobre criatura obedeceu e adormeceu em seguida. Era um tipo elegante, bem proporcionado, alto, com membros vigorosos, mas não demasiadamente largos e, conforme pude avaliar, com cerca de vinte e seis anos de idade. Possuía uma fisionomia agradável, não parecia feroz ou violento, apesar dos evidentes traços de virilidade; quando sorria, encontrava em seu rosto toda a suavidade e singeleza de um europeu. Seus cabelos longos e negros não se encrespavam como lã; a fronte era alta e larga e seu olhar resplandecia com vivacidade e inteligência. A pele não era negra, mas da cor do bronze, sem esse matiz amarelado desagradável dos nativos do Brasil, da Virgínia e de outras regiões da América; era mais um tom oliva acobreado e brilhante, de fato muito bonito, embora não seja muito fácil descrevê-lo. Seu rosto era redondo e cheio, o nariz pequeno não era achatado como o dos negros, a boca possuía lábios finos e dentes alvos, perfeitos como marfim. Depois de haver cochilado, mais do que propriamente dormido, por cerca de meia hora, ele se levantou e saiu da gruta a minha procura, pois estava lá fora ordenhando as cabras. Assim que me viu, veio correndo e prostou-se novamente ao chão, não poupando gestos ou sinais para demonstrar-me todo seu agradecimento e humilde gratidão. Por fim, apoiou a cabeça contra o solo e tornou a levantar meu pé para colocá-lo sobre sua cabeça, tal como fizera antes; em seguida voltou a repetir todos os sinais imagináveis de submissão e obediência, para dar-me a entender que seria meu escravo para todo o sempre. Compreendi o que tentava me dizer e deixei-o saber que estava muito satisfeito com ele. Pouco depois comecei a falar com ele, para que aprendesse a fazer o mesmo comigo. Antes de qualquer outra coisa, fiz com que soubesse que seu nome seria Sexta-Feira, já que nesse dia da semana lhe salvara a vida e assim ele o conservaria na memória. Ensinei-lhe em seguida a me chamar de Amo e a dizer sim ou não, precisando-lhe o significado de ambas as coisas. Dei-lhe um pouco de leite num pote de barro, mostrei a ele como se bebia, molhando o pão, do qual lhe dera também um pedaço, e ele prontamente repetiu diversas vezes a operação, dando visíveis sinais de que gostava muito.

Ficou comigo durante aquela noite, mas, tão logo se fez dia, acenei-lhe para que me acompanhasse e lhe fiz entender que lhe daria algumas roupas, com o que ele pareceu muito contente, pois estava completamente nu. Quando passamos pelo local onde havia enterrado os dois homens, apontou com precisão o lugar, mostrando-me as marcas que fizera para encontrá-los novamente e fazendo-me sinais de que devíamos desenterrá-los e comê-los. Mostrei-lhe toda a minha cólera, repulsa e indignação, que chegava a sentir náuseas só de pensar nisso, e acenei-lhe para que se afastasse dali, o que ele fez imediatamente, com grande submissão. Levei-o então até o topo do morro, para ver se seus inimigos haviam partido. Com auxílio das lentes, pude enxergar claramente o lugar onde haviam estado, mas nenhum sinal deles ou de suas canoas, o que demonstrava que tinham partido sem sequer preocupar-se com a sorte dos companheiros.

Contudo, não estava satisfeito com essa descoberta, pois a coragem aumentava minha curiosidade. Confiei a espada a Sexta-Feira, bem como o arco e as flechas que levava nas costas e sabia usar com destreza. Ordenei-lhe também que carregasse uma espingarda para mim, levando eu mesmo as outras duas, e assim nos pusemos em marcha até o local onde aquelas criaturas haviam estado. Mal chegamos lá, senti o sangue gelar em minhas veias, e meu coração quase parou diante de um espetáculo tão horrendo, ao menos para mim, pois Sexta-Feira nem parecia se importar. O lugar estava coberto de ossos humanos, o solo manchado de sangue, grandes pedaços de carne espalhados por todos os lados, parcialmente comidos e chamuscados. Em suma, todos os vestígios do banquete triunfal com o qual haviam celebrado a vitória sobre seus inimigos.

Encontrei três crânios, cinco mãos e ossos de três ou quatro pernas e pés, além de muitos outros pedaços de carne humana. Por meio de gestos, Sexta-Feira deu-me a entender que haviam trazido quatro prisioneiros para devorar, que três haviam sido comidos, e ele, apontando para si próprio, seria o quarto. Explicou-me que houvera uma grande batalha entre aqueles selvagens e um reino vizinho, do qual ele parecia fazer parte, e que os outros haviam vencido, fazendo um grande número de prisioneiros que foram levados a diversos lugares para serem sacrificados em bárbaros festins de vitória, como ocorrera com os infelizes que haviam sido desembarcados na ilha.

Ordenei a Sexta-Feira que juntasse os crânios, ossos, pedaços de carne e o que mais havia sobrado e fizesse uma pilha, ateando-lhe fogo até que tudo se reduzisse a cinzas. Notei que Sexta-Feira ainda se mostrava disposto a comer parte daquela carne e que seguia sendo um canibal por natureza. Manifestei-lhe, porém, tanta repulsa diante do que via, que não se atreveu a concretizar seus reais instintos, sobretudo porque deixei claro que o mataria se o fizesse.

Depois disso, voltamos ao castelo, onde comecei a trabalhar para meu criado Sexta-Feira. Antes de qualquer outra coisa, dei-lhe um par de ceroulas de linho que encontrara no baú do pobre artilheiro, cujo navio naufragara; com pequenas modificações, caíram-lhe muito bem. Depois, fiz-lhe uma jaqueta de pele de cabra, da melhor maneira possível, já que havia me transformado num alfaiate razoável, e dei-lhe também um gorro feito de pele de lebre bastante cômodo e suficientemente elegante. Assim ficou, por ora, toleravelmente bem vestido e, segundo pude perceber, satisfeito ao ver-se parecido com seu amo. É verdade que, a princípio, sentia-se pouco à vontade dentro daqueles trajes; as ceroulas lhe estorvavam enormemente e as mangas da jaqueta lhe irritavam os ombros e a face interna dos braços. Porém, com pequenos ajustes onde se queixava, acabou se habituando sem maiores dificuldades.

No dia seguinte, comecei a pensar onde iria alojá-lo: precisava de um lugar que fosse cômodo para ele e conveniente para mim. Levantei então uma pequena tenda no espaço livre entre as duas fortificações. Como ali se encontrava a entrada para a minha caverna, fiz um sólido portal externo e uma porta de tábuas, fixando-a no interior da passagem. A porta só abria para dentro, e eu a trancava durante a noite, guardando também as escadas, de modo que Sexta-Feira jamais poderia se aproximar de mim tentando escalar a muralha interna sem fazer muito barulho, o que certamente me despertaria. Convém recordar que a primeira paliçada tinha agora um teto formado por traves que cobriam inteiramente a tenda e se apoiavam na encosta do morro; sobre elas colocara varas mais curtas, que serviam de ripas, recobrindo tudo com uma espessa camada de palha de arroz tão resistente como se fosse cana. Na abertura que deixara para entrar ou sair pela escada, havia uma espécie de porta-armadilha que, se fosse forçada por fora, não só não se abriria como também cairia, provocando um forte ruído. Quanto às armas, guardava todas comigo cada vez que anoitecia.

No entanto, não precisaria tomar todas essas precauções, pois nunca alguém teve um servo tão fiel, amável e sincero como Sexta-Feira. Sem cólera, má-vontade ou segundas intenções, mostrava-se profundamente adaptado e sempre disposto; seu afeto por mim era como o de um filho por um pai, e me atrevo a dizer que teria sacrificado sua vida para salvar a minha se assim fosse necessário. Foram tantos os testemunhos que me deu a esse respeito, que logo me convenceu de que não precisava tomar maiores cuidados com a minha segurança em relação a ele.

Isso me deu a oportunidade de refletir, e não com pouca admiração, que se Deus, em Sua Providência e no governo de Sua criação, decidira privar tantas de Suas criaturas do melhor emprego de suas faculdades e sentimentos, dotara-as, por outro lado, com as mesmas disposições, a mesma razão, os mesmos afetos e sentimentos de ternura e devoção, e também com as mesmas paixões e ressentimentos, o mesmo senso de gratidão, sinceridade, fidelidade e toda a capacidade para fazer o bem ou recebê-lo que deu a todos nós. E quando Deus decidia dar-lhes a chance de exercer tais qualidades, estavam tão dispostos e até pareciam mais capazes do que nós em empregá-las para o bem.

Às vezes isso me tornava muito melancólico, sobretudo ao refletir sobre inúmeras ocasiões em que fazemos mau uso de nossas faculdades, embora sejamos iluminados pela suprema luz da instrução – que é o espírito de Deus – e pelo conhecimento de Sua palavra, acrescentados a nossa capacidade de discernimento. Quais são, portanto, os misteriosos desígnios que fazem com que Deus oculte esse mesmo conhecimento libertador a tantos milhões de almas que, se me é dado julgar por este pobre selvagem, fariam dele muito melhor uso do que nós?

Era assim levado às vezes a invadir a soberania da Providência e questionar a justiça de uma disposição tão arbitrária das coisas, que esconde a luz de uns e a revela a outros, esperando de todos um comportamento semelhante. Mas me calava e interrompia meus pensamentos com as seguintes conclusões: (em primeiro lugar) não sabemos sob que ponto de vista e em relação a que lei isso poderia ser condenado; Deus é, necessariamente e pela própria natureza de Seu ser, infinitamente santo e justo; portanto, se todas essas criaturas estavam condenadas a não O conhecerem, era porque haviam pecado contra essa luz, que, como dizem as Escrituras, era lei também para eles e por regras que suas consciências reconheceriam como justas, embora seu fundamento não nos houvesse sido revelado; (em segundo lugar), na medida em que somos todos barro na mão do oleiro, nenhum vaso poderia dizer-lhe: por que me fizeste assim?

Mas voltemos ao meu novo companheiro. Estava de fato muito satisfeito com ele e fiz questão de ensinar-lhe tudo que podia para torná-lo útil, capaz e prestativo. Meu maior desejo era fazê-lo falar e entender o que eu dizia. Nunca houve aluno tão aplicado quanto ele; sempre alegre, interessado, vibrava de contentamento quando chegava a me compreender ou se fazia entender, de modo que era um prazer falar com ele. Minha vida tornava-se tão agradável que frequentemente dizia a mim mesmo que, não fosse o perigo dos selvagens, não me importaria de viver ali para sempre.

Depois de dois ou três dias no castelo, pensei que a melhor maneira de afastar Sexta-Feira do terrível hábito de comer carne humana, e ao mesmo tempo satisfazer seu estômago canibal, era fazê-lo saborear outras carnes. Certa manhã levei-o comigo à floresta com a intenção de matar um cabrito de meu próprio rebanho e prepará-lo em casa. Mas no caminho vi uma cabra deitada à sombra e dois cabritos com ela. Detive imediatamente Sexta-Feira.

– Pare – disse – fique quieto – e fiz sinais para que não se mexesse. Apontei então minha espingarda, e o disparo atingiu um dos cabritos. A pobre criatura, que de longe me vira matar um de seus inimigos, mas que continuava não sabendo como tal coisa fora possível, começou a tremer como uma vara e olhou-me com ar tão horrorizado que pensei que fosse desmaiar. Nem sequer enxergara o cabrito que eu havia alvejado e matado com o disparo e ergueu a jaqueta para ver se não estava ferido, pensando, como verifiquei em seguida, que havia decidido matá-lo, pois jogou-se a meus pés e abraçou-me os joelhos, dizendo uma série de coisas que não entendi, mas sem dúvida implorava-me que não lhe arrebatasse a vida.

Logo descobri um modo de convencê-lo que não lhe faria mal algum. Agarrando-lhe a mão e sorrindo para ele, obriguei-o a levantar-se. Apontei em seguida para o cabrito que havia matado e ordenei-lhe que fosse buscá-lo, o que ele fez sem hesitar. Enquanto ele observava estupefato, tentando descobrir como a criatura havia sido morta, carreguei novamente a espingarda enxerguei um grande pássaro semelhante a um falcão pousado em uma árvore não muito distante dali. Para que Sexta-Feira compreendesse o que iria fazer, chamei a atenção novamente e apontei para a ave, que era na realidade um papagaio e não um falcão. Apontei também para a arma e para o lugar sob a árvore onde a ave cairia. Atirei mandando que olhasse, e ele viu o pássaro cair. Ficou novamente horrorizado, apesar das minhas explicações. Descobri que ele ficara ainda mais assustado porque não me vira colocar coisa alguma dentro da arma e pensava que havia nela algum inesgotável poder de morte e destruição, capaz de fulminar todo homem, animal, pássaro, ou o que quer que se colocasse ao alcance do tiro. O assombro que isso lhe causara era tal que levou algum tempo até que se recuperasse, e penso que, se o houvesse deixado, teria adorado tanto a mim como a minha espingarda. Durante muitos dias não ousou sequer tocar na arma, mas às vezes, quando estava sozinho, falava com ela e parecia esperar uma resposta. Soube mais tarde que lhe havia suplicado para que não o matasse.

Passado o primeiro susto, obedeceu a minha ordem e foi apanhar o pássaro, mas custou a achá-lo, pois, estando apenas ferido, havia se afastado esvoaçando do lugar onde caíra. Mas afinal encontrou-o e trouxe-o para mim. No entanto, percebendo sua total ignorância em relação à arma, aproveitei a oportunidade para carregá-la novamente, sem que ele percebesse, de forma a estar preparado para qualquer outro alvo que pudesse se apresentar. Mas não apareceu nenhum, e voltamos trazendo o cabrito, que esfolei e desossei naquela mesma tarde. Numa das panelas, de barro, fervi e ensopei um pouco da carne, obtendo um excelente caldo. Depois de prová-lo, ofereci uma porção a meu criado, que pareceu gostar muitíssimo. Contudo, achou estranho ver-me comê-la com sal e fez sinais de que o sal não era saboroso; colocando um pouco na boca, pareceu repugná-lo cuspindo-o e lavando imediatamente a boca com água fresca. Levei, então, à boca um pedaço de carne sem sal e fingi que a cuspira por achá-la insossa e para convencê-lo que não devia comê-la assim. Mas não obtive sucesso e levou muito tempo para acostumar-se a salgar o que comia.

Depois de tê-lo alimentado com carne cozida e caldo, resolvi banqueteá-lo no dia seguinte com um pedaço de cabrito assado. Pendurei-o numa corda, junto ao fogo, tal como vira fazer muitas vezes na Inglaterra; finquei dois paus no chão, um de cada lado do fogo, e outro atravessado por cima, amarrando o cordel neste último, de forma que pudesse girar continuamente o pedaço de carne. Sexta-Feira ficou muito admirado com esses preparativos, mas mostrou-se ainda mais maravilhado ao provar a carne, valendo-se de inúmeros gestos para demonstrar-me quanto a apreciara. Por fim deu-me a entender que jamais voltaria a comer carne humana, o que me alegrou intensamente.

No outro dia, coloquei-o a debulhar um pouco de cereal e a peneirá-lo do modo já mencionado. Logo aprendeu a fazê-lo tão bem quanto eu, especialmente quando percebeu que o objetivo desse trabalho era a fabricação do pão. Mostrei a ele como preparava e assava o pão, e dentro de pouco tempo Sexta-Feira era capaz de fazer todos esses trabalhos para mim, e tão bem como se eu mesmo os houvesse feito.

Comecei a considerar que, tendo duas bocas para alimentar em vez de uma, devia preparar mais terra e semear maior quantidade de grão. Escolhi um terreno adequado e comecei a cercá-lo da mesma maneira que o fizera antes. Sexta-Feira não só trabalhou com afinco e dedicação, mas também com muita alegria. Expliquei-lhe a que isso se destinava, ou seja, precisávamos de uma colheita maior para dispormos de mais pão porque éramos dois e precisávamos ter o bastante para alimentar-nos. Pareceu sensibilizado com isso e deu-me a entender que havia percebido que o trabalho aumentara com sua presença e que trabalharia ainda mais arduamente se eu lhe dissesse o que fazer.

Esse foi o ano mais agradável de todos que vivi na ilha. Sexta--Feira começava a falar bastante bem, entendia os nomes de quase todas as coisas que eu podia pedir-lhe e dos lugares aonde o enviava. Como falávamos muito, voltei a empregar o idioma que durante tanto tempo me havia sido inútil ao menos para conversar. Além do prazer dessas conversas, sentia muita simpatia pelo rapaz. Sua simples e sincera honestidade tornava-se cada dia mais transparente, e comecei realmente a amar a criatura. Penso também que ele sentia por mim um carinho que eu jamais havia experimentado antes.

Desejei certa vez averiguar se ele tinha saudades de sua terra. Como lhe havia ensinado inglês suficiente para responder a quase todas as minhas perguntas, perguntei-lhe se sua nação era capaz de triunfar nas guerras. Sorriu e disse:

– Sim, sim, em luta nós sempre melhor.

Queria dizer que combatiam melhor que os outros povos. Iniciamos assim o seguinte diálogo:

– Quer dizer que vocês sempre combatem melhor? – disse eu. – Então como foi que o fizeram prisioneiro, Sexta-Feira?

Sexta-Feira: – Minha nação vencer muitos, por isso.

Amo: – Vencer, como? Se a sua nação venceu, como foi que lhe prenderam?

Sexta-Feira: – Eles muito mais que minha nação onde eu estar; eles pegar um, dois, três e eu; minha nação vencer eles outro lugar, pegar um, dois, muitos mil.

Amo: – Mas por que, então, por que sua gente não o arrancou das mãos dos inimigos?

Sexta-Feira: – Eles meter um, dois e eu em canoa; minha nação não ter então canoa.

Amo: – Bem, Sexta-Feira, e o que a sua nação faz com os homens que ela captura? Leva-os para comer, como seus inimigos?

Sexta-Feira: – Sim, minha nação comer também homens, comer todos.

Amo: – Para onde os leva?

Sexta-Feira: – Outro lugares, onde quiser.

Amo: – Vêm a esta ilha?

Sexta-Feira: – Sim, sim, vir aqui. Ir muitos lugares.

Amo: – Você já esteve aqui com eles?

Sexta-Feira: – Sim, eu vir aqui. – E aponta para o lado noroeste da ilha, o qual, ao que parece, era seu lugar preferido.

Descobri, assim, que meu criado Sexta-Feira fizera parte das caravanas de selvagens que desembarcavam no extremo da ilha, fazendo com os outros o mesmo que haviam pretendido fazer com ele. Algum tempo depois, quando tomei coragem para levá-lo comigo a esse lugar já descrito, logo o reconheceu e disse-me que ali mesmo certa vez haviam devorado vinte homens, duas mulheres e uma criança.

Não sabia dizer vinte em inglês; colocou, então, várias pedras numa fila, apontou para elas e pediu para que eu as contasse.

Narrei esse episódio porque explicará o que segue, ou seja, que depois de ter essa conversa com ele, perguntei-lhe a que distância estava nossa ilha do continente e se as canoas não se perdiam muitas vezes. Respondeu-me que não havia perigo e que as canoas nunca se perdiam, pois, mal se afastavam um pouco da costa, encontravam sempre uma mesma corrente e um mesmo vento, numa direção pela manhã e noutra à tarde.

Pensei que se referia apenas aos movimentos da maré, porém mais tarde vim a descobrir que se tratava dos fluxos e refluxos do grande rio Orenoco, em cuja foz se encontra nossa ilha. A terra que eu enxergava a oeste e a noroeste era a grande ilha de Trinidad, na extremidade norte da foz do rio. Fiz a Sexta-Feira mil perguntas sobre a região, os habitantes, o mar, a costa, também sobre as nações vizinhas, e, com a maior boa vontade, disse-me tudo que sabia.

Perguntei-lhe o nome das várias nações que constituíam a sua raça, mas o único que obtive foi carib. Pude, então, facilmente deduzir que se tratava dos caraíbas, que segundo nossos mapas habitam a região da América situada entre a foz do Orenoco até a Guiana, e dali até Santa Marta. Disse-me também que a uma grande distância além da lua, ou seja, em direção ao poente da lua, provavelmente a oeste de sua nação, viviam homens de barba branca como eu (e apontou para minhas grandes suíças, que já tive oportunidade de descrever). Disse que os brancos haviam matado "muito homem", segundo suas palavras, e, pelo que entendi, referia-se aos espanhóis, cujas crueldades na América difundiram-se pelo mundo inteiro, a ponto de serem recordadas e transmitidas em todas as nações de pai para filho.

Perguntei a Sexta-Feira se podia dizer-me qual a maneira de sair da ilha e chegar até onde viviam esses homens brancos.

– Sim, sim – respondeu –, poder ir em dois canoas.

A princípio não entendi nem consegui que me descrevesse o que queria dizer com "dois canoas", até que finalmente, com grande dificuldade, descobri que se referia a um bote que fosse duas vezes maior que uma piroga.

Essas palavras de Sexta-Feira me agradaram muito, e desde então voltei a ter esperança de que, mais dia menos dia, encontraria ocasião de fugir da ilha e que aquele pobre selvagem me seria de grande ajuda.

Durante já longo tempo em que Sexta-Feira se encontrava comigo, sobretudo quando foi capaz de falar e compreender suficientemente bem o que lhe dizia, não deixei de incutir-lhe no espírito os fundamentos de conhecimento religioso.

Certa vez perguntei-lhe quem o havia criado, mas a pobre criatura não foi capaz de compreender o sentido da minha pergunta e pensou que desejava saber quem era o seu pai. Usei, então, de outro subterfúgio e perguntei-lhe quem havia criado a terra sobre a qual andávamos, as montanhas e as florestas. Disse-me que era o velho Benamuckee, que vivia mais além de todas as coisas. Era incapaz de descrever-me essa importante pessoa, exceto que era muito velho, bem mais velho que o mar e a terra, a lua e as estrelas. Perguntei-lhe, então, por que, se esse ancião era o criador de todas as coisas, não era adorado por elas. Olhou-me gravemente, e com um ar de absoluta inocência respondeu:

– Todas as coisas dizem Oh! para ele.

Perguntei-lhe se as pessoas que morriam em seu país iam para algum lugar. Respondeu que sim, todas iam para Benamuckee.

– Também os que são devorados?

– Sim – disse Sexta-Feira.

A partir dessas conversações, comecei a instruí-lo no conhecimento do verdadeiro Deus. Disse-lhe que o grande Criador de todas as coisas vivia no alto e apontei-lhe o céu; que Ele governa o mundo com o mesmo poder e providência que usara para criá-lo; que era onipotente, podendo fazer tudo por nós, dar-nos ou tirar-nos tudo; e assim pouco a pouco ia-lhe abrindo os olhos. Escutava com grande atenção e aceitou com prazer a forma de rezar a Deus e a ideia de que Jesus Cristo havia sido enviado a terra para nos redimir, bem como o fato de que mesmo no céu Ele era capaz de ouvir-nos. Disse-me um dia que, se nosso Deus podia ouvir-nos além do sol, era necessariamente um deus maior que Benamuckee que vivia senão um pouco mais além e somente escutava os homens quando subiam no alto das montanhas, onde vivia, para invocá-lo. Perguntei-lhe se havia alguma vez ido até lá para falar com ele. Disse que não, que os jovens jamais o faziam. Somente iam lá os velhos a quem chamavam oowocakee, ou seja, os homens de religião ou sacerdotes, conforme me explicou; eram eles que subiam para dizer Oh! (assim designava as orações) e, ao regressarem, contavam o que Benamuckee lhes dissera. Concluí então que mesmo os mais cegos e ignorantes pagãos do mundo não escapam à astúcia do clero, e que a política de criar uma religião secreta, a fim de preservar a veneração popular, não existe apenas entre os romanos, mas também provavelmente em todas as religiões do mundo, inclusive entre os mais brutos e bárbaros selvagens.

Esforcei-me para esclarecer a Sexta-Feira esse embuste e disse-lhe que o pretexto dos anciãos de subir às montanhas para dizer Oh! ao deus Benamuckee era uma farsa, e mais falsa ainda sua pretensão de ser portadores de mensagens divinas. Que se lá encontrassem alguma resposta, ou falassem com alguém certamente seria um espírito maligno, e entramos numa longa conversa sobre o diabo, sua origem, sua rebelião contra Deus, sua hostilidade ao homem e sua razão de ser, sua residência nos lugares mais sombrios do mundo para que ali o adorem como se fosse Deus, e os muitos estratagemas de que é capaz para iludir a humanidade e levá-la à ruína. Expliquei-lhe como o diabo tinha acesso secreto às nossas paixões e afetos e a astúcia com que adapta suas armadilhas às nossas inclinações, a fim de que nós mesmos nos tentemos e voluntariamente contribuamos para nossa própria destruição.

Descobri que não era tão fácil imprimir noções corretas em sua mente sobre o diabo, como o fora acerca da existência de um Deus. A natureza auxiliara-me na produção de argumentos que evidenciassem a necessidade de uma grande Primeira Causa e de um Poder soberano e dirigente de uma Providência secreta e orientadora, da equidade e justiça de homenagear a quem nos criou, e assim por diante. Mas nada disso incluía a noção de um espírito maligno, sua origem, seu ser, sua natureza e, sobretudo, sua inclinação para fazer o mal e induzir-nos a fazer o mesmo. A pobre criatura confundiu-me certa vez de tal maneira e com uma pergunta tão natural e inocente, que quase não soube o que dizer a ele. Estivera-lhe falando sobre o poder de Deus, Sua onipotência, Seu horror ao pecado e Seu poder de fazer arder no fogo a todo aquele que persevera na iniquidade. Expliquei-lhe, enfim, que, sendo Ele nosso criador, podia destruir a nós e ao mundo num instante apenas. E durante todo esse tempo Sexta-Feira escutou-me atentamente e com muita seriedade.

Explicava-lhe, em dado momento, como o diabo era o inimigo de Deus no coração dos homens e usava toda sua malícia e destreza para impedir os bons desígnios da Providência, a fim de ocasionar a ruína do reino de Cristo no mundo, quando Sexta-Feira me interrompeu.

– Bem – disse-me ele –, Amo dizer, Deus tão forte, tão grande, não ter muito mais poder que diabo?

– Sim, sim – respondi –, Deus é mais forte que o diabo, Sexta--Feira, Deus está acima do diabo, por isso rezamos a Deus para esmagá-lo, tornar-nos capazes de resistir a suas tentações e aplacar o fogo de seus dardos.

– Porém – acrescentou –, se Deus mais forte, mais poder que diabo, por que Deus não matar diabo, para ele não fazer mais mal?

Essa pergunta surpreendeu-me enormemente, pois embora fosse já um homem maduro, minha capacidade teológica não excedia a de um novato, ainda pouco qualificado para solucionar tais dificuldades com o desembaraço de um casuísta. A princípio eu não soube o que dizer e, fingindo não haver escutado, pedi-lhe que repetisse a pergunta. Mas estando ávido demais por uma resposta, não esqueceu o que dissera. Repetiu-a, portanto, com as mesmas palavras e da forma fragmentada como fizera antes. A esse tempo eu já havia-me recuperado um pouco e disse:

– Deus irá por fim castigá-lo severamente; não escapará ao juízo que lhe é reservado e será precipitado nos abismos sem fundo onde o consumirá o fogo para toda a eternidade.

Isso não satisfez a Sexta-Feira, que voltou à carga valendo-se de minhas próprias palavras:

– Reservado por fim! Não entender. Por que não matar diabo agora, não matar muito antes?

– Você também poderia me perguntar – disse eu – por que que Deus não mata você e eu quando cometemos pecados que o ofendem? Somos poupados para nos arrependermos e sermos perdoados.

Meditou um pouco sobre isso e então acrescentou de um modo extremamente afetuoso, emocionado.

– Bem, bem; então Amo, eu, diabo, todos maus, todos poupados, arrepender, Deus perdoa tudo.

Aqui fui novamente derrotado por ele da forma mais cabal, e isso é testemunho de como os simples ensinamentos da natureza, embora guiem criaturas racionais ao conhecimento de Deus e ao culto ou homenagem devidos a seu Ser supremo, como consequência de nossa natureza, nada a não ser a revelação divina pode dar o conhecimento de Jesus Cristo e da redenção que nos é concedida através de um Mediador de uma nova aliança e de um Intercessor no supedâneo do trono de Deus. Nada além da revelação dos Céus é capaz de sensibilizar-lhes a alma, e, portanto, o evangelho de Nosso Senhor e Salvador Jesus Cristo, isto é, a palavra e o espírito de Deus, prometidos para orientar e santificar a Sua gente, são os instrutores absolutamente necessários das almas humanas no conhecimento salvador de Deus e os meios de sua salvação.

Interrompi, então, o diálogo, levantando-me bruscamente, como se uma tarefa importante me chamasse. Ordenei a Sexta-Feira que fosse buscar alguma coisa e, assim que se afastou, roguei a Deus para que me tornasse capaz de instruir convenientemente a esse infeliz selvagem e que Sua palavra abrisse o coração da pobre e ignorante criatura, para receber a luz do conhecimento de Deus em Cristo, reconciliando-a com Ele e iluminando-lhe a consciência para que sua alma fosse salva. Quando voltou, expliquei-lhe longamente como os homens haviam sido redimidos pelo Salvador do mundo e ensinei-lhe a doutrina do Evangelho anunciada pelo Céu, insistindo na noção do arrependimento e na fé em nosso abençoado Senhor Jesus Cristo. Expliquei, então, da melhor maneira possível, por que nosso Santo Redentor não assumiu a natureza e a forma dos anjos, mas sim a estirpe de Abraão; e como por isso os anjos caídos participavam da redenção. Disse-lhe, enfim, que Ele viera apenas para salvar as ovelhas perdidas da casa de Israel e assim por diante.

    Deus sabe que eu usava mais de sinceridade do que de conhecimento em todos os métodos que empreguei para instruir essa pobre criatura, e devo reconhecer que, atuando segundo um mesmo princípio e expondo-lhe tais assuntos abertamente, aprendia muitas coisas que até então desconhecia ou sobre as quais não havia meditado o suficiente, mas que me ocorriam naturalmente quando tentava ensiná-las a esse pobre selvagem. Nunca sentira antes tanto prazer nessas investigações, pois mesmo não sabendo como se comportaria no futuro essa pobre e miserável criatura, eu tinha inúmeras razões para sentir-me agradecido pela sua presença na ilha. As tristezas já não pesavam tanto, minha morada tornara-se bem mais confortável, e quando refletia que na vida solitária à qual estava confinado havia não somente sido levado a olhar para o céu e a buscar a mão que ali me conduziria, mas tornara-me também um instrumento da Providência para salvar a vida e mesmo a alma de um pobre selvagem, abrindo-lhe as portas do verdadeiro conhecimento da religião e da doutrina cristã para que viesse a conhecer Jesus Cristo e através dele a vida eterna; como dizia, quando meditava sobre essas coisas, uma enorme alegria percorria-me todos os cantos da alma, e frequentemente agradecia por ter sido trazido para esse lugar, o que não poucas vezes considerara como a pior de todas as desgraças que me aconteceram.

    Nessa grata atmosfera passava todo o meu tempo livre, e as conversas com Sexta-Feira tornaram aqueles três anos que vivemos juntos na ilha absolutamente felizes, se é que pode haver felicidade completa no plano sublunar. O selvagem era já um bom cristão e sem dúvida melhor do que eu; tenho razão para crer e esperar, e agradeço a Deus por isso, que ambos estávamos arrependidos e que o conforto de Deus já nos havia alcançado. Tínhamos conosco a Sua palavra para ler e não nos sentíamos mais longe da ajuda de Sua graça que se estivéssemos vivendo na Inglaterra.

    Jamais descuidava da leitura das Escrituras para fazer com que ele soubesse, e da melhor maneira possível, o significado do que eu lia.

Devido a suas inquirições e questionamentos mencionados antes, aprofundei ainda mais meus conhecimentos, o que jamais teria acontecido por meio de leituras privadas. Há também outra observação que não posso deixar de fazer depois de tantos anos vividos na mais completa solidão, ou seja, quão infinita e inexprimível bênção é estarem o conhecimento de Deus e a doutrina da salvação por Jesus Cristo tão claramente expostos na palavra divina, tão fácil de ser captada e compreendida, que a simples leitura das Escrituras tornou-me capaz de entender suficientemente bem meu dever, a ponto de levar-me sem demora à grande obra de sincero arrependimento pelos meus pecados, contando com um Salvador para seguir vivendo e a reformar-me pela prática e obediência a todos os mandamentos de Deus, sem qualquer professor ou instrutor humano, e de tal forma que essas mesmas e simples instruções bastaram também para esclarecer aquela criatura selvagem e transformá-la num cristão como poucos.

Todas as disputas, brigas, discórdias e contendas que a religião tem suscitado no mundo, seja por sutis divergências de doutrinas, ou propostas divergentes para o governo da igreja, não tinham a menor importância para nós, nem, tanto quanto me é dado ver, para o resto do mundo. Tínhamos o guia mais seguro do Céu, ou seja, a Palavra de Deus; tínhamos noções bastante claras do Espírito Divino, que Sua palavra nos ensinava, conduzindo-nos para a verdade e transmitindo-nos o desejo de conhecer seus mandamentos e obedecê-los. Não consigo compreender qual a utilidade que teria tido para nós o mais profundo conhecimento das controvérsias religiosas que têm dado origem a tantas confusões no mundo. Devo, porém, continuar com o relato dos acontecimentos, tratando de ordená-los cronologicamente.

Depois que Sexta-Feira e eu nos conhecemos melhor e que podia entender quase tudo que lhe dizia, bem como falar com certa fluência no seu inglês entrecortado, comecei a familiarizá-lo com minha própria história, ao menos a parte referente a minha existência na ilha. Contei-lhe como e quanto tempo vivera ali. Revelei-lhe o mistério, pois assim lhe parecia, da pólvora e das balas, e ensinei-o a atirar. Presenteei-o com uma faca, que o deixou completamente maravilhado, e fiz-lhe um cinturão com uma presilha – como a que se usa na Inglaterra para segurar um facão –, dando-lhe uma machadinha para que a levasse ali, pois, além de ser uma excelente arma, também era útil em muitas ocasiões.

Falei-lhe dos países da Europa, principalmente da minha pátria, a Inglaterra; de como vivíamos, venerávamos a Deus, como nos comportávamos socialmente e negociávamos em todos os mares do mundo. Contei-lhe sobre o naufrágio e tentei indicar-lhe da forma mais precisa possível o lugar onde se encontravam os destroços, explicando-lhe que haviam se despedaçado de tal forma que nada restava à vista.

Mostrei a Sexta-Feira os restos do escaler que usáramos ao abandonar o navio, que em vão havia tentado mover do local onde encalhara e agora estava reduzido a pedaços. Ao vê-lo, Sexta-Feira ficou silencioso e pensativo. Perguntei-lhe em que estava meditando, e ele por fim me respondeu.

– Mim ver barco igual chegar minha nação.

A princípio não o compreendi, mas depois de interrogá-lo muito soube que um bote semelhante ao meu havia dado à costa da região em que vivia e que, de acordo com suas explicações, fora arrastado para lá pelo mau tempo. De imediato ocorreu-me que algum navio europeu deveria ter naufragado nas imediações e que o bote, soltando-se, chegara à praia: porém fui tão tolo que sequer imaginei que alguns homens poderiam ter escapado do naufrágio, menos ainda que poderiam ter desembarcado lá; de modo que só lhe pedi para descrever o bote.

Sexta-Feira descreveu-o da melhor maneira possível, porém chamou mais minha atenção quando acrescentou com certo entusiasmo:

– Nós salvar homens brancos de afogar. – Imediatamente perguntei-lhe se havia mesmo homens brancos no bote.

– Sim – respondeu –, bote cheio homens brancos.

Perguntei-lhe quantos, e contou até dezessete nos seus dedos. Quis então saber o que fora feito deles.

– Eles viver, morar em minha nação – disse ele.

Minha cabeça encheu-se de ideias novas, e logo imaginei que esses poderiam ser os homens provenientes do navio que encalhara a pouca distância da minha ilha, como então a chamava. Depois que o navio colidira contra os arrecifes, percebendo que estariam irremediavelmente perdidos caso não se afastassem do lugar do naufrágio, decidiram embarcar no bote indo dar àquelas costas selvagens.

Interroguei-o então mais detalhadamente sobre o destino daqueles homens. Assegurou-me que ainda viviam lá, que quatro anos haviam se passado desde sua chegada, que os selvagens os deixaram sozinhos e lhes davam o que comer. Indaguei-o também sobre a razão de não terem sido mortos e comidos.

– Não – disse Sexta-Feira –, eles irmãos.

Imaginei que significava alguma espécie de trégua ou aliança, já que acrescentou:

– Só comer homens quando fazer guerra, lutar.

Compreendi, então, que somente comiam os prisioneiros capturados em batalha. Muito tempo depois, estávamos certa ocasião no topo da colina situada no lado da ilha, de onde, como disse, havia descoberto em dia claro o continente americano. O tempo estava límpido e sereno, e Sexta-Feira olhava atentamente naquela direção, quando de súbito começou a pular e dançar, chamando-me aos brados, pois encontrava-me a alguma distância dele. Perguntei-lhe, então, o que estava acontecendo.

– Que alegria! – diz ele – Oh! satisfação! Lá ver minha terra, lá minha nação!

Suas feições estampavam uma sensação de intensa felicidade, seus olhos brilhavam, e sua fisionomia inteira parecia revelar uma estranha exaltação, como se desejasse um dia regressar a sua terra. Esse fato deixou-me um tanto apreensivo e preocupado e realmente abalou a confiança que até então depositava em Sexta-Feira. Achei que se ele conseguisse voltar a seu povo, não somente esqueceria toda a religião que lhe havia ensinado, mas também toda a sua obrigação para comigo. Provavelmente ofereceria a seus conterrâneos uma descrição da minha pessoa, voltando talvez com cem ou duzentos deles para devorar-me, com o que se sentiria tão satisfeito como quando matavam os inimigos capturados em guerra.

Ao pensar assim, cometia uma injustiça com aquela pobre criatura e mais tarde tive ocasião de arrepender-me. Contudo, como minha desconfiança aumentara a ponto de dominar-me o espírito durante algumas semanas, mostrei-me mais circunspecto e não tão familiar e gentil com ele como havia sido até então. Meu erro foi realmente lamentável, pois aquela sincera e agradecida criatura já não alimentava ideia alguma que pudesse justificar a minha atitude. Já não possuía outros pensamentos que aqueles nascidos dos melhores princípios cristãos e de uma grata amizade, como mais tarde pude comprovar para minha inteira satisfação.

Enquanto durou minha desconfiança, podem estar certos de que ficava constantemente a sondá-lo para ver se não descobria alguma das ideias novas que suspeitava haviam se formado em seu espírito. Porém, tudo que dizia era tão honesto e inocente que não encontrei absolutamente nada que pudesse alimentar minhas suspeitas. Apesar de todas as minhas dúvidas, voltei a confiar em Sexta-Feira, que em nenhum momento sequer percebeu o meu constrangimento, de modo que eu não tinha como acusá-lo de dissimulação.

Um dia, estando na mesma colina, mas com o tempo nublado, de modo que não se enxergava o continente, perguntei a Sexta-Feira:

– Você não desejaria estar em sua própria terra, em sua nação?

– Sim – disse ele –, eu muito feliz, oh! muito, estar em minha nação.

– O que você faria lá? – insisti. – Você se tornaria selvagem de novo, comeria carne humana e voltaria a ser como era antes?

Olhou para mim cheio de consideração e balançou a cabeça:

– Não, não, Sexta-Feira dizer para eles viver bem, para rezar Deus; dizer também para eles comer pão, carne de cabra, leite, não comer mais homem.

– Mas não matariam você? – continuei.

Olhou-me com um ar ainda mais grave e disse:

– Não, eles não matar eu, eles gostar aprender.

Queria dizer que teriam imenso prazer de aprender. Acrescentou em seguida que haviam aprendido com os homens de barba que chegaram no bote. Perguntei-lhe, então, se voltaria para eles e percebi que sorria ao responder que não poderia nadar tão longe. Disse-lhe que faria uma canoa para ele. Respondeu-me então que iria, mas só se eu o acompanhasse.

– Eu?! – disse. – Seria devorado assim que chegasse lá.

– Não, não – insistiu ele –, eu fazer eles não comer Amo; eu fazer eles gostar muito Amo.

Evidentemente, contaria a eles como eu havia matado seus inimigos e salvado a sua vida e, assim, faria com que gostassem de mim. Contou-me, então, como haviam sido bondosos com aqueles dezessete homens brancos, ou barbudos, como ele os chamava, que chegaram à costa em grande dificuldade.

Devo confessar que, desde esse momento, comecei a pensar na hipótese de tentar a travessia e ver se haveria possibilidade de juntar-me àqueles homens que, a meu juízo, deviam ser espanhóis ou portugueses. Não duvidava que em sua companhia haveria de encontrar um meio de escapar daquele continente, ao menos seria mais fácil do que se fosse sozinho, sem ajuda e a quarenta milhas da costa.

Alguns dias depois, quando nos dirigíamos para o trabalho, voltei a perscrutar o ânimo de Sexta-Feira, dizendo-lhe que lhe daria um bote para que pudesse voltar a sua nação. Levei-o, então, até o outro lado da ilha, onde fundeava a canoa, e depois de tirar a água que havia no interior, pois sempre a guardava submersa, mostrei-a a ele, e em seguida embarcamos.

Não tardei a perceber que ele manobrava o bote com muita destreza e era capaz de pilotá-lo com a mesma rapidez e habilidade que eu. A certa altura perguntei-lhe:

– Então, Sexta-Feira, vamos até sua nação?

Pareceu um tanto apático diante da minha indagação, pois achou o barco pequeno demais para ir tão longe. Disse-lhe, então, que tinha outro maior e no dia seguinte levei-o até o lugar onde estava o primeiro barco que construíra, mas que fora incapaz de colocar n'água. Concordou que esse era grande o suficiente; contudo, como já estava ali há vinte e dois ou vinte e três anos, havia ressecado e rachado sob a ação do sol, estando realmente muito avariado. Sexta-Feira insistiu que um barco como esse era o adequado para a viagem, e que levaria "muito bastante comida, bebida e pão", segundo o seu modo pitoresco de falar.

Estava, em suma, tão obcecado com a ideia de navegar com ele até o continente, que lhe disse que faríamos outro tão grande quanto aquele, e que poderia voltar com ele a sua terra. Não respondeu uma só palavra, mas assumiu uma fisionomia grave e taciturna. Perguntei-lhe o que havia acontecido, e ele me respondeu com outra pergunta.

– Por que estar zangado com Sexta-Feira? O que eu ter feito?

Procurei saber o que significava isso e disse-lhe que não estava de forma alguma zangado com ele.

– Não zangado, não zangado! – disse ele, repetindo várias vezes a palavra. – Por que então mandar Sexta-Feira para sua nação?

– Ora, por que, Sexta-Feira, você não disse que desejava voltar para lá?

– Sim, sim – continuou –, querer estar os dois lá, não querer Sexta-Feira lá, amo aqui.

Em suma, não pensava em ir sem mim.

– Eu, ir lá, Sexta-Feira? – disse-lhe. – O que poderia fazer lá?

Voltou-se rapidamente para mim e respondeu com vivacidade:

– Fazer muita coisa boa – disse ele –, ensinar selvagem ser bom, sóbrio, civilizado; conhecer Deus, rezar, viver vida nova.

– Ah, Sexta-Feira! – insisti – Você não sabe o que diz, eu mesmo não passo de um pobre ignorante.

– Sim, sim – disse ele –, ensinar mim bem, ensinar eles bem.

– Não, não Sexta-Feira – disse eu –, você deve ir sem mim, deixe-me aqui vivendo só como antes.

Pareceu novamente confuso diante dessas palavras. De repente correu para apanhar uma das machadinhas que costumava usar, e entregou-a para mim.

– O que devo fazer com isso? – perguntei-lhe.
– Pegar, matar Sexta-Feira – respondeu.
– Por que haveria de matá-lo? – indaguei-o novamente.
– Por que mandar Sexta-Feira longe? Pegar, matar Sexta-Feira, não mandar Sexta-Feira embora?

Estava tão emocionado que vi lágrimas nos seus olhos e percebi afinal a profunda afeição que nutria por mim. Convenci-me da sinceridade de sua resolução e apressei-me a dizer-lhe que jamais o mandaria embora, se a sua vontade era permanecer comigo.

De modo geral, esse episódio serviu não somente para demonstrar-me a profunda amizade de Sexta-Feira e sua vontade de não se afastar de mim, mas também que a verdadeira razão de seus desejos de voltar a sua terra era a grande afeição que tinha pelo seu povo e a esperança de que viesse a lhes fazer bem; coisa, aliás, que sequer me passara pela cabeça, pois não tinha a menor ideia, intenção ou desejo de levá-la a cabo. Contudo, ainda me sentia fortemente inclinado a tentar a travessia, e meus anseios de liberdade viam-se reforçados pela suposição fundada nas conversas anteriores de que havia dezessete homens brancos no continente. E assim, sem mais demora, comecei a procurar com a ajuda de Sexta-Feira uma árvore grande o suficiente para construir uma piroga ou canoa capaz de suportar a viagem. Com as árvores existentes na ilha, teria sido capaz de construir uma pequena frota, não de pirogas e canoas, mas de grandes barcos e navios. Contudo, precisava encontrar uma que estivesse o mais próximo possível da água, para que não acontecesse como da primeira vez, quando não pude colocar o bote no mar.

Finalmente, Sexta-Feira encontrou uma que servia, pois conhecia bem melhor do que eu as madeiras apropriadas, embora até hoje não saiba dizer que tipo de árvore derrubamos, exceto que se parecia muito à que chamamos de pau-amarelo, semelhante à madeira Nicarágua, sendo a cor e o cheiro muito parecidos. Sexta-Feira pretendia queimar-lhe o cerne para dar-lhe a forma de canoa, mas ensinei-lhe que era preferível fazê-lo com a ajuda de ferramentas. Aprendeu rapidamente e trabalhou com extrema habilidade. Cerca de um mês depois terminamos a canoa, que ficou muito boa, especialmente quando, com nossos machados, cortamos e aparamos a parte externa, dando-lhe a forma precisa de um bote. Contudo, custou-nos ainda uma quinzena para levá-la à água, arrastando-a polegada por polegada sobre grandes rolos de madeira. Mas logo que flutuou, percebemos que era capaz de ter a bordo vinte homens com toda facilidade.

Sendo um bote razoavelmente grande, surpreendeu-me ver com que destreza e rapidez meu criado Sexta-Feira o manobrava, trocando várias vezes de rumo e remando com facilidade. Perguntei-lhe, então, se ele se animava a fazer a travessia e se havia mesmo condições de nos aventurarmos nele.

– Sim – disse ele –, navegar muito bem, embora vento forte soprar.

Contudo, eu tinha outro projeto do qual ele nada sabia, ou seja, construir um mastro e uma vela e equipá-lo com cabos e âncora.

Era fácil encontrar um tronco apropriado para o mastro, pois havia muitos cedros na ilha, e escolhi um novo e absolutamente reto que crescia nas imediações. Mandei Sexta-Feira derrubá-lo e dei-lhe todas as instruções necessárias. Quanto à vela, sabia que teria maiores dificuldades. Possuía algumas velas antigas, ou melhor, alguns pedaços, se bem que em quantidade suficiente. No entanto, como já estavam há vinte e seis anos comigo, e não me preocupara muito com a sua preservação, jamais imaginando que teria esse tipo de uso para eles, não duvidava que houvessem apodrecido. De fato, não aconteceu outra coisa. Contudo, encontrei dois pedaços em bom estado e com esses me pus a trabalhar. Não sem grandes fadigas e tediosas costuras, pois não possuía agulhas, consegui finalmente fazer uma tosca vela triangular, semelhante à que chamamos na Inglaterra de quarto-de-carneiro, com um botaló na base e uma pequena espicha no topo, como as usadas nos grandes escaleres de nossos navios. Estava acostumado com esse tipo de vela e sabia como manejá-la, pois havia uma igual no barco em que fugira da Barbária, conforme foi narrado na primeira parte desta história. Fiquei cerca de dois meses às voltas com essas tarefas. Para que o acabamento ficasse o mais perfeito possível, fiz ainda um pequeno estai, e fixei nele uma espécie de vela de traquete para auxiliar a navegação se ficássemos a barlavento. Por fim, mas não menos importante, fixei um leme à popa, e embora fosse péssimo carpinteiro naval, estando consciente da utilidade e mesmo necessidade desse instrumento para o governo do bote, não medi esforços para sua construção e afinal atingi meu objetivo. Porém, levando em conta as várias tentativas que fracassaram sucessivamente, acredito que só o leme me custou quase tanto trabalho quanto toda a embarcação. Concluídas essas tarefas, faltava ainda ensinar Sexta-Feira como navegar o bote, pois embora soubesse muito bem como pilotar um barco a remo, não tinha a menor noção do que fosse uma vela ou um leme. Ficou extremamente surpreso quando me viu manobrar o barco de um lado para o outro com o leme, ou quando mudei a posição das velas para modificar o rumo; sua admiração, com certeza, não podia ter sido maior. Contudo, com um pouco de prática, logo familiarizou-se com todas essas coisas e tornou-se ótimo marujo, com exceção da bússola, que não pude fazer com que entendesse bem. Mas eram poucos os dias nublados, e quase nunca havia nevoeiros naquelas regiões, de modo que não havia muita necessidade de bússola, uma vez que as estrelas serviam de guia à noite e, durante o dia, se enxergava a faixa litorânea. Na estação chuvosa, ninguém se arriscava a viajar por terra, quanto mais navegar.

    Chegava ao vigésimo sétimo ano de meu cativeiro na ilha, embora os três últimos, quando tivera a companhia de Sexta-Feira, devessem ser excluídos dessa expressão, pois durante esse tempo minha vida teve um caráter bem diferente da anterior. Celebrei o aniversário de minha chegada com o mesmo espírito de reconhecimento pelas graças concedidas que em ocasiões anteriores. Se, a princípio, não me faltavam motivos para mostrar-me agradecido, o que dizer agora com as novas provas que recebera da bondade da Providência e as esperanças que em mim renasciam de logo ver-me definitivamente libertado. Cada vez mais se acentuava em mim o pensamento de que a liberdade não tardaria a chegar e que não completaria sequer outro ano nesse lugar. Contudo, continuei com meus afazeres domésticos, tais como plantar, cercar e ocupar-me da casa, exatamente como antes. Colhi e curei minhas uvas, e não descuidei de nenhuma coisa necessária.

A estação chuvosa, que me obrigava a ficar boa parte do tempo dentro de casa, estava prestes a chegar. Tratei, então, de pôr o barco em segurança da melhor maneira possível, levando-o até a enseada, onde, como disse, chegara com as balsas do navio. Depois de arrastá-lo até a praia, aproveitando a maré cheia, fiz Sexta-Feira cavar uma pequena doca larga o suficiente para contê-lo, e funda o bastante para que pudesse flutuar. Com o refluxo da maré, erguemos um forte dique em sua extremidade para impedir que a água voltasse ali, deixando o bote a seco e livre do mar. Para protegê-lo das chuvas, o cobrimos com grande quantidade de ramos de árvores, formando uma camada tão espessa como o telhado de uma casa. Assim esperamos pelos meses de novembro e dezembro, quando tinha em mente empreender minha aventura.

Quando as chuvas começaram a cessar, como se o desejo de executar meus planos retornasse com o bom tempo, passei a preparar-me diariamente para a viagem. A primeira coisa que fiz foi acumular certa quantidade de suprimentos, que serviriam de estoques para a travessia, e pretendia, dentro de uma ou duas semanas, abrir a barragem e pôr o bote a flutuar. Certa manhã, ocupado com alguma dessas tarefas, chamei Sexta-Feira e ordenei-lhe que fosse até a praia para ver se encontrava uma tartaruga, coisa que geralmente fazíamos uma vez por semana, para comer-lhe a carne e os ovos. Não fazia muito que se ausentara, quando o vi voltar correndo e galgar a muralha externa como se tivesse asas. E antes que eu tivesse tempo de falar-lhe, gritou:

– Oh! amo, amo! Que tristeza! Que desgraça!

– O que houve, Sexta-Feira?

– Oh, lá longe – diz ele. – Uma, duas, três canoas! Uma, duas, três!

Pela sua maneira de expressar-se, concluí que eram seis canoas, mas ao interrogá-lo vi que eram somente três.

– Bem, Sexta-Feira – disse-lhe –, não tenha medo. Tratei de encorajá-lo da melhor forma possível, mas percebi que a pobre criatura estava terrivelmente assustada. Ele estava convencido de que os selvagens haviam vindo para buscá-lo, dispostos a esquartejá-lo e comê-lo. Tremia tanto que não sabia o que fazer com ele. Confortei-o da melhor maneira que pude e disse-lhe que corria tanto perigo quanto ele e que, se nos capturavam, eu seria também devorado.

– Por isso, Sexta-Feira – acrescentei –, devemos combatê-los. Você pode lutar, Sexta-Feira?

– Mim atirar – responde –, mas eles vir grande número.

– Não se preocupe com isso – disse eu novamente –, nossas armas assustarão os que não matarmos. – Perguntei-lhe, então, se estava disposto a defender-me, como eu a ele, e se permaneceria a meu lado, obedecendo a todas as minhas ordens.

– Eu morrer quando amo mandar – disse.

Busquei então um pouco de rum e deixei que bebesse um bom trago, pois o havia poupado tanto que ainda restava em quantidade. Depois que bebeu, alcancei-lhe as duas espingardas, que sempre levávamos carregadas com chumbo grosso, do tamanho de balins de pistola. Peguei quatro mosquetes, carregando-os com dois balaços e cinco balins cada um. Carreguei também as duas pistolas com um punhado de balins, e colocando na cintura o espadão sem bainha, como costumava fazer, entreguei a Sexta-Feira a sua machadinha.

Assim preparado, apanhei as lentes de aproximação e subi a encosta do morro para ver o que podia descobrir. Mal cheguei ao topo e verifiquei que havia vinte e um selvagens, três prisioneiros e três canoas. Ao que parecia, seu objetivo ali não era outro além do triunfal banquete sobre os corpos dos inimigos. Sem dúvida, um bárbaro festim, mas em nada diferente do que habitualmente acontecia nessas ocasiões.

Observei também que não haviam desembarcado no mesmo lugar onde Sexta-Feira empreendera sua fuga, mas sim mais próximo da minha enseada, onde a costa era baixa e um espesso bosque chegava quase até o mar. Isto, mais o horror que me causava o desumano costume daqueles desgraçados, encheu-me de tal indignação que desci para buscar Sexta-Feira e disse-lhe que estava disposto a ir de encontro aos selvagens e matá-los a todos; perguntei-lhe, então, se poderia contar com ele. Já se havia recuperado do susto, e o rum havia lhe animado o espírito, parecendo de fato bem mais disposto, e repetiu-me que morreria, caso fosse esta a minha vontade.

Incapaz de conter a fúria, dividi entre nós as armas que já havia carregado. Dei a Sexta-Feira uma pistola para levar na cintura e três espingardas que colocou no ombro; apanhei a outra pistola e as três espingardas restantes, e assim pusemo-nos a caminho. Coloquei uma pequena garrafa de rum no bolso e dei a Sexta-Feira um saco com bastante pólvora e metralha, ordenando-lhe que ficasse sempre ao meu lado e não se mexesse, atirasse, ou fizesse qualquer movimento sem receber instrução minha; não devia tampouco pronunciar uma só palavra. Saindo pela direita, descrevemos um círculo de cerca de um quilômetro e meio com o objetivo de transpor a enseada, penetrar na mata e assim tê-los ao alcance de tiro antes que pudessem nos descobrir. De acordo com o que enxergara através das lentes, isso seria fácil de fazer.

Enquanto caminhávamos, meus pensamentos começaram a questionar a resolução que tomara. Não que estivesse com medo do número de selvagens, pois sabendo que estavam nus e praticamente desarmados, sentia-me superior a eles, mesmo sem Sexta-Feira. Porém voltava a perguntar-me qual a razão, qual o motivo e, o que é mais importante, que necessidade me impelia a ir banhar as mãos no sangue dessa gente, a atacá-los sem que me houvessem feito dano algum ou pretendessem algo de mal contra mim. Pois, no que me dizia respeito, eram inocentes, e seus bárbaros costumes eram sua própria desgraça, sinal de que Deus os havia abandonado com as outras nações daquela parte do mundo a um destino estúpido e desumano. Porém, Deus não havia me indicado como juiz de Suas ações, menos ainda como executor de Sua justiça. Quando julgasse apropriado, Ele mesmo tomaria a vingança em suas próprias mãos e castigaria em conjunto a essa gente, como a uma nação, por seus crimes nefandos. Mas nada disso me dizia respeito, torno a repetir. Sexta-Feira poderia justificar-se, pois era inimigo declarado daqueles selvagens, seu povo estava em guerra contra eles e era lícito que os atacasse; mas eu não me encontrava nas mesmas circunstâncias.

Tanto me oprimiram esses pensamentos, enquanto seguíamos pelo bosque, que resolvi apenas posicionar-me o mais próximo possível a eles e observar seu bárbaro festim; agiria, então, como Deus me orientasse. Mas, se não recebesse um impulso que de fato justificasse o que a princípio pretendia fazer, não me intrometeria com eles.

    Com essa resolução, penetramos na mata. Andando com toda cautela e silêncio possíveis, Sexta-Feira sempre junto aos meus calcanhares, chegamos à orla do bosque na parte mais próxima do lugar onde estavam reunidos e do qual só nos separavam algumas árvores e arbustos. Chamando em voz baixa Sexta-Feira, mostrei-lhe uma grande árvore que estava exatamente na extremidade do bosque e ordenei-lhe que fosse até lá para observar o que estavam fazendo. Voltou em seguida, dizendo-me que de lá se podia vê-los claramente, que estavam ao redor do fogo comendo a carne de um dos prisioneiros e que outro, amarrado, jazia na areia esperando sua vez. Mas o que me incendiou a alma foi saber que aquele prisioneiro não era um caribe mas um dos homens barbudos que, segundo Sexta-Feira me contara, haviam chegado ao seu país em um bote. Senti que um horror me dominava à simples menção de um homem branco numa tal situação, e, correndo até a árvore, pude divisar através das lentes que havia realmente um homem branco deitado na areia, com as mãos e os pés atados com junco, ou embiras, e que sem dúvida se tratava de um europeu, pelas roupas que vestia.

    Enxerguei outra árvore, com um matagal adjacente, a cerca de cinquenta metros mais próximo dos selvagens que o lugar onde estávamos agora, e percebi que com um pequeno rodeio era possível chegar até lá sem ser descoberto, ficando apenas a meia distância de tiro. Contendo o furor que já chegava aos limites da suportabilidade, recuei cerca de vinte passos e deslizei por entre arbustos que me ocultaram até alcançar aquela árvore. Cheguei, assim, a uma pequena elevação do solo que me propiciou uma visão total do que acontecia, a uma distância de menos de oitenta metros.

    Não havia um só momento a perder, pois dezenove daqueles bárbaros horríveis já sentados no chão, um ao lado do outro, formavam um grupo compacto ao redor do fogo, enquanto os restantes acabavam de levantar-se com intenção de matar o pobre cristão e trazê-lo talvez esquartejado para a fogueira. Vi que se inclinavam para desatar-lhe os pés e voltei-me para meu criado.

– Sexta-Feira – disse-lhe –, faça tudo como eu mandar – com que ele assentiu. – Pois bem, Sexta-Feira – acrescentei –, faça então exatamente o que eu fizer e não vacile em nada.

Coloquei no chão um dos mosquetes e a espingarda, e Sexta--Feira fez o mesmo. Apanhei imediatamente o outro mosquete e fiz pontaria sobre os selvagens, indicando-lhe que imitasse meus movimentos. Perguntei-lhe, a seguir, se estava pronto, e ele respondeu que sim.

– Então fogo! – disse eu e no mesmo instante detonei também a minha arma. A pontaria de Sexta-Feira foi bem melhor do que a minha, pois do lado em que atirou, vi caírem dois mortos e três feridos, enquanto eu só havia matado um e ferido dois. Pode-se imaginar o pânico e o horror que se criou entre eles.

Os que não foram feridos ergueram-se imediatamente, mas sem saber para onde ir ou o que fazer, pois ignoravam de onde lhes chegava a morte. Sexta-Feira mantinha os olhos fixos em mim para observar todos os meus movimentos, como lhe ordenara. Mal disparamos o primeiro tiro, larguei o mosquete e apanhei a espingarda, no que ele me acompanhou. Engatilhamos e apontamos as armas quase ao mesmo tempo.

– Pronto, Sexta-Feira? – perguntei.

– Sim – respondeu.

– Fogo, então, em nome de Deus!

E pela segunda vez descarregamos as armas para horror dos infelizes. Nessa ocasião, como nossas espingardas estavam carregadas com chumbo fino de pistola, caíram somente dois inimigos, mas foram tantos os feridos, que saíram correndo e berrando como loucos, quase todos cobertos de sangue, devido aos inúmeros ferimentos. Mais três caíram logo depois, embora ainda se encontrassem com vida.

– Agora, Sexta-Feira – ordenei, largando a arma descarregada e pegando o outro mosquete –, siga-me!

Levantou-se corajosamente para obedecer-me e imediatamente nos precipitamos para fora do bosque, expondo-nos à vista dos selvagens. Assim que percebi que me haviam descoberto lancei um brado terrível e ordenei a Sexta-Feira que fizesse o mesmo. Avançamos – embora não muito rápido, devido ao peso das armas que carregávamos – em direção ao local onde jazia a pobre vítima, estendida sobre a areia, entre a fogueira e o mar. Os dois carniceiros que estavam prestes a esquartejar o prisioneiro o haviam abandonado com o terror dos disparos, fugindo a toda velocidade em direção ao mar, onde saltaram para uma canoa, seguidos de outros três. Ordenei a Sexta-Feira que corresse e atirasse contra eles. Compreendeu-me prontamente, avançando cerca de quarenta metros para se aproximar mais, e abriu fogo contra os que fugiam. Pensei que ele houvesse matado todos, porque os vi caírem uns por sobre os outros dentro da canoa, mas dois deles endireitaram-se em seguida. Contudo, matou realmente dois e feriu um terceiro, que jazia no fundo do bote como se estivesse morto.

Enquanto Sexta-Feira tratava de alvejá-los, puxei da faca e cortei os laços que amarravam a pobre vítima. Depois de soltar-lhe as mãos e os pés, levantei-o e perguntei-lhe em português quem era. Respondeu-me em latim, "Christianus", mas estava tão débil que quase não podia falar ou mover-se. Tirei minha garrafa do bolso e entreguei-a a ele, fazendo sinais de que devia beber, e dei-lhe também um pedaço de pão, que ele comeu. Perguntei-lhe, então, qual era sua nacionalidade, ao que ele respondeu "Español". Já um pouco mais reanimado, fez com que eu soubesse, por meio de todos os sinais que teve condições de fazer, o quanto estava agradecido por haver lhe salvado.

– Senhor – disse-lhe, no melhor espanhol que recordava –, conversaremos mais tarde, pois agora temos que lutar. Se lhe resta alguma força, tome esta pistola e esta espada e use-as como puder.

Recebeu-as com gratidão, e a ação de empunhá-las pareceu insuflar-lhe novo vigor, pois lançou-se furiosamente sobre os assassinos e num instante cortou dois em pedaços. A verdade é que aqueles infelizes estavam tão espantados pela forma com que haviam sido surpreendidos com o estampido das armas, que muitos caíam de mera perplexidade e pavor, ignorando o que fazer para escapar ou resistir a nossas investidas. Não sucedeu outra coisa na canoa contra a qual Sexta-Feira disparou, pois enquanto três caíram com os ferimentos recebidos, os outros dois o fizeram de horror.

Mantive o mosquete preparado, mas não atirei, querendo reservar a carga, pois havia entregado a pistola e a espada ao espanhol. Chamei, então, Sexta-Feira, ordenando-lhe que corresse até a árvore de onde fizemos os primeiros disparos e trouxesse as armas que estavam lá, descarregadas, o que ele fez com a maior velocidade. Entregando-lhe meu mosquete, comecei a carregar os restantes, gritando a meus companheiros que viessem buscá-los à medida que houvesse necessidade. Enquanto me ocupava disso, observei que se desenrolava uma luta terrível entre o espanhol e um dos selvagens, que investia contra ele com uma grande espada de madeira, precisamente a mesma espécie de arma que teriam usado para matá-lo antes, se eu não houvesse impedido. O espanhol, que era tão audaz e destemido quanto se possa imaginar, mesmo debilitado, enfrentou-o durante um bom tempo e chegou a ferir o inimigo duas vezes na cabeça. Porém, aproveitando a falta de força do espanhol, o esperto e robusto selvagem conseguiu aproximar-se dele e derrubou-o ao chão. Estava prestes a arrancar-lhe a espada da mão, quando o espanhol, embora numa posição desfavorável, inteligentemente resolveu abandonar a espada, sacando a pistola da cintura e disparando contra o corpo do selvagem, que caiu fulminado antes mesmo de eu chegar para socorrê-lo. Sexta-Feira, que então agia por conta própria, continuou perseguindo os restantes sem outra arma além da sua machadinha. Com ela executou os primeiros três que haviam sido feridos e a seguir todos os que pôde alcançar. O espanhol veio até mim em busca de arma, e entreguei-lhe uma das espingardas, com a qual conseguiu ferir dois selvagens; porém, como não tinha forças para persegui-los, ambos refugiaram-se no bosque. Sexta-Feira saiu ao encalço deles e matou um, mas o outro, ágil demais para ele, mesmo ferido conseguiu chegar ao mar e nadar com todas suas forças até os outros dois que se encontravam na canoa. Esses três selvagens, mais um ferido que ignoramos se morreu ou não, foram os únicos que escaparam dos vinte e um. A sorte dos restantes foi a seguinte:

Mortos por nosso primeiro disparo dado da árvore 3
Mortos pelo segundo disparo 2
Mortos por Sexta-Feira no bote 2
Feridos primeiro e depois mortos 2
Morto por Sexta-Feira no bosque 1
Mortos pelo espanhol 3
Mortos, pelos ferimentos ou por Sexta-Feira que os encontrara já agonizando 4
Fugidos no bote, entre os quais um ferido ou morto 4
Total 21

 Os que estavam no bote fugiram a toda velocidade para sair do alcance de tiro, e embora Sexta-Feira tenha feito dois ou três disparos, não creio que tenha atingido nenhum. Sexta-Feira queria inclusive que tomássemos uma das canoas e os perseguíssemos. Sua fuga realmente me inquietava muito, pois receava que, contando a sua gente o que acontecera, podiam voltar com duzentas ou trezentas canoas, e então sem dúvida nos venceriam e devorariam. Concordei, portanto, que devíamos tentar alcançá-los. Correndo até uma das canoas, pulei para dentro dela e ordenei a Sexta-Feira que me acompanhasse. Mas qual não foi minha surpresa ao encontrar no fundo da piroga outra pobre criatura com as mãos e os pés amarrados, tal como o espanhol, apenas esperando sua vez de ser esquartejado e quase morto de medo por ignorar o que estava acontecendo. Havia sido tão fortemente amarrado que não fora capaz de olhar por sobre a borda da canoa, dando-me a impressão que de fato pouco tempo de vida ainda lhe restava.

 Imediatamente cortei os laços ou embiras que lhe sujeitavam os membros e tentei ajudá-lo a recompor-se, mas ele não podia nem manter-se de pé nem falar, e apenas gemia num tom de lamento, acreditando, provavelmente, que o desamarrava para assassiná-lo e comê-lo.

Quando Sexta-Feira aproximou-se de mim, mandei-lhe que falasse com o selvagem e lhe dissesse que estava livre. Apanhando minha garrafa do bolso, fiz com que bebesse um trago, o que, junto com as notícias de sua salvação, reanimou-o bastante e deu-lhe forças para sentar-se na canoa. Porém, quando Sexta-Feira aproximou-se para escutar o que dizia e enxergou-lhe o rosto, começou a abraçá-lo, a beijá-lo e a tomá-lo nos braços com força e com tais demonstrações de alegria, que ninguém poderia conter as lágrimas ao presenciar essa cena. Ria, chorava, pulava, dançava, cantava e gritava de emoção; torcia as mãos, esmurrava o próprio rosto e a cabeça e tornava a dar saltos e uivos como alguém que houvesse perdido o juízo. Passou um bom tempo até fazê-lo falar com clareza e explicar-me o que significava aquilo; afinal consegui que se acalmasse um pouco e me dissesse então que aquele selvagem era seu pai.

Não é fácil expressar a emoção que me produziu o êxtase de alegria e de amor filial que acabara de presenciar no pobre selvagem à vista do pai que havia sido salvo da morte; tampouco posso descrever todas as extravagâncias que usou para demonstrar seu afeto. Entrou e saiu do barco várias vezes. Por fim, sentou-se ao lado do pai e, abrindo a jaqueta, apoiou a cabeça do ancião contra o peito, mantendo-o assim por mais de meia hora, para ajudá-lo a recobrar as forças. Depois começou a esfregar-lhe os braços e os tornozelos, que estavam dormentes e rijos por causa das embiras, e, percebendo sua intenção, dei-lhe um pouco de rum para que pudesse friccionar melhor os membros entorpecidos, o que fez muito bem ao selvagem.

Tudo isso colocou um fim a nossa perseguição à canoa, que quase já não era mais possível avistar. E fomos felizes nessa resolução, pois cerca de duas horas depois, quando a piroga não podia ter navegado mais que um quarto da travessia, começou a soprar um vento forte, que permaneceu durante toda a noite de nordeste, ou seja, contra eles; de modo que é difícil crer que tenham escapado de um naufrágio ou chegado ao continente.

Mas retornemos a Sexta-Feira. Estava tão ocupado com o pai que não tive coragem para afastá-lo dali. Porém, quando julguei que podia abandoná-lo por uns poucos instantes, chamei-o e ele veio aos pulos, rindo, com todas as demonstrações da mais completa felicidade. Perguntei-lhe se havia dado um pedaço de pão a seu pai.

– Nada – respondeu, sacudindo a cabeça. – Eu cão malvado comer tudo sozinho.

Dei-lhe um pouco do pão que levava comigo em um pequeno saco e ofereci-lhe um gole de rum, mas não chegou a tomá-lo, levando-o para seu pai. Como tinha no bolso dois ou três cachos de passas, ofereci-lhe também um punhado. Imediatamente o vi correr com tudo isso até onde estava o ancião, e em seguida afastar-se dali, como que enfeitiçado. Correu com tal velocidade – pois jamais conhecera alguém tão veloz quanto ele – que num instante o perdi de vista; e embora o chamasse aos berros, foi como se não o fizesse, pois continuou correndo sem me dar atenção. Um quarto de hora mais tarde vi que regressava, mas parecia cuidar algo que tinha na mão.

Quando passou ao meu lado vi que havia ido até em casa para buscar um jarro de água doce e que trazia mais dois pães. Entregou-me o pão e foi dar água ao pai, mas antes bebi um pouco, pois também estava sedento. A água fez mais bem ao ancião do que todo o rum que havia lhe dado porque estava quase desmaiando de sede.

Chamei, então, Sexta-Feira para saber se restava ainda um pouco de água. Ao responder-me afirmativamente, ordenei-lhe que oferecesse ao pobre espanhol, que também a necessitava muito, bem como um dos pães. O espanhol estava muito fraco e deitara-se na relva para repousar à sombra de uma árvore; seus membros também estavam enrijecidos e inchados em razão da forma como haviam sido atados. Ao perceber que se sentara para receber a água e o pão que Sexta-Feira lhe trazia, aproximei-me e ofereci-lhe um punhado de passas. Olhou para mim com a mais profunda expressão de gratidão e reconhecimento que seria capaz um rosto humano, mas estava tão fraco – embora tenha tido forças para combater – que não podia sustentar-se em pé. Tentou duas ou três vezes, mas era realmente impossível, por causa da dor intensa que sentia nos tornozelos. Disse-lhe, então, que ficasse quieto e mandei Sexta-Feira friccionar-lhe os membros com rum, como fizera com seu pai.

Notei que a pobre e afetuosa criatura olhava a cada dois minutos, talvez menos, para o lugar onde estava seu pai, para ver se continuava da mesma forma em que o havia deixado. De repente, ao não enxergá-lo, largou o que estava fazendo e saiu em tal disparada que seus pés mal tocavam o chão. Mas o pai apenas havia se deitado para repousar os membros, e Sexta-Feira retornou em seguida. Disse, então, ao espanhol que Sexta-Feira o ajudaria a caminhar até o bote para que o levássemos até nossa morada, onde eu poderia atendê-lo de forma adequada. Porém meu criado, que era muito forte, levantou o espanhol e, carregando-o nas costas, levou-o até o barco, onde o acomodou com todo o cuidado na borda, com os pés para dentro; em seguida ergueu-o novamente e colocou-o ao lado do pai. Saltando outra vez da canoa, empurrou-a para a água, e, embora soprasse com força, levou o bote a remo ao longo da costa mais rápido do que eu podia caminhar pela praia. Num instante alcançou a enseada, e deixando-os em segurança correu para apanhar a outra canoa. Quando passou por mim, perguntei-lhe aonde ia, e ele me respondeu;

– Buscar mais canoa.

E lá se foi como uma ventania, pois nunca um homem ou cavalo correram como ele. Apareceu com outra canoa quase ao mesmo tempo em que eu chegava à enseada e, depois de transportar-me para o outro lado, passou a ajudar nossos novos hóspedes a saírem do bote. Contudo, nenhum dos dois foi capaz de caminhar, e o pobre Sexta-Feira ficou sem saber o que fazer.

Comecei a pensar no modo de levá-los para casa e, ordenando a Sexta-Feira que os acomodasse na ribanceira, fiz uma espécie de padiola para transportar a ambos, e assim iniciamos a jornada. Porém nos deparamos com um problema ainda maior ao chegarmos à parte externa de nossa muralha ou fortificação, pois era impossível passá-los por cima, e eu não estava disposto a destruí-la. De modo que voltei a trabalhar e em cerca de duas horas construímos, Sexta-Feira e eu, uma bela tenda, coberta com pedaços de velas e ramos de árvores, no espaço existente entre a paliçada exterior e o pequeno bosque que eu plantara. Pusemos ali duas camas feitas com o mesmo material que tínhamos à mão, ou seja, palha de arroz, cobertas com uma manta e mais um cobertor para servir-lhes de abrigo.

    Minha ilha estava agora povoada, sentia-me rodeado de muitos súditos e pensava frequentemente com alegria em como me assemelhava a um rei. Antes de tudo, a terra era de minha absoluta propriedade, o que me assegurava um direito indubitável de domínio. Em segundo lugar, meu povo era formado de submissos vassalos, dos quais era senhor e legislador; todos me deviam a vida e estavam dispostos a entregá-la por mim, caso fosse necessário. Também é digno de nota que meus três únicos súditos pertenciam a três religiões diferentes. Meu criado Sexta-Feira era protestante, seu pai pagão e canibal, e o espanhol era papista. Contudo, havia assegurado liberdade de consciência em todos os meus domínios.

    Após colocar em segurança e dar abrigo aos dois debilitados prisioneiros que salvara, comecei a pensar em alimentá-los. A primeira coisa que fiz foi ordenar a Sexta-Feira que apanhasse em meu rebanho um cabrito e o matasse. Separei, então, o quarto traseiro que cortei em pequenos pedaços, e Sexta-Feira o ferveu e ensopou; dessa forma obtivemos um bom prato de carne e caldo, ao qual acrescentamos um pouco de cevada e arroz. Como cozinhava no exterior, pois não queria fazer fogo dentro da paliçada, levei tudo para a nova tenda e, colocando ali uma mesa, nos sentamos para comer. Tratei de animá-los e encorajá-los da melhor forma possível. Sexta-Feira era meu intérprete, especialmente para seu pai, mas também para o espanhol, já que este falava muito bem o idioma dos selvagens.

    Depois da janta, ou melhor, da ceia, ordenei a Sexta-Feira que fosse até uma das canoas para recolher os mosquetes e as demais armas de fogo, que por falta de tempo havíamos deixado no local de batalha. No dia seguinte ordenei a ele que fosse enterrar os cadáveres dos selvagens, que jaziam a céu aberto e logo começariam a cheirar mal. Disse-lhe também que fizesse o mesmo com os repugnantes despojos do bárbaro festim, que sabia serem numerosos; jamais teria condições de executar tal tarefa, pois não suportava sequer olhar para aquilo quando passava nas imediações. Sexta-Feira executou tudo conforme lhe ordenei e apagou de tal forma os vestígios da presença dos selvagens que, quando voltei lá, não teria reconhecido o lugar se não fosse aquela ponta de bosque a indicar sua localização.

Começava, então, a ter uma ou outra conversa com meus dois novos súditos. Pedi a Sexta-Feira que perguntasse a seu pai o que pensava sobre a fuga dos selvagens sobreviventes e se era de esperar que voltassem em grande número, de modo a inviabilizar qualquer tentativa de defesa. Sua primeira opinião foi que os selvagens não resistiriam à tempestade que soprou àquela noite; se não se afogassem certamente seriam arrastados para as costas do sul, onde outras tribos canibais os devorariam. Quanto ao que fariam se chegassem sãos e salvos a sua terra, não saberia dizer, mas sua opinião era que haviam ficado tão aterrorizados pela forma com que foram atacados, com as detonações e o fogo, que sem dúvida contariam a sua gente terem sido exterminados por raios e trovões e não pela mão do homem. Diriam ainda que Sexta-Feira e eu éramos os dois espíritos celestes ou demônios que haviam descido à terra para destruí-los, sem precisar recorrer a armas humanas. Sobre isso estava absolutamente seguro, pois ouviu a todos gritarem uns aos outros em sua linguagem que conhecia bem. Era impossível para eles conceber que um homem pudesse arremessar fogo, falar trovoando e matar a tal distância sem sequer levantar a mão, como havia ocorrido. O velho selvagem estava com a razão, pois soube mais tarde por meio de outras fontes que jamais um canibal se atreveu a voltar àquela ilha. Ficaram tão apavorados com o relato feito pelos quatro sobreviventes – pois, ao que parece, conseguiram escapar à tempestade – que acreditavam que todo aquele que ousasse desembarcar nessa ilha encantada seria destruído pelo fogo dos deuses.

Isso, no entanto, eu não sabia, e durante muito tempo vivi sob constante apreensão e sem descuidar das precauções que nosso pequeno exército adotava. Agora que éramos quatro, teria enfrentado uma centena deles em campo aberto e em qualquer ocasião.

Como o tempo passava, e as canoas inimigas não voltavam, comecei a perder o medo e a reconsiderar os antigos projetos de viajar ao continente. Contava agora com a garantia dada pelo pai de Sexta-Feira de que, se fosse com eles até sua nação, seria muito bem tratado sob sua responsabilidade.

Mas tais pensamentos esmoreceram um pouco depois de uma conversa com o espanhol, quando então soube que dezesseis pessoas, entre conterrâneos seus e portugueses, viviam em paz com os selvagens depois de salvarem-se de um naufrágio que os lançara àquela região. Contudo, a existência deles era muito penosa, e todos passavam imensas privações, em razão das quais corriam até perigo de vida. Pedi-lhe para relatar-me os pormenores de sua viagem e soube que os náufragos pertenciam a um navio espanhol proveniente do Rio da Prata e com destino a Havana, onde pretendiam desembarcar seu carregamento, composto principalmente de couros e prata, e retornar trazendo mercadorias europeias que eles pudessem encontrar naquele porto. Contou-me que levavam a bordo cinco marinheiros portugueses que haviam recolhido do mar e que, quando naufragaram mais tarde, cinco homens da sua própria tripulação morreram afogados, enquanto os que conseguiram se salvar haviam chegado, depois de infinitos perigos e adversidades e quase mortos de fome, à costa dos canibais, onde esperavam ser devorados a qualquer instante.

Contou-me que tinham algumas armas com eles, mas que de nada lhe serviam, pois lhes faltavam pólvora e bala; o mar havia estragado toda a pólvora que traziam, salvo uma pequena quantidade utilizada para providenciar algum alimento quando desembarcaram.

Perguntei ao espanhol o que lhes aconteceria lá e se não tinham nenhum projeto de fuga. Disse-me que haviam pensado sobre isso muitas vezes, mas que sem barco ou ferramentas para construir um, ou mesmo mantimentos de qualquer espécie, suas reuniões acabavam sempre em lágrimas e desespero. Quis saber como receberiam uma proposta minha que pudesse ajudá-los a escapar, e se ele via alguma possibilidade de fuga caso todos viessem para a ilha. Disse-lhe com toda a franqueza que meu maior temor era que me traíssem assim que houvesse colocado minha vida em suas mãos. Sabia muito bem que a gratidão não era uma virtude inerente à natureza humana e que com frequência os homens agem mais de acordo com as vantagens que esperam obter do que com generosidade pelos favores que hajam recebido. Disse-lhe que seria demasiado cruel ser o instrumento de sua libertação e depois acabar prisioneiro deles na Nova Espanha, onde todo inglês seria sem dúvida sacrificado, não importa os motivos que o houvessem levado lá. Preferia cair nas mãos dos selvagens e ser devorado vivo do que nas garras impiedosas dos padres e da Inquisição. Contudo, manifestei-lhe minha certeza de que, se estivessem todos aqui, poderíamos, com tantos braços, construir uma embarcação capaz de levar-nos em direção ao sul, ou seja, para o Brasil, ou para as ilhas espanholas do norte. Porém, se depois de havê-los ajudado e posto armas em suas mãos me arrastassem à força para seu país, de nada haveria adiantado minha generosidade para com eles, e minha situação se tornaria pior do que estava antes.

Respondeu-me com grande sinceridade e franqueza que a condição de seus companheiros era tão triste e miserável que de forma alguma lhe parecia admissível que chegassem a trair a quem lhes oferecia a liberdade. Acrescentei que, se eu o autorizasse, iria até eles com o velho selvagem, lhes transmitiria a minha proposição e retornaria imediatamente com a resposta. Somente trataria com eles mediante juramento prévio e solene de que se poriam incondicionalmente sob minhas ordens em caráter de chefe e capitão; jurariam sobre os Santos Sacramentos e o Evangelho que me seriam leais e se dirigiriam a um país cristão que eu estivesse de acordo. Em suma, obedeceriam a minhas ordens sem quaisquer restrições até que houvéssemos desembarcado em segurança no país que eu designasse. Tudo isso seria redigido e assinado por todos de próprio punho para minha maior tranquilidade.

Disse-me ainda que ele seria o primeiro a pronunciar o juramento e que jamais se afastaria de mim enquanto vivesse, a não ser que eu dispusesse o contrário. Ficaria a meu lado até a última gota de sangue, caso ocorresse o menor sinal de má-fé entre seus camaradas.

Por fim, assegurou-me que eram todos cidadãos muito honestos e que se encontravam na pior das desgraças, privados de armas e roupas, quase sem comida e inteiramente à mercê dos selvagens. Não alimentavam a menor esperança de algum dia voltar a seu país, de modo que, se eu me encarregasse da sua libertação, viveriam e morreriam por mim.

Diante dessas afirmações e promessas, resolvi tentar a aventura de libertá-los se fosse possível, e antes de qualquer outra coisa enviaria o velho selvagem e o espanhol até o continente para tratar com eles. Já estava tudo pronto para a viagem, quando o espanhol levantou uma objeção, feita com tanta prudência e sinceridade que não pude deixar de acolhê-la, levando-me a postergar a libertação de seus camaradas por mais seis meses no mínimo. Explico por quê: o espanhol já estava conosco a cerca de um mês, e durante esse tempo havia-lhe mostrado os recursos que possuía para alimentar-me com a ajuda da Providência. Teve, então, oportunidade de observar meus depósitos de cereal e arroz, que, apesar de serem mais do que suficientes para mim, devíamos economizar, pois nossa família contava agora com quatro membros. Portanto, menos ainda poderiam bastar-nos quando seus conterrâneos, que então somavam quatorze homens, chegassem à ilha. Por fim, ainda menores seriam as possibilidades para abastecer a embarcação, caso a construíssemos com o objetivo de levar-nos a alguma das colônias cristãs da América. Aconselhou-me, assim, a cultivar e semear novas terras, usando para isso todas as sementes disponíveis.

Esperaríamos, então, outra colheita, a fim de termos quantidade suficiente para quando seus compatriotas desembarcassem. A falta de alimentos podia ser motivo de discórdia ou de que não se sentissem libertados, mas apenas transferidos de uma dificuldade a outra não menos grave.

– Bem sabeis – disse o espanhol – que, embora a princípio se regozijassem por haverem sido libertados do cativeiro no Egito, os filhos de Israel acabariam por rebelar-se contra o próprio Deus que os salvara, quando lhes faltou pão no deserto.

Sua cautela era tão acertada, seu conselho tão pertinente que não pude senão sentir-me muito satisfeito ao tê-lo recebido, assim como me satisfazia sua fidelidade para comigo. Começamos, pois, os quatro a preparar a terra, tão bem quanto nos permitiam nossas ferramentas de madeira, e um mês depois, na época propícia, dispúnhamos de uma extensão suficiente para semear vinte e dois alqueires de cevada e dezesseis jarros de arroz, o que constituía toda a semente que podíamos dispor para uma semeadura. Sobrou-nos apenas o bastante para alimentar-nos durante os seis meses a partir do dia em que separamos o grão para semear, pois naquelas latitudes não se leva tanto tempo para colher.

Tendo agora companhia, e em número suficiente para afastar o medo dos selvagens, salvo se viessem com um enorme exército, andávamos livremente por toda a ilha, sempre que encontrávamos ocasião. Pensávamos constantemente em nossa fuga ou libertação, e era impossível, ao menos para mim, deixar de refletir sobre os meios de realizá-la. Com esse propósito, marquei diversas árvores que me pareceram adequadas e encarreguei Sexta-Feira e seu pai de derrubá-las. Quanto ao espanhol, que estava a par dos meus projetos, deixei-o a supervisionar e dirigir o trabalho. Mostrei-lhes como, à custa de indescritíveis esforços, havia transformado uma grande árvore em tábuas, e disse-lhes para fazer o mesmo, até que houvessem obtido uma dezena de pranchas de bom carvalho, com cerca de sessenta centímetros de largura, dez metros de comprimento e cinco centímetros de espessura. Qualquer um pode imaginar o prodigioso trabalho que isso exigiu.

Ao mesmo tempo tratava de aumentar o máximo possível meu pequeno rebanho de cabras domésticas. Um dia enviava Sexta-Feira e o espanhol para caçar, no seguinte íamos eu e Sexta-Feira, e assim sucessivamente; dessa forma capturamos mais de vinte cabritos para criar com o restante, pois sempre que alvejávamos a mãe, poupávamos os filhotes e os acrescentávamos ao nosso rebanho. Mas o mais surpreendente foi a quantidade de passas que obtivemos secando uvas ao sol quando chegou a época; creio que se estivéssemos em Alicante, onde se preparam as passas, teríamos enchido sessenta ou oitenta barris. Quanto ao pão, constituía o principal da nossa alimentação, pois, além de ser muito saboroso, possuía um valor altamente nutritivo.

Chegou o tempo da colheita, e nossa safra foi boa. Não era a mais abundante que havia visto na ilha, mas respondia a nossos objetivos. Os vinte e dois alqueires de cevada, depois de ceifados e descascados, converteram-se em mais de duzentos e vinte alqueires, e o mesmo sucedeu, proporcionalmente, ao arroz, formando um estoque suficiente até a próxima colheita, mesmo que todos os dezesseis espanhóis já estivessem na ilha conosco. E se estivéssemos prontos para viajar, teria abastecido perfeitamente a embarcação e nos levado a qualquer parte do mundo, isto é, da América.

Depois de colher e armazenar nosso estoque de cereal, começamos a trabalhar na fabricação de mais artefatos de vime, fazendo grandes cestos onde pudéssemos guardá-lo em segurança. O espanhol era destro e habilidoso nesse ofício e com frequência me censurava por não ter utilizado essa arte para minha defesa, mas eu não via nenhuma necessidade disso.

Possuindo, então, um suprimento completo de alimentos para todos os hóspedes que esperava, dei permissão ao espanhol para cruzar o mar e ir ao encontro de seus companheiros. Dei-lhe ordens estritas para não trazer nenhum homem que não houvesse previamente jurado na presença dele e do velho selvagem que não iria de forma alguma ofender, lutar contra ou atacar a pessoa que viesse a encontrar na ilha, a qual bondosamente os havia mandado buscar para ajudá-los em sua libertação; que prometeriam apoiar-me e defender-me contra toda tentativa hostil, assim como submeter-se completa e absolutamente a minhas ordens. Tudo isso devia ser consignado por escrito e assinado de próprio punho e letra. Como se faria isso, quando era de imaginar-se que não tinham pena ou tinta, é algo que a nenhum de nós ocorreu.

De posse dessas instruções, o espanhol e o velho selvagem, pai de Sexta-Feira, partiram em uma das canoas com as quais chegaram, ou melhor, foram trazidos prisioneiros para serem devorados pelos selvagens.

Entreguei um mosquete a cada um e cerca de oito cargas de pólvora e balas, recomendando-lhes que as economizassem o máximo possível e só fizessem uso delas em ocasiões urgentes, pois constituíam as primeiras medidas que tomava visando a minha libertação depois de vinte e sete anos e alguns dias de permanência nessa ilha. Dei a eles uma quantidade de pão e passas suficiente para sustentá-los durante vários dias e ainda alimentar seus conterrâneos por cerca de uma semana. Após desejar-lhes boa viagem, deixei-os partir, combinando um sinal por meio do qual poderia reconhecê-los à distância quando voltassem.

Partiram com um bom vento, em dia de lua cheia e, segundo meus cálculos, no mês de outubro. Porém meu calendário não era preciso, já que depois de haver perdido um dia no princípio, jamais pude encontrar o erro. Não estava sequer seguro dos anos, embora mais tarde, ao cotejar meus dados com a realidade, tenha verificado que meu registro anual estava absolutamente correto.

Não haviam transcorrido oito dias desde sua partida, quando sobreveio um estranho e inesperado acontecimento que talvez não tenha equivalente na história. Dormia profundamente certa manhã em minha tenda quando Sexta-Feira chegou correndo e gritando.

– Amo, amo, eles chegar, eles chegar!

Sem considerar o perigo, saltei da cama e, mal terminei de vestir-me, atravessei meu pequeno arvoredo que, diga-se de passagem, já se havia transformado num espesso bosque. Sem pensar no perigo, repito, saí desprovido de armas, o que jamais fazia, porém minha surpresa foi grande quando, ao olhar, vi um bote a cerca de légua e meia de distância, navegando em direção à costa, com uma vela conhecida como "quarto-de-carneiro", e com o vento a favor. Observei de imediato que o bote não vinha do lado mais aberto da costa, mas do extremo sul da ilha. Chamei então Sexta-Feira e ordenei-lhe que se mantivesse escondido, pois essas não eram as pessoas que esperávamos e ainda não sabíamos se eram amigos ou inimigos. Voltei para casa a fim de buscar as lentes e ver o que podia descobrir. Trazendo a escada para fora, subi até o topo da colina, como costumava fazer nos momentos de perigo, quando desejava ter uma visão mais ampla e não ser descoberto.

Mal alcançara o cume, e meus olhos viram com toda clareza um navio ancorado a umas duas léguas e meia a sul-sueste de onde me encontrava, mas a não mais de légua e meia da costa. Pela minha observação, pude facilmente perceber que se tratava de um navio inglês, e o bote um escaler de igual procedência.

É impossível expressar a confusão que experimentei diante de tais acontecimentos. A alegria de ver um navio, que além do mais parecia tripulado por compatriotas, ou seja, por amigos, era daquelas que não podem ser descritas. Contudo, algumas dúvidas vindas não sei de onde me assaltavam, aconselhando-me a permanecer vigilante. Comecei a perguntar-me que espécie de negócio poderia trazer um barco inglês àquela parte do mundo, uma vez que a ilha estava afastada de todas as rotas de comércio frequentadas pela marinha britânica. Sabia também que não ocorrera nenhuma tempestade que pudesse tê-los arrastados para lá e que, se eram realmente ingleses, havia muita chance de que não houvessem chegado com boas intenções, de modo que era preferível continuar como estava do que cair nas mãos de prováveis ladrões e assassinos.

Que nenhum homem despreze os sinais e avisos secretos de perigo que às vezes lhe são dados, pensando que possam ser falsos. Que recebemos tais indícios e avisos, acredito que poucas pessoas que se dedicam a observar as coisas o possam negar. Não podemos, portanto, duvidar da veracidade de certas revelações da existência de um mundo invisível e de um intercurso de espíritos. E se sua tendência parece ser a de alertar-nos do perigo, por que não haveríamos de supor que provêm de algum agente amigo – se supremo ou inferior e subordinado, pouco importa – e têm em vista o nosso bem? O episódio em questão comprova outra vez mais o acerto desse raciocínio; pois tivesse feito pouco dessa advertência secreta, fosse qual fosse sua origem, teria inevitavelmente me arruinado e ficado em pior situação do que antes, como se verá a seguir.

Não estava há muito tempo no topo da colina, quando vi o bote aproximar-se da terra e costeá-la em busca de uma enseada que facilitasse o desembarque. Como não avançaram o suficiente, não enxergaram a pequena angra onde eu havia levado minhas primeiras jangadas, mas trouxeram o barco até a praia, a cerca de um quilômetro de onde me encontrava, o que para mim foi muito bom, pois, se houvessem seguido, acabariam desembarcando praticamente à minha porta, por assim dizer; teriam descoberto o castelo e talvez saqueado todos os meus bens.

Quando desembarcaram, fiquei muito feliz de saber que eram ingleses, ao menos a maior parte, pois um ou dois me pareceram holandeses, no que estava equivocado. Eram onze ao todo, dos quais três estavam desarmados e, como pensei, amarrados, pois quando os quatro ou cinco primeiros saltaram para a terra, fizeram sair aqueles três como se fossem prisioneiros. Um dos três parecia realmente aflito e desesperado, pois fazia gestos tão candentes de súplica que pensei que estivesse exagerando. Os outros dois, embora às vezes jogassem suas mãos para o céu, mostravam-se bem mais tranquilos que o primeiro.

Fiquei ainda mais transtornado diante do que via e não tinha a menor ideia do que estava para acontecer. Eis que Sexta-Feira se aproxima para falar-me no melhor inglês que podia improvisar.

– Oh, amo! Ver homens inglês comer prisioneiro igual selvagem comer homens!

– O que, Sexta-Feira – pergunto –, pensa então que vão devorá-los?

– Sim – insistiu –, eles comer homens.

– Não, Sexta-Feira – acrescentei –, receio que os matem, mas pode estar certo de que não os comem.

Entretanto, eu continuava ignorando o que realmente acontecia na praia e tremia de horror diante da ideia de que aqueles três prisioneiros pudessem ser assassinados a qualquer momento. Cheguei mesmo a ver um dos malfeitores alçar um grande alfange ou espada para matar um dos coitados. Pareceu-me que algum ia cair a qualquer instante e senti o sangue congelar em minhas veias.

Desejava ardentemente que o espanhol e o pai de Sexta--Feira estivessem ali comigo. Se ao menos encontrasse um meio de colocar-me a distância de tiro daqueles indivíduos sem ser descoberto, poderia tentar salvar os três prisioneiros, pois, pelo que pude observar, não traziam armas de fogo. Porém, logo percebi que as coisas tomavam outro rumo.

Depois da forma ultrajante com que as vítimas foram tratadas pelo marinheiro, observei que todos se dispersaram pela costa, como se quisessem reconhecer o terreno. Observei que os três prisioneiros ficaram também em liberdade para ir aonde desejassem, mas sentaram-se no chão, pensativos e, segundo me pareceu, profundamente desesperançados.

Isso me fez lembrar o momento de minha chegada à ilha, quando comecei a olhar em torno sentindo-me perdido e sem esperanças. Recordei as apreensões terríveis que tivera e como passara a primeira noite numa árvore com medo de ser devorado por animais selvagens.

Assim como ignorava naquela noite o socorro que ia me enviar a Providência ao arrastar o navio para tão perto da terra com as tempestades e a maré, de forma a garantir o meu sustento ao longo de todos esses anos, assim também aqueles pobres homens desolados ignoravam o quanto estavam próximos da libertação e em segurança no mesmo instante em que se imaginavam perdidos e abandonados à morte.

É tão pouco o que conseguimos vislumbrar do mundo e tantas as razões que temos para depender com alegria do grande Criador do universo, que não deixa suas criaturas tão absolutamente destituídas, de modo que nas piores circunstâncias sempre têm algo por que agradecer e às vezes se encontram mais próximas da libertação do que imaginam, ou mesmo são levadas a ela por meios que pareciam levá-las à destruição.

Haviam chegado à praia justamente no auge da maré e durante o tempo em que ficaram, primeiro falando com os prisioneiros e mais tarde percorrendo os arredores, descuidaram-se tanto do escaler que ele encalhou com o refluxo das águas.

Dois homens haviam permanecido a bordo. No entanto, como pude comprovar mais tarde, haviam se excedido na bebida e acabaram caindo no sono. Um deles de repente despertou e, ao perceber que sozinho não haveria meio de desencalhar o barco, pôs-se a chamar os demais que ainda perambulavam por ali. Logo se reuniram para tentar mover a embarcação; contudo, a tarefa excedia a suas forças, pois se tratava de um barco pesado, e a praia naquele ponto tinha uma areia muito fina e fofa, quase como areia movediça.

Vendo-se em tal situação e como verdadeiros marujos – que talvez sejam, entre todos os homens, os que menos se preocupam em precaver-se –, abandonaram a tarefa e puseram-se novamente a vagar nas redondezas. Ouvi que um deles gritava a outro que ainda permanecia no bote.

– Ora, deixa estar, Jack, já flutuará na próxima maré – pelo que pude comprovar que realmente eram ingleses.

Durante todo esse tempo me mantive oculto, não ousando afastar-me do castelo sequer um passo além do meu posto de observação no topo da colina e sentindo-me satisfeito por suas sólidas fortificações. Sabia que era preciso um mínimo de dez horas até que o bote voltasse a flutuar; então já estaria escuro e eu teria mais liberdade para observar seus movimentos e ouvir suas conversas, se houvesse alguma.

Preparei-me, entretanto, para uma possível batalha, embora com maior cuidado, pois enfrentaria outra espécie de inimigo. Ordenei a Sexta-Feira, que então se tornara excelente atirador, para equipar-se adequadamente. Apanhei duas espingardas para mim e três mosquetes para ele. Meu aspecto devia ser realmente algo de impressionante: tinha minha formidável jaqueta de pele de cabra e o grande gorro já mencionado, uma espada sem bainha na cintura, duas pistolas no cinturão e uma espingarda em cada ombro.

Minha intenção era não fazer nenhum movimento até que escurecesse. Porém, por volta de duas da tarde, hora mais quente do dia, descobri que todos se haviam internado nos bosques, provavelmente em busca de um lugar onde pudessem deitar e dormir. Os três infelizes prisioneiros, ansiosos e apreensivos demais para encontrar algum descanso, haviam procurado a sombra de uma grande árvore, a uns quatrocentos metros de onde me encontrava e, segundo me pareceu, fora do raio de visão dos outros marinheiros. Resolvi, então, mostrar-me a eles e descobrir o que estava acontecendo. Com a aparência já descrita, caminhei ao seu encontro, seguido à certa distância de Sexta-Feira, que parecia tão amedrontador quanto eu pelas armas que levava, mas sem o aspecto fantasmagórico da minha pessoa.

Aproximei-me o máximo possível sem ser percebido e, antes que algum deles me visse, gritei-lhes em espanhol.

– Quem são os senhores?

Sobressaltaram-se ao ouvir-me, mas ficaram dez vezes mais confusos quando enxergaram a minha estranha e insólita figura. Não disseram uma só palavra e percebi que estavam prestes a fugir.

– Cavalheiros – disse-lhes em inglês –, não se surpreendam comigo; talvez tenham encontrado o amigo que sem dúvida não esperavam.

– Então deve ter sido enviado diretamente do céu – disse-me um deles gravemente ao mesmo tempo em que tirava o chapéu –, pois nossa condição está aquém do auxílio humano.

– Todo auxílio vem do céu, senhor – continuei –, mas rogo que me expliquem o que lhes ocorre a fim de que possa tentar ajudá-los, pois tudo indica que estão em grande perigo. Vi quando desembarcaram e as súplicas que dirigiam aos brutos que os trouxeram, quando um deles ergueu sua espada com a intenção de matá-los.

O pobre homem, tremendo e já com lágrimas nos olhos, parecia não voltar do seu espanto.

– Estou falando com Deus ou com um homem? Sois um ser humano ou um anjo?

– Quanto a isso não se aflija, senhor – disse-lhe. – Se Deus tivesse enviado um anjo para libertá-los, sem dúvida estaria mais bem-vestido e com outras armas. Não há o que temer, sou um súdito inglês como os senhores e disposto a ajudá-los, como podem ver. Só disponho de um criado, mas tenho armas e munição. Diga-nos com toda a franqueza, podemos ajudá-los? Qual é o vosso problema?

– Nosso caso, senhor – disse ele –, é longo demais para contar enquanto nossos assassinos estão tão perto; mas em resumo, senhor, eu era o capitão daquele navio, meus homens se amotinaram e a muito custo foram convencidos a não me assassinar; por fim resolveram abandonar-me nesta ilha desolada junto com estes dois homens, um meu imediato e o outro um passageiro, onde esperávamos perecer, acreditando que o lugar era desabitado e incapazes de abrigar qualquer esperança a respeito.

– Onde estão esses miseráveis inimigos? – perguntei. – Têm ideia de onde foram?

– Estão ali deitados, senhor – respondeu apontando para um arvoredo. – Meu coração treme de medo que nos possam ter visto ou ouvido falar, pois nesse caso com certeza nos matariam a todos.

– Eles possuem armas de fogo? – perguntei. Respondeu-me que havia apenas duas peças, uma das quais havia ficado no escaler.

– Pois bem – disse eu –, deixem o resto comigo. Vejo que estão todos dormindo, e será muito fácil matá-los a não ser que prefiram fazê-los prisioneiros.

O Capitão contou-me que entre eles havia dois terríveis malfeitores, sendo muito arriscado tratá-los com piedade; mas se esses fossem eliminados acreditava que os outros voltariam ao seu dever. Perguntei-lhe quais eram e ele me disse que naquela distância era impossível descrevê-los, mas que obedeceria às minhas ordens em tudo que eu dispusesse.

– Bem – disse eu –, vamos primeiro para um lugar onde não nos possam ver e ouvir, antes que despertem, e então deliberaremos. – Seguiram-me com prazer até onde os bosques nos ocultaram.

– Pois bem, cavalheiro – disse ao Capitão –, se ajudá-los a se libertarem, estão dispostos a aceitar de mim duas condições?

Antecipou-se a minha proposta, dizendo-me que tanto ele como o navio, se recuperado, ficariam totalmente sob minhas ordens a partir de então, mas se o navio se perdesse, viveria e morreria por mim em qualquer parte do mundo para onde o levasse; os dois outros homens afirmaram o mesmo.

– Muito bem – disse –, imponho somente duas condições. Primeira: enquanto estiverem comigo nesta ilha, não pretenderão aqui a menor autoridade. Se coloco armas em suas mãos, deverão devolvê-las a mim no momento em que as requisitar, e nada se fará em meu território que resulte em meu prejuízo; obedecerão, portanto, somente às minhas ordens. Segundo: se o navio for retomado, eu e meu criado seremos levados à Inglaterra sem despesas de passagem.

Deu-me todas as garantias que o engenho e a boa-fé teriam sido capazes de urdir, assegurando-me que cumpriria essas determinações extremamente razoáveis, pois ainda me deveria a vida e essa dívida seria sempre reconhecida por ele até o fim dos seus dias.

– Pois então – acrescentei –, aqui estão três mosquetes para o senhor, com pólvora e balas; diga-me agora o que pensa que devemos fazer.

O Capitão manifestou-me outra vez o quanto se sentia agradecido, mas colocou-se inteiramente sob as minhas ordens. Disse-lhe que qualquer tentativa seria arriscada, mas, no meu entender, o mais sensato era abrir fogo de uma vez, enquanto continuavam deitados. Se algum escapasse à primeira fuzilaria e quisesse submeter-se, poderíamos poupá-lo, deixando assim que a Providência nos guiasse os disparos.

Respondeu-me humildemente que não era sua intenção matá-los, caso pudesse evitar, mas que os dois incorrigíveis patifes haviam sido os mentores do motim e, se chegavam a escapar, estaríamos perdidos, pois iriam a bordo e retornariam com os demais tripulantes para nos destruir.

– Pois muito bem – disse eu –, parece que a necessidade legitima meu conselho, e que não há outro modo de salvar nossas vidas.

Contudo, vendo que ainda relutavam em derramar sangue humano, dei-lhes permissão para agir como achassem melhor.

No meio dessa conversa ouvimos que alguns deles despertavam e em seguida dois já estavam de pé. Perguntei ao capitão se eram aqueles os cabeças do motim. Respondeu-me negativamente.

– Sendo assim – disse –, podemos deixá-los escapar; a Providência parece tê-los acordado a tempo de salvar-se. Agora – acrescentei –, se os outros fugirem, a culpa é sua.

Animado por essas palavras, apanhou o mosquete que lhe havia dado e colocou uma pistola no cinto, e seus dois companheiros o imitaram, cada um com uma arma na mão. Ao avançar, estes últimos fizeram algum ruído, e um dos marujos já desperto virou-se e vendo-os chegar, gritou para o resto. Mas já era tarde, pois no mesmo instante os dois homens atiraram contra eles, enquanto o Capitão prudentemente reservava sua carga. Fizeram tão boa pontaria que um dos marinheiros morreu instantaneamente e o outro ficou gravemente ferido; contudo, conseguiu levantar-se e gritou intensamente por socorro. O Capitão avançou em sua direção dizendo-lhe que era tarde demais para pedir socorro e que pedisse perdão a Deus pela sua vilania; derrubou-o em seguida com uma coronhada, de modo que esse jamais voltou a falar. Dos três que ainda restavam somente um estava ligeiramente ferido, mas como cheguei nesse exato momento, logo compreenderam que não estavam em condições de resistir e imediatamente imploraram clemência. O Capitão disse-lhes que pouparia suas vidas, se lhe dessem absoluta certeza de seu arrependimento pela abominável traição cometida, se jurassem ser leais a ele e o ajudassem a retomar o navio, para levá-lo de volta à Jamaica, de onde procediam. Todos deram inúmeras manifestações de sinceridade, e o Capitão mostrou-se disposto a acreditar neles e poupar-lhes as vidas, ao que não me opus, contanto que acolhesse minha exigência de mantê-los com as mãos e os pés amarrados enquanto permanecessem na ilha.

Enquanto isso enviei Sexta-Feira com o imediato até o bote, com ordens de deixá-lo em segurança e trazer os remos e a vela. Pouco depois chegaram três homens que andavam perambulando pela ilha e que, para sua felicidade, tinham se separado do resto. Haviam decidido voltar quando ouviram os disparos, mas ao verem o Capitão, que antes era seu prisioneiro, novamente comandando, submeteram-se de imediato, e nossa vitória foi completa.

Restava-nos ainda, ao Capitão e a mim, contar-nos nossas respectivas aventuras. Principiei narrando-lhe toda a minha história, que ouviu com uma atenção próxima ao assombro, especialmente a forma extraordinária como conseguira armas e mantimentos. Com efeito, sendo a minha história uma sucessão interminável de prodígios, não podia deixar de impressioná-lo. Porém, quando refletiu sobre si próprio e achou que eu tinha sido preservado ali com o propósito de salvar-lhe a vida, lágrimas correram-lhe dos olhos, e não pôde pronunciar uma só palavra.

Depois de concluir a minha narrativa, levei-o junto com seus dois companheiros a minha morada, fazendo com que entrassem pelo mesmo lugar que utilizara para sair, ou seja, pelo alto. Alimentei-os com o que tinha e mostrei-lhes todos os engenhos que eu havia sido capaz de fabricar durante minha longa permanência na ilha.

Tudo que lhes mostrava, tudo que lhes dizia deixava-os absolutamente pasmos, sobretudo o Capitão que admirou a minha fortificação e a forma como eu havia ocultado o castelo com um arvoredo que plantara há mais de vinte anos e que crescera bem mais rapidamente que na Inglaterra, transformando-se numa pequena mata, tão espessa que era praticamente intransponível, salvo através de uma estreita e tortuosa picada que eu me reservara. Disse ao Capitão que esse era o meu castelo e minha residência, mas que possuía um sítio no interior, como a maioria dos príncipes, onde descansava de vez em quando, e que lhe mostraria em outra ocasião, pois no momento nosso problema era considerar como reconquistar o navio. Concordou comigo, mas não tinha a menor ideia de como proceder, porque restavam, todavia, vinte e seis homens a bordo, que por terem participado de uma tão odiosa conspiração haviam incorrido nas penas da lei. O desespero, portanto, os faria resistir, sabendo que se entregassem as armas seriam conduzidos à força assim que chegassem à Inglaterra ou a qualquer colônia inglesa. Era portanto impossível atacá-los com um número tão reduzido como o nosso.

Meditei durante algum tempo sobre o que me dissera e cheguei à conclusão que de fato era muito pertinente. Porém, precisávamos rapidamente encontrar um meio de surpreender os que estavam a bordo com alguma espécie de armadilha ou impedi-los de desembarcar, evitando que viessem à terra e nos destruíssem. Ocorreu-me, então, que os tripulantes do navio, surpresos com a demora de seus camaradas, logo viriam à terra com seu outro escaler, sem dúvida armados e talvez fortes demais para nós. O Capitão concordou que era muito provável que isso viesse a acontecer.

Disse-lhe, então, que a primeira coisa que tínhamos a fazer era abrir um rombo no bote que estava a seco na praia, retirando tudo que pudéssemos de dentro dele e deixando-o completamente inútil para navegar. Descemos em seguida até a praia e apanhamos as armas que haviam permanecido a bordo assim como várias outras coisas que encontramos lá, tais como uma garrafa de brandy, outra de rum, algumas bolachas, um polvorinho e um grande torrão de açúcar envolto num pedaço de lona, que pesava de dois a três quilos. Todas essas coisas foram muito bem recebidas por mim, especialmente o brandy e o açúcar, que há muito tempo eu não tinha.

Depois de levarmos tudo isso à terra (os remos, mastro, vela e leme do bote já haviam sido anteriormente retirados, como mencionei), abrimos um grande rombo no fundo, de modo que se viessem em número suficiente para dominar-nos não poderiam, no entanto, levar a embarcação.

Na verdade, não acreditava muito que seríamos capazes de recuperar o navio, mas meu projeto era que se eles partissem sem o escaler, o poríamos novamente em condições de navegar até as ilhas de sotavento onde poderíamos encontrar nossos amigos espanhóis, já que em nenhum momento os havia esquecido.

Preparávamos, entretanto, nossos planos. Com todas as nossas forças empurramos o escaler para a praia até um ponto em que nem a mais alta maré o faria flutuar. Além disso, abrimos um rombo no fundo grande o bastante para que não pudesse ser reparado rapidamente, e mal havíamos sentado para meditar sobre o que devíamos fazer a seguir, quando ouvimos um disparo do navio ao mesmo tempo em que faziam sinais com a bandeira de que o bote devia retornar. Como nenhum barco apareceu repetiram várias vezes os disparos e os sinais. Por fim, quando todos os seus esforços se mostravam infrutíferos, pois nenhuma resposta chegava da praia, vimos, com a ajuda de minhas lentes, que içavam outro bote ao mar e remavam em direção à terra. À medida que se aproximavam, verificamos que não havia menos de dez homens a bordo e que traziam armas de fogo.

Como o navio estava ancorado a quase duas léguas da costa, tivemos uma visão perfeita do escaler à medida que se aproximava, inclusive dos rostos de seus tripulantes. A maré os havia arrastado um pouco para leste de onde se encontrava o outro bote, de modo que remavam quase paralelamente à praia para chegar até o lugar onde os primeiros haviam desembarcado.

Graças a isso pudemos enxergar muito bem suas fisionomias, e o Capitão, que conhecia profundamente o caráter de cada um naquele bote, disse-me que havia entre eles três homens honestos que sem dúvida haviam sido arrastados ao motim à força ou por medo.

Quanto ao contramestre, que parecia ser o chefe absoluto da conspiração, e os demais marinheiros, todos eram tão maus quanto o resto da tripulação e sem dúvida também estavam desesperados diante do que acontecera. O Capitão estava apreensivo, pois temia que talvez eles fossem fortes demais para nós.

Sorri ao escutá-lo e disse-lhe que homens em nossas circunstâncias deviam sentir-se imunes à influência do medo. Qualquer situação imaginável seria melhor que aquela na qual nos encontrávamos no momento, e suas possíveis consequências, fossem a vida ou a morte, equivaleriam com certeza a uma libertação. Pedi-lhe que considerasse minha própria existência e refletisse se a possibilidade de salvação não merecia que corrêssemos o risco.

– E onde está, senhor – disse eu –, a sua crença de que fui preservado aqui com o propósito de salvar-lhe a vida, que há pouco tanto o animara? – De minha parte – continuei –, parece haver apenas um inconveniente perturbando nosso plano.

– De que se trata então? – perguntou o Capitão.

– Ora – disse eu –, vossa afirmação de que neste escaler há três ou quatro homens honestos cuja vida deveria respeitar-se; se toda esta tripulação estivesse constituída de malfeitores, eu diria que a providência de Deus a havia escolhido para colocá-la em suas mãos. Portanto, esteja certo de que todo homem que desembarque nesta ilha nos pertence e viverá ou morrerá segundo se comporte.

Como disse a ele essas coisas em um tom de voz animado e com uma fisionomia decidida, devolvi-lhe enormemente a coragem e prosseguimos nossa tarefa. Assim que vimos o escaler partir do navio, pensamos em separar os prisioneiros e colocá-los devidamente em segurança.

Dois deles, nos quais o Capitão depositava ainda menos confiança, foram levados por Sexta-Feira e um dos companheiros do Capitão para minha caverna, que estava bastante afastada e oculta para ser descoberta ou para encontrarem o caminho de volta se conseguissem escapar. Ali os deixaram amarrados, mas com provisões suficientes e a promessa de que, se permanecessem quietos, recuperariam a liberdade em um ou dois dias, mas se tentassem fugir seriam mortos sem misericórdia. Juraram suportar com paciência seu confinamento e mostraram-se muito agradecidos por termos lhes deixado mantimentos e luz, pois Sexta-Feira deu-lhes algumas das velas, que nós mesmos havíamos fabricado, para sua maior comodidade. Só não ficaram sabendo que um marinheiro permaneceu de sentinela na entrada da caverna.

Os outros prisioneiros receberam melhor tratamento. Dois deles, no entanto, permaneceram amarrados, pois o Capitão não sentia plena confiança neles; os dois restantes foram postos às minhas ordens por recomendação do Capitão, depois de haverem jurado solenemente viver e morrer a nosso lado. Com eles, mais os três que haviam sido salvos por mim, éramos sete homens bem-armados, e não havia motivo para duvidar que seríamos capazes de lutar e vencer os dez amotinados que chegavam no escaler, tendo em conta que o Capitão havia reconhecido três ou quatro homens honestos entre eles.

Ao chegarem próximo ao lugar onde o primeiro escaler se encontrava, trataram imediatamente de desembarcar e arrastar a embarcação que os trouxera para fora d'água, o que me alegrou muito, pois temia que a deixassem ancorada a certa distância da costa, a cargo de alguns homens, o que nos impediria de apreendê-la.

Em terra, a primeira coisa que fizeram foi correr até o outro escaler, e pode-se imaginar a enorme surpresa que tiveram ao encontrá-lo despojado, como descrevi acima, de tudo que havia nele e com um grande buraco no fundo.

Depois de discutirem um pouco sobre isso, deram dois ou três grandes gritos, berrando com toda a força, para tentar chamar a atenção de seus companheiros perdidos. Como não obtiveram resposta alguma, reuniram-se formando um círculo e dispararam uma rajada de tiros com armas de pequeno porte, coisa que ouvimos perfeitamente e que os bosques repetiram em eco. Mas tampouco lhes adiantou, já que os prisioneiros não puderam escutá-la e os que estavam sob nossa guarda, embora a tivessem ouvido, não ousaram responder.

Ficaram tão assombrados com isso que, como nos contaram mais tarde, resolveram voltar imediatamente ao navio, seguros de que assim como o escaler estava avariado, seus tripulantes haviam sido assassinados ao desembarcar. Lançaram, então, o bote novamente n'água e em seguida embarcaram.

O Capitão mostrou-se inteiramente surpreso e logo confuso, seguro de que quando chegassem a bordo içariam velas, abandonando os companheiros, e o navio estaria assim perdido para ele, que tanta esperança tinha de recuperá-lo; mas logo encontrou outro motivo para assombrar-se.

Mal haviam colocado o escaler em movimento, quando percebemos que novamente se dirigiam para a praia, com a diferença que agora deixaram três homens a bordo para vigiá-lo, enquanto os restantes se internavam na mata à procura dos companheiros.

Isso nos causou grande decepção, pois não sabíamos qual a melhor conduta a tomar. Capturar os sete marujos em terra não traria vantagem alguma se deixássemos escapar o bote, uma vez que seus tripulantes rumariam de imediato a bordo, induzindo os outros a zarpar e tornando o resgate do navio impossível.

Contudo, não havia outro remédio senão ficar à espera a fim de que o curso dos acontecimentos nos indicasse o caminho a seguir. Os sete homens desceram à terra, enquanto os três que permaneceram no bote conduziram-no a uma boa distância da praia e ancoraram para esperar por eles. Era, portanto, impossível nos apoderarmos do bote.

Os que haviam desembarcado mantiveram-se juntos, caminhando em direção ao topo da pequena colina sob a qual se encontrava minha habitação; embora não nos pudessem ver, enxergávamos claramente todos os seus movimentos. Ficaríamos muito contentes se eles houvessem se aproximado mais de nós para podermos alvejá-los, ou se tivessem se afastado o bastante, para então sairmos de nosso refúgio.

Quando chegaram ao cume da colina onde podiam ver à grande distância os vales e florestas que se estendiam a nordeste, região em que a ilha era mais baixa, puseram-se a gritar e berrar até cansarem. Não parecendo dispostos a afastar-se muito mais da costa, bem como separar-se uns dos outros, decidiram sentar-se juntos debaixo de uma árvore para discutir a situação. Houvessem resolvido dormir ali, como o outro grupo fizera, e nos teriam facilitado a tarefa; mas eles estavam inquietos demais e cheios de apreensões para arriscar-se a dormir, embora fossem incapazes de determinar que espécie de perigo os afligia.

O Capitão me fez, então, uma proposta bastante razoável enquanto os marujos continuavam deliberando. Imaginava que decidiriam fazer uma nova descarga para chamar a atenção de seus camaradas, oportunidade que podíamos aproveitar investindo contra eles no exato momento em que suas armas estivessem descarregadas e obrigando-os a render-se sem nenhum derramamento de sangue. Gostei da proposta, contanto que fosse executada quando estivéssemos perto o bastante para cair sobre eles, antes que houvessem tido tempo para recarregar suas armas.

Mas tal não aconteceu, e permanecemos muito tempo ali, indecisos sobre que rumo tomar. Por fim, disse-lhes que, em minha opinião, nada se podia fazer até a noite. Então, se não houvessem retornado ao escaler, talvez encontrássemos um meio de nos situar entre eles e a costa, bem como algum estratagema para atrair à terra os que haviam permanecido no bote.

Esperamos um longo tempo, embora extremamente apreensivos e impacientes pela sua decisão, quando, depois de longas consultas e deliberações, vimos que todos se levantavam e partiam em direção à costa. Era como se os perigos do lugar os houvessem apavorado tanto que haviam decidido retornar o quanto antes ao navio, dar seus companheiros como definitivamente perdidos e retomar de imediato a viagem planejada.

Assim que os percebi caminhando em direção à praia, compreendi que haviam encerrado a busca, e o Capitão, quando lhe transmiti meus pensamentos, pareceu que ia desmaiar de tanta angústia e apreensão. Ocorreu-me, então, um ardil para obrigá-los a voltar, que me pareceu perfeitamente realizável.

Ordenei a Sexta-Feira e ao imediato que se dirigissem à pequena enseada a oeste, na região onde os selvagens haviam desembarcado quando Sexta-Feira fugiu deles, e logo que chegassem a uma pequena elevação do terreno, a cerca de dois quilômetros e meio de distância, começassem a gritar o mais alto possível, para chamar a atenção dos marujos.

Assim que obtivessem uma resposta, voltariam a gritar, mantendo-se ocultos e, sempre respondendo quando os outros berrassem, fossem descrevendo um círculo para interná-los cada vez mais nos bosques. Então, juntar-se-iam novamente a mim através dos caminhos que indicasse.

Os marujos já estavam prestes a embarcar, quando Sexta-Feira e o imediato se fizeram ouvir. No mesmo instante responderam e começaram a correr para oeste, em direção de onde vinham os berros, até esbarrarem na enseada. Como a maré estava alta, não podiam atravessá-la e chamaram o bote para transladá-lo, tal como eu esperava.

Depois de passarem para o outro lado, observei que o escaler havia se adentrado muito na enseada, que formava uma espécie de porto seguro no interior da ilha, e que levaram consigo um dos três que cuidavam da embarcação, deixando somente dois a bordo depois de amarrar o bote ao tronco de uma árvore que crescia na margem.

Era isso o que eu desejava. Deixando Sexta-Feira e o imediato prosseguirem com sua tarefa, encarreguei-me do resto, e, atravessando a enseada sem sermos vistos, surpreendemos os dois homens antes que pudessem se aperceber. Um deles, que estava dormindo na margem, tentou levantar-se, mas o Capitão, que ia na frente, correu até ele e nocauteou-o, gritando em seguida ao outro que estava no bote para render-se ou seria um homem morto. Poucos argumentos foram necessários para persuadir a um só homem contra cinco; além do mais, este era um dos três que não haviam participado entusiasticamente do motim e, portanto, não somente se rendeu como também juntou-se a nós com toda boa fé e sinceridade.

Enquanto isso, Sexta-Feira e o imediato executavam muito bem sua tarefa e, com seus gritos e respostas, foram levando os amotinados de colina em colina e de um bosque a outro até os deixarem tão esgotados, que de forma alguma conseguiriam voltar ao escaler antes do anoitecer. Na verdade, Sexta-Feira e o imediato pareceram também extremamente cansados quando vieram juntar-se a nós.

Agora, só o que tínhamos a fazer era aguardá-los no escuro e cair sobre eles quando houvesse a certeza de dominá-los.

Somente várias horas depois do regresso de Sexta-Feira é que o grupo de amotinados conseguiu chegar ao escaler. Mesmo antes de alcançarem a enseada, escutamos os que estavam na frente gritarem aos retardatários para que se apressassem e estes responderem lamentando-se de que estavam exaustos e impossibilitados de andar mais rápido, o que nos encheu de alegria.

Finalmente chegaram ao escaler, mas é impossível descrever o estado em que ficaram ao encontrar o bote a seco por causa do refluxo e seus dois tripulantes desaparecidos. Ouvimos que diziam uns aos outros em tom de lamento que estavam numa ilha encantada; se havia habitantes nela, comentavam, de súbito se apresentariam para assassinar a todos, e se havia demônios ao redor os arrebatariam para devorá-los.

Voltaram a gritar em coro, chamando muitas vezes pelos nomes dos companheiros desaparecidos, mas não receberam resposta. Depois de algum tempo, pudemos vê-los, com o que ainda restava de luz, correndo de um lado ao outro como loucos e torcendo as mãos em desespero. Alguns entravam no bote para descansar, mas logo saíam como se não pudessem encontrar repouso, e isso se repetia incessantemente.

Meus homens queriam que eu os deixasse cair sobre seus inimigos quando escurecesse, mas eu preferia empregar algum outro recurso em que não precisasse matar tanta gente. Em particular, não estava disposto a arriscar a vida de qualquer de meus companheiros, sabendo que os outros estavam muito bem-armados; resolvi, então, esperar para ver se não se separavam. Entretanto, decidi me aproximar mais para preparar uma emboscada segura, e ordenei a Sexta-Feira e ao Capitão que se arrastassem sobre pés e mãos até onde fosse possível sem serem descobertos, antes de abrirem fogo.

Não ficaram muito tempo nessa posição, quando o contramestre, que havia sido o principal líder da conspiração e que agora se mostrava o mais covarde e desesperado de todos, veio em direção a eles com mais dois de sua companhia. O Capitão ficou tão ansioso ao perceber que tinha a cabeça dos patifes sob seu poder, que mal teve paciência para deixar que se aproximassem o bastante, pois até então apenas haviam ouvido sua voz. Quando estavam quase junto a eles, o Capitão e Sexta-Feira ergueram-se ao mesmo tempo e fizeram fogo.

O contramestre morreu imediatamente, outro foi ferido e caiu junto a seu chefe, falecendo uma ou duas horas depois. O terceiro fugiu.

Ao ouvir os disparos, imediatamente avancei com todo exército do qual era generalíssimo e que contava agora com oito homens: Sexta-Feira, meu general de divisão, o Capitão com seus dois homens e os três prisioneiros de guerra a quem havíamos armado.

No escuro marchamos contra eles, de modo que não podiam saber quantos éramos. Ordenei ao marujo que havíamos capturado no escaler, e que agora era um dos nossos, para chamar os amotinados pelo nome a fim de parlamentar com eles e assim talvez subjugá-los sem necessidade de batalha. Era de imaginar-se que, na situação em que se encontravam, estariam dispostos a capitular. Chamou, então, com todas as suas forças, um de seus companheiros:

– Tom Smith, Tom Smith!

– Quem me chama? É você, Robinson? – respondeu Smith, ao que parece reconhecendo de imediato a sua voz. O outro continuou:

— Sim, sou eu. Pelo amor de Deus, Tom Smith, deponham suas armas e rendam-se, ou serão todos mortos num instante.

— A quem devemos nos render? Onde estão? — gritou Smith.

— Estão aqui — respondeu — o nosso capitão e mais cinquenta homens que há duas horas nos perseguem. O contramestre está morto, Will Frye está ferido e eu sou prisioneiro. Rendam-se ou estão todos perdidos.

— Nos darão quartel, então — gritou Tom Smith —, se nos rendermos?

— Perguntarei a ele, se prometerem se render — respondeu Robinson. Perguntou, de fato, ao Capitão, que se adiantou para responder.

— Ouça, Smith, você conhece a minha voz, se depuserem imediatamente as armas e se submeterem, pouparemos a vida de todos menos a de Will Atkins.

— Pelo amor de Deus, Capitão, poupe a minha vida! — gritou Will Atkins. — Que fiz eu? Não são todos tão culpados quanto eu?

Nada disso era verdade, pois, ao que parece, o tal Will Atkins havia sido o primeiro a subjugar o Capitão quando se amotinaram, tratando-o barbaramente, amarrando-lhe as mãos e vociferando injúrias. Contudo, o Capitão disse-lhe que devia se render incondicionalmente e confiar na clemência do Governador, referindo-se a mim, pois todos me chamavam desse modo.

Em resumo, todos depuseram armas e imploraram clemência. Enviei o homem que parlamentara com eles e mais dois, a fim de que os amarrassem. Então, meu grande exército de cinquenta homens, que, incluindo esses três indivíduos, não passava de oito soldados, avançou contra o inimigo e capturou a todos, junto com seu escaler; eu e outro companheiro nos mantivemos afastados por razões de estado.

Nossa próxima tarefa era consertar o bote e tratar de apoderar-nos do navio. Quanto ao Capitão, que agora tinha tempo e liberdade para falar com seus homens, repreendeu-os severamente pela vilania que haviam cometido, fazendo com que enxergassem a torpeza de seus desígnios e como só lhes havia servido afinal para arrastá-los à pior das desgraças, talvez à forca.

Todos se mostraram muito arrependidos e suplicaram por suas vidas. Quanto a isso, disse-lhes o Capitão que não eram seus prisioneiros, mas do comandante da ilha; que embora tenham pensado a princípio que esta terra era desabitada, quis a vontade de Deus dirigi-los para um lugar habitado, cujo Governador era súdito inglês. Deixou bem claro que podia enforcar a todos, se assim o desejasse, mas como lhes havia prometido clemência, imaginava que o Governador os enviaria como prisioneiros para a Inglaterra, onde seriam julgados pelos tribunais, com exceção de Atkins, a quem o Governador mandava dizer por seu intermédio que se preparasse para morrer, pois seria enforcado ao amanhecer.

Embora isso tudo não passasse de invenção, produziu o efeito que o Capitão desejava.

Atkins caiu de joelhos para implorar ao Capitão que intercedesse junto ao Governador por sua vida, e todo o resto uniu-se a ele, rogando em nome de Deus para que não fossem enviados à Inglaterra.

Ocorreu-me, então, que o momento da nossa liberdade havia chegado e que seria fácil convencer aqueles indivíduos a colaborarem conosco para a retomada do navio. Como me mantinha afastado para que não vissem que espécie de Governador tinha a ilha, chamei o Capitão, mas, estando a uma certa distância, ordenei a um dos meus homens para repetir o chamado e dizer:

– Capitão, o Governador quer vê-lo.

– Diga a Sua Excelência que irei imediatamente – respondeu o Capitão no mesmo instante. Isso funcionou muito bem, e todos acreditaram que o Governador estava por perto com seus cinquenta homens.

Logo que o Capitão chegou, descrevi-lhe meu projeto para a retomada do navio, e pareceu-lhe tão bom que resolvemos colocá-lo em prática na manhã seguinte.

Para que tudo fosse executado da melhor maneira e com a maior segurança, disse-lhe que devíamos dividir os prisioneiros de forma que Atkins e mais dois entre os piores fossem conduzidos fortemente amarrados à caverna onde já se encontravam os outros. Sexta-Feira e os dois companheiros do Capitão foram incumbidos de executar essa tarefa.

Foram assim levados para a caverna, que servia de prisão e de fato era um lugar sombrio e aterrador, especialmente para homens em sua condição.

Os outros enviei ao meu caramanchão, como o chamava, e do qual já fiz descrição completa. Como estava cercado, e os prisioneiros permaneciam amarrados, o lugar era bastante seguro, sobretudo considerando que a sorte deles dependia do seu comportamento.

Na manhã seguinte, enviei o Capitão para conferenciar com os prisioneiros no caramanchão, a fim de interrogá-los e, então, dizer-me se lhe pareciam dignos de confiança para acompanhar-nos à expedição de assalto ao navio. O Capitão voltou a falar-lhes da injúria que haviam cometido e da situação em que se encontravam, acentuando que embora o Governador por ora lhes houvesse dado quartel, se fossem enviados à Inglaterra seriam enforcados. Acrescentou, porém, que, se estavam dispostos a unir-se a nós para tentar reconquistar o navio, faria o possível para obter o perdão do Governador.

Pode-se imaginar com que rapidez a proposta foi aceita por homens em tal condição. Caíram de joelhos diante do Capitão e prometeram-lhe com as mais sinceras demonstrações que seriam leais até o último momento, pois lhe deveriam a vida e estavam dispostos a acompanhá-lo a qualquer parte do mundo; enfim, que o tratariam como a um pai enquanto vivessem.

– Bem – disse o Capitão –, direi ao Governador o que acabo de ouvir e farei o possível para obter seu consentimento.

Relatou-me, então, o que foi conversado e sua impressão de que aqueles indivíduos lhe seriam fiéis. Contudo, para assegurar-nos bem, disse-lhe que voltasse lá novamente e lhes dissesse que, como não precisava de homens, levaria apenas cinco para o auxiliarem e que o Governador conservaria sob seu poder os outros dois, assim como os três que estavam aprisionados no castelo (ou seja, na minha caverna), na qualidade de reféns, para garantir a fidelidade dos cinco; e, por último, afirmou que se algum se mostrasse desleal na execução do plano, os reféns seriam imediatamente enforcados na praia.

Tudo isso causou-lhes forte impressão, convencendo-os de que o Governador falava sério. Não lhes restava, no entanto, outra saída senão aceitar essas condições e, a partir de então, não interessava só ao Capitão, mas também aos prisioneiros, que esses cinco cumprissem o seu dever da melhor forma possível.

Nossas forças estavam assim constituídas para a expedição: 1. O Capitão, seu imediato e o passageiro; 2. Os dois prisioneiros da primeira turma, aos quais, de acordo com a recomendação do Capitão, eu dera liberdade e confiara a posse de armas; 3. Os outros dois que até então eu mantivera no caramanchão, mas que agora colocava em liberdade a pedido do Capitão; 4. Os cinco recém-libertados. Eram, portanto, doze ao todo, além dos cinco que mantivemos prisioneiros na caverna como reféns.

Perguntei ao Capitão se estava disposto a aventurar-se com esses homens e abordar o navio; quanto a mim e a meu criado Sexta-Feira, pensava que não nos convinha acompanhá-los, pois tínhamos sete homens para vigiar em terra, sendo já trabalho suficiente mantê-los separados e alimentá-los.

Quanto aos cinco da caverna, decidi conservá-los amarrados, mas Sexta-Feira ia lá duas vezes por dia levar-lhes os mantimentos necessários. Os outros dois foram utilizados para carregar provisões até certa distância, onde Sexta-Feira as apanhava.

Apresentei-me, então, aos dois reféns em companhia do Capitão, que lhes disse que eu era a pessoa designada pelo Governador para vigiá-los e que, segundo determinação de Sua Excelência, não deviam ir a parte alguma sem receberem ordens minhas; se o fizessem, seriam levados imediatamente para o castelo e postos a ferro. Como nunca haviam visto o Governador, tomaram-me por seu representante, e sempre que havia oportunidade falava de Sua Excelência, da guarnição, do castelo e assim por diante.

O Capitão não tinha agora outra dificuldade que a de aparelhar os dois escaleres, reparar a avaria em um deles e tripulá-los com seus homens. Fez do passageiro capitão de uma das embarcações e colocou quatro homens sob suas ordens; ele próprio, seu imediato e mais cinco embarcaram em outro bote, saindo-se muito bem, pois chegaram ao navio por volta de meia-noite. Logo que o tiveram ao alcance da voz, ordenou a Robinson que lhes gritasse e dissesse que traziam os homens e o bote, mas que só depois de muito tempo os haviam encontrado, etc; com essas e outras conversas semelhantes, devia mantê-los entretidos, enquanto os demais se aproximavam do navio. Na abordagem, o Capitão e o imediato foram os primeiros a entrar. Derrubaram logo o segundo imediato e o carpinteiro a coronhadas, sendo fielmente ajudados pelos homens que os acompanhavam. A seguir, prenderam todos os que se encontravam no convés principal e no tombadilho e trancaram as escotilhas para isolar os que estavam embaixo. Chegou, então, o outro escaler, e seus homens subiram pela proa, apoderando-se do castelo e da vigia que dava para a cozinha, onde foram capturados três homens.

Feito isso e dominado o convés, o Capitão ordenou ao imediato e mais três homens que arrombassem a cabine do tombadilho de ré, onde o capitão dos rebeldes se encontrava de prontidão, junto com dois homens e um garoto armados de fuzis. Quando o imediato forçou a porta com um pé de cabra, o novo capitão e seus homens dispararam à queima-roupa contra eles, ferindo o imediato com um tiro de mosquete, que lhe quebrou o braço, e mais dois homens, mas sem matar ninguém.

O imediato, mesmo ferido e gritando por socorro, irrompeu na cabine e com sua pistola atravessou a cabeça do novo Capitão com um tiro; a bala entrou pela boca e saiu atrás de uma orelha, sem que houvesse tido tempo de pronunciar palavra. Diante disso, os outros logo se renderam, e o navio foi inteiramente reconquistado sem necessidade de sacrificar mais vidas.

De posse do navio, o Capitão ordenou que sete tiros fossem disparados, sendo esse o sinal que combinara comigo para comunicar o seu sucesso. É de imaginar-se o meu contentamento ao ouvi-los, uma vez que esperara por eles na praia até as duas da madrugada. Havendo escutado o sinal, deitei-me e, exaurido pelas grandes fadigas desse dia, dormi profundamente, até que fui surpreendido pelo som de um outro disparo. Levantei-me sobressaltado ouvindo alguém me chamar.

– Governador, Governador! – Logo reconheci a voz do Capitão e, subindo ao cume da colina, fui ao seu encontro. Apontou para o navio e abraçou-me dizendo:

— Meu querido amigo e salvador, lá está o seu navio, pois ele lhe pertence, assim como nós e tudo que existe a bordo.

Olhei em direção ao mar e lá estava ele a menos de meia milha da costa. Assim que dominaram o barco, haviam levantado âncora e se aproximado até a boca da pequena angra, aproveitando a calma que reinava. Como a maré estava alta, o Capitão trouxera a pinaça até o lugar onde aterrei minhas primeiras jangadas; podia-se assim dizer que haviam desembarcado praticamente a minha porta.

Fiquei tão emocionado que estive a ponto de desfalecer. Via agora claramente a liberdade ao alcance de minhas mãos e um grande navio a minha disposição para levar-me onde desejasse ir. A princípio, e durante algum tempo, senti-me incapaz de articular uma só palavra; e como o Capitão ainda me abraçava, aferrei-me a ele com força, do contrário teria caído no chão.

Percebendo minha emoção, imediatamente puxou uma garrafa do bolso e ofereceu-me um gole do licor que trouxera com esse objetivo. Depois de beber, sentei-me no chão, e embora o licor tenha me reanimado, fazendo com que voltasse a mim, ainda levou algum tempo antes que eu pudesse lhe dizer algo.

O pobre homem estava tão extasiado quanto eu, só que de uma forma diferente. Não parava de falar um só instante, dizendo mil coisas amáveis para ajudar-me a recuperar a calma; mas era tal a felicidade que sentia, que só servia para deixar-me ainda mais confuso. Por fim, desatei a chorar e pouco depois recuperei a fala.

Era então a minha vez de abraçar o Capitão como meu libertador, e ambos nos rejubilamos juntos. Disse-lhe que o considerava como enviado pelo céu para me salvar e que tudo que acontecera era para mim uma sucessão de milagres; que tais coisas, acrescentei, eram testemunhos de que a mão secreta da Providência governa o mundo e uma evidência de que os olhos de um poder infinito alcançam os lugares mais recônditos do globo e enviam ajuda ao mais miserável, sempre que Deus assim o desejar.

Não esqueci de elevar meu coração ao Céu em sinal de gratidão; e que coração deixaria de dar graças a quem não somente zelara por ele de forma tão maravilhosa na solidão de um lugar tão desolado, mas que também era o provedor de toda libertação possível neste mundo?

Depois de conversarmos por alguns momentos, o Capitão disse-me que trouxera para mim os poucos mantimentos que restavam a bordo e que não haviam sido dilapidados pelos miseráveis durante o tempo em que controlaram o navio. Gritou, então, para os que estavam no barco e ordenou-lhes que trouxessem à praia as coisas destinadas ao Governador. Na verdade, aqueles presentes pareciam mais próprios para alguém que ainda tivesse de permanecer na ilha e não para quem pretendia embarcar com eles.

Em primeiro lugar, recebi uma caixa de garrafas cheias de excelentes licores, seis garrafas grandes de vinho Madeira (cada uma contendo dois litros), um quilo de tabaco de excelente qualidade, doze pedaços de carne de gado, seis peças de carne de porco, um saco de ervilhas e cerca de cinquenta quilos de bolacha.

Trouxe-me também uma caixa de açúcar, outra de farinha, um saco de limões, duas garrafas de suco de lima e muitas outras coisas. Mas além disso, o que me foi mil vezes mais útil e agradável, ganhei seis camisas novas, seis ótimas gravatas, dois pares de luvas, um par de sapatos, um chapéu e um par de meias, assim como um excelente traje praticamente novo que pertencia ao Capitão; em suma, vestiu-me da cabeça aos pés.

Era sem dúvida um presente útil e apropriado para alguém em minhas circunstâncias. Porém, poucas coisas no mundo podem ter sido tão desagradáveis, incômodas e constrangedoras como foi para mim vestir aquelas roupas pela primeira vez.

Depois que todas essas coisas boas foram levadas a minha pequena habitação, começamos a discutir o que faríamos com os prisioneiros. Era necessário considerar seriamente se devíamos ou não arriscar-nos a levá-los conosco, especialmente dois deles, que sabíamos serem incorrigíveis e refratários até o mais alto grau. O Capitão sabia que lidava com patifes da pior espécie e que dificilmente haveria como discipliná-los; se os levasse a bordo seriam postos a ferro como malfeitores para serem entregues à justiça na primeira colônia inglesa que viéssemos a encontrar. Notei que esse problema realmente preocupava muito o Capitão.

Disse-lhe, então, que se desejasse, me encarregaria de fazer com que aqueles dois homens pedissem voluntariamente para serem deixados na ilha.

– Se isso fosse possível – disse o Capitão, – ficaria feliz de todo o coração.

– Pois bem – respondi, – mandarei buscá-los e falarei com eles a respeito.

Ordenei, então, a Sexta-Feira e aos dois reféns – que agora estavam em liberdade, pois seus companheiros haviam cumprido com o dever – que fossem à caverna e levassem os cinco homens, amarrados como estavam, até o caramanchão, e lá aguardassem minha chegada.

Passado algum tempo, apareci ali vestido com minha nova indumentária e reassumindo o título de Governador. Reunindo a todos e em presença do Capitão, ordenei que trouxessem os presos e disse-lhes que obtivera um relatório completo de suas vilanias para com o capitão, da forma como se haviam apoderado do navio e como se preparavam ainda para cometer novos crimes, até que a Providência os havia feito cair em suas próprias armadilhas, precipitando-os na cova que haviam cavado para outros.

Deixei claro que o navio havia sido retomado sob minha direção, que se encontrava agora no ancoradouro e que logo veriam como o capitão rebelde fora recompensado por sua vilania, pois não tardariam a vê-lo dependurado no lais de verga.

Quanto a eles, quis saber o que tinham a dizer em sua defesa e por que não deveria executá-los como piratas apanhados em flagrante, pois possuía autoridade para isso.

Tomando a palavra em nome de seus companheiros, um deles respondeu que nada tinham a dizer exceto que, quando foram capturados, o Capitão lhes havia prometido a vida, pelo que humildemente imploravam clemência. Disse-lhes, porém, que não sabia que espécie de clemência lhes podia oferecer, pois, no que me dizia respeito, havia resolvido deixar a ilha com todos os meus homens e já reservara passagens no navio do Capitão. Quanto ao Capitão, não poderia levá-los à Inglaterra, a não ser como prisioneiros, a ferros, para serem julgados como rebeldes. Era desnecessário dizer que a consequência, caso isso viesse a acontecer, seria a forca; portanto, não tinha condições de dizer o que era melhor para eles, a não ser que desejassem permanecer na ilha e arriscar ali seu destino. Nesse caso, eu não me importava, pois estava prestes a abandoná-la, e até me sentia inclinado a poupar-lhes a vida, se achassem que podiam se arranjar na ilha.

Pareceram muito agradecidos diante da minha proposta e me asseguraram que prefeririam aventurar-se a viver na ilha do que ser levados à Inglaterra para morrer na forca, de modo que os deixei nesse estado de ânimo.

O Capitão fingiu criar algumas dificuldades ao projeto, como se não quisesse deixar os homens na ilha. Fingi, então, zangar-me com ele e disse-lhe que eram meus prisioneiros, não seus; já que lhes havia oferecido essa possibilidade, desejava honrar minha palavra. Acrescentei que se não concordasse com isso, eu os poria em liberdade, tal como os havia encontrado, e caso insistisse em não aceitar o que eu havia proposto, que se apoderasse deles se pudesse encontrá-los na ilha.

Mostraram-se, então, ainda mais agradecidos e imediatamente ordenei que fossem postos em liberdade e que se retirassem para os bosques de onde haviam sido trazidos. Disse-lhes que lhes deixaria algumas armas de fogo, munições e alguns conselhos para que pudessem viver bem na ilha se continuavam decididos a ficar.

Eu poderia ter embarcado em seguida, mas disse ao Capitão que ficaria aquela noite para preparar minhas coisas, rogando-lhe que fosse a bordo, cuidasse para que tudo estivesse em ordem e fizesse os últimos preparativos, enviando-me um bote à praia no dia seguinte. Recomendei-lhe também que assim que chegasse ao navio mandasse dependurar no mastro o corpo do Capitão rebelde para que os da ilha pudessem vê-lo.

Quando o Capitão partiu, mandei que os rebeldes fossem trazidos a minha casa e me pus a falar seriamente com eles. Disse-lhes que, no meu entender, haviam feito uma boa opção, pois se o Capitão os levasse certamente seriam enforcados. Mostrei-lhes o capitão rebelde dependurado no lais de verga do navio e disse-lhes que não teriam outra coisa a esperar.

Ao reafirmarem sua intenção de ficar, disse-lhes, então, que lhes daria um relato de como vivera na ilha com o objetivo de facilitar as coisas para eles. Narrei-lhes toda a história do lugar desde que chegara ali. Mostrei-lhes minhas fortificações, o modo como fazia o pão, plantava o cereal e curava as uvas; em suma, tudo que era necessário para tornar-lhes a vida mais confortável. Contei-lhes também a história dos dezesseis espanhóis que estavam para chegar e escrevi uma carta para eles, fazendo-os prometer que os tratariam de igual para igual.

Deixei-lhes minhas armas de fogo, ou seja, cinco mosquetes, três espingardas e três espadas. Restava ainda um barril e meio de pólvora, já que, depois do primeiro ou segundo ano, utilizei-a com o máximo de economia, sem jamais desperdiçá-la. Dei-lhes uma descrição do modo de domesticar as cabras, ordenhá-las e alimentá-las e de como fazer manteiga e queijo.

Em suma, informei-lhes sobre cada detalhe da vida que levara, acrescentando que intercederia junto ao Capitão para deixar-lhes mais dois barris de pólvora e algumas sementes de hortaliças, que tão úteis me teriam sido. Deixei-lhes também o saco de ervilhas que o Capitão me presenteara e recomendei-lhes que não deixassem de semeá-las para obter ainda mais.

Feito isso, deixei-os no dia seguinte e fui para bordo do navio. Preparamo-nos para zarpar, mas não levantamos âncora aquela noite. Na manhã seguinte, dois dos cinco homens vieram nadando até o costado do navio e, fazendo um rosário de lamentos contra os outros três, suplicaram em nome de Deus para serem recolhidos a bordo, do contrário seriam assassinados; em suma, rogaram ao Capitão para admiti-los, mesmo que fosse para enforcá-los em seguida.

Ao ouvi-los, o Capitão novamente fingiu que nada poderia fazer sem o meu consentimento. Relutamos ainda alguns instantes e, só depois de prometerem solenemente que de fato iriam arrepender-se, permitimos que subissem a bordo; mais tarde foram severamente chicoteados e salgados, mostrando-se a partir de então muito calmos e honestos.

Ao subir a maré, um bote foi enviado à terra com as coisas que eu havia prometido aos homens, às quais o Capitão, a meu pedido, acrescentou os seus baús de roupas. Mostraram-se sumamente agradecidos ao recebê-los e encorajei-os, dizendo-lhes que, se fosse possível enviar um navio para buscá-los, não deixaria de fazê-lo.

Ao abandonar a ilha, levei comigo como recordação o grande gorro de pele de cabra que havia feito, o guarda-sol e meu papagaio. Não esqueci também de levar o dinheiro já mencionado, que durante tanto tempo permanecera sem utilidade alguma para mim e estava tão opaco e enferrujado que dificilmente passaria por prata até ser esfregado e manuseado; tampouco esqueci o dinheiro que encontrei nos destroços do navio espanhol.

Assim deixei a ilha, a dezenove de dezembro, segundo o calendário do navio, no ano de 1686, depois de haver estado nela vinte e oito anos, dois meses e dezenove dias, sendo libertado desse segundo cativeiro no mesmo dia em que fugira no escaler dos mouros de Salé.

Ao fim de uma longa viagem, cheguei à Inglaterra a onze de junho de 1687, depois de trinta e cinco anos de permanência no exterior.

Ao chegar a minha terra, eu era tão desconhecido como se jamais houvesse vivido lá. Minha benfeitora e fiel depositária, a quem confiara todo meu dinheiro, ainda vivia, mas sofrendo grandes privações em virtude de alguns infortúnios, pois enviuvara pela segunda vez e levava uma vida extremamente modesta. Tranquilizei-a de imediato quanto ao que me devia, assegurando-lhe que não lhe causaria problema. Ao contrário, em agradecimento a seu antigo zelo e lealdade para comigo, ajudei-a com o pouco que meu pequeno pecúlio permitia. Era de fato pouquíssimo o que podia fazer por ela naquele momento, mas assegurei-lhe que jamais esqueceria de sua bondade, e mais adiante se verá que cumpri o prometido assim que estive em condições de fazê-lo. Viajei em seguida para Yorkshire, mas meu pai já havia morrido, assim como minha mãe, e da família só restavam duas irmãs e dois filhos de um de meus irmãos. Como há muito tempo me consideravam morto, nada haviam reservado para mim, de modo que me encontrei privado de auxílio, e a pequena quantidade de dinheiro que levava comigo não me ajudaria muito a estabelecer-me no mundo.

Recebi, no entanto, uma prova de gratidão que não esperava. O Capitão do navio a quem eu libertara com tanta felicidade, junto com o barco e todo o seu carregamento, fizera aos proprietários um eloquente relato de tudo que ocorrera e do modo como eu havia procedido. Resolveram, então, convidar-me para encontrá-los em companhia de outros comerciantes, oportunidade em que fui homenageado com amáveis agradecimentos e agraciado com uma quantia de quase duzentas libras esterlinas.

Depois de muitas reflexões sobre as circunstâncias em que me encontrava e os poucos recursos que dispunha para estabelecer-me, decidi ir a Lisboa e ver se não descobria alguma informação sobre o estado da minha plantação no Brasil e sobre o que havia sucedido a meu sócio, que com certeza há muito tempo já me considerava morto.

Com essa intenção, embarquei para Lisboa, onde cheguei em abril. Meu criado Sexta-Feira acompanhava-me em todas essas andanças, mostrando-se em todas as ocasiões extremamente fiel.

Ao chegar a Lisboa, procurei e afinal tive a satisfação de encontrar meu velho amigo, o Capitão que me resgatara do mar na costa da África. Estava muito velho e havia abandonado o mar, deixando ao filho, já homem maduro, a responsabilidade do navio, que continuava o comércio para o Brasil. O Capitão não me reconheceu, e eu mesmo tive também muita dificuldade para identificá-lo, mas logo recordei suas feições, e o mesmo ocorreu com ele.

Depois de nos felicitarmos mutuamente em memória de nossa velha amizade, perguntei-lhe, como era de se esperar, sobre o estado de minha plantação e que sucedera a meu sócio. Disse-me que há nove anos não viajava ao Brasil, mas podia assegurar-me que a última vez em que esteve lá meu sócio ainda vivia; mas os dois curadores, aos quais eu deixara junto com aquele a administração dos meus bens, ambos haviam morrido. Contudo, acreditava que não haveria dificuldades para obter notícias do progresso de minha plantação, pois diante da crença geral que eu morrera afogado num naufrágio, meus curadores se apressaram a dar conta da minha parte ao procurador fiscal, que decidiu adjudicar aqueles bens enquanto eu não me apresentasse para reclamá-los, um terço ao fisco e dois terços ao monastério de Santo Agostinho, que os empregava em benefício dos pobres e para a conversão dos índios ao catolicismo. Mas bastava que eu ou alguém em meu nome os reclamasse, que tudo me seria entregue. Só não me seriam devolvidas as rendas anuais que haviam sido distribuídas para fins caritativos. O Capitão assegurou-me que o administrador real das rendas da terra e o provedor ou ecônomo do mosteiro haviam tido todo o cuidado para que meu sócio prestasse contas anualmente do que havia produzido a plantação, da qual recebiam a metade.

Perguntei-lhe se sabia a que grau de desenvolvimento chegara a plantação e se valia a pena embarcar-me rumo ao Brasil; também quis saber se, quando chegasse lá, não encontraria dificuldades para tomar posse da minha parte.

Disse-me que não podia dizer exatamente a que ponto crescera a plantação, mas sabia que meu sócio enriquecera muito usufruindo apenas da metade.

Tanto quanto podia se lembrar, ouvira certa vez que o terço real da minha parte – que aparentemente era entregue a algum outro monastério ou instituição religiosa – somava mais de duzentos moedouros por ano. Quanto a ser restituído à posse mansa de meus bens, ele não via a menor dificuldade, já que meu sócio vivia e poderia testemunhar os meus direitos, além do que meu nome estava devidamente inscrito no registro de imóveis do país. Acrescentou ainda que os sucessores de meus dois curadores eram pessoas corretíssimas e honestas, além de muito ricas. Eu teria, portanto, não somente ajuda para recuperar a posse, mas também receberia uma soma considerável de dinheiro referente às rendas que receberam da plantação, antes do período em que passara às mãos da Coroa da forma mencionada, coisa que ocorrera há uns doze anos, segundo ele era capaz de recordar.

Mostrei-me um pouco preocupado e apreensivo com esse relato e perguntei ao velho capitão como havia sido possível aos curadores dispor dos meus haveres, quando sabia que eu deixara um testamento pelo qual fazia a ele, o capitão português, meu herdeiro universal, etc.

Respondeu-me que, embora isso fosse verdade, não existindo prova alguma da minha morte, ele não podia proceder como testamenteiro, até que surgisse algum testemunho seguro de meu desaparecimento. Além do que, ele não estava disposto a imiscuir-se em coisa tão remota, embora tenha registrado devidamente meu testamento, a fim de que constassem seus direitos. Caso tivesse recebido notícias conclusivas a respeito da minha morte, teria dado uma procuração a seu filho, que se encontrava atualmente no Brasil, e tomado posse do engenho, como são chamadas as fábricas de açúcar.

– Contudo – acrescentou o velho –, tenho algumas outras notícias para dar-lhe, que talvez não sejam tão agradáveis. Pensando que você estava morto, como acreditavam todos, o seu sócio e os curadores dispuseram-se a entregar-me em seu nome, durante os seis ou oito primeiros anos, todos os rendimentos que lhe eram devidos. Essas quantias foram aceitas por mim, mas como naquela época havia grandes despesas com a plantação, tais como a construção do engenho e a compra de escravos, não foram tão elevadas quanto em anos posteriores. No entanto – continuou o Capitão –, eu lhe darei um relato detalhado de tudo que recebi e a forma como empreguei o dinheiro.

Dias depois, voltando a conversar com meu velho amigo, ele me entregou um relatório das rendas dos seis primeiros anos, assinado pelo meu sócio e pelos curadores, e que havia sido entregue em espécie, ou seja, tabaco em rolo, caixas de açúcar e também rum, melaço e outros produtos derivados da fabricação do açúcar. Pude, então, observar que a cada ano os rendimentos cresciam consideravelmente, mas como os gastos mencionados também haviam sido grandes, o lucro fora a princípio pequeno. Contudo, o Capitão fez questão de dizer-me que me devia quatrocentos e setenta moedouros, além de sessenta caixas de açúcar e quinze rolos duplos de tabaco, que se haviam perdido quando o navio naufragara ao regressar a Lisboa cerca de onze anos depois de meu desaparecimento. Começou, então, a queixar-se de seus infortúnios, contando-me como ele havia sido obrigado a fazer uso do meu dinheiro para recuperar suas perdas e comprar uma participação em um novo navio.

– Não obstante, meu velho amigo – continuou –, não lhe faltará auxílio em suas atuais necessidades; tão logo meu filho retorne, você será completamente ressarcido.

E sacando imediatamente uma velha algibeira, entregou-me cento e sessenta moedouros portugueses, bem como os títulos de sua participação no navio, do qual seu filho que partira para o Brasil e ele eram proprietários de uma quarta parte como garantia da dívida.

Fiquei tão comovido com a honestidade e a bondade daquele homem que mal pude suportar a emoção. Recordava o que o Capitão havia feito por mim, como ele me salvara no mar e com quanta generosidade havia sido tratado em todas as ocasiões, mas sobretudo a amizade sincera que sempre me devotava. Era quase impossível conter as lágrimas diante de suas palavras, e a primeira coisa que fiz foi perguntar-lhe se as circunstâncias lhe permitiam desprender-se de tal soma de dinheiro e se isso não o poria em dificuldades. Respondeu-me que não sabia dizer, talvez lhe apertasse um pouco, mas era meu dinheiro e eu o necessitava mais do que ele.

Tudo que ele dizia era cheio de afeto, e quanto mais o escutava mais eu ficava emocionado. Por fim aceitei cem moedouros e pedi papel e pena para lhe dar um recibo por eles. Entreguei-lhe o resto e disse-lhe que, se algum dia retomasse a posse da plantação, lhe devolveria o que agora aceitava, como de fato o fiz mais adiante. Quanto aos títulos do barco, eu não os receberia sob hipótese alguma, seguro de que, se necessitasse do dinheiro, sabia que ele era suficientemente honesto e honrado para me pagar, e se o destino me ajudasse a receber o que ele havia me dado razão para esperar, jamais aceitaria um só centavo de suas mãos.

Perguntou-me ainda o velho capitão se desejava que ele me orientasse sobre o modo de assegurar os meus direitos sobre a plantação. Disse-lhe que estava disposto a ir pessoalmente até o Brasil, ao que ele me respondeu que o fizesse se assim o desejava, mas que havia outros meios de realizar o mesmo fim e obter imediata restituição do que me pertencia, inclusive as rendas que me eram devidas.

Havia alguns barcos em Lisboa prontos a partir para o Brasil, e o Capitão fez com que meu nome fosse inscrito de imediato em um registro público, com uma declaração solene na qual afirmava que eu estava vivo e que era a mesma pessoa que havia recebido terra para dar início à referida plantação. Após ter feito registrar devidamente tal declaração por um notário e juntado uma procuração, o Capitão aconselhou-me que enviasse esses documentos com uma carta de seu próprio punho a um comerciante amigo no Brasil, propondo-me que eu permanecesse com ele em Lisboa até receber alguma resposta.

Nenhum poder teria sido exercido de forma mais digna e legal do que esse que eu dera àquele comerciante. Em menos de sete meses, recebi um grosso pacote dos herdeiros de meus curadores, os comerciantes por conta de quem eu me fizera ao mar, dentro do qual encontrei os seguintes documentos:

Primeiro, um relatório detalhado do que foi produzido pela minha plantação, a partir do ano em que seus pais haviam ajustado contas com o Capitão português, ou seja, seis anos; o balanço demonstrava um saldo de 1.174 moedouros a meu favor.

Segundo, a prestação de contas de outros quatro anos, durante os quais administraram os bens antes do governo reclamar a parte que a lei fixa em caso de pessoa desaparecida, o que eles chamam de morte civil; o balanço desses anos, por ter aumentado o valor da produção, chegava a 38.892 cruzados, perfazendo um total de 3.241 moedouros.

Terceiro, a prestação de contas fornecida pelo prior do mosteiro de Santo Agostinho, que havia recebido rendas por período superior a quatorze anos; descontando o destinado a gastos de hospital, declarava honestamente ter ainda 872 moedouros não distribuídos, que colocava a minha disposição. Quanto à parte que coubera ao fisco nada me seria restituído.

Havia também uma carta de meu sócio, congratulando-me afetuosamente por estar vivo e incluindo um relatório de como havia progredido a plantação, o que produzia por ano, assim como o número de acres que contava atualmente. Indicava também a superfície plantada, o número de escravos que trabalhavam ali e terminava com vinte e dois sinais da cruz em ação de graças, dizendo-me quantas Ave-Marias havia rezado para agradecer à Virgem Santíssima pela minha salvação. Convidava-me enfaticamente para que fosse ao Brasil tomar posse dos meus bens e que nesse meio tempo lhe enviasse ordens para prestar contas a quem eu designasse durante a minha ausência. Concluía com as mais sinceras demonstrações de amizade, suas e de sua família, e enviava-me como presente sete lindas peles de leopardo que havia recebido da África, por intermédio de algum navio que enviara para lá e que sem dúvida fizera uma viagem melhor do que a minha. Junto com as peles vinham também cinco caixas de bombons e frutas cristalizadas, e cem peças de ouro sem cunho, não tão grandes quanto moedouros.

Pela mesma frota, meus curadores enviaram-me 1.200 caixas de açúcar, 800 rolos de tabaco e o resto do produto em couro.

Agora podia dizer que, realmente, tudo saíra melhor do que a encomenda. É possível expressar aqui o alvoroço do meu coração ao ler aquelas cartas, sobretudo ao inteirar-me da fortuna que me cercava. Como os barcos do Brasil navegavam sempre em frota, junto com as minhas cartas vieram também as mercadorias que, aliás, já estava desembarcadas e em segurança antes que as primeiras me chegassem às mãos. Numa palavra, empalideci e pensei que ia desmaiar; não fosse o Capitão que correu para oferecer-me um licor, penso que a súbita surpresa e felicidade teriam me transtornado de tal forma que morreria ali, naquele mesmo instante.

Mesmo assim estive muito mal durante várias horas, até que chamaram um médico que, ao avaliar parcialmente as razões do meu estado, ordenou uma sangria. Logo me senti mais aliviado e melhorei, mas acredito que, caso não tivesse recebido esse tratamento, teria sido fulminado.

Possuía agora, repentinamente, mais de cinco mil libras esterlinas em dinheiro e uma propriedade no Brasil que rendia mais de mil libras por ano, tão segura quanto se estivesse na Inglaterra. Em suma, encontrava-me numa situação que mal começava a compreender, incapaz ainda de tranquilizar-me o bastante para usufruí-la.

A primeira coisa que fiz foi recompensar meu antigo benfeitor, o velho Capitão, que havia sido tão generoso comigo em minha desventura, cheio de bondade a princípio e extremamente honrado ao fim. Mostrei-lhe tudo que me haviam enviado; disse-lhe que além da Providência, que dispõe sobre todas as coisas, a ninguém devia tanto como a ele e que agora eu estava em condições de recompensá-lo e o faria devidamente. Em primeiro lugar, restituí-lhe os cem moedouros que recebera e, mandando chamar um notário, fiz com que redigisse um documento de quitação geral desobrigando-o a pagar os quatrocentos e setenta moedouros que reconhecera dever-me. Mandei também que fosse redigida uma procuração conferindo-lhe poderes para receber as rendas anuais de minha plantação, e autorizando meu sócio a prestar-lhe contas e enviar-lhe os rendimentos em meu nome nas frotas normais. Acrescentei uma cláusula final garantindo a ele uma pensão vitalícia de cem moedouros por ano e outra de cinquenta moedouros para seu filho depois que morresse. Assim pude pagar minha dívida de gratidão para com esse bom e velho amigo.

Precisava agora refletir sobre o rumo a tomar e o que fazer com os bens que a Providência colocava em minhas mãos. Na verdade, estava mais cercado de preocupações do que em minha tranquila e sossegada ilha, onde não desejava mais do que tinha e não tinha mais do que desejava. Agora, ao contrário, pesava sobre mim um grande fardo, e a questão era como mantê-lo em equilíbrio e segurança. Não possuía uma caverna onde pudesse esconder o dinheiro, ou um lugar onde deixá-lo sem chave ou cadeado até se tornar bolorento e oxidar sem que ninguém o tocasse. Em suma, não sabia onde colocá-lo nem a quem confiá-lo. Meu velho amigo, o Capitão, era realmente um homem honesto e o único refúgio que eu tinha. Além do mais, meus interesses no Brasil pareciam reclamar-me lá, mas não desejava viajar àquelas terras antes de haver assentado os negócios e deixado meus bens em mãos seguras. Pensei primeiro em minha velha amiga, a viúva, de cuja honestidade tivera muitas provas e que merecia toda a minha confiança. Mas era já muito velha e pobre e, até onde podia imaginar, estaria cheia de dívidas. Em suma, não me restava outra alternativa senão voltar pessoalmente à Inglaterra e levar meus bens comigo.

Passaram-se, contudo, alguns meses, antes que eu decidisse viajar. E do mesmo modo que havia generosamente recompensado o Capitão por sua imensa bondade, também o desejei fazer com aquela pobre viúva, cujo marido havia sido meu primeiro benfeitor, e ela, enquanto lhe foi possível, minha fiel depositária e conselheira. Tratei, então, de arranjar um comerciante para que escrevesse a seu correspondente em Londres, com ordens de não só pagar-lhe uma conta, mas também ir a seu encontro e levar-lhe pessoalmente cem libras esterlinas em meu nome, assim como conforto e alento em sua pobreza, dizendo-lhe que, continuasse eu a viver, logo enviaria a ela uma nova remessa. Ao mesmo tempo enviei cem libras a cada uma das minhas irmãs, que, embora não passassem necessidade, não estavam em situação muito boa; uma delas ficara viúva, e a outra estava casada com um homem cuja conduta não era das melhores.

Não encontrara, porém, entre meus parentes e conhecidos, ninguém a quem pudesse confiar a parte mais substantiva de meus bens, a fim de viajar ao Brasil deixando tudo em segurança, enquanto estivesse ausente. Isso, evidentemente, era algo que me preocupava bastante.

Tive certa vez a ideia de estabelecer-me definitivamente no Brasil, país no qual me sentia, por assim dizer, naturalizado. No entanto, em minha consciência despertaram alguns pequenos escrúpulos religiosos, que pouco a pouco foram me dissuadindo dessa ideia, como contarei em seguida. Contudo, no momento, não era religião que me impedia de viajar; assim como não tivera o menor escrúpulo em professar abertamente a religião do país enquanto vivia lá, tampouco o teria agora. Apenas meditando uma e outra vez sobre a questão, e com mais profundidade que em outras épocas, imaginei-me vivendo e morrendo entre eles e comecei a arrepender-me de ter professado a fé papista, da qual não tinha segurança de que fosse a melhor para acompanhar-me no momento de minha morte.

Porém, torno a dizer, não era essa a razão principal que me impedia de viajar ao Brasil; na verdade, continuava sem saber a quem confiar meus bens durante minha ausência. Resolvi finalmente ir para a Inglaterra com eles, seguro de que uma vez lá travaria algum conhecimento ou encontraria um parente que me fosse fiel; e assim preparei-me para viajar à Inglaterra com toda minha fortuna.

Como a frota para o Brasil estava prestes a zarpar, quis antes responder adequadamente aos que me haviam prestado contas de forma tão correta e honrada. Escrevi, em primeiro lugar, uma carta para o prior de Santo Agostinho cheia de agradecimentos por sua administração íntegra e pela oferta dos 872 moedouros, dos quais roguei-lhe que separasse 500 para o monastério e 372 para os pobres, como ele assim dispusesse, pedindo aos bons padres que orassem por mim e outras coisas semelhantes.

Escrevi, a seguir, uma carta a meus dois curadores, com toda gratidão que sua justiça e honestidade exigiam. Não lhes enviei nenhum presente, pois sua riqueza os colocava acima disso.

Por fim, escrevi a meu sócio, transmitindo-lhe meu reconhecimento pela diligência com que havia feito progredir a plantação e o empenho que dedicara a sua valorização com benfeitorias. Enviei-lhe instruções para a administração da minha parte, de acordo com os poderes que deixara a meu amigo, o Capitão, a quem eu desejava que remetesse tudo que me correspondia, até que lhe enviasse instruções mais precisas. Assegurei-lhe que era minha intenção não somente viajar ao Brasil, mas também estabelecer-me lá até o fim dos meus dias. Juntei à carta um belo presente que incluía sedas italianas para sua esposa e suas duas filhas (pois o filho do Capitão me havia informado que ele agora as tinha), duas peças de fino corte inglês, o melhor que pude obter em Lisboa, cinco peças de baeta preta e algumas rendas de Flandres muito valiosas.

Havendo assim posto em ordem meus negócios, vendido meu carregamento e convertido todas as minhas rendas em boas letras de câmbio, a dificuldade seguinte era escolher o caminho para voltar à Inglaterra. Já estava bastante habituado ao mar, no entanto, experimentava uma estranha aversão à ideia de ir de barco a minha pátria. Embora não pudesse explicar os motivos, sentia-me tão angustiado que cheguei a desistir da viagem, mesmo depois de já haver despachado as bagagens; e isso não ocorreu apenas uma, mas duas ou três vezes.

É verdade que não tivera muita felicidade no mar, e essa pode ser uma das causas; mas que ninguém menospreze jamais os fortes impulsos de seus pensamentos em casos como esse. Dois dos navios que havia escolhido para fazer essa viagem (e tão decidida estava tal escolha que, num deles, já havia feito subir as minhas malas; quanto ao outro, tudo já estava também acertado com o Capitão) sofreram grandes desgraças. Um foi capturado pelos argelinos, e o outro naufragou perto de Torbay, morrendo todos afogados, com exceção de três homens; de modo que em qualquer desses navios teria tido um destino funesto, e qual o pior seria difícil dizer.

Depois de assim atormentar-me com pensamentos sombrios, o velho Capitão, a quem contava tudo, insistiu para que eu não fosse por mar, mas viajasse por terra até Groyne e atravessasse ali o golfo de Biscay até Rochell, de onde seguiria com segurança e comodidade por terra até Paris, e de lá a Calais e Dover; ou então subir até Madri, e de lá, por terra, atravessar a França.

Em suma, me sentia tão avesso à ideia de navegar, a não ser no que era obrigado, ou seja de Calais a Dover, que resolvi fazer todo o trajeto por terra. Como não estava com pressa e não me preocupava com gastos, seria sem dúvida o caminho mais agradável. Para tornar a viagem ainda mais aprazível, o velho Capitão apresentou-me um cavalheiro inglês, filho de um comerciante em Lisboa, que se manifestou disposto a viajar comigo. Depois, ainda juntaram-se a nós outros dois comerciantes ingleses e dois jovens cavalheiros portugueses, um dos quais ia só até Paris. Éramos, portanto, seis viajantes com cinco criados: os dois comerciantes e os dois portugueses contentaram-se com um criado para ambos, evitando assim maiores despesas; quanto a mim, arranjei um marinheiro inglês para servir-me durante a viagem, uma vez que Sexta-Feira era muito pouco civilizado para ocupar o lugar de um criado em semelhante viagem.

Assim partimos de Lisboa, e como o grupo estava muito bem montado e armado, constituíamos um pequeno exército, no qual tive a honra de ser considerado capitão, tanto por ser o mais velho como por levar dois criados, e também porque havia sido o organizador daquela jornada.

Do mesmo modo que não quis aborrecer o leitor com nenhum dos meus diários de bordo, tampouco o desejo fazer com os de terra. Contudo, algumas aventuras que nos aconteceram em tão tediosa e difícil jornada não devem ser omitidas.

Quando chegamos a Madri, cidade que nenhum de nós conhecia, quisemos ficar algum tempo para visitar a corte da Espanha e ver o que valia a pena ser visto. No entanto, o verão já estava prestes a terminar, e nos apressamos a retomar a viagem, abandonando Madri em meados de outubro. Mal havíamos chegado aos limites de Navarro, começamos a receber notícias alarmantes nos diversos povoados que cruzávamos de que havia nevado tanto no lado francês das montanhas, que vários viajantes foram obrigados a voltar para Pamplona, depois de haverem tentado com extremo risco atravessar os Pirineus.

Ao chegar a Pamplona, verificamos que de fato era assim. Para mim, habituado a climas quentes e a regiões onde dificilmente se tolera alguma roupa, o frio era insuportável. Ainda mais penoso me parecia, além de surpreendente, porque há apenas dez dias deixávamos a Velha Castela, onde o clima não só era temperado, mas também muito quente, para em seguida receber o vento gélido e cortante dos Pirineus, que realmente era intolerável e até perigoso porque gelava e entorpecia os dedos das mãos e dos pés.

O pobre Sexta-Feira ficou terrivelmente assustado quando viu as montanhas cobertas de neve e sentiu os rigores do clima, coisas que jamais havia visto ou experimentado antes.

Para abreviar, direi que em Pamplona continuou nevando de tal modo e com tal persistência que as pessoas diziam que o inverno havia se adiantado. As estradas, até então difíceis de transitar, eram agora impraticáveis. Em algumas partes, a neve alcançava uma altura impossível de ultrapassar e, como não endurecia como nos países nórdicos, oferecia o perigo de enterrar vivo a quem ousasse dar ali um passo. Não ficamos menos de vinte dias em Pamplona, até que, observando que o inverno se aproximava e que não havia indício algum de que o tempo fosse melhorar (fora o inverno mais rigoroso de que se tinha memória na Europa), propus a meus companheiros que fôssemos para Fuenterrabia e lá tomássemos um barco para Bourdeaux, o que significava apenas uma pequena viagem marítima.

Porém, enquanto refletíamos sobre isso, chegaram quatro cavalheiros franceses, que, detidos no lado francês da passagem pela mesma razão que a nossa no lado espanhol, haviam encontrado um guia que os levou a atravessar o país perto do extremo de Languedoc e os trouxe pelas montanhas, onde a neve não lhes causou muitos transtornos. Segundo seu depoimento, sempre que encontraram neve, estava tão endurecida e compacta que suportava facilmente o peso dos cavalos e dos cavaleiros.

Mandamos chamar esse guia, que se comprometeu a levar-nos pelos mesmos caminhos, sem nenhum perigo de neve, desde que estivéssemos suficientemente armados para proteger-nos dos animais selvagens. Em épocas de grandes nevadas, segundo nos contou, era frequente aparecerem lobos ao pé dessas montanhas, e a fome que a desolação reinante lhes provocava tornava-os altamente perigosos. Dissemos a ele que estávamos muito bem-preparados para tais criaturas, se nos assegurasse que não seríamos atacados por outra espécie de lobos que caminhavam sobre duas pernas e que, segundo fomos avisados, abundam nessas regiões, especialmente do lado francês das montanhas.

Assegurou-nos que, nos caminhos onde nos levaria, tal perigo era inexistente; de modo que prontamente concordamos em segui-lo, assim como fizeram também mais doze cavalheiros com seus criados, alguns franceses, outros espanhóis, os quais, como disse, haviam tentado cruzar as montanhas, mas foram obrigados a retroceder.

No dia quinze de novembro saímos de Pamplona conduzidos por nosso guia, e minha surpresa foi grande quando, em vez de seguirmos adiante, nos fez retornar cerca de trinta quilômetros pelo mesmo caminho no qual viéramos de Madri. Depois de cruzar dois rios, chegamos a uma região onde o clima era ameno, as terras tinham um aspecto muito agradável e não havia sinais de neve, até que, subitamente, virando à esquerda, levou-nos em direção às montanhas por outro caminho. Os montes e precipícios eram realmente aterradores, mas ele fez tantas voltas, desvios e meandros, percorreu tantos caminhos sinuosos, que, sem perceber, acabamos transpondo as maiores altitudes sem sermos muito transtornados pela neve. Mostrou-nos, então, repentinamente as férteis e aprazíveis províncias de Languedoc e Gascoign, que se estendiam ao longe, verdes e florescentes, e às quais chegaríamos depois de vencer outro árduo caminho.

Ficamos um pouco apreensivos quando nevou todo um dia e uma noite com tal violência que não pudemos continuar; mas o guia tranquilizou-nos, dizendo que logo passaríamos. De fato verificamos que já começávamos a descer e nos encaminhávamos cada vez mais em direção ao norte, de modo que prosseguimos a viagem confiando em nosso guia.

Umas duas horas antes de anoitecer, quando o guia cavalgava um pouco adiante e fora de nossa vista, três monstruosos lobos e um urso saíram de uma fenda que dava acesso a um espesso bosque. Dois lobos precipitaram-se sobre o guia, e houvesse ele estado um quilômetro a nossa frente, o teriam devorado antes que pudéssemos tê-lo socorrido. Um dos lobos atacou o cavalo, enquanto o outro saltava sobre o homem com tal violência que ele não teve tempo ou presença de espírito suficiente para sacar a pistola e desatou a gritar para nós com todas as suas forças. Como meu criado Sexta--Feira estava próximo a mim, ordenei-lhe que fosse a galope até lá para ver o que ocorria. Assim que Sexta-Feira enxergou o guia, berrou tão alto quanto ele, "Amo! Amo!", mas ao mesmo tempo, com extraordinária coragem, cavalgou diretamente até a vítima e, sacando a pistola, atravessou com um tiro a cabeça da fera.

Foi uma sorte para o guia que tenha sido Sexta-Feira a ajudá-lo, pois como estava habituado a lidar com esse tipo de criatura em sua terra, não teve medo e aproximou-se o máximo possível antes de atirar contra ela, enquanto qualquer um de nós haveria atirado de mais longe e teria, talvez, ou errado o lobo, ou se arriscado a acertar o homem.

O que se seguiu teria bastado para aterrorizar um homem mais valente do que eu, e certamente alarmou toda nossa companhia, quando, ao ecoar o ruído do disparo de Sexta-Feira, escutamos de ambos os lados da estrada o mais terrificante uivar de lobos. Aqueles uivos, multiplicados pelo eco das montanhas, nos deram a impressão de que havia uma prodigiosa quantidade de feras. Na realidade, talvez, não houvesse um número tão grande, de modo que não havia motivo para tantas apreensões.

Mal Sexta-Feira matou o lobo, o que então atacava o cavalo fugiu em desabalada carreira. Por sorte mordera o cavalo na cabeça, onde os arreios lhe embaraçaram os dentes, impedindo-o de causar muito dano. O guia, no entanto, sofreu vários ferimentos, pois a feroz criatura conseguira mordê-lo duas vezes, uma no braço e outra um pouco acima do joelho, e estava prestes a cair do cavalo empinado, quando Sexta-Feira chegou e atirou no lobo.

É fácil imaginar que, ao ouvirmos o disparo da pistola, saímos todos a galope, e embora o caminho fosse árduo, em poucos instantes chegávamos ao lugar. Assim que passamos as árvores que nos obstruíam a visão, percebemos claramente o que havia ocorrido e como Sexta-Feira acabava de salvar o pobre guia, embora não tenhamos discernido imediatamente que espécie de criatura ele havia matado.

Porém, jamais houve luta mais temerária e conduzida de forma tão surpreendente como a que se seguiu entre Sexta-Feira e o urso, tanto que proporcionou a todos (embora a princípio nos tenha deixado extremamente apreensivos e receosos) um enorme divertimento. Apesar de ser um animal pesado e desajeitado, que não pode correr com a velocidade do lobo, o urso, no entanto, tem duas qualidades particulares que em geral regulam suas ações. Em primeiro lugar, os homens não constituem sua presa, se bem que nas circunstâncias em que nos encontrávamos, com tudo coberto de neve, ignora todas as regras por causa dos extremos a que a fome conduz; mas geralmente os ursos jamais atacam o homem, a não ser que este o provoque antes. Quanto se encontra um urso nos bosques, se você não o desafiar, ele não o molestará; é preciso tratá-lo com a maior educação e dar-lhe passagem, pois trata-se de um "cavalheiro" extremamente sensível e não se desviará um passo sequer do seu caminho, nem que seja para um príncipe. Portanto, se você sentir medo, o melhor a fazer é olhar de lado e seguir caminhando, pois às vezes basta você parar ou ficar quieto e olhar fixamente para ele para que considere isso uma ofensa. Ocorrerá o mesmo se você lhe atirar algo e acertar nele, ainda que seja um toco de madeira do tamanho de um dedo. Ele tomará isso como um insulto e abandonará todos os seus afazeres apenas para vingar-se, pois em matéria de honra o urso sempre exigirá satisfação. Esta é sua primeira qualidade. A outra consiste em que, uma vez ofendido, ele jamais o deixará em paz, perseguindo-o a distância noite e dia, até alcançá-lo e obter assim sua desejada vingança.

Meu criado Sexta-Feira havia salvado o guia e, quando nos aproximamos, tratava de ajudá-lo a desmontar, pois o homem estava ao mesmo tempo ferido e assustado, talvez mais assustado que ferido. Vimos, então, de repente, o urso sair da floresta, e era monstruosamente grande, sem dúvida o maior que eu já havia visto. Ficamos todos um pouco surpresos diante do que víamos, mas quando Sexta-Feira o enxergou, percebemos que seu rosto expressou alegria e contentamento.

– Oh!, Oh!, Oh! – exclamou Sexta-Feira três vezes, apontando para o animal. – Oh, amo, deixar eu apertar mão de urso! Eu fazer rir muito!

Minha surpresa foi grande ao vê-lo tão satisfeito.

– Não seja louco – gritei –, ele vai comê-lo!

– Comer-me! Comer-me! – disse Sexta-Feira. – Eu comer ele! Eu fazer rir! Vocês todos ficar aqui, eu fazer rir muito!

Sentou-se no chão, trocou num instante as botas por um par de escarpins que trazia no bolso, entregou seu cavalo a meu outro criado e, com a arma na mão, saiu correndo como o vento.

O urso caminhava lentamente e não parecia desejar intrometer-se com ninguém, até que Sexta-Feira aproximou-se chamando-o como se o animal pudesse entendê-lo.

– Escuta, escuta – dizia ao urso –, eu falar com você.

Acompanhávamos tudo a distância, encontrando-nos já do lado gascão das montanhas e num grande bosque, cujo solo era plano e bastante aberto, com árvores esparsas em crescimento.

Sexta-Feira, que, como mencionei, estava quase nos calcanhares do urso, aproximou-se ainda mais e, apanhando logo uma pedra, acertou-o em cheio na cabeça, mas não lhe causou mais dano do que se a houvesse jogado contra uma parede. Contudo, produziu o efeito que desejava, pois o maroto mostrava-se tão temerário, que sua intenção era evidentemente que o urso o seguisse, e nos "fazer rir muito", segundo sua linguagem.

Mal o urso sentiu a pedra e enxergou seu agressor, voltou-se imediatamente e lançou-se ao seu encalço, dando largas passadas e movendo-se de uma maneira tão estranha e rápida que teria obrigado um cavalo a trotar para alcançá-lo. Sexta-Feira fugia velozmente e de súbito virou em nossa direção, como se viesse em busca de socorro, de modo que decidimos atirar de uma vez contra o urso e salvar o homem. Estava tão bravo com ele ao ver que lançava o urso contra nós, quando o animal não parecia ter a menor intenção de atacar-nos, que comecei a gritar-lhe o que merecia.

– Cachorro! – exclamei. – É essa a sua maneira de nos fazer rir? Pegue seu cavalo e afaste-se para que possamos atirar no urso.

Ao ouvir-me respondeu aos gritos:

– Não atirar, não atirar! Ficar parado, vocês rir muito!

Como a ágil criatura corria dois passos para cada um da fera, mudou novamente de direção e, vendo um grande carvalho que parecia apropriado a seus planos, fez sinais para que o seguíssemos;

redobrou, então, a velocidade e trepou agilmente na árvore, deixando a espingarda no chão a uns cinco ou seis metros do tronco.

O urso logo alcançou a árvore, e nós o acompanhamos a distância. A primeira coisa que fez foi parar junto à espingarda e cheirá-la, mas abandonou-a em seguida e, aproximando-se da árvore, começou a subi-la com a agilidade de um gato, apesar de todo o seu tamanho. Estava absolutamente assombrado diante do que considerava uma loucura do meu criado e em nada achava motivo de graça; ao vermos o urso trepar na árvore, tratamos de nos aproximar.

Ao chegarmos lá, vimos Sexta-Feira trepado na extremidade delgada de um longo galho da árvore, e o urso, que estava a meio caminho; assim que alcançou a parte onde o galho era mais flexível, ouvimos Sexta-Feira gritar:

– Agora ver eu ensinar urso dançar!

E se pôs a pular e a balançar violentamente o ramo, com o que o animal começou a bambolear-se, fazendo o possível para manter-se firme, embora olhasse para trás, para descobrir a maneira de retroceder. Nesse momento, de fato, todos começamos a rir. Mas Sexta-Feira ainda não havia terminado com ele. Ao vê-lo indeciso, começou a falar-lhe como se aquele animal lhe pudesse ter respondido em inglês.

– Como! Não vir mais? Por favor, vir mais!

Deixou, então, de sacudir o galho, e o urso, como se houvesse compreendido o que ele dissera, avançou um pouco; mas Sexta-Feira se pôs novamente a pular e o urso parou.

Pensamos que esse era um bom momento para acertá-lo na cabeça, e gritei a Sexta-Feira que ficasse quieto, pois atiraríamos contra a fera, mas ele nos deteve com suas súplicas.

– Por favor, por favor! Não atirar! Eu atirar agora depois! – Queria dizer que daqui a pouco atiraria. Enfim, e para abreviar este episódio, Sexta-Feira dançou tanto em cima daquele galho, e o urso adotou posturas tão estranhas e grotescas para se equilibrar, que desatamos a rir, embora ainda não soubéssemos como afinal se arranjaria o meu criado. A princípio pensamos que queria derrubar o urso, mas o animal era esperto demais para que isso viesse a acontecer; não só evitava avançar mais, mas cravava as garras na madeira com tal força que não compreendíamos como iria terminar a brincadeira.

Porém, Sexta-Feira logo dissipou nossas dúvidas pelo que disse ao urso quando percebeu que não o desprenderia do galho nem o faria avançar mais:

— Muito bem – diz ele –, você não querer vir, eu ir, eu ir. Você não vir até eu, eu ir até você.

Com essas palavras deslizou até a extremidade do ramo, que pouco a pouco se inclinava sob seu peso, e deixou-se resbalar suavemente, sustentando-se na ponta até seus pés quase tocarem o chão. Então soltou o galho, correu até a espingarda e ficou à espera.

— Bem – disse eu –, o que você vai fazer agora, Sexta-Feira? Por que não atira nele?

— Não atirar – respondeu. – Se eu atirar agora não matar. Fazer todos rir mais.

E assim foi, como poderá se ver, pois, quando o urso percebeu que seu inimigo havia escapado, começou a retroceder pelo galho, lentamente, olhando para trás a cada passo, até que alcançou o tronco da árvore. Então, com o mesmo cuidado e andando sempre para trás, desceu pelo tronco, cravando profundamente as garras e movendo devagar cada pata. Nesse instante, quando estava prestes a pôr as patas traseiras no chão, Sexta-Feira aproximou-se e, metendo-lhe o cano da espingarda em uma orelha, deixou-o sem vida a seus pés.

O canalha voltou-se, então, para nós a fim de ver se realmente havíamos rido e, quando percebeu pelas nossas fisionomias um ar de contentamento, ele mesmo soltou uma sonora gargalhada.

— Assim nós matar ursos nosso país – disse Sexta-Feira.

— Então é assim que vocês os matam – digo –, mas como se vocês não têm espingardas?

— Não, não espingarda – respondeu. – Atirar muitas flechas compridas.

Tudo isso nos divertiu muito, mas ainda estávamos num lugar desolado, com o guia muito ferido e sem saber exatamente o que fazer. O uivar dos lobos ressoava em minha cabeça, pois, à exceção dos gritos que certa vez escutara na costa da África, em um episódio já narrado, nunca ouvira nada que pudesse causar-me tanto espanto.

Essas coisas, somadas à aproximação da noite, dissuadiram-nos de esfolar o urso como queria Sexta-Feira, do contrário haveríamos levado conosco a pele daquele enorme animal, que sem dúvida merecia ser conservada. No entanto, ainda tínhamos três léguas a percorrer, e a situação do nosso guia nos incitava a prosseguir.

O solo ainda estava coberto de neve, embora não com a espessura perigosa das montanhas. Os animais selvagens, como soubemos mais tarde, haviam descido para os bosques e planícies à procura de alimento e causaram muitos danos nas aldeias, onde surpreenderam os habitantes, mataram uma grande quantidade de ovelhas e cavalos e também algumas pessoas.

Havia ainda um lugar perigoso pelo qual precisávamos passar e, segundo nosso guia, se ainda havia lobos na região, os encontraríamos ali. Tratava-se de uma pequena planície, cercada de bosques de todos os lados e com um longo e estreito desfiladeiro, pelo qual era necessário passar para atravessar a mata e chegar à aldeia onde iríamos pernoitar.

Faltava cerca de meia hora para o sol se pôr quando entramos no primeiro bosque, e pouco depois chegávamos à planície. Nada de alarmante aconteceu ali, a não ser numa pequena clareira no interior da mata, com menos de quatrocentos metros de extensão, onde vimos cinco grandes lobos cruzarem o caminho em disparada, como se estivessem perseguindo alguma presa. Não tomaram conhecimento de nós e num instante desapareceram.

Diante disso, nosso guia, que, diga-se de passagem, era um sujeito desgraçadamente covarde, aconselhou que ficássemos de prontidão, pois acreditava que mais lobos apareceriam.

Preparamos nossas armas e mantivemos os olhos bem abertos, mas não vimos mais lobos até acabarmos de atravessar esse bosque de cerca de meia légua e entrar na planície. Porém, tivemos ocasião para aumentar ainda mais nossa vigilância. A primeira coisa que enxergamos foi um cavalo morto, ou seja, um pobre cavalo que os lobos haviam matado e pelo menos uma dúzia deles o estavam devorando, o que considero uma expressão imprópria, pois apenas roíam-lhe os ossos, já que a carne havia sido totalmente consumida.

Não havia razão para interromper-lhes o banquete, uma vez que não deram muita importância a nossa presença. Sexta-Feira os teria atacado, mas eu não lhe dei consentimento, pois achava que em breve teríamos com que nos ocupar. Não havíamos percorrido a metade da planície quando começamos a ouvir os lobos uivando do modo mais assustador no mato a nossa esquerda e pouco depois vimos cerca de uma centena deles vindo em nossa direção, em matilha, e a maioria alinhada de forma tão regular que parecia um exército dirigido por oficiais experientes. Mal houve tempo de pensar no modo de recebê-los, mas achei que o melhor seria em linha cerrada, e assim o fizemos. Como a distância que nos separava era pequena, ordenei que os disparos fossem feitos alternadamente e que os que não houvessem disparado da primeira vez ficassem preparados para uma eventual segunda descarga, caso o inimigo continuasse a avançar contra nós, e também que os primeiros não tentassem carregar novamente os fuzis, mas ficassem de prontidão com as pistolas, pois cada um possuía um fuzil e um par de pistolas.

Estávamos, portanto, com esse método, em condições de oferecer seis descargas, metade de nós cada vez. No entanto, não houve necessidade naquele momento, pois a primeira fuzilaria, tanto pelo ruído como pelo fogo, aterrorizou de tal forma o inimigo que o deteve imediatamente. Quatro foram atingidos na cabeça e caíram; vários ficaram feridos e fugiram sangrando, como pudemos ver pela neve. Haviam parado, mas não se haviam rendido completamente. Lembrando então que ouvira dizer que a voz do homem enchia de pavor as mais ferozes criaturas, ordenei a toda a companhia que gritasse o mais alto possível e verifiquei que a ideia não era de todo equivocada, pois começaram a afastar-se e retroceder. Ordenei ainda uma segunda descarga que os fez correr e sumir no interior da mata.

Isso nos deu oportunidade de recarregar as armas e, para não perder tempo, o fizemos andando. Porém, mal havíamos carregado os fuzis e nos colocado em prontidão quando ouvimos um terrível ruído no mesmo bosque a nossa esquerda, um pouco mais adiante, e justamente na mesma direção pela qual teríamos que passar.

A noite se aproximava e a luz era débil, o que tornava as coisas ainda mais difíceis para nós; mas, ao crescer o ruído, percebemos claramente que eram uivos e guinchos daquelas criaturas diabólicas. De repente descobrimos duas ou três alcateias, uma à esquerda, outra atrás e a terceira avançando a nossa frente, de modo que parecíamos cercados por elas. Contudo, como não nos atacavam, continuamos avançando o mais rápido que podíamos com nossos cavalos, que, devido à irregularidade do caminho, apenas podiam andar a trote largo. Chegamos, assim, à entrada de um bosque situado no final da planície, através do qual teríamos que passar, mas, para nossa grande surpresa, percebemos que junto à entrada havia uma enorme quantidade de lobos.

Nesse instante, ouvimos um tiro no outro lado do bosque e, olhando nessa direção, vimos passar um cavalo com a sela e o arreio zunindo como o vento, e dezesseis ou dezessete lobos que o perseguiam. O cavalo levava alguma vantagem, mas não acreditamos que pudesse manter por muito tempo essa velocidade e achamos que por fim o alcançariam, como sem dúvida ocorreu.

Porém, uma cena ainda mais horrível nos esperava, pois ao dirigir-nos até a entrada de onde enxergáramos o cavalo sair, encontramos os restos de outro cavalo e de dois homens devorados por aquelas ferozes criaturas; um dos infelizes era seguramente o que havia disparado o tiro que escutamos, pois uma arma descarregada jazia a seu lado. Os lobos haviam devorado a cabeça e a parte superior de seu corpo.

Aquilo encheu-nos de horror, e não soubemos que rumo tomar, até que os próprios lobos se encarregaram de indicar-nos o caminho quando começaram a reunir-se a nossa volta, na esperança de uma presa; acredito que havia no mínimo trezentos desses animais. Tivemos a sorte de avistar a pouca distância da entrada do bosque algumas toras de madeiras, que haviam sido cortadas no verão anterior e deixadas ali provavelmente para serem transportadas mais tarde. Levei meu pequeno exército para junto delas, ordenando-lhe que formasse em linha atrás de um grande tronco. Pedi a todos que desmontassem e, utilizando esse tronco de árvore como parapeito, formamos um triângulo para atuar em três frentes e colocamos os cavalos no centro.

Assim o fizemos, e a tempo, pois nunca se viu um ataque mais furioso que o que tais criaturas fizeram contra nós nesse lugar. Aproximaram-se rosnando e grunhindo, saltando sobre o tronco que nos servia de escudo e já prestes a investir contra suas vítimas. Pensamos, então, que sua fúria era devida sobretudo à visão dos cavalos, que constituíam seu principal objetivo. Ordenei nesse instante a meus homens que atirassem como antes, alternadamente, e o fizeram com tanta precisão que na primeira descarga mataram uma grande quantidade de lobos. Contudo, foi necessário manter uma fuzilaria constante, pois eles voltavam à carga como demônios, os de trás empurrando os que iam na frente.

Depois de dispararmos nossa segunda rajada de balas, percebemos que vacilavam um pouco e acreditamos que talvez retrocedessem. Porém, aquilo durou apenas um instante, porque outros avançaram novamente e foi preciso fazer duas descargas de pistolas. Penso que nessas quatro descargas matamos dezessete ou dezoito lobos e ferimos o dobro; contudo, eles vieram de novo.

Não estava disposto a gastar tão rapidamente nossas últimas balas; por essa razão chamei meu criado (não Sexta-Feira, que tratava de recarregar com absoluta destreza o meu fuzil e o dele) e, entregando-lhe um polvorinho, ordenei-lhe que fizesse um largo rastro de pólvora ao longo do tronco que nos servia de proteção. Feito isso, teve apenas tempo de se afastar, pois os lobos voltaram ao ataque e alguns já trepavam no tronco no exato momento em que eu aplicava ao rastilho a chave de uma pistola descarregada e apertava o gatilho. A pólvora inflamou-se instantaneamente, e os que estavam no tronco se queimaram, enquanto seis ou sete, para fugir do fogo, caíram ou saltaram sobre nós. Matamos esses num instante, e o resto se mostrou tão assustado com o resplendor das chamas, ainda mais vivo na escuridão da noite, que recuou um pouco.

Ordenei, então, que nossas últimas pistolas fossem disparadas, e depois começamos a gritar. Os lobos, apavorados, nos deram as costas e fugiram, e nós aproveitamos imediatamente para investir contra os cerca de vinte que estavam feridos no chão e tratamos de matá-los a golpes de espadas. Isso respondeu a nossa expectativa, pois os uivos e ganidos dos animais que matávamos foram claramente escutados por seus companheiros, que se apressaram a fugir a toda velocidade.

Ao todo chegamos a matar cerca de sessenta lobos e, se tivesse sido à luz do dia, teríamos matado ainda mais. Desobstruído o campo de batalha, retomamos novamente nossa marcha, pois tínhamos ainda cerca de uma légua para percorrer. Ouvimos ainda as vorazes criaturas uivarem e ganirem nos bosques inúmeras vezes. Em uma outra oportunidade, acreditamos ver algumas delas, mas como a neve ofuscava nossos olhos, não tivemos certeza de que fossem lobos. Uma hora depois, chegamos ao povoado onde pernoitaríamos, encontrando os seus habitantes em pânico e todos em armas. Na noite anterior, os lobos e alguns ursos haviam assaltado o vilarejo, deixando a todos terrivelmente assustados e os obrigando a ficar constantemente de vigia, em particular durante a noite, para proteger o gado e também as pessoas.

No dia seguinte nosso guia amanheceu tão doente, com os membros inchados devido à inflamação dos ferimentos, que fomos obrigados a deixá-lo e contratar um novo guia, que nos conduziu a Toulouse. Lá encontramos um clima ameno, uma região fértil e agradável, sem neve, lobos ou algo semelhante. Quando contamos nossa aventura em Toulouse, disseram-nos que o que ocorrera era muito frequente nos grandes bosques ao pé das montanhas, especialmente quando o chão estava coberto de neve.

Perguntaram-nos que espécie de guia era esse que se havia atrevido a trazer-nos por esse caminho em uma época tão rigorosa, assegurando-nos que havíamos tido muita sorte de não termos sido todos devorados. Quando lhes explicamos como nos havíamos defendido dos lobos, colocando os cavalos no centro de nossas linhas, nos censuraram muito, dizendo-nos que havia cinquenta probabilidades contra uma de sermos destroçados por esses animais. Parece que é a vista dos cavalos o que os torna tão furiosos, pois constituem sua presa favorita. Em outras ocasiões, temem o simples ruído de um disparo, mas a fome que os devora, somada à raiva que isso lhes produz e à avidez de chegar aos cavalos, torna-os insensíveis ao perigo. Disseram-nos que se não fosse pelo fogo contínuo e a estratégia final de acender um rastilho de pólvora, o mais provável era que houvéssemos sido todos feitos em pedaços. Talvez houvesse ainda sido preferível permanecer montados e atirado dali, como cavaleiros, pois os lobos, ao verem os homens sobre seus corcéis, não teriam considerado a estes últimos presa tão fácil. Por fim, disseram-nos que o melhor teria sido permanecermos todos juntos e abandonar os cavalos aos lobos que os teriam devorado, permitindo-nos assim sair sem perigo do bosque, especialmente sendo tantos e tão bem-armados.

Quanto a mim, nunca me senti tão exposto ao perigo em toda a minha vida. Ao ver mais de trezentas feras rosnando e de boca aberta para nos devorar, e praticamente sem nenhum abrigo para nos proteger, dei a mim mesmo por perdido. E posso com toda a certeza afirmar que jamais voltarei a cruzar aquelas montanhas, pois preferiria viajar mil léguas por mar, mesmo que estivesse certo de encontrar uma tormenta a cada semana.

Nada tenho de extraordinário a relatar sobre minha viagem pela França, exceto o que outros viajantes já narraram e de uma forma bem melhor do que eu poderia fazer. Fui de Toulouse a Paris e, sem muita demora, parti para Alais, desembarcando a salvo em Dover, no dia quatorze de janeiro, depois de haver sofrido os rigores de uma estação extremamente fria.

Chegava agora ao fim de minhas viagens e em pouco tempo conseguira reunir toda a minha nova fortuna, pois as letras de câmbio que trouxera comigo me foram pagas imediatamente.

Meu principal guia e conselheiro era a boa e idosa viúva, que, agradecida pelo dinheiro que lhe enviara, não poupava esforços para me ajudar. Tanta confiança depositava nela que me sentia absolutamente tranquilo quanto à segurança dos meus bens, pois a inatacável integridade daquela excelente senhora conservou-se a mesma do princípio ao fim.

    Pensei, então, em deixar meus bens aos seus cuidados, voltar a Lisboa e de lá partir para o Brasil, mas escrúpulos de natureza religiosa impediram-me de avançar nesse caminho. Já havia alimentado algumas dúvidas sobre a religião católica quando estava no estrangeiro, especialmente na solidão da ilha, e sabia perfeitamente que não havia possibilidade de chegar ao Brasil, muito menos de estabelecer-me lá, se não resolvesse antes abraçar sem reservas a religião católica romana, a não ser que estivesse disposto a sacrificar-me por meus princípios, converter-me num mártir e morrer na Inquisição. Resolvi, portanto, permanecer em minha terra e se possível desfazer-me de minha plantação.

    Com esse fim, escrevi a meu velho amigo em Lisboa, que respondeu dizendo-me que não haveria dificuldades em realizar a venda, mas que lhe parecia adequado que eu lhe autorizasse a oferecer a plantação em meu nome aos dois comerciantes, herdeiros de meus antigos curadores, que moravam no Brasil, e que evidentemente sabiam muito bem o valor dessas terras. Por outro lado, aqueles dois homens eram riquíssimos, de modo que poderiam estar interessados em adquirir a propriedade, pela qual eu pensava que poderia obter umas quatro ou cinco mil peças de oito.

    Em resposta, dei-lhe a permissão que pedia e cerca de oito meses mais tarde, com o retorno do navio, recebi uma carta informando-me que a oferta fora aceita e que os comerciantes remetiam trinta e três mil peças de oito a seus correspondentes de Lisboa para pagar-me.

    Firmei, então, o instrumento de compra e venda que me enviaram de Lisboa e enviei-o ao Capitão, que por sua vez remeteu-me letras de câmbio no valor de trinta e duas mil e oitocentas peças de oito. Reservei uma renda de cem moedouros anuais para ele enquanto vivesse, e quarenta moedouros para seu filho depois que ele houvesse falecido, tal como lhe prometera, e que lhe seriam entregues do produto da plantação conforme se estipulou. E assim encerrei a primeira parte de uma vida de reveses e aventuras, uma vida marcada pelas sábias intenções da Providência, e de uma diversidade tão extraordinária como poucas o mundo seria capaz de exibir; uma existência que começara desvairadamente para terminar com uma felicidade que nenhum dos acontecimentos anteriores me autorizava a esperar.

Qualquer um pensaria que, ao encontrar-me agora de tal forma favorecido pelo destino, estava imune de sofrer novos reveses, e de fato assim teria sido se outras circunstâncias não houvessem ocorrido. Mas eu já estava acostumado a uma vida errante, não tinha família nem muitos conhecidos e, apesar de rico, não fizera muitas amizades. Havia vendido minha propriedade no Brasil, mas não conseguia esquecer esse país, sem falar na vontade que tinha de viajar outra vez. Custava-me, especialmente, resistir à tentação de ver de novo a minha ilha e saber se os pobres espanhóis haviam chegado lá, e também como os tratavam os patifes que deixei em terra.

Minha grande amiga, a viúva, dissuadiu-me como pôde dessa empresa e tanto insistiu que durante sete anos conseguiu evitar que eu partisse. Durante esse tempo tomei a meu encargo a educação de dois sobrinhos, filhos de meu falecido irmão. O mais velho, que possuía alguns bens, criei como a um cavalheiro, deixando-lhe um legado para acrescentar ao seu patrimônio depois da minha morte. O outro, deixei aos encargos de um capitão de navio e, quando cinco anos mais tarde vi que se havia transformado num jovem sensato, corajoso e empreendedor, confiei-lhe um bom navio e enviei-o para o mar. Esse mesmo jovem foi o que mais tarde envolveu-me, velho como estava, em novas aventuras.

Nesse meio-tempo, estabeleci-me um pouco ali. Antes de mais nada, casei-me, e de forma muito vantajosa: tive três filhos, dois meninos e uma menina. No entanto, com o falecimento de minha esposa e o retorno de meu sobrinho depois de uma bem--sucedida viagem à Espanha, minha inclinação a viajar, somada a sua insistência, prevaleceu e levou-me a subir a bordo do navio que ele comandava, na qualidade de comerciante privado com destino às Índias Orientais. Isso foi no ano de 1694.

Nessa viagem visitei minha nova colônia na ilha, vi meus sucessores, os espanhóis, soube a história completa de suas vidas, assim como a dos vilões que lá deixara; como a princípio maltrataram os pobres espanhóis, para mais tarde concordarem, discordarem, unirem-se e separarem-se, e como finalmente os espanhóis foram obrigados a usar de violência com eles, como foram submetidos e com quanta justiça os trataram. Um relato, em suma, que, se entrasse em detalhes, seria tão maravilhoso e cheio de surpresas como o meu, principalmente no que se refere a suas batalhas com os caribes, que desembarcaram diversas vezes na ilha, aos progressos e benfeitorias que fizeram nessas terras, e também à forma como cinco deles tentaram chegar ao continente e voltaram trazendo onze homens e cinco mulheres como prisioneiros, razão pela qual encontrei à minha chegada cerca de vinte crianças na ilha.

Permaneci ali uns vinte dias, deixando-lhes todo tipo de suprimentos necessários, especialmente armas, pólvora, metralha, roupas e ferramentas, bem como dois trabalhadores que trouxera comigo da Inglaterra, um carpinteiro e um ferreiro.

Além disso, dividi a ilha em lotes, que entreguei a eles de comum acordo, reservando a mim a propriedade do conjunto. E após deixar todas essas coisas em ordem e comprometê-los a não abandonarem a ilha, embarquei novamente.

Dali fui ao Brasil, de onde enviei um barco comprado por mim com mais habitantes para a ilha. Entre eles, além de diversas outras coisas necessárias, havia sete mulheres que achei aptas para o trabalho e com as quais poderiam casar-se os que assim o quisessem. Quanto aos ingleses, prometi enviar-lhes algumas mulheres da Inglaterra junto com um carregamento de provisões, caso se esforçassem na tarefa de plantadores, o que de fato fizeram mais tarde; tornaram-se, então, homens honestos e trabalhadores, conservando cada um a sua propriedade. Enviei-lhes também cinco vacas, três delas com terneiros, algumas ovelhas e porcos, que se multiplicaram todos consideravelmente quando voltei à ilha.

A tudo isso haveria que acrescentar a história de como trezentos caribes invadiram a ilha arruinando as plantações e como os colonos tiveram de enfrentar um número tão grande em duas ocasiões, sendo a princípio derrotados e sofrendo três baixas, até que uma tempestade destruiu as canoas inimigas, e a fome e as lutas acabaram com a maior parte dos selvagens, permitindo por fim a reconquista das plantações e a sua recuperação, junto às quais ainda vivem os colonos. Tudo isso, repito, com os surpreendentes episódios de minhas novas aventuras durante outros dez anos, poderá talvez mais adiante constituir uma outra narrativa.

DANIEL DEFOE
(1660-1731)

DANIEL DEFOE nasceu em Londres em 1660, filho de James Foe, um negociante de velas de sebo. Mudou seu nome para Defoe em 1695. Foi educado para tornar-se ministro presbiteriano, mas em 1682 abandonou este plano e começou a trabalhar como comerciante em Cornhill. Depois de uma breve experiência como soldado, tornou-se um mercador de sucesso e passou a viajar com frequência por toda a Inglaterra e também pelo Continente.

Em 1719, ano da publicação de *Robinson Crusoé*, Daniel Defoe tinha sessenta anos. Escritor prolífico e versátil, já havia publicado centenas de livros e panfletos (sobre assuntos os mais variados, entre os quais política, geografia, crime, religião, economia, casamento, psicologia e superstição) e seguido várias carreiras (inclusive a de espião). Frequentemente em seus escritos adotava um pseudônimo ou outra personalidade para obter impacto retórico. Seu primeiro tratado político conhecido (contra James II) foi publicado em 1688, e em 1701 apareceu seu poema satírico *The True-Born Englishman*, um best-seller imediato. Dois anos depois ele foi preso por *The Shortest-Way with Dissenters*, uma sátira ao extremismo da Igreja.

Com Crusoé, no entanto, Defoe deu início a uma nova carreira, a de novelista, produzindo até a sua morte, em 1731, obras de ficção que o tornariam um dos autores mais influentes no desenvolvimento da novela na Inglaterra. Publicou *Moll Flanders* e *A Journal of the Plague Year* em 1722, e *Roxana*, sua última novela, em 1724; seus outros trabalhos incluem *A Tour Through the Whole Island of Great Britain*, um guia em três volumes (1724-6), *The Complete English Tradesman* (1726), *Augusta Triumphans* (1728), *A Plan of the English Commerce* (1728), e *The Complete English Gentleman* (só publicado em 1890).

lepmeditores
www.lpm.com.br
o site que conta tudo

IMPRESSÃO:

PALLOTTI
GRÁFICA

Santa Maria - RS | Fone: (55) 3220.4500
www.graficapallotti.com.br